벤야민과 기억

벤야민과

윤미애 지음

WALTER BENJAMIN

기억

문학동네

이 저서는 2021년 대한민국 교육부와 한국연구재단의 저술출판지원사업의
지원을 받아 수행된 연구임(NRF—2021S1A6A4048412).

차례

일러두기

1. 외국어 표기는 국립국어원의 표기법을 따르되, 일부는 널리 쓰이는 표기법을 따랐다.
2. 본문에 인용된 글 중 [ ]는 저자가 덧붙인 것이다.
3. 단행본과 잡지는 『 』, 논문과 단편, 기사 등은 「 」, 더 짧은 글뭉치는 ' '로 표기했다.
4. 발터 벤야민 전집(Walter Benjamin, *Gesammelte Schriften*, Bd, Ⅰ~Ⅶ, Frankfurt a. M., 1974~1991)을 인용 및 참고하는 경우 괄호 안에 '로마자, 쪽수'로 축약해 표기하며, 한국에서 출간된 발터 벤야민 선집(도서출판 길, 2007~2022)은 『선집 ○○』으로 표기한다.

들어가는 길

벤야민은 「역사의 개념에 대하여」를 언급한 편지에서 기억은 오랫동안 자신이 몰두해온 문제였다고 말한다. 이 텍스트에서 기억이 언급된 것은 여섯번째 명제다. "과거를 역사적으로 표현한다는 것은 그것이 '원래 어떠했는가'를 인식하는 일을 뜻하는 것이 아니다. 그것은 위험의 순간에 섬광처럼 스치는 어떤 기억을 붙잡는다는 것을 뜻한다."(「역사의 개념에 대하여」, 『선집 5』, 334쪽) 벤야민 연구에서 종종 인용되는 이 구절은 기억에 대한 성찰의 두 가지 계기를 압축하고 있다. 기억은 언제나 위험의 순간과 결부된다는 것과, 기억은 섬광처럼 스치는 순간에 포착된다는 것이다. 전자는 벤야민 자신의 기억에도 해당되는 듯하다. 「베를린 연대기」와 「1900년경 베를린의 유년시절」에서 자신의 과거를 회상할 당시 벤야민이 처한 절박한 상황은 숄렘에게 보낸 편지에서 언급한 "파편과 파국의 장소"[1]라는 표현에 고스란히 드러나고 있기 때문이다. 나치 집권 이후 독일 사회가 집단적으로 처한 상황도 마찬가지였다.

그런데 기억과 결부되는 위험의 순간이란 기억의 주체가 처한 상황뿐 아니라 기억이 일어나는 순간을 의미하는 것이기도 하다. 후자는 섬광처럼 스치는 기억이라는 두번째 계기와 연결되는데, 섬광처럼 스치는 그 순간이 아니면 놓칠 위험이 있는 기억이야말로 중요한 기억이다. 이와 같은 기억의 두 가지 계기에서 보면, 벤야민에게 기억은 어떤 관조적인 경험 양식이 아니라 탈경계적인 경험 양식, 즉 과거와 현재의 경계, 인식과 행동의 경계가 해체되는 그런 경험 양식을 의미한다. 앞의 인용 외에 기억에 대한 벤야민의 규정들 중에서 눈에 띄는 또다른 특징은 기억 이미지의 힘에 대한 엄청난 의미 부여다. 벤야민은 자신의 역사 관찰 방법을 원자 파괴 방법에 비유하기도 하는데, 원자 파괴에서처럼 "역사의 엄청난 힘들"(V, 578)이 방출된다고 말한 바 있다. 기억 이미지는 "지나간 것의 전체 지평을 덮어버리는 하나의 구전"(『선집 5』, 357쪽)과도 같다고 말한 적도 있다.

벤야민의 이와 같은 독특한 의미론은 신학적, 인식론적, 정치적 시각에서 이해될 수 있다. 첫번째, 신학적 시각은 「번역자

---

1   Walter Benjamin, *Briefe 2*, Gershom Scholem/ Thedor W. Adorno (ed.), Frankfurt a. M., 1978, p. 556.

의 과제」에서 불멸에 대한 관념적 확신을 기억과 연관시키는 다음 대목에서 가장 분명하게 드러난다. "잊을 수 없다는 술어는 하나의 요청에 다름아니고 그 요청을 인간은 따르지 못할 뿐이다. 그것은 그 요청에 부합하는 영역 즉 신의 기억에 대한 지시까지도 내포할 것이다."(『선집 6』, 123쪽) 후기 저술에서도 신학적 시각을 엿볼 수 있는 경우가 드물게 있다. 「역사의 개념에 대하여」의 부기附記도 여기에 해당한다. "회상Eingedenken은 유대인들에게 있어 역사에 대한 신학적 관념의 정수다."(I, 1252) 그가 기억 행위를 뜻하는 'Erinnerung'과 저장된 기억을 뜻하는 'Gedächtnis' 외에 사용하는 'Eingedenken'이라는 개념은 유대적 기억 전통과 연관된다.[2] 벤야민은 유대 민족의 전통에서 기억이 지닌 핵심 위치를 잘 알고 있었고,[3] 유대적 기억 문화가 그에게 미친 영향은 '깨어나기'를 강조한 기억 프로젝트에서도 볼 수 있다. 물론 벤야민의 기억 프로젝트는 유대 민족

---

2 벤야민은 프루스트의 무의지적 기억involontaire mèmoire에서 기억을 독일어로 'Eingedenken'이라고 번역한다. 블로흐가 『유토피아의 정신』에서 도입하고 있는 이 단어는 20세기의 독일 유대적 사상에서 중요한 역할을 하는 구상으로 연결된다. 블로흐에 의하면 마이스터 에크하르트에 의해 'Eingedenken'이라는 단어가 처음 사용된다. 'Eingedenken'은 자신 안에의 신비한 침잠Innewohneschaft seiner selbst을 의미하기도 한다. 블로흐의 저서에서도 그 의미는 명확하지 않다. "이 시대의 사유 분위기"라는 장에서 블로흐는 행위로서의 'Eingedenken'의 본질을 밝힌다. 이에 따르면 'Eingedenken'은 단순한 동경을 넘어서는 것으로 아직 알지 못하는 것에 대한 예감을 획득하기 위한 것이다. 블로흐에 의하면, 지나간 것은 소멸하는 것으로서 일견 과거에 못박혀서 고정된 것처럼 보임에도 어떤 비밀스러운 것, 미래의 요소를 간직하고 있어서 존재론적으로 고고학, 문헌학, 역사학의 대상으로 관찰되는 데 그치지 않는다. 아직 해결되지 않은 당위성으로서 그것은 윤리적으로 평가될 것을 요구한다.

의 기억 문화를 그대로 수용한 것은 아니다. 호르크하이머와 나눈 편지에서 완결된 것과 미완의 것을 구분하면서 역사에서 실패한 것은 완결된 것이 아니라 구원을 기다리는 미완의 것이라고 역설하는 부분에서도 벤야민의 성찰을 지배한 신학적 시각이 들어 있다.

두번째, 벤야민이 기억에 역점을 두는 것은 근본적으로 그의 독특한 철학적 인식론과 관계된다. 벤야민은 진리를 파악하기 위해서 일관된 인식론 체계를 세우는 것보다 역사적 삶을 파악하는 것이 더 중요하다고 말한다. 19세기 문화사와 관련해서 수많은 자료 수집에 몰두한 『파사주 프로젝트』 작업도 선험적 진리로부터 연역될 수 없는 역사적 삶의 파악을 목표로 한 것이다. 그렇다고 벤야민이 실증주의적 역사관으로 회귀한 것은 아니다. 그는 역사가로서의 관찰 방식과 철학적 관찰 방식 사이에서 균형을 추구한다.

역사적 삶을 파악하기 위해 기억을 되찾아야 한다는 주장은 오늘날의 역사 및 문화 연구에서는 낯선 것이 아니다. 1990년대 이후 서구 인문학자들 사이에서 기억에 대한 관심은 역사학의 패러다임 변화에서 비롯된다. 학문적 중립성을 표방하면서 추상적이고 보편적인 지식을 목표로 하는 역사학은 더

---

3 유대 민족에게 기억은 이집트에서 유대 민족을 구해낸 신이 이스라엘 민족과 맺은 연대에 대한 기억, 해방의 원초적 장면에 대한 기억으로서 종말론적 구원에 대한 희망과 결부되는 기억이다. Aleida Assmann, "Zur Metaphorik der Erinnerung", *Mnemosyne. Formen und Funktionen der kulturellen Erinnerung*, Aleida Assmann/ Dietrich Harth (ed.), Frankfurt a. M., 1993, p. 13~35 참조.

는 가능하지 않고 관점과 입장에 구속된 인식, 구성된 역사서술만이 가능하다는 인식이 그러한 변화에 깔려 있다. 따라서 기억은 역사와 대립된 것이 아니라 역사연구의 방법론 중 하나로 인정된다.

1930년대에 벤야민이 기억에서와 같은 현재 연관성, 구성의 성격을 역사 인식에 대해 강조한 학문적 동기는 당대까지 역사담론을 지배한 역사주의에 대한 비판에서 유래한다. 역사를 기억의 관점에서 다루는 태도는, 역사에는 기억되어온 것보다 더 큰 비중의 망각된 것이 들어 있다는 시각을 토대로 한다. 벤야민에 의하면, 역사주의는 과거의 모든 사건에 대한 빈틈없는 인식이라는, 개인의 차원에서도 집단의 차원에서도 부응할 수 없는 요구를 내세우면서 오히려 역사에서 망각된 것에 대한 시각을 놓친다. 벤야민이 역사주의를 비판하면서 기억을 강조한 것은 역사에서 망각된 것이 지닌 중요성 때문이다. 망각된 것은 시대마다 집단적 차원에서 공통으로 추구하는 것과 배치될 공산이 크다. 예컨대 중세에 기독교적 가치관이 지배적인 가치관이 되면서 도덕적, 윤리적 인간 이면의 육체적 욕망을 지닌 인간에 대한 기억이 은폐되거나, 이성, 합리성, 제도를 강조하는 문명화 과정에서 감정과 욕망을 지닌 인간, 제도화된 폭력은 억압되고 망각된다. 벤야민은 기존의 역사서술에 의해 가려진 것, 망각된 것을 강조하고 이러한 시각을 문학비평에도 적용한다. 대표적인 예가 그의 카프카 비평이다.

세번째, 벤야민에게 역사에서 망각된 것을 되찾는 기억은 새로운 인식이라는 의미를 넘어 정치적인 의미를 갖는다. 망각된 것, 억압된 것의 회귀는 기존의 지배적인 담론을 무너뜨린다는 점에서 그렇다. 지배적인 담론이 헤게모니를 유지할 수 있는 것은 자신의 담론에 맞지 않는 것의 존재를 인정하지 않기 때문이고, 이로써 담론에서 배제된 것은 오랫동안 억압되고 망각된다. 벤야민이 기억에 부여한 정치적 의미는, 다름아닌 억압된 것의 회귀를 통해 지배적 담론의 헤게모니를 무너뜨리는 역량에 대한 것이다. 벤야민의 정치는 현실에 직접적으로 참여하는 것이 아니라 현실에 뛰어드는 데 유용한 지식을 생산하는 것에 있다. 그 정치적 사유가 가장 잘 나타난다고 보는 「기술복제시대의 예술작품」에서 제시된 '예술의 정치화' 요구도 마찬가지다. 예술의 정치화는 집단적 실천을 위한 예술의 직접적 도구화를 의미하는 것이 아니라 고도로 기술적이고 간접적인 사안이라고 벤야민은 늘 생각해왔다. 새로운 역사 이미지가 정치적인 항의와 저항을 작동시키는 역량을 갖는다는 것역시 마찬가지다.

기억에 대한 관심은 당대에 벤야민에게만 해당된 것은 아니었다. 베르그송이 1896년 『물질과 기억』을 발표한 이래로 특히 1920년대에 들어 인간의 기억 능력과 기억 행위에 대한 연구가 다양한 분야에서 이루어졌다. 물론 그 이전에 기억과 무의식을 인간 정신기관의 구조적 측면에서 해명한 프로이트의 정신분석과 문학에서 프루스트의 방대한 기억 작업을 빼놓을 수 없다. 1920년대에 알박스는 기억의 사회적 차원을 규명하면서 집단 기억을 규명하고자 한 사회학자로서 등장한다. 역사적으로 잊힌 여러 시기와 문화의 상징들이 지닌 기억 환기력에 주목한 바르부르크의 문화사도 벤야민의 관심을 끌었으리라 생각된다. 본격적으로 언급한 적은 없다고 해도 동시대 학자들의 이러한 연구성과들은 벤야민에게도 알려져 있었고 또 벤야민의 기억 연구에 영향을 주었으리라고 짐작된다.

한 가지는 분명하다. 벤야민이 동시대 학자들의 이론을 간접적으로 참조했다고 하더라도 기억 문제에 접근하는 그의 방식은 알박스의 사회심리학적 접근과도, 바르부르크의 문화사적 접근과도, 베르그송의 철학적 접근과도, 프로이트의 정신분석학적 접근과도 구분된다는 점이다. 벤야민의 기억 담론은, 신학적 시각이든 철학적 시각이든 정치적 시각이든, 과거와 현재의 관계에서의 코페르니쿠스적 전환을 강조한다는 특징을 지닌다. 벤야민이 "현재가 과거에 접근하기 위해 노력하는 것이 아니라 과거가 현재에 다가와야 한다"(V, 1057)고 말하거나 과거와 현재의 관계를 역전시켜야 한다고 말할 때 그 핵심은 기억에 있다. 과거로부터 미래를 위한 잠재된 에너지를 방출하는 것은 기억에서만 가능하다고 벤야민은 강조한다.

기억에 대한 벤야민의 성찰은 여러 텍스트에 흩어져 있다. 기억과 관련된 사유의 편린들이 체계적인 기억 이론으로 수렴되지는 않는다 하더라도 기억에 대한 그의 공통된 시각은 충분히 드러난다. 이야기와 소설을 기억의 관점에서 비교한 「이야기꾼」, 프루스트의 무의지적 기억 시학을 소개한 「프루스트의 이미지」, 역사에서 망각된 영역이라는 주제를 중심으로 카프카의 세계를 해석한 「프란츠 카프카」, 역사 인식에서 현재의 관점을 강조한 「역사의 개념에 대하여」, 19세기 문화사를 변증법적 이미지의 양식을 통해 제시하고자 한 『파사주 프로젝트』 등을 기억 관련 텍스트로 다룰 수 있다. 벤야민 자신의 유년과 청년 시절에 대한 기억을 담은 「베를린 연대기」와 「1900년경 베를린의 유년 시절」도 참조할 중요한 텍스트들이다. 이 밖에도 「미메시스론」 「보들레르의 몇 가지 모티프에 관하여」 「괴테의 친화력」 「일방통행로」 「폭력비판을 위하여」 「초현실주의」도 본 저술에서 다루어질 텍스트에 속한다.

벤야민의 탁월한 통찰은 구체적 대상에 대한 비평을 계기로 이루어진다. 기억에 대한 통찰도 마찬가지다. 벤야민을 다루면서 동시에 그의 통찰의 토대가 되거나 그와 비교되는 많은 작가와 작품을 다루지 않으면 안 되는 이유가 여기에 있다. 벤야민의 논문 「수집가이자 역사가 에두아르트 푹스」를 읽고 난 뒤 브레히트는 벤야민의 글쓰기 방식을 다음과 같이 정확하게 표현한다. "당신의 글에서는 언제나 당신이 대상 안에 머물고 있거나 대상이 당신 안에 들어 있습니다."[4] 벤야민은 철학자이기에 앞서 비평가라는 점을 고려하면, 그의 사상적 모티프를 구체적으로 파악하기 위해서는 그가 다룬 대상에 대한 어느 정

---

4 베르톨트 브레히트가 벤야민에게 보낸 1937년 4/5월 편지 초안. GBA(*Bertolt Brechts Werke. Groß kommentierte Berliner und Frankfurter Ausgabe*, W. Hecht/ J. Knopf/ W. Mittenzwei/ K. D. Müller [ed.]의 약칭) 29, 편지 번호 767.

도의 지식도 필요하다. 벤야민 연구와 벤야민에 대한 글을 쓰는 것의 어려움이 여기에 있다고 생각한다.

본 저술의 본론은 총 6장으로 구성된다. 제1장 '이야기꾼과 기억'에서는 이야기의 몰락이 경험 및 기억 구조의 변화와 어떻게 연관되는지를 살펴볼 것이다. 벤야민은 기억의 사유화를 배경으로 하는 소설가의 기억과 집단 기억을 계승하는 이야기꾼의 기억을 비교한다. 이 장에서는 「이야기꾼」의 논지를 재구성하고 이를 넘어 개별 기억과 집단 기억의 분리라는 문제도 다루게 될 것이다. 보들레르 시의 현대성을 경험의 몰락과 기억 구조의 변화라는 시각에서 설명한 「보들레르의 몇 가지 모티프에 관하여」를 참조하고, 나아가 알박스의 집단 기억 이론도 간략히 소개하고자 한다.

제2장 '카프카와 망각'은 문명화 과정에서 억압되고 망각된 것이 문학적 기억을 통해 어떻게 표현되는지를 벤야민의 카프카론을 중심으로 다루게 될 것이다. 이 장에서는 역사의 과잉에 맞서 망각을 강조한 니체의 시각을 소개하는 데 이어, 카프카 에세이뿐 아니라 「1900년경 베를린의 유년 시절」「역사의 개념에 대하여」에 망각의 상징으로 나오는 '꼽추 난쟁이' 모티프의 의미도 살펴보게 될 것이다. 망각된 육체성에 대해서는 육체에 대한 벤야민의 초기 성찰을 참조하고, 카프카의 표현수단으로서 동물적 제스처를 살펴본다. 망각된 폭력성에 대해서는 카프카의 소설 『소송』을 중심으로 현대까지 지속되는 은폐

된 폭력에 대한 기억이 어떻게 표현되는지를 살펴본다.

　제3장 '프루스트와 무의지적 기억'에서는 벤야민의 프루스트 해석을 중심으로 기억과 망각, 기억의 우연성, 기억 이미지의 속성, 기억의 시간 체험, 반反자서전적 기억 등의 주제를 다루고자 한다. 이 장에서는 「프루스트의 이미지」의 핵심 논지를 벤야민의 사상적 모티프와 연결시키게 될 것이다. 프루스트가 『잃어버린 시간을 찾아서』의 첫 권 「스완네 집 쪽으로」와 마지막 권 「되찾은 시간」에서 펼친 성찰을 동시에 참조하게 될 것이다. 또한 벤야민의 기억론을 베르그송의 '순수 기억' 이론을 배경으로 설명하고, 인식론적 차원에서 프루스트의 무의지적 기억 이론을 재구성한 들뢰즈의 프루스트론도 참조하게 될 것이다. 벤야민이 프루스트의 기억 시학을 재구성하는 데 그치지 않고 어떻게 그 한계를 극복하고자 했는지도 함께 다룬다.

　제4장 '유년의 기억과 원천적인 것'에서는 원천적인 것의 상기라는 관점에서 「1900년경 베를린의 유년 시절」에서 전개된 유년 시절의 기억을 재구성하고자 한다. 벤야민에게 유년에 대한 생산적인 기억은, 유년을 상실된 것, 지나간 것으로서가 아니라 그 의미에 있어 복구되어야 할 원천적인 경험으로 보는 기억이다. 이 장에서는 이러한 관점에서 유년의 경험을 놀이, 언어, 에로스 등 세 가지 원천적인 것의 시각에서 살펴보고자 한다. 원천적인 것의 관점에서 유년의 기억을 다루기에 앞서 이념의 직접적 관조가 가능하다고 보는 괴테의 원 현상 개념과 미완의 형태로 역사 속에서 이념을 복구하는 벤야민의 원

천 개념의 차이를 살펴보게 될 것이다.

제5장 '흔적의 도시와 기념장소'는 기억 매체로서의 흔적에 관심을 갖는 벤야민의 탈중심적이고 반심리주의적인 기억 이론을 도시 산책과 기념장소 모티프를 통해 살펴본다. 도시를 과거의 흔적, 상이한 시간층의 흔적이 묻혀 있는 공간으로 보는 시각을 통해 벤야민은 도시 산책을 중시한 모더니즘 작가들에게 공감한다. 벤야민이 어떤 동기에서 흔적 모티프에 관심을 갖게 되었는지를 살펴보고, 흔적과 역사성의 도시 경험을 가능하게 하는 기념장소의 의미를 따져볼 것이다. 벤야민의 유년 시절 회상에서 대표적인 두 기념장소는 베를린 시내의 대공원 티어가르텐과 유년의 집에 속한 로지아[5]다. 이 장에서는 두 기념장소가 불러일으킨 벤야민의 기억을 재구성함으로써 기념장소에서 흔적을 통한 기억이 어떻게 전개되는지를 구체적으로 기술하고자 한다.

제6장 '집단적 꿈의 기억과 변증법적 이미지'에서는 19세기라는 집단적 과거를 집단적 꿈의 모티프를 중심으로 다루는 시도가 중심이 될 것이다. 벤야민은 19세기를 새 기술에 자극받아 집단적 상상력이 만들어낸 집단적 꿈과 소망 이미지가 넘쳐나던 시대라고 생각한다. 이러한 이미지들은 이데올로기 비판의 시각에서 부정되고 비판되기만 할 것이 아니라 현재화되

---

[5] 로지아는 저택 건물 위층에 있는 발코니 같은 공간으로 지붕은 있지만 바깥쪽으로는 벽 없이 트인 복도를 말한다.

고 구제되어야 한다. 19세기가 남긴 산물인 파사주Passage에서 집단적 과거로 침잠하는 문학적 실험을 시도한 아라공에 대한 벤야민의 접근도 이 장에서 다루어지게 될 것이다. 벤야민은 아라공으로 대표되는 초현실주의자의 이미지 공간이 꿈과 도취에 머물러 있다고 비판하면서 깨어나기를 강조한다. 이 장에서는 집단적인 경험의 양식에 꿈과 깨어나기의 모델이 어떻게 적용되는지와, 깨어나기의 무대로 설정한 변증법적 이미지는 어떻게 인식되는지를 구체적으로 살펴보게 될 것이다.

제1장

이야기꾼과 기억

벤야민은 이야기와 이야기꾼에 관심이 많다. 이야기를 인용하는 글쓰기나 선호하는 작가 유형을 보아도 이 점이 잘 드러난다. 전통적 서사 형식인 이야기에 대한 성찰을 집약한 「이야기꾼」에서 벤야민은 이야기 기술과 이야기하는 능력의 퇴조를 문화 변동의 관점에서 설명한다. 즉 한편에서 이야기가 서사 형식에서 소설로 대체되고 소통 형식에서 정보로 대체된 변화를 기술하고, 다른 한편에서 이야기 기술의 몰락이 사회 구성원의 경험 및 기억의 변화와 어떻게 맞물리는지를 설명한다. 이야기와 이야기꾼에 대한 벤야민의 선호는 감추어지지 않는데, 그렇다고 해서 그의 입장이 전통에 대한 향수로 환원되는 것은 아니다. 이야기라는 서사 형식의 퇴조를 경험과 기억 구조의 변화를 들어 설명하고 있으며, 이야기를 중심으로 한 문화사의 변증법을 다루고 있다는 점에서 그렇다.

1. 이야기꾼과 경험의 몰락

현대 소설가 중에서 벤야민의 주목을 가장 많이 받은 프란츠 카프카는 유대 민족의 이야기 전통을 이어받은 작가이고, 문학과 정치의 올바른 관계에 대한 벤야민의 생각에 많은 도움을 준 브레히트는 연극에 이야기의 서사적인 부분을 접목하고자 한 극작가다. 전통적인 이야기꾼처럼 향토적인 면모가 강한 요한 페터 헤벨이나 고트프리트 켈러의 산문에 대해서도 벤야민은 우호적이다. 이야기에 대한 관심과 동경은 자주 병을 앓던 어린 벤야민의 침대 머리맡에 앉아 이야기를 들려주던 어머니에 대한 기억으로 거슬러올라간다. 다음 구절에서 언급하고 있는 이야기의 치유 효과는 벤야민에게 평생 잊을 수 없는 체험으로 남았으리라 생각된다.

이야기로 가득찬 강한 물길이 내 몸을 통과해 흐르면서 몸속 병의 증상들을 부유물처럼 씻어내렸다…… 어머니의 입가 가득히 흘러넘치는 이야기들이 어느덧 그 부드러운 손길을 거쳐 졸졸 흘렀기 때문이다.(「1900년경 베를린의 유년 시절」, 『선집 3』, 96~97쪽)

이야기와 이야기꾼에 대한 벤야민의 생각은 러시아 민중 작가 니콜라이 레스코프를 소개한 「이야기꾼」이라는 방대한 에세이에 집약된다. 이 에세이에서 벤야민은 이야기 기술, 이야기하는 능력이 사라지게 된 현상을 경험 및 기억 구조에 일어난 변동을 배경으로 기술한다. 현대에 들어 이야기꾼은 보기 힘들어지고 이야기하는 능력은 전반적으로 퇴화하는데, 벤야민도 자신의 경험에서 이를 확인한다.[1]

> 우리가 이러한 거리와 시각을 취하게 하는 것은 우리가 거의 매일 접할 기회를 얻는 어떤 경험이다. 그 경험이란 이야기하는 기술이 종언을 고하고 있다는 경험이다. 뭔가 제대로 이야기를 들려줄 줄 아는 사람들을 만나기가 갈수록 힘들어지고 있다. 이야기를 듣고 싶다는 소망이 커갈수록 사람들 사이에 당혹감이 더 자주 퍼져간다. 그것은 마치 우리가 남에게 양도할 수 없는 어떤 것으로서 우리가 가진 것 중에서 가장 확실한 것으로 여겨졌던 어떤 능력을 박탈당하는 것 같은 느낌이다. 그것은 바로 경험을 나눌 줄 아는 능력이다.(「이야기꾼」, 『선집 9』, 416~417쪽)

이야기하는 능력이 퇴화한 가장 근본적인 이유는 이야기

---

[1] 벤야민은 어느 날 저녁 초대받은 사람들과 함께한 자리가 지루했다고 말하면서 이야기하는 기술이 이제는 사라진 것인가라고 자문한다. Walter Benjamin, *Gesammelte Schriften*, IV, Frankfurt a. M., 1981, p.741 참조.

를 나눌 만한 경험 자체가 빈약해졌기 때문이다. 벤야민은 제일차세계대전이 끝나고 돌아온 군인들을 예로 든다. 그들은 일상과 완전히 다른 극단적인 사건을 겪고 돌아왔는데도 할말이 별로 없는데, "전달 가능한 경험을 풍부하게 갖고 온 것이 아니라 그럴 경험이 거의 없는 상태로"(417쪽) 돌아왔기 때문이다. 전달 가능한 경험이 거의 없는 상태로 돌아오게 된 원인은, "물량전이 육체적 전쟁"(417쪽)을 대체한 최초의 대규모 기술전쟁인 제일차세계대전에 있다.

제일차세계대전은 "사회가 기술을 사회의 기관으로 병합할 수 있을 만큼 충분히 성숙하지 못했고, 또 기술이 사회의 근원적인 에너지를 감당할 수 있을 만큼 충분히 발달하지 못했다는 증거"(「기술복제시대의 예술작품」, 『선집 2』, 95쪽)가 된다. 휴머니즘에 알맞게 이용하기엔 기술이 아직 미숙한 단계에 일어난 이 전쟁은, "일종의 기술 반란"(95쪽)에 해당하는 사건이었고, 군인들은 기술의 요구에 맞춰야 하는 "인간 재료"(95쪽)로 투입되었다. 즉 그들은 자동으로 반응하는 부속품에 불과했을 뿐이지 경험의 주체가 아니었다. 그들을 "파괴적인 흐름과 폭발의 역장 속에 왜소하고 부서지기 쉬운 인간의 몸뚱이"(「이야기꾼」, 『선집 9』, 417쪽)라고 표현한 것은 이러한 이유에서다.

참전 군인에게 확인되는 경험의 몰락은 공장제 노동에 투입된 비숙련공에게도 해당된다. 비숙련공 역시 공장에서 보낸 숱한 시간에도 불구하고 자신들의 일에 대해 별로 할말이 없다. 그들의 노동은 수공업적 노동의 연습이 아니라 기계적인 훈련에 불과하기 때문이다.

> 비숙련공은 기계의 훈련으로 가장 치명적으로 위엄이 실추된 노동자다. 그의 노동은 경험이 침투하지 못하도록 밀봉 처리되어 있다. 즉 그의 노동에서 연습은 그 권리를 상실했다.(「보들레르의 몇 가지 모티프에 관하여」, 『선집 4』, 218쪽)

원래 수공업에서 노동은 연습을 통해 숙련되는 과정을 거치고, 그러한 과정의 결과가 숙련공의 경험이 된다. 수공업적 노동에서는 노동자에게 자율성이 주어지고, 노동자는 노동 조건을 이용하는 연습 과정을 통해 경험을 완성한다. 수공업적 기술은 정해진 매뉴얼, 전승된 지식으로 환원되는 것이 아니라, 숙련공의 경험을 통해 늘 새롭게 입증, 보완, 변화된다. 숙련공의 경험은 한편에서는 전승된 지식의 자료들, 다른 한편에서는 스스로 노동에서 터득한, 종종 의식하지 못한 경험 지식의 자료들이 융합되면서 형성된다. 19세기 이후 자본주의적 공장제 노동이 지배적인 상황이 되면서 숙련공의 이러한 경험은 점차 사라진다. 자본주의적 공장제 노동에서 노동자는 자신들의 동작을 기계 장치의 끊임없이 반복되는 움직임에 맞추는 법을 배우게 된다. 공장제 노동에 대거 투여된 비숙련공은 "기계의 훈련으로 가장 치명적으로 위엄이 실추된 노동자다. 그의 노동은 경험이 침투하지 못하도록 밀봉 처리되어 있다".(218쪽) 경험이 되지 못하는 노동은 노동자에게 자기 자신이나 자신의 관심사와는 무관한 외적 사안이 된다. 이처럼 노동의 현실을 경험에 동화시킬 수 없을수록 개인의 내면적 관심사는 공적인 사안, 집단적 사안과 매개되지 않는 사적인 성격을 띠게 된다.

비숙련공의 노동이 경험이 되지 못하는 이유는 기억과 관련해서 다음과 같이 설명할 수 있다. 비숙련공은 자신이 맡은 공정에서 해야 할 동작을 몸으로 암기해야 한다. 암기는 해야 할 "전체 행동을 우선 분해하고, 그다음 재구성"[2]에 성공한다는 것을 뜻한다. 즉 같은 순서로 잇따르고 같은 시간을 점유하는 자동적 운동의 체계를 몸에 새기는 과정이다. 베르그송은 이러한 방식으로 일어나는 암기를 "'운동 기억'[3]으로 표현한다. 비숙련공이 같은 행동을 같은 순서로 반복할 수 있다는 사실은 그 행동을 암기된 운동 기제로 자신의 몸 안에 내재하게 되었음을 의미한다. 암기된 개별 사실은 기억 이미지로 표상되기보다는 감각 운동 기제를 통해 몸에서 직접 작동된다.

이와 달리 수공업적 노동은 암기된 동작을 반복하는 것이 아니라 기술적으로 완성되기까지의 모든 연습 과정을 기억에 담는다. 이러한 과정에서 경험이 생기는데, 벤야민에 의하면,

---

2   앙리 베르그송, 『물질과 기억』, 박종원 옮김, 아카넷, 2019, 139쪽.

3   운동 기억 혹은 습관 기억이란 과거로부터 축적된 노력의 결과가 일련의 운동 기제들로 축적된 것을 말한다. 베르그송에 의하면, 이러한 기억은 "과거를 표상하게 하지 않고 과거(과거의 노력들)를 작동시킨다…… 그것이 여전히 기억이라는 명칭을 받을 가치가 있다면, 그것이 과거의 이미지들을 보존해서가 아니라, 이 이미지들의 유용한 효과를 지금의 순간까지 연장하기 때문이다".(『물질과 기억』, 143쪽) 베르그송은 운동 기억과 달리 "유용성이나 실제적 적용이라는 속셈이 없이…… 과거를 오로지 축적하는 기억"(142쪽)을 이미지 기억이라고 부른다.

엄밀한 의미의 "경험은 기억Erinnerung 속에 엄격히 고정되어 있는 개별적 사실들에 의해 형성되는 산물이 아니라 종종 의식조차 되지 않는 자료들이 축적되어 하나로 합쳐지는 저장 기억Gedächtnis의 산물이다".(182쪽)[4] 기억 속에 엄격히 고정되어 있는 개별적 사실들은 언제라도 불러낼 수 있는 자료들인 반면, 의식조차 되지 않는 자료들은 무의식에 속한 기억 흔적으로 남는다.

비숙련 노동은 그것을 아무리 반복하더라도 암기에 따른 운동 기제의 작동, 반사적 메커니즘에 그치고, '기억 속에 엄격히 고정되어 있는 개별적 사실들'에 부합하는 행동일 뿐 경험이 되기 어렵다. 여기서 "헛됨, 공허함, 완성할 수 없음"(219쪽)과 같은 심리적 효과가 나타난다. 이러한 심리적 효과를 가장 잘 보여주는 인물이 도박꾼인데, 벤야민은 노동자와 도박꾼처럼 전혀 상관없어 보이는 인물들이 갖는 유사성을 손동작에서 발견한다.

> 기계를 움직이는 노동자의 손동작은 앞선 동작을 똑같이 반복하는 것에 지나지 않기 때문에 앞선 동작과 아무런 상관관계가 없다. 도박의 한탕이 매번 그 이전의 한탕과 무관하게 이루

---

4 독일어에서 'Gedächtnis'와 'Erinnerung'은 각기 다른 문맥에서 사용된다. 비록 의식되지는 않는다고 해도 무의식에 저장된 기억이 'Gedächtnis'라면, 'Erinnerung'은 의식화된 기억을 의미한다. 두 단어를 구분하는 것이 필요할 때에는 'Gedächtnis'는 저장 기억으로, 'Erinnerung'은 기억으로 번역하고 통상은 '기억'으로 총칭한다.

어지는 것처럼 기계 조작의 동작은 그 이전 동작과 차단된 채로 이루어지기 때문에 임금 노동자의 작업은 그 나름대로 도박꾼의 작업과 짝을 이루게 된다. 그 두 작업은 모두 내용과는 무관하게 이루어진다.(220쪽)

비숙련공이나 도박꾼 모두 "자동 기계 같은 삶을 살고 있고 그래서 자신의 기억을 완전히 말소해버린 베르그송의 허구적 인물들과 닮아 있다".(220쪽) 기억을 완전히 말소해버린 베르그송의 허구적 인물이란 운동 기억 외에는 과거에 대한 어떠한 기억도 갖지 않은 인물이다. 실제로 이렇게 극단적인 인물은 존재하지 않지만, 운동 기억 혹은 언제라도 불러낼 수 있는 의식적 기억의 비중이 커지는 경향은 현대 산업사회를 살아가는 현대인들에게도 보편적으로 나타난다.

벤야민은 이를 경험과 '체험'의 구분을 통해 설명한다. 벤야민에 의하면, 체험은 의식을 통해 처리된 자료들과 관계하는 경험 양식을 말한다. "의식이 자극의 방어를 위해 부단히 긴장하면 할수록, 그리하여 의식이 성공을 크게 거두면 거둘수록, 그 인상들은 그만큼 더 적게 경험 안에 들어가게 되고, 그럴수록 더 체험의 개념을 충족시키게 된다."(192쪽) 체험된 인상들은 저장 기억에 아무런 흔적을 남기지 못한 채 의식-조직 속에서 소진되면서 경험에 편입되지 못한다. 체험된 인상들은 기억에 어떠한 흔적들도 남기지 못한다. 그러한 인상들이 경험이 되지 못하는 이유는, 의식을 통해 기록되는 과정중에 고갈되어버리기 때문이다.

원래 체험은 생철학에서 긍정적으로 사용된 개념인데 벤
야민은 이를 부정적 의미로 전환한다. 벤야민에 의하면, 생철
학이 의도한 체험은 "사회 안에서 살고 있는 인간의 삶에서 출
발하지 않는"(181쪽) 경험 양식이다. 생철학은 "문명화된 대
중의 규범화되고 변질된 일상적 삶 속에 자리잡기 시작한 경
험"(181쪽)을 도외시하는 대신, 이념으로 수렴되는 총체적이고
직접적인 경험이라는 의미에서의 체험을 추구한다.[5] 생철학에
서 유행하는 단어가 되기 이전에도 체험 개념은 종종 예술가나
시인의 전기에 결부되어 사용되어왔다. 생철학자 딜타이의 저
서 『체험과 문학』의 제목에서 알 수 있듯, 체험은 사회적 삶의
주어진 조건이 아니라 시문학의 비현실적인 조건들에서만 얻
을 수 있다. 소위 참된 경험을 확보하기 위한 생철학의 시도는
시문학, 자연, 신화에 기대게 된다. 따라서 체험은 일종의 보상
적 성격을 지닌 현상이다. 생철학에서 체험은 현대의 산업사회
에서 결여되기 시작한 것으로서 의도적으로 추구되고, 실행되
어야 하는 것이다.[6] 벤야민은 이러한 의미의 체험은 "경험의 빌
린 옷을 입고 우쭐대는"(235쪽) 것일 뿐으로 "경험을 역사적으
로 규정하려는 일체의 시도를 거부"(182쪽)하는 것이라고 비판

---

5   Hans-Georg Gadamer, *Wahrheit und Methode, Grundzüge einer philoso-
    phischen Hermeneutik*, Tübingen, 1990(1960), pp. 56~67 참조.
6   벤야민에 의하면, "체험의 지향적 상관물은 동일한 것으로 머물러 있지 않았다.
    19세기에 그것은 '모험'이었다면 우리 시대에는 '운명'으로 등장한다. 운명에는 원
    래부터 죽음과 연관된 총체적 체험의 개념이 들어 있다".(V, 962)

한다.

벤야민은 「미래 철학의 프로그램」에서 칸트의 경험 개념이 초월적인 영역을 배제한 협소한 개념이라고 비판하면서 진정한 경험을 형이상학적이고 종교적인 지평에서 다룬 바 있다. 여기서 "경험 개념은 전적으로 선험적 의식과 연관된다"(II, 164)는 벤야민의 초기 입장은 역사적, 사회적 현실의 차원을 전혀 고려하지 않은 것이다. 1930년대에 보들레르의 현대성을 현대 경험 구조에 일어난 변동을 배경으로 다루면서 비로소 경험은 역사적, 사회적 현실에 의해 규정되는 개념이 된다. 전통적인 의미에서의 경험은 기술 발전과 자본주의적 산업화 과정에서 위축되고 약화된다.[7] 벤야민에 의하면, 경험의 위축은 기억의 방식에서 의지적 기억과 무의지적 기억의 융합, 기억의 내용에서 개인 과거와 집단 과거의 융합이 깨졌음을 의미한다.

2. 이야기와 정보

이야기가 낡은 서사 형식으로 물러나게 된 데에는 소설의 영향도 있지만 보다 결정적인 것은 새로운 소통 형식으로 등장한 신문이다. 신문은 소설에도 위기를 몰고 왔지만 이야기에

---

[7]   "경험의 가치가 절하되면서…… 인류는 계획하기라는 형태의 새로운 역장을 개척한다. 검증을 거친 전승된 것의 다양성에 맞서 미지의 획일적인 것들이 대량으로 동원된다."(V, 962)

훨씬 더 위협적이다. 이야기의 가장 큰 적이 신문인 이유는, 신문의 지배적인 소통 형식이 정보이기 때문이다. 통신 기술과 매체가 발달하기 전까지 사람들이 타인에 대한 소식을 듣는 경로가 주로 이야기였다면, 통신 기술이 발전하면서 너무 많은 소식이 정보의 형태로 한꺼번에 쏟아지게 된다. 정보는 독자의 기억에 지속되기 어려운데, 그것은 독자가 정보를 신속히 처리할 수밖에 없기 때문이다. 독자는 정보를 전달된 형식 그대로 받아들여 의식에 수용하는데, 이렇게 의식화된 정보는 곧 소멸하는 경향을 지닌다. "의식적으로 되는 것과 뒤에 기억의 흔적을 남겨놓는 것이 동일한 [정신기관의] 조직 내에서는 상호 양립 불가능"[8]하기 때문이다. 따라서 "실제로 흔적들은 그들을 남게 한 과정이 의식화된 적이 없을 때 가장 강력하고 가장 영속적일 경우가 많다".[9]

정보를 듣거나 읽는 사람에게는 "이야기를 듣는 동안처럼 [기억의] 실을 잣고 베를 짜는 일이 더는 일어나지 않는다".(「이야기꾼」, 『선집 9』, 429쪽) 실을 잣고 베를 짜는 일이란 경험을 깊이 뇌리에 새기는 것이다. 정보를 매개로 한 소통이 지배적인 방식이 되면서 현대인들의 경험 및 기억 구조에 커다란 변화가 초래된다.

8 지크문트, 프로이트, 「쾌락원칙을 넘어서」, 『정신분석학의 근본 개념』, 윤희기·박찬부 편역, 열린책들, 2007, 293쪽.
9 프로이트, 같은 글, 293쪽.

신문의 본질은 독자로 하여금 그들의 경험에 영향을 미칠지도 모르는 영역으로부터 제반 사건을 차단하는 데 있다. 저널리즘적 정보의 원칙들, 예컨대 새로움, 간결성, 이해하기 쉬울 것, 그리고 무엇보다 각각의 소식들 사이에 연관성이 없다는 점은 신문의 편집 및 문체와 더불어 그러한 목적에 기여한다.(「보들레르의 몇 가지 모티프에 관하여」, 『선집 4』, 185쪽)

신문을 많이 읽는다고 해서 경험이 쌓이지 않는 이유는 정보의 다음과 같은 특징들에 있다. 정보는 전달할 만한 내용인가에 상관없이 새로움 그 자체를 추구하기 때문에 "그것이 새로웠던 순간이 지나면 가치가 사라진다. 정보는 오직 그러한 순간에만 살아 있다".(「사유이미지」, 『선집 1』, 241쪽) 정보의 소비를 용이하게 하기 위해서 정보는 간결하고 쉬워야 한다. 따라서 정보는 사유를 촉발하지 않고 그것 자체로 소비되는 데 그친다. 정보는 정보를 받는 사람들의 실제적 관심과는 무관하게 무차별적으로 전달되고, 정보 간에는 아무런 연관성이 없다. 도박판의 새로운 내기가 "언제나 처음부터 새로 시작하는"(「보들레르의 몇 가지 모티프에 관하여」, 『선집 4』, 223쪽) 사건이 되듯이, 새로운 정보도 마찬가지다. 결과적으로 정보는 과거, 현재, 미래의 연관에서 형성되는 "경험의 질서를 무효화"(223쪽)하고 경험을 차단하게 된다.

의식적으로 처리되는 순간 소멸하는 정보와 달리 이야기는 전체에 대한 무의식적 인상을 기억에 남긴다. 청자의 무의식에 남겨진 기억의 흔적들은 그 이전에 만들어진 흔적들과 결합하면서 청자의 경험을 구성하게 된다. 이야기의 긴 생명력과 지속성을 설명하기 위해 벤야민은 헤로도토스가 『역사』에서 다룬 이집트의 왕 사메니투스 이야기를 인용한다. 이 이야기에서 페르시아의 왕 캄비세스에게 패하여 포로가 된 사메니투스는 자신의 딸이 하녀가 되어 우물에 물을 길으러 가는 모습을 보아도, 아들이 처형당하러 가는 행렬 속에 끼어 있는 것을 보아도 동요하지 않는다. 그러다가 늙고 초라한 자신의 시종을 보았을 때 비로소 자신의 머리를 주먹으로 치며 온몸으로 깊은 슬픔을 표현한다. 일어난 일을 그대로 전하고 있는 이 이야기는 오랜 세월에 걸쳐 여러 가지 해석을 불러일으켰다.[10] 이 이야기는 설명을 배제한 채 전달되는 이야기가 정보에 비해 생명력이 길다는 사실을 잘 보여주는 예다. 벤야민은 이 점에서 이야기를 "수천 년간 공기와의 접촉 없이 피라미드 속 밀폐된 방들 속에 있으면서도 오늘날에 이르기까지 그 발아력을 간직해 온 곡식 알갱이"(「이야기꾼」, 『선집 9』, 428쪽)에 비유한다.

이야기들을 심리학적 분석에서 벗어나게 하는 정숙한 간결함보다도 더 그 이야기들을 기억에 지속적으로 저장하게끔 도와주는 것도 없다. 그리고 심리학적 설명으로 명암을 부여하는

---

10 벤야민은 「사유이미지」에 나오는 단편 '이야기하는 기술'에서 이 일화에 대한 몽테뉴와 자신의 지인들의 해석을 소개한다. 『선집 1』, 241쪽 참조.

일을 포기하는 일이 이야기하는 사람에게서 자연스럽게 일어나면 일어날수록, 그 이야기들이 듣는 이의 기억 속에 자리를 잡게 될 전망은 더 커지고, 그 자신의 고유한 경험 세계에 그만큼 더 완벽하게 동화되며, 결국 듣는 이가 그 이야기들을 가까운 장래 또는 먼 장래에 또다른 사람들에게 이야기해주고 싶은 욕구가 그만큼 더 커진다.(429쪽)

이야기가 "정보가 지니지 못하는 어떤 진폭을 얻게"(426쪽)되는 이유는 기억의 역동적 재생 덕분이다. 우리의 기억은 새로운 사건을 저장하면서 새로운 유기적 총체성을 형성하는 경향, 즉 기록의 경향을 지닌다. 이렇게 기록된 것은 그것이 의식의 표면에 나타나는가에 상관없이 지속해서 보존되면서 현재의 시점마다 다르게 재생된다. 다시 말해 늘 새롭게 변주된다. 기억의 재생을 각인의 논리에서처럼 과거의 단순한 모사, 재현으로 보아서는 안 된다. 각인의 논리는 각인된 것과 재생된 것을 동일시하면서 기억을 정태적으로 설명하기 때문에 기억의 현재화가 지닌 역동성을 설명하지 못한다. 청자가 다시 이야기를 다른 사람들에게 전달하는 행위는 청자의 기억에 저장된 이야기를 새롭게 재생하는 것이다. 새로운 이야기는 그전까지의 기억 전체와 합체하여 새로운 기억의 총체성, 즉 '순수 기억'[1]을 형성한다. 이야기를 할 줄 아는 사람은 이야기를 새롭게 기억해내면서 이야기를 변주할 줄 아는 사람이다. 따라서 이야기의 전승은 문자 그대로 동일한 이야기의 전승이 아니라 다양하게 변주된 형태로 이어지는 전승이다. 예컨대 헤로도토스의 역사책에 기록된 사메니투스 이야기가 동일한 내용을 지닌다고 하더라도, 그것이 구술로 전해졌다면 이야기꾼에 의해 다양한 형태로 변주되었을 것이다.

구술로 전달되는 소통 형식인 이야기는 전달의 개별적이고 구체적인 상황 속에서 일어난다. 벤야민은 이러한 전달이 "수공업적 형태"(430쪽)를 취한 전달이라고 본다. 따라서 "이야기에는 옹기그릇에 도공의 손자국이 남아 있듯이 이야기하는 사람의 흔적이 남아 있다".(430쪽)[12] 이야기꾼의 생생한 목소리, 이야기가 전달되는 시간적, 공간적 상황이 관여하면서 이야기하기는 반복될 수 없는 일회적인 사건이 된다. 반면 전달 내용 그 자체만 중시하는 정보는 '기술복제시대'에 부합하는 소통 형식으로서 반복적으로 재생할 수 있다. 예술작품의 기술

---

11 순수 기억은 우리가 의식하지 못한 채 축적되는 기억에 대해 베르그송이 도입한 용어다. "과거는 한편으로는 과거를 이용하는 운동 기제들의 형태로, 다른 한편에서는 시간 속에서 그것들의 윤곽, 그것들의 빛깔, 그리고 그것들의 장소를 갖는 과거의 모든 사건들을 그리는 개인적인 이미지-기억들의 형태 아래 축적된다."(베르그송, 『물질과 기억』, 154쪽) 순수 기억이 우리가 표상적인 방식으로 떠올릴 수 없는 차원을 포함한다면, 우리는 과거의 일들을 어떤 이미지의 형태로 생생하게 떠올릴 수 있는데 순수 기억은 그렇게 이미지화된 기억을 넘어선다. 그 존재는 어떻게 입증 가능한가라는 질문이 제기되는데, 이 질문에 대한 답은 프루스트의 무의지적 기억 시학에서 발견된다.

12 혹자는 이야기하는 사람의 흔적이 이야기에 각인되는 이유를 이야기의 매체성에 착안해서 설명하기도 한다. 즉 목소리라는 매체의 경험 가능성에 착안한다. 목소리로 이야기가 전달될 경우 목소리는 이야기의 내용뿐 아니라 목소리라는 매체의 자기 지시적 차원까지 전달한다는 것이다. Alexander Honold, "Erzählen", in: Michael Opitz/ Erdmut Wizisla (ed.), *Benjamins Begriffe*, Frankfurt a. M., 2000, p. 377 참조.

적 복제물에 대한 벤야민의 다음 발언은 기술적으로 대량 복제된 정보에도 해당된다. 그것은 기술적 복제물이 대량으로 생산되고 수용되면서 "일회적인 것에서도 동질적인 것을 찾아낼 정도"(「기술복제시대의 예술작품」, 『선집 1』, 110쪽)로 '동질적인 것에 대한 감각'이 사회에 만연하게 되었다는 것이다. 이야기와 정보를 대립적으로 보는 이와 같은 논의에서 보듯이 벤야민은 서사 및 소통 형식에 일어난 문화적 변동과 단절에 대한 분명한 의식을 가지고 있다.

3. 이야기꾼의 기억과 소설가의 기억

소설과 이야기 모두 기억에 의존한다. 서사 형식의 가장 오래된 형태인 서사시부터 시작해서 이야기와 소설에 이르기까지 기억 없이는 서사는 출현할 수도, 전승될 수도 없다.

> 기억Gedächtnis이야말로 그 어떤 것보다 중요한 서사적 능력이다. 오로지 방대한 기억 덕택에 서사문학은 한편으로 사물들의 흐름을 자기 자신의 것으로 만들 수 있고 다른 한편으로 그 사물들의 사라짐이나 죽음의 폭력과 화해할 수 있다.(「이야기꾼」, 『선집 9』, 439쪽)

소설과 이야기 모두 기억에 의존하지만 서사시가 소멸한

후 기억은 이야기와 소설에서 특수 형태들로 분화된다. 집단 기억과의 연관성에서 이야기꾼의 기억과 소설가의 기억은 다음과 같이 구분된다.

> 이야기꾼은 자신이 이야기하는 것을, 자신의 이야기든 전해 들은 이야기든 어쨌든 경험에서 취한다. 그리고 이야기꾼은 그것을 다시금 자기가 들려준 이야기를 듣는 사람들의 경험으로 만든다. 소설가는 자신을 고립시켰다. 소설의 산실은 고독한 개인이다…… 소설을 쓴다는 것은 인간의 삶을 서술할 때 타인과 공유할 수 없는 고유한 것을 극단으로 끌고 간다는 것을 뜻한다.(423쪽)

이야기는 이야기하는 사람 자신에 대한 이야기든 남에 대한 이야기든 자신의 경험에서 취한 것이고, 그것은 다시금 듣는 사람들의 경험이 된다. 이야기가 경험에 편입된다는 말은 두 가지 의미로 이해된다. 하나는 이야기가 이루어지는 구술적 상황과 관련되고, 다른 하나는 이야기 내용과 관련된다. 첫째, 전통적으로 이야기는 노동의 터전에서 구술로 전해지기 때문에 이야기가 전해지는 구체적 상황, 이야기꾼의 인격적 현존, 청자들의 반응이 합쳐져서 집단이 공유하는 경험이 된다. 또한 이러한 경험을 바탕으로 이야기를 듣는 사람 역시 이야기의 전승에 참여하게 된다. 둘째, 이야기의 내용은 타인과 공유될 수 없는 특정한 개인의 삶, 특정한 의미 부여가 되는 그런 삶이 아니라 인간이 겪는 이런저런 사건들, 세상사, 인류의 역사를 담는다.

> 모든 위대한 이야기꾼들의 공통된 점은 그들이 자신의 경험의 발판들을 마치 사다리를 오르내리듯이 자유자재로 오르내린다는 점이다. 아래로는 지구의 내면 깊숙한 곳에 이르고 위로는 구름에까지 닿아 있는 이 사다리는 집단적 경험의 이미지다.(447쪽)

이야기꾼이 올라서 있는 사다리는 지구 내면 깊숙한 곳의 광물의 세계에서 인간 사회를 거쳐 천상의 세계에 이르는 모든 단계의 현실에 걸쳐져 있다. 이러한 사다리의 발판을 오르내리는 이야기꾼의 이야기는 인류의 집단 경험을 포괄한다. 동화는 이를 가장 분명하게 보여준다. 이야기의 원조에 해당하는 동화는 인류가 원초적 단계에서 겪는 위협을 어떻게 극복해나가는지에 대한 이야기다. 동화에는 "두려움을 배우기 위해 떠난 사람", 신화에 맞서 "바보인 척하는" 사람, "영리한 사람"이 나오고, 어린아이를 돕는 동물들이 나온다. 동화는 "신화적 세계의 폭력을 꾀와 무모함으로 대처"(448쪽)하라는 조언을 제시하고, 해방된 인간과 자연의 공모(연대)를 보여준다. 동화는 신화에서 탈출한 인류에 관한 이야기로서 인류의 집단 기억의 원천이 된다.

무자비한 열정에 휩쓸리는 원초적 인물에서 의인에 이르

는 모든 단계의 피조물, 나아가 무생물의 세계까지 포함하는 레스코프의 이야기도 동화를 닮았다. 그의 이야기에 나오는 의 인들도 동화에 나오는 인물들처럼 보인다. 벤야민에 의하면, 카프카의 작품이 종종 동화처럼 보이는 이유는 작품에 나오는 특이한 유형의 인물들, "미숙하고 서툰 인간들"(「프란츠 카프카」, 『선집 7』, 66쪽)에 기인한다. 이들은 "미숙하면서 일상적이고, 위 안을 주면서도 어리석은 저 작은 중간세계"(69쪽)에 거주하는 인물들이다. 벤야민은 이야기와 동화에 나오는 이러한 인물 유 형에 대한 기억을 아주 소중한 기억으로 생각했던 것 같다. 동 화와 아동도서에 대한 그의 오랜 관심도 이러한 추측을 뒷받침 한다. 벤야민은 독일과 프랑스 문학, 종교학 서적 외에 동화와 아동도서의 수집가이기도 했다.[13]

이야기와 달리 소설은 집단 기억과 집단 경험으로부터 분 리된 서사다. 소설의 독자는 이야기의 청자와 달리 소설의 전 승 과정에 참여하지 않는다. 이야기는 "세대에서 세대로 전통 의 연쇄를 만들어내는"(「이야기꾼」, 『선집 9』, 440쪽) 기억, 즉 세 대에 걸친 집단 기억으로 통합되는 반면, "한 명의 주인공, 하 나의 방랑의 항해(오디세이아), 또는 하나의 투쟁"(441쪽)에 바 쳐진 "소설은 개인이 자기 삶의 문제들을 점점 더 사적인 일의 관점에서 바라볼 수 있게 되었을 때 만들어진 형식"(「이야기꾼

---

13   숄렘에게 보낸 1926년 9월 18일자 편지(Walter Benjamin, *Briefe I*, G. Scholem/ Th. W. Adorno (ed.), Frankfurt a. M., 1978, p. 434) 참조.

관련 자료」,『선집 9』, 485쪽)이다. 이야기에서 기억의 연쇄, 전통의 연쇄를 이루어나가기 위한 전제 조건은 그때그때 이야기를 받아들이는 집단의 기억력이다. 하나의 이야기는 완결된 형태로 전승되는 것이 아니라 '그다음에 어떻게 되었는가'라는 물음에 답하는 다른 이야기와 부단히 연결된다.

> 위대한 이야기꾼들이 늘 보여주었고, 특히 동양의 이야기꾼들이 즐겨 보여준 것처럼 한 이야기는 다른 이야기에 연결된다. 그러한 이야기꾼들 속에는 자기가 들려주는 이야기의 어느 구절에서도 새로운 이야기가 머리에 떠오르는 셰에라자드가 살고 있다. 이것이 바로 서사적 기억Gedächtnis, 이야기의 뮤즈다.(「이야기꾼」,『선집 9』, 441쪽)

이처럼 완결성을 주장하지 않고 다른 이야기들을 향해 열려 있다는 점에서 이야기는 자신에 대한 영원한 기억을 요구하지 않는다. 소설가의 기억과 달리 이야기꾼의 기억은 이야기에서 묘사되는 개별적 삶의 영원화를 추구하지 않는다. 이야기는 전통의 연쇄에 편입되는 개별적 계기일 뿐이지 그 자체 완결된 영원한 의미를 갖지 않는다. 벤야민이 이야기꾼의 기억을 "잠깐 지속되는 기억"(441쪽)이라고 한 것은 이러한 이유에서다.

이에 반해 하나의 완결된 결말을 추구하는 소설은 "영원화하는 기억"(441쪽)을 추구한다. 소설의 기억이 영원화하는 기억인 것은, 삶의 무상함에 맞서 파란만장하게 펼쳐지는 독특하고 고유한 개별 인간의 삶을 하나의 영원한 정신적 우주, 영원한 의미를 부여받은 세계로 만드는 기억이기 때문이다. 되블린의 소설에 나오는 주인공 비버코프도 결국은 성숙해지고 명석해지면서 "소설 속 인물들의 하늘"(「소설의 위기」, 『선집 9』, 501쪽)에 편입된다. "희망과 기억이 이 하늘에서…… 그의 실패한 인생을 어루만져주게 될 것이다"(501쪽)라고 벤야민은 덧붙인다.

『소설의 이론』에서 루카치는 지나간 삶은 시간 속에서는 사라지지만, 소설 속에서는 삶을 "꿰뚫고 또 변화시키는 창조적 기억"(「이야기꾼」, 『선집 9』, 442쪽에서 재인용) 속에서 응축되면서 하나의 통일적인 의미를 부여받는다고 말한다. "'35세에 죽은 남자는 회상 속에서는 그의 생애 모든 지점에서 35세에 죽는 남자로 나타날 것이다'라는 문장은 실제의 삶에 대해서는 아무런 의미도 없지만 기억된 삶에 대해서는 반박할 수 없게 된다."(445쪽) 개별 삶에 대한 의미 부여를 통해 "영원화하는 [소설가의] 기억"(441쪽)은 집단 기억이 되기 어렵다. 집단이 공유하는 경험과도, 삶에 대한 집단적 관점과도 접합되기 어렵기 때문이다. 소설은 독자층에게 기껏해야 새로운 앎으로 수용될 뿐이다.

이야기라는 서사 형식을 선호한다고 밝힌 벤야민도 종종 "소설의 고독한 독자"(444쪽)가 된다. 소설이야말로 소설에 등장하는 "낯선 사람의 운명이 그것을 불태우는 불꽃의 힘으로 우리에게 우리 자신의 운명으로부터는 결코 얻을 수 없는 따스함"(446쪽)을 주기 때문이다. "한기에 떠는 자신의 삶을 데울

수 있다는 희망"(446쪽)은 바로 소설이 개별 삶에 부여하는 의미에 기인한다. 그러나 그러한 의미 부여는 삶의 실제적 모습을 미화하거나 도외시하는 방식으로 이루어진다.

공적인 삶에서는 아무런 의미도 발견하지 못하는 부르주아 개인이 사소한 인생의 파편에 부여하는 의미 부여에 대해 벤야민은 비판적이다. 소설에서 발견되는 이러한 경향은 부르주아 계층의 몰락과 더불어 나타난 기억의 사유화를 배경으로 하기 때문이다. 벤야민은 플로베르의 소설 『감정교육』의 예를 들고 있는데, 이 소설에서 죽마고우였던 프레데리코와 데로리에는 청년 시절의 작은 사건을 떠올리곤 '어쩌면 그것이 우리 생애에서 가장 멋진 사건이었을 거야'라고 회상한다. 두 사람이 청년 시절이던 어느 날 고향 마을에 있는 유곽을 찾아가 성매매 여성에게 정원에서 꺾어온 꽃 한 다발을 건네주기만 하고 돌아온 사건이 회상의 내용이다. 벤야민은 하찮은 것처럼 보이는 일화에 부여한 그러한 의미는 기껏해야 "삶이라는 잔의 바닥에 가라앉은 찌꺼기"(443쪽)라고 꼬집는다.

알박스의 집단 기억과 벤야민

이상에서 보듯이 벤야민은 근대적 서사 형식으로서 소설은 태생적으로 집단 기억으로부터의 분리라는 문제를 안고 있다고 본다. 벤야민은 「이야기꾼」에서 집단 기억보다는 집단 경험이라는 표현을 더 자주 쓰는데, 1920년대에 활발히 논의되기 시작한 집단 기억 담론을 모르지 않았을 것이다. 그전까지 개인의 심리적이고 주관적인 차원에서 논의되던 기억을 문화와 사회의 차원으로 확장한 집단 기억 담론은 1920년대에 집중적으로 나타났다. 벤야민이 정식으로 언급한 적은 없지만 프랑스 사회학자 알박스의 집단 기억 이론도 그 중심에 있다.

한때 베르그송의 제자였던 알박스는 기억을 개인 심리가 아니라 사회적 현상이라고 보면서 베르그송의 주관주의적 접근을 넘어서고자 한다. 기억의 사회성을 강조한 『기억과 그 사회적 조건들』[14]에서 알박스는 개인 기억에서 사회적 맥락, 사회적 소재, 사회적 틀이 차지하는 중요성을 강조하는데, 이 통찰이 벤야민에게도 영향을 주었으리라고 생각된다. 벤야민이 알박스를 특별히 언급하지 않은 이유는, 아마도 알박스의 기억 담론이 너무 분명하게 사회학적으로 정향되어 있기 때문이었을 것이다.[15] 알박스는 기억에서 사회적 틀이 차지하는 중요성

---

14 Maurice Halbwachs, *Das Gedächtnis und seine sozialen Bedingungen*, übersetzt von Lutz Geldsetzer, Frankfurt a. M., 1985.

15 집단 기억과 정체성의 관계를 밝히고자 한 알박스의 이론을 세 가지로 요약하면 다음과 같다. 첫째, 기억은 이중적 의미에서 사회적 요인으로 이루어진다. 즉 기억은 한편으로는 집단을 통해 비로소 성립하고, 다른 한편으로는 집단의 결속을 비로소 가능하게 한다는 이중적 의미에서 사회성을 지닌다. 둘째, 기억은 재구성의 행위다. 즉 기억은 경험에 대한 의미 부여를 통해서 성립하는데, 여기서 사회적 의미 틀이 중요한 역할을 한다. 이러한 사회적 의미 틀은 각 집단에 고유한 세계 해석의 범주 및 도식으로 이루어진다. 셋째, 기억은 역사와 대치된다. 역사는 집단의 정체성과 상관없는 추상적인 기억인 데 반해서, 사회적 기억은 집단의 구체적 정체성과 직접적으로 연관되기 때문이다. 알박스는 집단 기억과 정체성의 관계를 밝혔으나 사회적 기억에 대한 이론을 문화이론으로 발전시키지는 못했다. 1990년 이후의 독일에서 문화이론을 이끈 알라이다 아스만은 알박스의 한계를 매체와 시간 구조, 사회적 기억의 다양한 기능에 관한 관심 부족에서 보고 있다.

을 다음과 같이 강조한다.

기억의 사회적 틀과 집단 기억Gedächtnis이 존재한다. 우리의
개인적 사고는 그것이 이 틀 안에 자리할수록 더 잘 기억할 수
있고 또 이 기억에 참여하게 된다.(『기억과 그 사회적 조건들』,
21쪽)

여기서 말하는 집단적 연관틀, 사회적 틀이란 "개별 기억
내용의 조합을 통해 만들어지는 것도 아니고, 어디서 유래한
것이든 간에 기억이 그 안에 자리잡게 될 텅 빈 형식에 불과한
것도 아니다".(22쪽) 기억을 재구성하는 기반이 되는 사회적 틀
은, "우리의 내적 상태들 안에 자리를 차지하면서 그 상태들과
분리된 것이 아니라 그 안에 용해되어 있는"(64쪽) 사회적 속
성 및 특징들로 구성된 것이다. 기억 이미지들이 외부의 대상
이미지들처럼 객관적으로 보인다면 그것들이 이미 외부로부터
주어진 연관틀에 편입되어 있음을 의미한다고 알박스는 설명
한다.(49쪽 참조)

알박스는 막연한 기억 이미지들이 아니라 정확한 기억, 즉
국지화할 수 있는 기억을 중심에 둔다. 국지화될수록 기억이
정확해지고 그렇지 않으면 막연하고 불분명한 기억 이미지만
남는다. 국지화된 기억이란, "그 형식을 확정하고, 그 이름을
명명하고, 그것으로부터 성찰의 계기를 갖게 되는"(52쪽) 기억,
"정체성과 관련된 과거를 보다 적극적이고 의식적이고, 현재의

필요에 부합하게 자신의 것으로 만드는"[16] 기억이다. 이는 감각적 직관에 귀속되는 순전한 개인 기억이 아니라 집단의 구성원들 간의 의사소통의 대상이 되는 기억이다.

> 어떤 기억Erinnerung이 갑자기 나타날 때 처음에는 날것 그대로, 고립된 가운데, 불완전하게 나타나지만, 그것은 우리에게 그것을 보다 더 잘 인식하고 국지화하기 위해 성찰할 기회를 준다. 이러한 성찰이 일어나지 않으면 그것은 단지 스쳐 지나가는 이미지일 뿐이지 기억이라고 할 수 없지 않은가.(60~61쪽)

알박스에게 기억은 "과거를 있는 그대로 생생하게 불러내는 것이 아니라 재구성"(66쪽)하는 행위이고, 지나간 "존재의 소환이 아니라 표상"(66쪽)이다. "기억의 성과는 정신의 구성적이자 합리적인 행위를 전제"(71쪽)하고, "기억은 재구성되는 것이기 때문에 그것을 생생하게 재현한다는 말은 성립할 수 없다".(72쪽) 기억에 대한 이러한 시각은 베르그송의 순수 기억과 지속 이론에 대한 반박을 깔고 있다. "우리가 보고 체험한 모든 것이 그 자체로 지속되고, [베르그송이 말한 '지속' 개념에서처럼] 현재가 과거를 끌고 다닌다고 가정할 근거는 없다."(72쪽)

---

16 Astrid Erll, *Kollektives Gedächtnis und Erinnerungskulturen*, Stuttgart·Weimar, 2005, p. 21.

알박스는 베르그송의 시각을 반박하면서 기억들은 연대기적 연속성에 따라 무의식에 보존되어 있는 것이 아니라, 일정한 연관틀에 따라 논리적으로 구별되고, 의미가 부여되고, 지적으로 표현되는 것이라고 말한다.(83쪽 참조) "사회 안에 사는 사람들이 기억을 고정시키고 재발견하기 위해 사용하는 연관틀 바깥에서는 어떠한 기억도 가능하지 않다."(121쪽) 개인은 일정한 시기에 그가 속한 집단과 기억을 공유하다가 외적·내적으로 그 집단과의 연결이 끊어지면 기억을 잃어버린다. 우리가 과거의 사건을 망각하는 것은, 그 사건과 관련된 집단을 망각하는 바람에 "그 사건의 이미지를 재구성할 아무런 수단도 갖고 있지 않기 때문"(7쪽)이다.

알박스는 개인 기억과 집단 기억을 기억의 두 가지 유형으로 분류하면서도 엄밀한 의미의 개인 기억은 없다고 본다. 우리의 내적 상태, 감정에 대한 기억처럼 순전히 개인 기억으로 보이는 기억도 그것을 되살리기 위해서는 "우리가 그 감정을 가졌던 상황에 대한 기억"(53쪽)이 선행되어야 한다. "우리로 하여금 과거의 기쁨과 고통을 다시 떠올리게 해주는 직접적이고 내적인 길은 없다…… 우리가 예전의 의식 상태를 어렵게 찾아내어 부분적으로 그것을 [기억 이미지로] 재구성할 수 있는 경우는, 그러한 상태가 사회적 의미를 지닌 이미지와 결부될 때만이다."(53쪽)

그런데 과연 기억은 언제나 사회적 틀에 의해 재구성된 이미지로만 나타나는 것인가? 어떠한 집단과도 연결되지 않고,

또 어떠한 집단적 사고와도 맞지 않는 그러한 기억 이미지가 있지 않은가? 그는 이러한 반론과 관련해서 유년 시절에 대한 기억을 예로 든다. 그는 유년 시절에 대한 기억이 현실적으로 어렵다고 본다. 유년 시절의 기억에서 우리가 발견하는 것은 너무 막연한 인상, 너무 부실하게 그려진 이미지일 뿐이기 때문이다.(36쪽 참조)

> 유년 시절을 기억하기가 어렵다. 그 시절에는 감정이 외부 대상을 반사하는 데 그치고, 대상에 대한 어떠한 이미지나 생각—주변 사람 및 집단과 연결하게 해주는 이미지나 생각—도 그 안에 끼어 있지 않기 때문이다. 즉 그때의 인상들이 어떠한 지지 기반과도 연결되지 못하기 때문이다.[17]

"사회적 틀과 아무 관계가 없는 것"처럼 보이고, "그 안에서 되살아나는 것이 느낌들, 감각적 직관"(『집단 기억』, 20쪽)에 그치는 기억 이미지는 너무 막연한 이미지다. 유년 시절에 대한 기억 중 선명한 이미지는 집단적 틀과 연관된 이미지의 경우다. 어릴 적에 겪은 특별한 사건에 대한 기억에 대해 우리는 그것이 어떠한 집단이나 집단적 사고와도 연결되지 않은 순전히 개인적인 이미지라고 생각한다. 그러나 그것이 막연한 인상

---

17 Maurice Halbwachs, *Das Kollektive Gedächtnis*, übersetzt von Holde Lhoest-Offermann, Frankfurt a. M., 1985, p. 16. 이하 본문에서는 『집단 기억』으로 표기한다.

이 아니라 뚜렷한 이미지의 형태로 기억될 수 있는 것은, 그 사건이 어떤 집단적 틀, 예를 들면 가족이라는 집단과 연관되어 재구성되기 때문이다.(18쪽 참조)

알박스는 사회적 상호 작용과 의사소통의 장에 기억을 포함시키면서 자연발생적으로 일어나는 기억이 아니라 재구성되는 기억을 강조한다. 기억은 과거를 있는 그대로 생생하게 떠올리는 것이 아니라 집단적으로 공유된 표상 및 사실들로 형성된 틀 안에서 재구성하는 것이다. 후자를 집단 기억이라고 부른다고 해서 한 집단에 속한 모든 개인이 동일한 기억을 갖는다고 주장하는 것은 아니다. 각 개인은 여러 집단에 동시에 속하기 때문에 그중 어느 한 집단의 틀에 전적으로 지배되지 않는다. 실제로는 여러 집단적 틀이 개인 안에서 부딪치거나 중첩되거나 간섭 현상을 불러일으키면서 개인의 의식 안에 복잡한 영향 관계가 만들어진다.

그러한 영향 관계가 복잡할수록 개인은 자신이 모든 집단적 영향으로부터 벗어나 있다고 착각하는 것이다. 개인이 각자자신의 의견, 성향, 감정이라고 생각하는 것도 실은 "상호 대립적이기까지 한 다양한 집단과 접촉하게 된 우연의 작용"(27쪽)이다. 그러한 우연이 개인마다 다르게 작용할 뿐이다. 자신에게만 속한다고 생각하는 개인 기억도 집단적 사고의 흐름을 벗어난 곳에 위치한 기억이 아니라, "다양한 집단적 사고 흐름이 엇갈리는 지점"(27쪽)에 초점이 맞추어지면서 형성된 기억이다. 이런 관점에서 보면, 순전히 개인적으로 보이는 기억은 그 기억을 불러온 상황들이 더 복잡하다는 점에서만 다른 기억과 구분된다.

알박스는 문화 형성에서 기억이 맡는 역할을 집단 기억 개념으로 설명하면서 현재의 필요에 따라 과거를 자신의 것으로 만드는, 기억의 적극적이고 의식적이고 구성적인 측면을 강조한다. 이런 관점에서 그는 프루스트가 말한 두 가지 기억, 즉 의지적 기억과 무의지적 기억 중에서 전자를 옹호하는 것처럼 보인다. 알박스에 의하면, 두 종류의 과거 중 "하나는 언제라도 불러낼 수 있는 과거"(29쪽)이고 다른 하나는 그렇지 못한 과거다. 전자의 내용은 보편성을 지닌 것으로 나에게 친숙하고 내가 언제라도 접근할 수 있는 과거다. 그런데 그것은 나를 바라보는 다른 사람들에게도 그렇다. 내가 나에 대해 쉽게 떠올리는 생각이나 관념은, 그것이 개인적이고 특수한 요소에 대한 것이라고 해도 다른 사람들이 나에 대해 떠올리는 것과 일치한다.

내 삶에서 내가 가장 쉽게 떠올리는 사건들이야말로 내가 속한 집단의 기억을 구성하고 그 집단의 공유 재산이 된다. 반면 내게만 속한다고 보는 사건은 가장 불러오기 힘든 과거다. 전자와 같은 과거는 언제나 내가 도달할 수 있고 접속할 수 있는 집단 기억 안에서 지속된다면, 후자와 같은 과거는 스스로도 접근하기 어렵고, 또 그것을 내게 환기해줄 집단도 현재 나로부터 떨어져 있어서 좀처럼 환기되지 않는 과거다.(30쪽) 물론 현실은 두 극점 사이의 다양한 단계로 나타난다.

벤야민은 기억의 사회성을 밝히는 데 전념한 알박스의 문제의식을 어느 정도 공유했으리라고 생각된다. 보들레르 에세이에 나오는 다음 구절은 이러한 추측을 뒷받침한다.

> 경험이 엄밀한 의미에서 지배하고 있는 곳에서는 개별적 과거의 특정 내용과 집단적 과거의 특정 내용이 기억 속에 결합되어 나타난다.(「보들레르의 몇 가지 모티프에 관하여」, 『선집 4』, 186쪽)

개별적 과거의 특정 내용과 집단적 과거의 특정 내용이 결합되어 나타나는 기억이 집단 기억이다. 개인은 자신이 속한 집단의 구성원들과 같은 사건을 보고 듣고, 사물을 보는 관점을 공유하고, 집단 구성원들이 공유하는 일체의 지식을 사용한다. 이런 경우 나의 기억은 집단 기억과 일치한다. 집단 기억에 대한 알박스의 설명은 기억이 지닌 보편적 구조에 대한 것이라면, 다음 주장은 알박스가 다루지 않은 문제, 즉 기억의 구조가 역사적으로 어떻게 변화했느냐의 문제에 대한 것이다.

> 인간의 내면적 관심사들은 이것들이 어쩔 수 없이 지니게 마련인 사적인 성격을 천성적으로 타고나는 것은 아니다. 인간의 내면적 관심사들이 사적인 성격을 띠는 것은 주위의 외적 사실들을 자신의 경험에 동화할 수 있는 가능성이 점점 줄어들었기 때문이다.(185쪽)

보들레르 에세이에서 벤야민은 "기억을 역사적으로 분류하는 것이 베르그송의 의도가 아니었다"고 지적하면서 베르그송이 경험과 기억 구조의 변화를 도외시했다고 비판한다. 이 비판은 알박스에게도 적용될 수 있을 것이다. 알박스 역시 개인 기억과 집단 기억의 연관이 시대의 흐름에서 어떻게 변화하는지를 고려 대상으로 삼지 않기 때문이다. 알박스는 가장 개인적으로 보이는 기억도 사실은 개인이 속한 여러 집단 간 경계에 위치한 기억이라고 말하면서 집단 연관성을 강조한다. 벤야민의 문제의식은 기억의 이러한 집단적·사회학적 측면을 넘어선다. 벤야민은 여러 집단에 속해 있으면서도 어느 집단과도 감정적인 일치를 경험하지 못하면서 집단 기억으로부터 분리되는 현대적 경향에 주목한다.

　　기억의 집단적·사회적 성격을 강조하는 알박스의 기억 이론은 기억의 문제를 집단적 정체성의 시각에서 설명한다는 장점을 지니지만, 개인 기억이 사회적·집단적으로 규정되는 정도가 시대마다 어떻게 달라지는지는 다루지 않는다. 다시 말해 그의 사회학적 기억 이론은 근대 이후 집단이 점점 개인에게 의미 있는 경험의 구심점이 되지 못하고 기억의 내용이 개인사에 국한되는 경향을 고려하지 않는다. 벤야민은 현대에 나타난 기억 구조의 새로운 변화를 문제삼는다. 그가 프루스트의 기억 작업을 보는 시각도 이와 비슷하다. 현대 사회에서 개인에게 집단 기억이 미치는 영향이 점차 약화되는 경우, 개인은 어떠한 집단과도 연결되지 않고 어떠한 집단적 사고와도 부합하지 않는, 자신에게만 의미 있는 기억에 몰두하고자 한다. 프루스트는 바로 그 작업을 떠맡은 작가다. 프루스트의 기억 작업은 현실을 외면하지 않고 나름의 길을 모색했다는 점에서 높이 평가받는다.

프루스트는 경험의 본질을 기억의 지속과 연결시킨 베르그송의 이론을 실제로 시험해본 작가다.(183쪽 참조) 그러나 베르그송의 이론에서도 프루스트의 실제 작업에서도 알박스가 설파한 집단 기억의 문제는 다루어지지 않는다. 베르그송과 프루스트는 알박스가 언급한 두 종류의 과거 중 두번째 과거에 대한 기억에 집중한다는 공통점을 갖는다. 벤야민이 보기에 프루스트는 두번째 과거에 대한 기억이 얼마나 어려운 작업인지, 또한 그것을 어떤 방식으로 성공시키는지를 보여준 작가다. 집단의 누구와도 공유되지 않는 자신의 과거를 어떻게 기억해내는지, "자신에 대한 어떤 상을 얻을 수 있는지"는 우연에 달려 있다고 봄으로써 프루스트는 기억의 현실을 직시한 셈이다. 알박스가 말했듯이 유년 시절은 가장 기억해내기 어려운 과거인데 프루스트는 바로 그 과거에 대해 이야기한다는 실로 어려운 과제를 떠안았던 작가다. 『잃어버린 시간을 찾아서』가 그 결실이다.

집단 기억과 무관해 보이는 문학적 기억이라고 해서 작가 개인의 사적 기억에 머무는 것이 아니다. 문학적 기억이 당대의 집단 기억을 구성하는 틀과 소재를 사용하는 것은 아니라고 해도, 문학적 기억은 후대의 집단 기억을 형성하는 선구적인 역할을 할 수 있다. 사회로부터 고립된 개인으로 보이는 보들레르의 시가 전형적인 대도시 체험의 문학적 기록으로 평가되면서 현대의 문화적 기억을 이루는 중요한 요소가 되었다는 사실에서도 이를 알 수 있다. 알라이다 아스만의 용어를 빌리자면, 보들레르의 시는 문화적 기억 중 '저장 기억Speichergedächtnis'에 속하게 된다.[18]

4. 이야기꾼과 새로운 구술성

벤야민은 이야기하는 기술의 종언을 경험의 몰락 현상과 연결하면서 이는 오래전부터 진행되어온 과정이라고 말한다. 그렇다고 몰락을 단정짓지는 않는다. 몰락 현상에 대한 벤야민의 관점은 복합적이고 변증법적이다. 한편에서 이야기의 몰락은 "세속적 생산력이 역사적으로 발전해나가면서 나타난 부수 현상"(「이야기꾼」, 『선집 9』, 422쪽)이라고 진단하지만, 다른 한편에서 몰락이 진행될 때 비로소 몰락하는 것의 본질을 꿰뚫는

---

[18] 알라이다 아스만에 의하면, 집단적 정체성을 형성하는 데 직접적으로 이바지하는 '기능 기억Funktionsgedächtnis'과 달리 '저장 기억Speichergedächtnis'은 사회적 사용기능으로부터 면제된 영역에 자리잡고 있다. 저장 기억은 집단적 정체성 형성과는 무관한 학문적, 객관적 지식이나 예술작품 등으로 나타난다. 그것의 보존은 자연발생적이 아니라 특정한 방식의 제도와 형식을 필요로 한다. 문학, 예술, 학문, 박물관 등이 저장 기억의 매체 혹은 제도에 속한다. 알라이다 아스만, 『기억의 공간Erinneungsräume』, 변학수·백설자·채연숙 옮김, 경북대학교 출판부, 1999, 164~180쪽 참조.

안목이 생긴다고 본다는 점에서 그렇다. "사라져가는 것에서 어떤 새로운 아름다움"(422쪽) 혹은 구제할 만한 것이 비로소 분명하게 드러난다. 벤야민은 몰락을 여러 영역과 관련해서 언급한 바 있다. 형이상학적이고 신학적인 범주로 쓰인 초기 언어 논문 「언어 일반과 인간의 언어에 대하여」와 「번역자의 과제」에서는 전달 수단으로 몰락한 언어의 문제를 다루고 있고, 유물론적 예술 이론을 수립하고자 한 「기술복제시대의 예술작품」에서는 복제기술에 의한 아우라의 몰락을 논증한다. "아무리 가까이 있더라도 멀리 떨어져 있는 어떤 것의 일회적 현상"(『선집 2』, 50쪽)으로 규정되는 아우라는 사진과 영화와 같은 기술적 복제품에서는 사라지고 있다는 것이다.

그러나 이야기든 아우라든 구조적이고 거시적 차원에서 몰락의 경향을 확인할 수 있다고 해서 미시적, 개인적 차원에서까지 그것이 전적으로 사라진 것은 아니다. 또한 몰락한 것은 그냥 사라지는 것이 아니라 새로운 조건 아래 변형된 형태로 재등장한다. 이는 문화사에서 언제나 확인되는 사실이다. 따라서 언어, 경험, 표현 등 어느 차원에서든 역사적으로 일어난 변화를 몰락의 관점에서 보는 벤야민의 입장은 전통과의 단절을 외치는 아방가르드와는 다르다. 벤야민의 시각은 철두철미 변증법적이다. 그의 변증법적 시각에 따르면, 몰락하는 것은 몰락한 후에야 더욱 분명하게 모습을 드러내는 역사적 대상이 되고, 몰락한 것에 대한 분명한 인식에 의해 비로소 구제할 만한 것과 새롭게 변형된 것을 발견할 수 있게 된다.

이와 마찬가지로 전통 사회에서 흔히 볼 수 있었던 이야기꾼의 본질은 이야기꾼이 사라진 현대에 들어서 비로소 통찰 가능해지고, 이러한 통찰에 힘입어 현대 소설가의 작품 안에서 새로운 이야기꾼의 면모를 발견하거나 새로운 매체 환경에서 2차 구술성의 가능성을 엿볼 수 있게 된다.[19] 따라서 구술성의 전통에 속하는 이야기꾼과 이야기에 대한 벤야민의 관심은 단지 사라지는 대상에 대한 역사적 관심 때문만이 아니다. 여기에는 한물간 것으로 보인 서사 형식이 시의성을 지니게 되었다는 매체사의 변증법에 대한 인식도 깔려 있다. 벤야민은 한편에서는 '이야기의 몰락'에 대응하는 새로운 구술성을 문자 매체에서 부활시킨 되블린의 소설 『베를린 알렉산더 광장』에 주목하는 동시에(Ⅱ, 1286 참조), 집단적 수용이 가능한 영화나 라디오 등 새로운 기술매체에서 열리는 2차 구술성에 관심을 기울인다.

『베를린 알렉산더 광장』에 대한 서평 「소설의 위기」에서 벤야민은 되블린을 위대한 이야기꾼으로 소개한다. 되블린은 이야기의 서사적 요소와 구술성을 소설에 도입함으로써 이야

---

19 루카치의 『소설의 이론』과 구분되는 서사 이론을 세우고자 한 벤야민은 역사적 단계에 따른 표현 형식의 변화를 사회사적이고 기술적인 요인을 통해 설명하면서 이를 루카치보다 더 강력하게 역사화한다. 다른 한편으로는 모든 시대적, 매체적 한계를 넘어서 이야기 행위의 본질을 개념화하고자 한다. 여기서 형식의 역사에 대한 논의와 장르 유형에 대한 논의를 어떻게 매개하는가라는 문제가 부각된다. Alexander Honold, "Erzählen", Benjamins Begriffe, M. Opitz/ E. Wizisla (ed.), Frankfurt a. M., 2000, p. 373 참조.

기의 정신을 살린 작가라는 것이다. 1930년의 이러한 평가는 「생산자로서의 작가」에서의 평가와는 사뭇 다르다. 1934년에 파리의 파시즘 연구소에서 한 강연 원고 「생산자로서의 작가」에서 벤야민은, 상당수 작가들이 "신념의 차원에서는 혁명적 발전을 이루었으면서도 정작 자신의 노동, 그 노동이 생산 수단에 대해 갖는 관계, 그 노동의 기술에 대해서는 실제로 혁명적인 사고를 철저히 할 수 없었다"(『선집 8』, 376쪽)고 비판하면서 되블린도 이러한 작가들에 포함시킨다. 「알아라, 그리고 변화시켜라!」라는 되블린의 팸플릿에 의하면, 되블린은 "'정신적 인간'이라는 개념, 즉 생산 과정 속에서 차지하는 위치에 의해서가 아니라 견해나 신념 또는 소질에 의해 정의된 유형으로서의 '정신적 인간'이라는 구상"(380쪽)을 설파한다. 문학적 "생산 수단의 기능 전환"(381쪽)을 강조하는 이 강연은 되블린이 문학적 생산 수단의 기능 전환의 과제와는 무관한 작가라고 역설한다. 1930년에 되블린을 서사적인 것, 이야기의 요소들을 통해 소설의 위기를 극복하고자 한 작가라고 긍정적으로 본 것에 비추어보면, 되블린 평가의 이러한 변화에는 온건 사회주의자 되블린에 대한 좌파 작가 진영에서의 비판도 작용한 것으로 보인다.

그전까지만 해도 되블린의 소설과 되블린이 1928년에 발표한 「서사 작품의 구성」은 서사 이론에 대한 벤야민의 관심에 부합한다.[20] 서평 「소설의 위기」에서 벤야민은 소멸한 것으로 생각된 이야기의 정신이 되블린의 소설 『베를린 알렉산더 광장』에서 부활하고 있다고 보면서 이를 두 가지 관점에서 설명한다. 첫번째는 구술성의 원리다. 되블린은 소설에 구술성의 원리를 끌어들이는데, 이는 소설 형식을 폭파하는 에너지, 즉 몽타주와 방언으로 나타난다. 원래 구술적 소통에 기반한 이야기는 고립된 개인이 아니라 청자들과 이루는 직접적 공동체를 전제로 하는 반면, 소설은 공동체로부터 고립된 개인의 작품으로서 개별 독자와의 폐쇄적인 소통에 놓여 있다. 벤야민에 의하면, 되블린의 소설은 베를린 방언, "들끓어오르는 실제의 구어체 언어가 뼛속까지"(「소설의 위기」, 『선집 9』 495쪽) 스며들어 있는 인물들을 통해 "소설의 폐쇄성에 반대하는 힘들"(496쪽)을 유감없이 발휘한다. 되블린의 소설도 쓰기 소설인 한, 이야기를 하는 사람과 듣는 사람으로 형성되는 이야기의 구술적 상황을 직접적으로 만들어내지는 못한다. 그러나 당시 쓰기 소설에 도입된 적이 없던 방언들은 그러한 구술적 상황을 상상하게 해주는 효과를 지닌다.

　벤야민이 되블린의 새로운 소설에서 이야기의 정신을 발견할 수 있다고 생각한 두번째 이유는, 되블린이 제시한 몽타주는 "한 명의 주인공, 하나의 방랑의 항해, 또는 하나의 투쟁에" 바쳐진 소설이 아니라 "흩어져 있는 수많은 사건에 바쳐져"(「이야기꾼」, 『선집 9』, 441쪽) 있는 이야기의 구성에 더 가깝기 때문이다. 벤야민은 되블린의 새로운 소설 시학을 앙드레

20　Alexander Honold, 같은 책, pp. 363~398 참조.

지드의 '순수 소설'론과 대비시킨다. 지드의 순수 소설론은 "모든 담백한 이야기, 일직선적인 연쇄로 이어지는 이야기들"을 펼치는 서사적인 태도를 극단적으로 반대하면서 "순수한 쓰기 소설"(「소설의 위기」, 『선집 9』, 494쪽)을 소설의 이상으로 삼는다. 이러한 쓰기 소설에서는 "일어나는 일에 대한 인물들의 입장, 그 인물들에 대한 작가의 입장, 자신의 기법에 대한 작가의 입장"(494쪽) 등이 소설의 중요한 구성 요소를 이룬다. 요컨대 순수 소설은 "본래 순수한 내면이지 외부라는 것을 모르는데, 그에 따라 그것은 이야기하기를 나타내는 순수하게 서사적인 태도에 대한 반대 극을 형성한다".(494쪽)

이와 반대로 되블린 소설에서 분명하게 도입된 양식 원칙으로서 몽타주는 "소시민적인 인쇄물, 추문, 사건 사고…… 광고들"(495쪽) 등 대도시 현실을 이루는 갖가지 기록 요소들을 짜맞춘다. 여기서 작가는 "서둘러 자신의 목소리를 들리게 하려고 하지 않는다…… 그가 인물들을 세워 해명을 요구하는 일을 감행하기 전에 얼마나 끈기 있게 그 인물들을 쫓아가는지 놀라울 따름이다. 서사 작가가 으레 그렇듯이 그는 조용히 사안들에 다가간다. 일어나는 일은 그것이 제아무리 급작스러운 일일지라도 긴 과정을 거쳐 준비된 것처럼 보인다".(495~496쪽)

이러한 태도는 소설의 일반 화자보다는 이야기꾼에 가깝다. 이점에서 되블린의 소설을 읽는 독자는 외부로부터 보호된 폐쇄적인 내면에 침잠하기보다는 통풍 상태가 좋은 확 트인 공간에 서 있는 듯하다.

> 소설을 읽는 행위만큼 내적인 인간의 위험한 침묵에 기여하는
> 것도 없다…… 오늘날의 사람들은 통풍 상태가 열악하다. 반
> 면 모든 이야기 속에는―가장 단순한 이야기에서조차―시원
> 한 바람이 통하고 있다…… 요컨대 우리 모두의 삶에서 '사적
> 인 것'이 뻔뻔스럽게 영역을 확장해가는 현상이야말로 이야기
> 의 정신을 철저하게 파괴하는 주범이다.(「이야기꾼 관련 자료」,
> 『선집 9』, 482쪽)

되블린 소설이 지닌 의의는, 구두 서사문화의 에너지를 회
복함으로써 서사의 위기를 극복했다는 점에 있다. 그의 소설
은 몽타주, 방언 등을 통해 소설 형식을 폭파하고, 서사와 소설
의 대립을 가시화하는 동시에 극복한 것으로 평가된다. 되블린
의 소설은 이처럼 이야기의 정신과 서사적인 것을 복원하고자
한 시도지만, 문자 매체의 한계를 넘어선 것은 아니다. 벤야민
이 미디어를 이용한 "새로운 이야기꾼들의 온갖 노력"(484쪽)
에 주목한 이유는, 책에서 억압되어온 구술성이 청각적 기술
매체에 의해 회복될 획기적 가능성 때문이다. 벤야민은 이와
관련해서 특히 라디오 방송의 잠재력에 주목한다. 그의 라디오
방송 강연, 라디오 방송극 제작, 라디오에 대한 여러 편의 글을
보면, 라디오 방송에 대한 그의 기대가 영화 못지않았음을 짐
작할 수 있다. 라디오는 음성을 통한 전달을 통해 2차 구술성

의 시대를 연 매체로 각광을 받게 된 것이다.

「라디오 방송에 대한 성찰」이라는 글에서 벤야민은 라디오 방송에서 소리의 중요성을 강조한다. "청취자를 자신과 아주 동떨어진 것에도 매료당하게 하는 것이 바로 소리, 말투, 언어"다.[21] 라디오 청취자는 "소리를 손님으로 맞는다".(『라디오와 매체』, 21쪽) 그러나 라디오가 지닌 상호 소통의 가능성은 라디오 방송이라는 제도에 의해 억압된다. 원래 "라디오의 의의란 누구든지 원한다면 언제라도 마이크 앞에 설 수 있다는 데, 즉 때론 이 사람이 때론 저 사람이 발언권을 가지고 공론장을 인터뷰와 대담의 증언자로 만드는 데"(19쪽) 있는데 현실은 그렇지 않다. 라디오 제도에 의해 방송 진행자와 청중 사이의 분리가 영구화될 우려가 있다.[22] 벤야민은 라디오 방송을 통해 새로운 구술성이 회복되기를 바라면서 자신도 라디오 강연과 방송극 프로젝트를 통해 미디어를 매개로 한 새로운 구술성을 경험한다. 벤야민은 새로운 구술성이 옛 구술성과 다른 결정적 차이를 실감하기도 한다. 라디오 방송이 이야기처럼 구술성을 바탕으로 하지만, 방송을 하는 사람과 방송을 듣는 사람의 공간

---

21 발터 벤야민, 『라디오와 매체』, 고지현 편역, 현실문화, 2021, 21쪽.

22 「생산자로서의 작가」에서 벤야민은 이러한 구별이 소비에트 신문에서 처음으로 해체되고 있다고 진단한다. "문학적 혼돈의 무대가 바로 신문이다. 신문의 내용인 '소재'는 독자의 성급함이 강요하는 조직 형식 이외의 어떤 형식도 거부한다……. 글쓰기가 깊이를 상실하는 대신 폭넓은 대중 기반을 획득함으로써 부르주아적 신문에서 관습적인 형태로 유지되어온 작가와 대중 사이의 구별이 소비에트 신문에서는 사라지기 시작한 것이다."(「생산자로서의 작가」, 『선집 8』, 374~375쪽)

적인 분리가 예기치 않은 상황을 초래할 수 있음을 직접 체험하게 된 것이다.

1934년 12월 6일자 프랑크푸르트 신문에 가명으로 실은 「정시에」라는 글에서 벤야민은 라디오 강연이 청중을 직접 대면하는 소통과 어떻게 다른지를 분명히 인식하게 된다. 라디오 강연은 다수의 개별자에게 말을 거는 것이지 한 장소에 모인 다수의 군집자에게 말을 거는 것이 아니라는 점, 직접적인 소통 상황과 달리 발언 시간을 정확하게 지켜야 한다는 점 등이 그것이다. 이 강연 녹음에서 벤야민은 시계의 초침을 분침으로 잘못 보아 시간이 얼마 남지 않았다는 생각에 남은 원고를 건너뛰듯이 마쳤는데 정해진 40분까지는 아직도 4분이 남았던 것이다. 그때의 당혹감에 대해 벤야민은 이렇게 쓰고 있다.

이 방에서, 인간이 기술과 기술에 의해 지배되는 이 방에서, 우리가 태곳적부터 알고 있었던 것과 비슷한 새로운 전율이 나를 엄습했다. 나는 나 자신에게 귀를 기울였는데, 그러자 갑자기 다름아닌 나 자신의 침묵이 울려왔다. 나는 그 침묵이 바로 지금 수천 개의 귀와 수천 개의 방에서 동시에 나의 생명을 앗아가는 죽음의 침묵임을 알아차렸다.(「정시에」, 『라디오와 매체』, 42쪽)

전통적인 이야기하기에서는 청자가 몇 명이든 하나의 방에서 이야기가 전달된다. 기술적으로 규정된 새로운 소통 상황, 즉 수천 명의 청자가 수천 개의 방에서 듣고 있는 상황은, 다수의 군중이 하나의 공간에서 듣고 있는 상황보다 벤야민이 느낀 죽음의 침묵을 수천 배로 증폭한다. 이러한 경험은 라디오 방송을 통해 구술성이라는 형식이 다시 시사성을 획득하기는 했지만, 그것이 실현되는 방식과 상황은 옛 구술성과는 다르다는 점을 인식하는 계기가 된다. 그럼에도 벤야민은 옛 이야기꾼과 청자들의 관계에서와 같은 화자와 청자 간 쌍방향 소통, 지혜와 조언의 전달, 집단 기억과 집단 경험의 공유에서 라디오 방송 매체가 갖는 잠재력에 대한 기대를 고수한다. 1935년에 쓴 「기술복제시대의 예술작품」 및 매체에 대한 그의 여러 글은 이를 잘 보여준다.

제2장

카프카와 망각

"망각된 것은 우리보다 더 오래 살아남을 것이다. 망각된 것은 우리에게 의존해 있지 않다.
(「카프카 관련 수기들」, 『선집 7』, 270쪽)

1. '인간 삶의 가장 어두운 사안'을 다룬 작가

벤야민의 가장 가까운 친구이자 유대교 학자였던 게르숌 숄렘은, 벤야민이 「생산자로서의 작가」를 발표한 같은 시기에 어떻게 카프카에 몰두할 수 있었는지 놀랍다고 회고한다.[1] 「생산자로서의 작가」에서 벤야민은 문학과 예술의 혁명적 기능이 어떤 방식으로 실현 가능한가를 핵심 문제로 설정하면서 "생산 수단의 기능 전환"(『선집 8』, 381쪽)을 요구한다. 1934년에 발표한 에세이 「프란츠 카프카. 그의 10주기에 즈음하여」(이하 「프

---

1 G. Scholem, *Walter Benjamin: die Geschichte einer Freundschaft*, Frankfurt a. M., 1975, p. 258 참조.

란츠 카프카」로 약칭)는 전혀 다른 문제의식 아래 망각을 핵심 주제로 다룬다.[2] 벤야민에게 카프카는 인류가 문명화를 거치면서 극복했다고 믿고 있으나 현대에 이르기까지 은밀하게 영향을 미치고 있는 태곳적인 것을 망각의 심연에서 들어올리고자 한 작가다. "자신의 시대가 태초로부터 한 걸음도 진보하지 않은 것으로 믿었던"(「프란츠 카프카」, 『선집 7』, 93쪽) 카프카에게 완전히 동의한 것은 아니지만, 벤야민은 카프카의 문학에서 자신의 역사철학적 관점에 상응하는 측면을 발견한다.

벤야민은 다양한 사상적 성향의 지인들에게 자신의 카프카 원고를 보여주면서 카프카 해석의 스펙트럼을 넓히기 위한 자극을 받고 싶어했다.[3] 사회적 실천을 위해 유용한 이미지가 있느냐를 묻는 브레히트의 실용주의적인 카프카 해석에 벤야민은 이의를 제기한다. 카프카의 세계는 그러한 차원보다 훨씬 더 깊은 역사적 심층에서 펼쳐진다고 생각하기 때문이다.

---

2   벤야민의 카프카 연구는 1934년 이전으로 거슬러올라간다. 1929년에는 논평 「기사도」를 썼고, 1931년에는 라디오 강연을 위한 원고 「프란츠 카프카: 중국의 만리장성이 축조되었을 때」를 썼다. 미발표 수기로는 1927년에 쓴 「어느 비의의 이념」이 있다. 『선집 7』 참조.

3   아도르노의 평가는 이런저런 보완을 요구하면서 대체로 호의적인 것 같다. 브레히트는 카프카를 현대의 위대한 서사 작가로 인정하면서도 유럽 소시민층의 좌절과 놀라움을 문학적으로 반영하는 데 그친 한계를 지적한다. 브레히트는 벤야민의 카프카 에세이 초고를 읽고 가차없는 비판을 마다하지 않았는데, 벤야민이 카프카가 그린 모호한 세계를 해명하기보다 더 모호하게 만들고 있다고 생각했기 때문이다. 이는 벤야민이 추구하는 글쓰기에서 오는 문제이기도 하다. 벤야민은 카프카가 그린 세계의 본질을 해명하기 위해서는 카프카의 작품에 제시된 다양한 모티프들을 해명할 필요가 있다고 보는데 몽타주식 글쓰기를 선택한 것도 그 때문이다.

벤야민에 의하면, 카프카는 죄, 벌, 심판, 법 등의 주제를 다루면서 세속화의 원칙을 고수하는데, 당시 카프카 연구를 지배하던 신학적 해석은 신학적 도식을 무리하게 끌어들이는 바람에 카프카의 세계가 지닌 본질적인 구조를 놓치고 있다.[4] 카프카는 신의 심판과 구원이 인간의 역사에 어떤 형태로 일어날 것인가에 대한 근본적 물음을 가지고 있었지만, 이러한 물음은 그의 텍스트 어느 곳에도 직접적으로 다루어지지 않는다. 카프카의 세계에는 "신이라는 단어가 등장하지 않는다".(「카프카 관련 수기들」, 『선집 7』, 269쪽)[5]

벤야민은 진정한 세속화의 원칙에 카프카의 문학이 부합한다고 생각한다. 진정한 세속화는 무엇인가? 원래 세속화는 종교의 소멸을 의미하는 개념으로 알려져 있다. 그러나 사실 세속화가 종교의 쇠퇴를 의미하는지 아니면 변형을 의미하는지는 불분명하다.[6] 전자는 종교적 권위의 약화, 종교적 가치관 및 규범, 의례의 사회적 영향력이 감소하고 있다는 사실을 의미한다면, 후자는 형태와 양식이 변화했다 하더라도 종교의 기능이 여전히 강력하게 남아 있음을 의미한다. 진보 사관 등의 학문적 담론에서 볼 수 있는 세속화된 구원론, 사회문화적 차

---

4 「기사도」(1929)와 막스 브로트의 카프카 전기에 대한 서평(『선집 7』, 132~133, 138쪽) 참조.

5 "무엇이 카프카가 신이라는 이름을 사용하는 것을 금하게 하는지를 이해하지 못하는 사람은 그가 쓴 텍스트를 한 줄도 이해하지 못한다."(『선집 7』, 278쪽)

6 Hermann Lübbe, *Säkularisierung. Geschichte eines ideenpolitischen Begriffs*, Bamberg, 2003(1965), p. 21 참조.

제2장 카프카와 망각

원에서 일어난 프로테스탄티즘의 세속화, 시적 창작을 성스러운 것으로 선언하는 예술프로그램 등은 신학적 유산의 대용물로서 세속화된 형태로 종교의 기능이 살아남아 있음을 보여준다. 종교와 신학을 추방한 것처럼 보인 근대의 학문, 문화, 예술이 실은 신학적 유산의 대용물에 불과하다는 것이다. 막스 베버는 세속화된 유럽 사회의 탈마법화, 합리화는 역사적으로 필연적이지만 기술적, 학문적 문명 세계의 내재성을 벗어나 초월적인 목표에 의존하려는 보수적 희망이 지속되고 있다고 지적한다.[7] 「종교로서의 자본주의」에서 벤야민은 베버의 주장을 넘어 자본주의를 "교리 없는 종교"(VI, 102)로서 극단화된 제의 종교라고 설파한 바 있다.[8]

벤야민은, 겉으로는 세속적인 것을 표방하지만 신학적 유산의 대용물이라고 할 수 있는 모든 담론을 비판한다. 진정한 세속화의 의미는 벤야민이 자신의 역사적 사고가 지닌 특징에 대해 한 다음 발언을 통해 추론해볼 수 있다.

회상은 역사를 근본적으로 비신학적으로 파악해서는 안 된다는 경험을 하게 하지만 그렇다고 역사를 직접 신학적 개념들

---

7 Hermann Lübbe, 같은 책, p. 70 참조.
8 VI, 100~103 참조. 「종교로서의 자본주의」는 짧은 단편으로 새로운 형태의 제의 종교로서 자본주의가 지니는 특징을 압축적으로 설명한 글이다. 여기서 벤야민은 자본주의적 직업 에토스가 종교적 금욕으로부터 전환된 것이라고 밝힌 막스 베버보다 더 나아가, 현대 자본주의는 "순전히 제의로만 이루어진 종교"(VI, 100), 즉 가장 극단적인 제의 종교가 되었다고 주장한다.

로 기술해서도 안 된다.(V, 589)

유대인으로서의 정체성을 부인한 적이 없던 벤야민은 구원, 계시, 정의, 법 등에 대한 신학적 주제에 관한 관심을 평생 갖고 있었지만, 유물론적 사유를 지향한 1920년대 중반 이후 신학적 범주를 직접적으로 글에 도입하는 것을 꺼린다. 그렇다고 신학적 사유에서 유래한 성찰이 중단된 것은 아니다. "압지와 잉크의 관계"(V, 588)에 빗대어 초기의 신학적 사유(잉크)가 유물론적 사유의 지평(압지)에 융해되어 있다고 말한 것을 보아도 그렇다. 초기의 저서에서 사용하던 신학적 범주들을 더는 사용하지 않으려 한 것도 진정한 세속화에 대한 그의 입장에 따른 것이다. 세속적인 것은 어떤 경우에도 신적 질서와 혼동될 수 없는 인간 고유의 실천의 영역인 만큼 신학적 범주에 기대지 않고 세속적인 것을 그 자체 세속적인 영역의 언어로 포착하는 것이 중요하다. 사진이나 영화 등 새로운 기술 매체나 현대 자본주의적 도시 문화에 대해 보인 벤야민의 관심은 세속화에 대한 이러한 문제의식과도 연관된다. 벤야민은 종교적 전통으로 귀환하지도 않고, 그와 반대로 계몽주의적 탈마법화, 탈신성화를 의도하지도 않는다.

카프카 문학에 대한 그의 평가도 이와 크게 다르지 않다. 벤야민에 의하면, 카프카는 신학적 사변을 드러내지 않는 대신, 원래 신학자들이 다룸직한 "인간 삶의 가장 어두운 사안"(「기사도」, 『선집 7』, 132쪽)을 문학적 형상화의 중심에 두고

있는데, 이 문제를 카프카처럼 그렇게까지 철저하게 다룬 작가
는 그때까지 없었다. 카프카는 "살았던 순간의 어둠에서 달아
나는 것이 아니라 그 어둠을 뚫고 들어간다".(「카프카 관련 수기
들」, 『선집 7』, 235쪽) 살았던 순간의 어둠은 사라진 것이 아니라
망각된 채 지속되어 현존하고 있는 차원이다. 카프카는 개인사
를 넘어 인간사에 드리운 그러한 어둠을 망각의 저장고로부터
끄집어내는 것을 필생의 과제로 삼은 작가다.[9] 카프카 자신도
어떻게 명명할지 알 수 없었던 그러한 어둠에 대해 벤야민은
'전세'라는 이름을 붙인다.

> 망각된 것은—이것을 인식함으로써 우리는 카프카 작품의 또
> 다른 문턱에 다가서게 되는데—결코 단지 개인적으로 망각
> 된 것만이 아니다. 망각된 모든 것은 전세에서 망각된 것과 혼
> 합되며, 그것과 헤아릴 수 없이 많은 관계, 불확실하고 변화무
> 쌍한 관계로 결합되면서 거듭해서 새로운 산물들을 만들어낸
> 다.(「프란츠 카프카」, 『선집 7』, 96쪽)

9 베다 알레만은 벤야민을 카프카 문학의 인식론적 업적을 제대로 파악할 줄 알
았던 선구적인 비평가라고 평가한다. B. Allemann, "Fragen an die judaistische
Kafka-Deutung am Beispiel Benjamins", *Kafka und das Judentum*, Karl Erich
Grözinger/ Stéphane Mosès/ Hans Dieter Zimmermann (ed.), Frankfurt a. M.,
1987, p. 64 참조. 벤야민은 카프카의 문학과 역사적 경험의 관계를 비유클리드적
기하학과 경험적 기하학의 관계로 비유한 적도 있다.

2. 망각의 힘과 꼽추 난쟁이

망각의 힘

아도르노는 1940년 2월 29일 벤야민에게 보내는 편지에서 '반사 반응적 성격'을 가진 망각과 '무의지적 기억의 차원'의 근거가 되는 망각을 구분한다. 벤야민도 답장에서 이 구분을 인정하는데 망각의 이 두 유형에 대해 자세히 기술하지는 않는다. 전자는 단순히 기억이 사라지고 없어진다는 의미의 망각이고, 후자는 미래에 일어날 기억의 토대가 된다는 의미의 망각이다. 일기는 후자의 의미에서의 망각을 방지함으로써 기억의 싹이 무의식에서 성숙해지는 것을 막는다는 점에서 위험하다.

> 너무 일찍 기억의 싹들을 영혼에서 들춰내어 그 싹들이 열매를 맺도록 성숙해지는 것을 좌절시키는 것이 일기 일반이 내포하는 위험이다. 그 위험은 정신적인 삶이 오직 일기에서만 표현되어 나온다면 더욱 치명적이 될 수밖에 없다. 어쨌든 내 면화된 삶의 모든 힘은 기억에서 나온다.(「괴테의 친화력」, 『선집 10』, 148쪽)

기억이 무르익기 위해서는 망각이 필수적이라는 이러한 견해는 기억과 망각이 갖는 역설적인 관계를 의미하는 것이다. 니체는 『반시대적 고찰』[10] 2부 「삶에 대한 역사의 공과」를 전자의 의미에서의 망각, 즉 반사 반응적 성격을 가진 망각에 대한 이야기로 시작한다. 인간은 이런 망각 능력을 지닌 동물을 부러워한다는 것이다. 동물이 우울함과 권태를 모르는 이유는, "순간의 말뚝에 묶여" 방금 경험한 것을 바로 잊는 망각 능력 덕분이다. 실제로 동물이 그렇게까지 기억력이 없다고 볼 수 없지만 "망각을 배우지 못하고 항상 과거에 매달려 있는"(『반시대적 고찰』, 290쪽) 인간의 눈에는 그렇게 보인다. 동물과 자신을 비교하면서 인간은 동물이 누리는 망각의 축복을 부러워한다. 사실 인간도 망각 없이는 살 수 없는 존재로, 매 순간 망각은 자동 반사로 일어나고 있음에도 인간은 종종 자신이 "아무리 멀리, 아무리" 빨리 달려도 과거의 사슬이 함께 따라다닌다고 느낀다.

> 어느 순간 여기 있다가 휙 지나가 버리는 순간……이 유령처럼 다시 오고, 나중에 어느 순간의 휴식을 훼방한다. 시간의 두루마리에서 한 장씩 끊임없이 풀려서 떨어져나와 훨훨 날아간다─인간의 품속으로, 그런 다음 인간은 '기억이 난다'라고 말하면서, 곧 잊어버리고 매 순간이 정말 죽어서 안개와 밤 속으로 가라앉아 영원히 사라지는 것을 보는 동물을 부러워한다.(291쪽)

인간에게도 망각이 자연적이지만 동물과의 차이를 이렇게

---

10 프리드리히 니체, 『반시대적 고찰』, 이진우 옮김, 책세상, 2024.

부각시킨 이유는 무엇일까? 이 질문은 니체의 텍스트 전반에 깔린 문화 비판적인 의도로 설명된다. 니체는 당대의 과도한 역사 교육과 역사 교양을 비판한다. 교양-사상, 교양-감정에 머물 뿐 "교양-결단"과 연결되지 않는 역사적 지식의 포식은, "더이상 변혁적인 동기, 바깥으로 몰고 가는 동기로 작용하지 못하며 일종의 혼동의 내면세계 속에 감추어져 있다".(318쪽) 일반 시민과 청년에게 요구되는 역사적 교양은, 역사적 지식 으로부터 "진정한 의미에서의 효과, 즉 삶과 행위에 대한 효과 를 도출하도록 허용하지 않는다".(332쪽) 단순히 지식의 형태로 주어진 역사는 삶을 위한 결단의 동기를 주지 못할 뿐 아니라 삶에 필요한 지식을 스스로 획득하는 것을 방해한다. 청년들 을 대상으로 하는 역사 교육의 실상에 대해 니체는 다음과 같 이 말한다. "머리는 엄청난 수의 개념들로 가득차는데 이 개념 들은 삶을 직접적으로 관찰해서 얻어진 것이 아니라 과거의 시 대와 민족들에 대한 극히 간접적인 지식에서 추출된 것들이다. 스스로 체험하고 자신의 체험들이 서로 연관되어 극히 생동적 인 체계가 자신의 내면에서 자라나는 것을 느끼고 싶어하는 그 의 욕망은 마비"(380쪽)된다.

니체에 의하면 쏟아지는 역사적 지식은 외부로 아무런 영 향도 미치지 못하는 "지식의 쓰레깃더미" 속으로 들어가며 사 람들은 자기 삶의 주인이 되지 못하고 역사적 교양 뒤에 "비 겁하게 자신을 감춘 보편적 인간들"에 머문다.(327쪽) 이들 은 인간이기를 멈추고, "사유 기계, 글쓰는 기계, 말하는 기계"(329쪽)일 뿐이 아닌가라고 니체는 반문한다.

문화 전반적으로 역사의 과잉은 문화의 조형력, 즉 "스스로 고유한 방식으로 성장하고, 과거의 것과 낯선 것을 변형시켜 자기 것으로 만들며, 상처를 치유하고 상실한 것을 대체하고 부서진 것을 스스로 복제할 수 있는 힘"(293쪽)을 방해한다.[11] 삶을 위해서는 인간이 서 있는 지평을 적절하게 제한해야 하는데, 다시 말해 망각할 줄 알아야 하는데, 학문으로 정립된 역사는 그러한 망각을 증오하고, "인간을 인식된 생성이라는 무한하고 무제한적인 광파의 바다"(384쪽)로 던진다.

> 역사가 학문이 되어야 한다는 요구로 인해, 이제 삶이 혼자 지배하는 것도 아니고 삶이 과거에 대한 지식을 제어하지도 못한다. 이제 모든 경계 푯말은 넘어졌고 과거에 존재했던 모든 것이 인간을 향해 돌진해온다. 모든 관점들도 생성이 있던 곳까지 거슬러올라가 무한대로 이동하고 있다. 지금 보편적 생성의 학문, 역사가 보여주는 것과 같은 그런 개괄할 수 없는 연극은 이제까지 어떤 종족도 보지 못했다.(317쪽)

현존하는 것의 생성으로 거슬러올라가야 직성이 풀리는

---

11 역사학을 지배한 새로운 패러다임으로 등장한 역사주의에 대한 벤야민의 비판도 니체와 같은 동기에서 설명될 수 있다. 「수집가이자 역사가 에두아르트 푹스」에서 벤야민이 "인류의 등에 쌓이는 보화의 무게를 증가"(『선집 5』 277쪽)시키는 데 기여한다고 문화사를 비판한 것도 이를 잘 보여준다.

역사적 감각의 과잉은 사람들로 하여금 '역사 병'에 시달리게 한다. 니체는 당대의 역사학자들, 교육 정책가들이 이런 과잉을 의도적으로 장려하고 고무하고 이용한다고 보았다. 니체가 자연적 능력으로서 망각의 필요성을 강조한 것은, 역사가 삶에 봉사하는 것이 아니라 오히려 삶을 지배하면서 삶의 충동과 열정을 억제하게 된 당대의 왜곡된 문화를 비판하기 위해서다. 니체는 역사 병에 대한 치유책, 해독제로 초역사적인 것과 함께 비역사적인 것, 즉 "잊을 수 있고 제한된 지평 안에 스스로를 가둘 수 있는 기술과 힘"(384쪽)을 강조한다. 이는 곧 망각의 힘이고, "하나를 행하기 위해 대부분의 것을 망각"(296쪽)할 줄 아는 능력이다.

이상에서 니체는 현재의 삶에 집중하기 위해 필수적 망각 능력을 강조하는데, 그렇다고 해서 기억의 필요성을 부정한 것은 아니다. 중요한 것은 "과거에 대한 지식이…… 미래와 현재에 봉사"(316쪽)하는 방식으로 과거와 관계를 맺는 것인데, 이러한 의미의 관계 맺기가 어떤 것인지 「삶에 대한 역사의 공과」에서는 자세히 다루어지지 않는다. 다만 니체는 역사와의 세 가지 관계 맺기를 기념비적, 골동품적, 비판적 관계 맺기로 나누면서 각 유형의 문제점을 지적한다. 궁극적으로 니체의 문화비판이 추구한 것은, "새롭게 역사를 서술하고 세 가지 의미에서, 즉 기념비적 또는 골동품적, 비판적 의미에서 역사를 삶의 지배하에서 이용할 수 있을 만큼 다시 건강해지는 시점"(386쪽)에 도달하는 것이다. 이 세 가지 유형 중에서 망각의 힘과 관련해서 관심을 끄는 것은 세번째 유형, 즉 비판적 관계 맺기다.

> 인간은 살기 위해 과거를 파괴하거나 해체할 힘을 가져야만 하고 때에 따라 실제로 그렇게 해야 한다. 그렇게 하기 위해 그는 과거를 법정에 세우고 고통스럽게 심문하고 마침내 유죄를 선고해야 한다.(314쪽)

비판적 관계 맺기는 현실적으로는 집단적 이해관계에 따른 것이지 정의를 대변하지는 않는다. 진정한 의미에서의 비판적 관계 맺기는 극소수의 탁월한 개인에게만 가능하다. "흘러간 시대와 세대의 재판관이 될 권리를 가진 시대와 세대는 없다. 항상 몇몇 사람들에게, 그것도 극히 소수의 사람들에게 그토록 불편한 사명이 떨어진다."(342쪽)

역사에 대한 비판적 관계 맺기는 망각과 어떤 관계에 있는가? 비판의 대상이 되는 과거는 억압되고 망각된 것을 묻도록 촉구하는 과거다. 모든 과거가 비판받는 이유는, "그 안에 강력하게 세력을 떨친 인간적 폭력과 결점"(314쪽)이 망각되고 은폐되어왔기 때문이다. 문명화 과정은 야만성에 대한 망각의 과정이기도 하다. 그렇게 망각된 것이 언제 상기되는가는 주체의 의지와 이성적 판단에 달려 있지 않고 우발적이다. 망각된 과거를 사후에 확인하게 하는 유일한 행위가 기억이다. 기억하기 전까지 의식하지 못한 어두운 과거를 기억해내기 위해서는 망각이 선행되어야 한다. 즉 망각이 없다면 기억도 발생하지 못한다. 니체는 "밤과 망각의 죽은 바다에서 생동하는 작은 소용돌이"(297쪽)라는 표현을 통해 기억의 이중 구조와 망각의 역동성을 강조한다. 망각이 지금까지 은폐된 기억을 발생시키는 필수적인 전제가 맞다면 '죽은'이라는 표현보다는 '숨죽이고 있는'이라는 표현이 더 적합해 보인다.

망각의 형상과 꼽추 난쟁이

역사와 관계를 맺는 세 가지 방식 중 망각의 힘과 연관된 방식이 비판적 방식이라면, 이러한 관점은 카프카의 문학을 바라보는 벤야민의 해석에도 적용된다. "카프카의 문학은 망각의 형상들―우리에게 제발 그 망각한 것이 무엇인지 생각이 떠오르기를 바라는 말없는 간청들―로 가득차 있다."(「프란츠 카프카: 중국의 만리장성이 축조되었을 때」, 『선집 7』, 125쪽)[12] 망각의 힘에 대한 벤야민의 생각은 카프카의 단편 「가장의 근심」 해석에서도 확인된다.[13] 단편에 나오는 오드라데크는 납작한 별처럼 보이는 실패로서 가끔 말을 하기도 하는 수수께끼 같은 존재다. 오드라데크는 집의 다락방, 층계, 복도, 현관 등에 번갈아가며 머문다.[14] 오드라데크는 자기 멋대로 생활하고 아무 때나

---

12 이 글은 1931년에 라디오 방송 원고로 작성된 것이다.
13 오드라데크를 인생의 의미에 관한 질문을 가리키는 알레고리 혹은 공동체로부터 고립된 작가 자신을 나타내는 알레고리로 보는 해석도 가능하지만, 벤야민의 해석은 오드라데크를 망각된 것의 알레고리로 본다는 점에서 독창적이다.

나타나고 사라지며 종종 침묵하고 쏜살같이 움직여서 붙잡기 어렵다. 집안에서도 거처가 정해져 있지 않기 때문에 가족의 관리를 벗어나지만, 그는 가족의 어느 구성원보다 더 오래 살아남는다.[15] 오드라데크에서 보듯이, 우리가 의식하지 못한다고 해도 망각된 것은 오래 살아남고 의식적으로 관리하기 어렵다. 집안 곳곳을 비상하게 돌아다니는 오드라데크를 붙잡기 어렵듯이, 망각된 것을 포착하는 것은 순전히 우연에 달려 있다. 숨는 소리와 찾는 소리가 동시에 울려나온다는 말은, 망각된 것이 기억날 듯 말 듯 한 과정을 비유한 것이다.[16]

14 오드라데크가 선호하는 장소 중 다락방에 대해 벤야민은 이렇게 해석한다. "다락방은 폐기되고 망각된 가재도구들이 쌓여 있는 장소다. 법정에 출두해야 한다는 강압은 어쩌면 수년간 버려져 있던 다락방 속의 궤에 다가가야 한다는 강압과 비슷한 느낌을 불러일으킬지도 모른다."(『프란츠 카프카』, 『선집 7』, 98쪽) 『소송』에 나오는 법정도 건물의 다락방에 있다. 「가장의 근심」에서 일인칭 화자인 가장은 오드라데크의 존재에 대해서 깊이 생각하지만 확실한 결론에 이르지 못한다. 아무에게도 해를 끼치지는 않지만 의미 있는 행동은 전혀 하지 않는 오드라데크를 바라보는 가장에게 오드라데크는 가장 근심스러운 존재가 된다. 오드라데크를 가정에 적응시키려는 가장의 시도는 실패하면서 작품에서 오드라데크의 본질과 의미는 모호한 채로 남는다.

15 1934년 12월 17일에 벤야민에게 쓴 편지에서 아도르노는 오드라데크가 살아남는다는 대목에 착안해서 오드라데크를 "피조물의 죄의 관계가 지양되는 상태를 예시하는…… 희망의 암호" "희망의 가장 확실한 약속"(『편지를 통한 카프카 관련 토론』, 『선집 7』, 213쪽)이라고 해석한다. 즉 사물적으로 전도된 삶으로부터의 초월의 모티프로 해석한다. "오드라데크는 사물 세계의 이면으로서 왜곡되어 있음의 표지"(213~214쪽)다. "유기체적인 것과 비유기체적인 것 사이의 경계 없애기와 그 둘의 화해 또는 죽음의 지양이라는 모티프"로서 "자연의 연관관계로부터의 탈출"(214쪽)을 약속하는 표지라는 것이다. 아도르노의 이러한 해석은 현대사회에서 물신으로서 상품이 갖는 인식 가치에 대한 해석이기도 하다.

16 "그것은 한 움큼의 잎사귀들이다. 그 잎사귀들에서 바스락거리는 소리가 나면 숨는 소리와 찾는 소리가 동시에 울려나온다."(『카프카 관련 수기들』, 『선집 7』, 270쪽)

망각된 것은 우리보다 더 오래 살아남을 것이다. 망각된 것은 우리에게 의존해 있지 않다. 그것의 거처는 정해져 있지 않다…… 망각은 비상하게 움직이기 때문에 붙잡을 수 없다.(「카프카 관련 수기들」,『선집 7』, 270쪽)

「가장의 근심」에 나오는 기묘한 실패 모양의 오드라데크뿐 아니라 『변신』의 주인공인 거대한 딱정벌레, 「튀기」에 나오는 반은 고양이이고 반은 양인 잡종동물은 모두 망각의 형상들이고 왜곡된 형태를 갖고 있다. "그 사물들은 일그러져(왜곡되어) 있다."(「프란츠 카프카」,『선집 7』, 99쪽) "그의 작품이 다루는 삶은 지고로 정밀한 희한함으로 가득차 있는데, 독자들이 보기에 그것들은…… 모든 관계에서 일어나고 있다고 느끼는 전치 현상들의 작은 표지, 암시, 징후들에 지나지 않는 것으로 이해할 수 있다…… 카프카는 그의 유일한 대상이라 할 수 있는 이러한 삶의 왜곡에 집요하게"(「프란츠 카프카: 중국의 만리장성이 축조되었을 때」,『선집 7』, 120쪽) 매달린다.

　카프카가 대면한 현실의 사물들이 희한하게 보이는 이유는, 숨겨진 것이 왜곡된 형태로 가시화된 징후이기 때문이다. 카프카의 작품에 나오는 희한한 형상은 무의식에 잠재해 있는 것, 망각된 것이 왜곡되면서 만들어진 일종의 기억 상징으로서, "망각된 것이 무엇인지 생각이 떠오르기를 바라는 말없는 간청"(125쪽)을 대변한다.

　벤야민이 선보인 대표적인 망각의 형상은 꼽추 난쟁이다.

「프란츠 카프카」「1900년경 베를린의 유년 시절」「역사의 개념에 대하여」 등 여러 텍스트에 나오는 꼽추 난쟁이는 약간씩 그 의미가 다르게 변주되긴 하지만 모두 망각 모티프와 관련이 있다. 특히 「1900년경 베를린의 유년 시절」의 마지막 단편 '꼽추 난쟁이'는 망각과 자아의 관계에 대한 은밀한 성찰을 담고 있다. 이 단편은 유년 시절의 산책 체험에 대한 이야기로 시작한다. "어렸을 적 산책길에 나는 땅바닥에 나 있는 수평 창살을 들여다보는 것을 좋아했다."(「1900년경 베를린의 유년 시절」, 『선집 3』, 148쪽) 아이는 지하실에 살고 있을 것으로 추측한 도시 하층민들의 삶에 호기심의 시선을 던졌으나 헛수고로 그친다. 그 대신 뾰족한 모자를 쓴 난쟁이들이 지하실 채광창 틈으로 자신을 쏘아보는 꿈을 꾼다. 꿈이긴 하지만 그들의 시선은 섬뜩함과 공포를 불러일으켰다고 벤야민은 회상한다. 이 꿈은 도시 하층민들에 대해 아이가 느낀 무의식적인 감정을 표현한다. 베를린의 부촌인 알트베스텐에서 자란 벤야민에게 가난한 자들은 낯설고 섬뜩한 존재였고, 벤야민은 그들에 대해 늘 양심의 가책과 비슷한 감정을 가지곤 했다. 크리스마스 장이 서던 날 부모 대신 크리스마스 장식을 팔러 나온 가난한 집 아이들에 대한 묘사에도 이러한 감정이 깔려 있다.[17]

꿈에서 섬뜩한 이미지로 등장한 꼽추 난쟁이는 셰러의

---

17 「1900년경 베를린의 유년 시절」에 나오는 단편 '크리스마스 천사'(『선집 3』, 116~118쪽) 참조.

『독일 어린이를 위한 책』에서는 부주의를 상징하는 인물로 등장한다. 그는 지하실에서 포도주 통의 마개를 따려고 하는 아이에게 단지를 빼앗고, 부엌에서 수프를 끓이려고 하면 냄비를 깨뜨려버리는 말썽꾸러기로 나타난다.[18] 그림 형제의 동화집에서는 '남에게 피해를 주고 장난을 일삼는 그런 무리'와 한통속이다. 아이가 무언가를 깨뜨리거나 넘어질 때 그러한 불상사 역시 어머니가 '서투른 양반'이라고 부른 꼽추 난쟁이 때문이다.

> 꼽추 난쟁이가 쳐다보면 우리는 주의력을 잃는다. 자기 자신에 대해서도, 꼽추 난쟁이에 대해서도. 우리는 산산조각이 난 물건 앞에 당황해하며 서 있다.(150쪽)

꼽추 난쟁이는 우리로 하여금 주의력을 잃도록 하는 동시에 망각하게 만드는 인물이다. 다음 문장은 꼽추 난쟁이가 망각과 연관되는 인물임을 분명히 한다.

> 그가 나타나면 나는 [사물들을] 말없이 바라보기만 했다. 세월이 지나면서 정원은 작은 정원이 되고, 벤치는 작은 벤치가 되고, 방은 작은 방이 될 때까지 사물들이 멀어져갔기 때문에

---

18 "내가 나의 지하실에 가려고 하면/ 내 포도주 통의 마개를 따고 포도주를 따르려고 하면/ 꼽추 난쟁이가 거기 서 있어/ 내게서 단지를 빼앗으려 한다네./ …… / 내가 부엌에 가려고 하면/ 나의 수프를 끓이려고 하면/ 꼽추 난쟁이가 거기 있어/ 나의 냄비를 깨뜨렸다네."(『선집 3』, 149~150쪽)

나는 그냥 말없이 바라보기만 했다. 모든 사물은 오그라들었다. 마치 그들에게 혹이 생겨 아주 오랫동안 난쟁이의 세계에 동화라도 된 것처럼. 난쟁이는 내가 가는 곳이면 어디라도 나타나 선수를 쳤다…… 그 우중충한 관리인이 하는 일이란, 내가 사물에 다가갈 때마다 망각의 창고에 저장하기 위해 거기서 절반을 회수해가는 일뿐이다.(150쪽)[19]

아이의 주의력을 빼앗고 아이가 사물에 다가가기도 전에 사물의 절반을 빼앗아가버리는 꼽추 난쟁이는 아이와 다른 존재가 아니라, 아이의 의식 너머에 있는 심리적 현실, 아이의 무의식에서 일어나는 망각을 상징한다. 꼽추 난쟁이가 사물의 절반을 회수해가듯, 자의식이 미숙한 아이는 자신에게 일어나는 일을 의식적으로 처리하는 일에서도 미숙하다. 어떤 점에서 망각은 아이가 어른으로 성장하는 과정에서 필수적이고 본질적이다. 따라서 전래 동요에서 어딘지 섬뜩한 이미지로 나타난 꼽추 난쟁이와 달리 유년 시절 회상에서 꼽추 난쟁이는 아이의 수호신으로 변모한다.[20] 순간마다 정신을 차리지 못해서 일

---

19 아이가 사물에 다가갈 때마다 꼽추 난쟁이가 나타나 절반을 회수해간다는 모티프는 아르님과 브렌타노의 『독일 민요집』에 나오는 다음 구절에 착안한 것이다. "내가 나의 작은 방에 가려고 하면/ 나의 시리얼을 먹으려고 하면/ 꼽추 난쟁이가 거기 서 있어/ 나의 시리얼을 이미 절반쯤 먹어치웠네."(『선집 3』, 150쪽에서 재인용)
20 망각은 분명 이런 수호신의 측면을 지닌다. 우리가 지난 불행, 불운, 실수를 잊지 않고 다 의식하고 기억한다면 현재의 삶을 살기가 얼마나 힘들겠는가?

어나는 망각은 아이에게만 해당하는 것은 아니다. 우리가 미처 의식하지 못한 일, 건성으로 대하는 일, 소홀히 한 기회 등 우리가 제대로 의식하지 못한 것의 총량은 나이를 먹을수록 늘어난다.

그런데 우리가 의식하지 못한 채 망각한 것은 없어지는 것이 아니라 "망각의 창고"에 저장된다. 즉 우리의 무의식에 기억 흔적으로 남는다. "내가 자신을 제대로 돌아보지 않으면 않을수록 더욱더 나를 날카롭게 관찰"(151쪽)하는 꼽추 난쟁이는 망각의 이러한 메커니즘을 상징한다. '자신을 제대로 돌아보지 않으면 않을수록 더욱더 날카롭게 관찰'한다는 문장은 프로이트의 「쾌락원칙을 넘어서」에 나오는 다음 구절을 상기시킨다.

> 기억의 흔적들은 그들을 남게 한 과정이 의식화된 적이 없을 때에 가장 강력하고 가장 영속적인 경우가 많다. 그러나 이와 같은 자극의 영구적 흔적들은 '지각-의식'의 조직에는 남아 있지 않다.[21]

프로이트의 견해에 따르면, 어떤 일을 무심코, 무의식적으로 처리할수록 그것은 기억에 더 잘 자리잡는다. 생뚱맞아 보이는 이러한 주장은 우리의 정신기관 구조에 대한 프로이트의

---

21 지크문트 프로이트, 「쾌락원칙을 넘어서」 『정신분석학의 근본 개념』, 윤희기·박찬부 옮김, 열린책들, 2007, 293쪽.

이론을 참조해 이해될 수 있다. 프로이트는 「신비스러운 글쓰기 판에 대한 소고」에서 정신기관을 삼중적 구조로 만들어진 신비스러운 글쓰기 판으로 설명한다.[22] 신비스러운 글쓰기 판은 밀랍으로 된 평판 위에 두 층의 종이로 덮여 있는데, 위층은 투명한 셀룰로이드이고 아래층은 얇고 반투명한 밀랍 종이다. 글쓰기 판을 사용하지 않을 때는 밀랍 종이의 아래 표면은 밀초 평판 위에 가볍게 부착되어 있다. 셀룰로이드 위에 철필로 글을 쓰면 철필이 닿는 지점의 밀랍 종이의 아래 표면이 밀초 평판에 눌려서 거기에 홈이 생긴다. 이 홈이 셀룰로이드 표면 위에 검은 필체로 보이다가 이중 덮개 종이를 들어올리면 밀랍 종이와 밀랍판이 서로 떨어지면서 글씨도 사라진다. 두 표면을 다시 합칠 때에도 글자는 말끔히 사라진 상태로 보인다. 그러나 밀랍판 위의 덮개 종이를 들어올려 글씨가 사라진다고 해도 이미 쓰인 글씨의 흔적은 밀랍판 위에 지속해서 남아 있다.

프로이트에 의하면, 우리의 정신기관도 신비스러운 글쓰기 판에서처럼 중층적으로 구성되어 있다. 셀룰로이드에 해당하는 가장 바깥층은 외부 자극에 대해서 방어적 방패 역할을 하는 층으로, 유입되는 자극의 강도를 낮추는 일을 담당하고, 밀랍 종이에 해당하는 층은 자극을 처리하는 지각-의식 조직이다. 지각-의식 조직에서는 유입된 자극에 대한 흥분 과정이

---

22 벤야민이 프로이트의 「쾌락원칙을 넘어서」 「신비스러운 글쓰기 판에 대한 소고」를 읽었으리라는 추측은 보들레르 에세이에서 입증된다. 「보들레르의 몇 가지 모티프에 관하여」 『선집 4』 187~190쪽 참조.

일어나지만, 그러한 "흥분 과정은 그 [지각-의식] 조직의 요소에 영구적 변화를 줄 수 있는 어떠한 것도 뒤에 남겨놓지 않는다".(「쾌락원칙을 넘어서」, 『정신분석학의 근본 개념』, 294쪽) 그 대신 "그 흥분은 옆에 있는 내부의 조직체들에 전달되고 그 흔적들이 남는 곳은 바로 그 조직체들 속에서라고 말할 수 있다".(294쪽) "한 [조직의]요소에서 다른 [조직의] 요소로 옮겨가면서 흥분은 저항을 극복해야 한다는 것, 그리고 그렇게 해서 이루어진 저항의 감소는 흥분의 영구적 흔적, 즉 어떤 촉진 현상을 가져올 것"(295쪽)이다. 프로이트는 지각-의식 조직으로부터 전달된 흥분이 흔적들로 남게 되는 조직체를 기억 조직이라고 부른다. 「신비스러운 글쓰기 판에 관한 소고」는 지각-의식 조직과 기억 조직의 관계를 다음과 같이 기술한다.

우리는 '지각-의식'의 조직을 갖고 있는데, 이것은 지각을 받아들이기는 하나 이를 영구적인 흔적으로 간직하지는 않는다. 그래서 그것은 새로운 지각이 있을 때마다 매번 새로운 깨끗한 종이가 필요한 것처럼 반응할 수밖에 없다. 반면에, 접수된 자극의 영구적인 흔적은 지각 조직의 뒤에 놓여 있는 '기억 조직' 속에 보존된다…… 불가해한 의식 현상은 영구적인 기억 흔적 '대신'에(혹은 영원한 기억 흔적이 있던 자리에) 지각 조직에서 발생하는 것이다.[23]

신비스러운 글쓰기 판처럼, 우리의 정신기관은 어떤 일을 의식적으로 처리하는 조직(지각-의식의 조직)과 의식적으로 처리되지 못한 자극을 흔적의 형태로 보존하는 조직(기억 조직)으로 이중화된다. 프로이트에 의하면, 어떤 일을 의식적으로 처리하지 못할수록 그것은 더 강력하게 기억 흔적으로 남게 된다. "내가 자신을 돌아보지 않으면 않을수록" 그만큼 더 기억 흔적을 저장하는 꼽추 난쟁이의 활동은 활발해지는 것이다.

꼽추 난쟁이와 '나'의 관계에서 보면, 나의 과거를 기억 조직에 보존하는 주체는 의식의 주체인 '나'가 아니라 꼽추 난쟁이다. 내가 의식하지 못하는 내면은 비록 그것이 내게 속한 내면이라고 해도 나에게 이질적이기 때문에 꼽추 난쟁이라는 낯선 타자로 비유된다. 벤야민은 베를린의 유년 시절에 대한 회상을 다음과 같이 마무리한다.

> 꼽추 난쟁이도 나에 대한 상들을 간직하고 있다. 그는 숨바꼭질할 때, 수달의 우리 앞에 있을 때, 겨울철의 어느 아침을 맞을 때…… 또 글리에니케와 기차역에서 나를 바라보고 있었다. 이제 그는 자기의 일을 마쳤다.(「1900년경 베를린의 유년 시절」, 『선집 3』, 151쪽)

여기서 꼽추 난쟁이는 망각하게 만드는 힘인 동시에 기억

---

23 지크문트 프로이트, 「신비스러운 글쓰기 판에 대한 소고」, 『정신분석학의 근본 개념』, 437쪽.

의 협력자임이 분명해진다. 망각과 기억을 꼽추 난쟁이처럼 왜곡된 형태로 나타내는 이유는, 무정형의 자료로서 무의식에 들어 있는 망각된 것은 기억 속에서 재조직되고 재규정되면서 왜곡되는 것이기 때문이다.

꼽추 난쟁이가 우리에게 낯설고 섬뜩한 인상을 주는 것처럼, 사후적으로 만나는 과거의 '나'는 낯설고 섬뜩한 타자다. 그것은 우리가 기억해내기 전에는 한 번도 의식적으로 대면하지 않았던 낯선 자아이기 때문이다.[24] 과연 그 낯선 자아가 자신이 대면하기를 소홀히 했던 과거 자신의 모습인지 아니면 현재의 내가 사후적으로 구성해낸 것인지는 따져봐야 할 문제다.[25] 어른이 될수록 꼽추 난쟁이를 만날 기회는 점점 없어진다. 어른들은 이미 형성된 습관의 경향을 따르게 되고 현재의 지각과 행동을 위해 유용한 기억에 치우치기 때문이다. 베르그송의 구분에 따르면, 어른은 점점 "자신의 행동 속에 일반성의 표식을 새기는 운동 기억"에 치우치는 "충동인"[26]이 된다.

---

24 '기억의 이미지는 한 번도 본 적이 없는 이미지'라는 벤야민의 테제는 베르그송의 다음 주장을 상기시킨다. "과거는 본질적으로 잠재적이어서 그것이 어둠으로부터 빛으로 솟아나오면서 현재적 이미지로 피어나는 운동을 우리가 따르고 채택할 때만 우리에게 과거로 포착될 수 있다."(『물질과 기억』, 233쪽) 기억 이미지는 과거의 지각 당시 의식된 이미지의 재현이 아니라 잠재적 상태로 보전되던 과거가 기억의 순간에 비로소 현실화된 것이다.
25 기억의 사후성에 대해서는 3장에서 더 자세히 살펴볼 예정이다. 볼파르트는 이 문제에서 전자가 벤야민의 입장이고, 후자가 데리다의 입장이라고 말한다. Irving Wohlfarth, "Märchen für Dialektiker. Walter Benjamin und sein bucklicht Männlein", *Walter Benjamin und die Kinderliteratur*, Klaus Doderer (ed.), Weinheim/ München, 1988, p. 171.

꼽추 난쟁이는 아이에게 다음과 같은 부탁을 하는데, 이 부탁은 사실 아이가 아니라 어른에게 하는 부탁이다. "사랑하는 아이야, 아, 부탁이다,/ 나를 위해서도 기도해주렴."(『선집 3』, 151쪽) 꼽추 난쟁이는 왜 자신을 위해서 기도해달라고 하는 것일까? '그는 자기의 일을 마쳤다'라고 하는데 남은 문제는 무엇일까? 기도 모티프는 문자 그대로 보더라도, 유년기의 이미지 세계를 저장하고 기억을 가능하게 하는 것으로는 해결되지 않는 문제가 남아 있음을 암시한다. 꼽추 난쟁이의 요청은 더는 존재하지 않는 과거의 아이를 향한 것이 아니라 유년을 회상하고 그 안에 숨겨진 의미를 캐는 주체를 향한 것으로 보아야 할 것이다.

3. 망각된 육체

육체성과 피조물

주인공이 거대한 딱정벌레로 변하는 이야기 『변신』에 대해 벤야민은 다음과 같이 해석한다.

---

26 『물질과 기억』, 265쪽. 베르그송에 의하면 충동인과 정반대 유형이 몽상가다. 몽상가는 삶에 대한 주의를 상실하고 과거 속으로 침잠하는 꿈꾸는 삶을 사는 사람을 말한다. 이 두 극단적 유형 사이에서 균형을 잡는 것이 필요하다고 베르그송은 말한다.

현대인은 자신의 육체에 갇혀 산다. 그 육체는 현대인에게서 떨어져나왔고 또 현대인에게 적대적이다. 그래서 어느 날 아침 깨어났을 때 자신이 해충으로 변신하는 일이 일어날 수 있다. 타향, 그에게 낯선 그 타향이 그를 지배하게 된 것이다.(「프란츠 카프카」, 『선집 7』, 85~86쪽)

끔찍한 형상으로 나타난 거대한 딱정벌레는 주인공에게 낯선 타자, 낯선 타향으로 다가오는 자신의 육체를 의미한다. 우리의 육체성은 우리가 가장 망각한 우리의 타자이면서 우리에게 낯선 것이다. 「학술원에 드리는 보고」에서 인간을 흉내내고 자신의 옛 기질을 억누르는 원숭이는 인간과 동물의 경계를 수시로 이동한다. 이로써 원숭이는 인간의 시초의 동물적 상태에 대한 기억, '모든 인간의 발꿈치를 간질이는 태고에의 기억'[27]을 더욱 강하게 불러일으킨다. 카프카의 인물들을 특징짓는 무겁고 굼뜬 동작 역시 인간이 동물과 공유하는 육체성의 차원에 속한다.

현대인들에게 "제일 망각된 낯선 것이 자신의 육체"(98쪽)인데, 그 이유는 자신을 이성과 합리성의 주체로 의식하면서 자신의 육체적 차원을 망각하고 있기 때문이다. 인간과 육체성

---

27 벤야민이 쓴 이 표현은 「학술원에 드리는 보고」에 나오는 원숭이의 말에서 빌린 것이다. "이 땅 위를 걷는 사람 모두는 뒤꿈치가 근질근질한 것입니다. 그건 조그마한 침팬지나 위대한 아킬레우스나 다 마찬가지입니다." 프란츠 카프카, 『변신·선고 외』, 김태환 편역, 을유문화사, 2018, 203쪽.

을 공유한다는 점에서 동물들은 인간들에게 "망각된 것의 저장
고"가 되고, 그렇기 때문에 카프카는 "망각된 것을 동물들에게
서 지칠 줄 모르고 엿들으려" 했다.(97쪽)[28] "카프카에게 조상
들의 세계는…… 동물들의 세계로까지 내려간다."(97쪽)

> 우리는―인간과 동물로 이루어진―이 미지의 가족이 어떻
> 게 구성되어 있는지 알지 못한다. 다만 확실한 것은 카프카
> 가 글을 쓰면서 우주적 시대를 움직이도록 강요하는 것이 바
> 로 그 미지의 가족이라는 점이다. 이 가족의 명령에 따라 그는
> 마치 시시포스가 돌을 굴리듯 역사적 사건의 덩어리를 굴린
> 다.(92~93쪽)

인간과 동물로 이루어진 이 미지의 가족은 "온갖 질서의
피조물"이고, 이들은 "칸막이도 없이 서로 뒤섞여 꿈틀대고 있
다".(「프란츠 카프카: 중국의 만리장성이 축조되었을 때」, 『선집 7』,
125쪽) 카프카의 주의력은, "성인들이 기도에서 하듯이 모든 피
조물을 포용"(「프란츠 카프카」, 『선집 7』, 101쪽)하는 주의력이다.
피조물Kreatur(창조물)은 벤야민의 카프카 해석에서 중요한 의
미를 지니는 개념으로 성서에서 유래한다. 이 개념은 바로크

---

28 동물이 망각된 것의 저장고가 될 수 있다고 보는 시각은 독일 낭만주의자 루트비
히 티크의 단편 「금발의 에크베르트」로 소급된다. 이 단편의 주인공 에크베르트
는 스트로미안이라는 강아지 이름을 잊고 있었는데, 그 이름은 잊고 있던 수수께
끼 같은 죄의 암호다.

시대에 전 유럽에 퍼지면서 바로크 시대 인간관을 이해하는 키워드가 된다. 피조물 개념은 신의 창조물로서 인간이 지닌 두 가지 측면, 즉 초자연적 측면과 자연적 측면 중 후자의 측면으로 인간 존재를 환원한다. 인간은 상위 질서와의 연관성을 상실할수록 동물과 같은 수준의 자연 상태에 놓이는 피조물이다. "인간은 피조물이 부를 때 혐오감으로 대답하지만, 피조물과 친족 관계에 있다는 엄혹한 사실을 부인해서는 안 된다"(「일방통행로」, 『선집 1』, 78쪽)고 벤야민은 말한 적이 있다.

벤야민은 오스트리아 비평가 카를 크라우스에 관해 쓴 에세이에서 피조물 개념을 비판적으로 다룬다. 크라우스가 사용한 피조물 개념에는 고전적 휴머니즘의 허구성을 신랄하게 풍자하는 파괴적 의도가 깔려 있지만, 크라우스는 역사를 자연으로 환원하고 인간 존재를 피조물로 환원시키는 몰역사성에서 벗어나지 못했다고 벤야민은 신랄하게 비판한다.[29]

> "그의 삶이 겪어온 끔찍한 세월은 역사가 아니라 자연"이며, "역사는 자신의 종족을 천지창조로부터 떼어놓은 황무지일 뿐이며…… 피조물의 세계(창조된 세계) 진영으로 투항한 자로서 그는 그렇게 황무지를 횡단한다."(「카를 크라우스」, 『선집 9』,

---

[29] 크라우스에게 "인간다운 것은 해방된 자연, 혁명적으로 변화한 자연의 규정이자 그 자연의 성취로 나타나는 것이 아니라 순전히 자연의 요소, 즉 고풍스럽고 역사를 모르는 자연, 면면한 원초적 존재로서의 자연의 요소로 나타난다".(「카를 크라우스」, 『선집 9』, 322쪽)

298쪽)

반면 카프카의 문학에서 형상화된 피조물은 문명화 과정에서 가장 망각된 것의 상기라는 관점에서 해석된다. 어떠한 종교도, 문화도, 법도 유효하지 않다는 점에서 카프카의 인물들은 피조물 개념에 부합한다. 이들은 "자신의 육체에 갇혀" 사는 사람들이고, "이 육체를 상위의 질서들과 연결하는 법에 대해서는 아무것도 모른다".(「프란츠 카프카: 중국의 만리장성이 축조되었을 때」, 『선집 7』, 123쪽) 육체성에 대한 벤야민의 관심은 초기 저술활동부터 나타나는데, 기성 심리학에 반발해서 쓴 미발표 원고 「심리학」이 대표적이다.

> 지금까지의 모든 심리학은…… 인간에게 있어 정신적인 태도는 어떻게 형성되느냐라는 질문을 제기한다. 이 질문은 이중적 관점에서 잘못된 질문이다. 첫째, 신체적인 태도와 근본적으로 다르다는 의미에서의 정신적 태도는 존재하지 않는다…… 다른 사람의 정신적 삶이든 자신의 정신적 삶이든 그것은 신체적 차원과 결합하는 가운데 우리에게 직접적으로 주어진다. 다른 사람의 정신적 삶은 자신의 정신적 삶과 원칙적으로 다른 방식으로 지각되는 것이 아니다. 그것은 그냥 추론되는 것이 아니라 그 사람의 정신적 삶에 속한 신체적인 것 안에서 지각된다. 단지 신체적인 것이 현상화되는 정도만 다르다.(VI, 65)

벤야민은 비슷한 시기에 쓴 「정신 물리학적 문제에 대한 도식」에서도 칸트의 이원론적인 인간관에 반기를 든다. 칸트는 도덕적 실천의 정신적 주체와 인과율을 따르는 자연적인 육체로 인간 존재를 나누고 있지만, 벤야민은 정신과 육체가 서로 대립하는 차원이 아니라 인간의 행동에서 양자는 언제나 서로 매개되면서 경험을 구성한다고 본다. 양자는 "인간의 자연적 삶을 구성하는 양극의 근본적 힘"(VI, 81)이다. 이 글에서 벤야민은 육체Körper와 신체Leib를 구분하는데, 신체가 인간의 행동에 작용하면서 경험과 의미를 구성하는 기능의 측면이라면, 육체는 고통과 쾌라는 양극에서 자신의 존재감을 드러내는 실체의 측면이다. "기능일 뿐인 신체와 달리 육체는 실체다."(VI, 79)

일반적으로 사람들은 육체를 정신과 대립하는 물질적이고 생리학적인 측면으로만 이해하는 데 반해, 벤야민은 육체의 측면에서도 정신적이고 형이상학적인 의미를 읽어낸다. 육체에서 일어나는 양극적인 물리적 현상인 고통과 쾌의 "차이에서 그것의 형이상학적 차이도 읽어낼 수 있다".(VI, 82)[30] 육체에 대한 벤야민의 사유는 다음과 같은 해석에 이르러서는 다분히 신학적으로 들린다. 이에 따르면 실체로서의 육체는 인간에게 "그의 고독의 인장"(VI, 80)이 되고 "이 사실은 죽음에서도 없어지지 않는다. 이 고독은 직접적으로 인간이 신에게 의존하고 있다는 의식과 다르지 않다".(VI, 80)

벤야민은 이후 『독일 비애극의 원천』에서 순교의 육체적 고통에 대해 언급한 것 외에는 육체에 대한 철학적 성찰을 더

밀고 나가지 않는다. 카프카 연구에 이르러 비로소 벤야민은 육체에 대한 그간의 성찰과 접목되는 지점을 발견한다. 카프카는 탈무드 전설에서 육체의 마을에 유배된 공주가 마신 공기와 똑같이 "고약한 냄새를 풍기는 공기"(「프란츠 카프카」, 『선집 7』, 86쪽)를 견뎌내야 했던 작가이기 때문이다. 『소송』과 『성』에서 자신을 유혹하는 여자들과 만나는 곳에서 주인공 역시 고약한 공기를 마시고 있다고 생각한다. 먼 타향에 유배된 공주는 그 마을에서 이방인으로 살고 있다가 약혼자가 찾아온다는 편지를 받는다. 공주는 언어가 통하지 않는 마을 사람들에게 자신이 받은 기쁜 소식을 달리 전해줄 수 없어 잔치를 열어준다. "약혼자는 메시아이고 공주는 영혼이며 공주가 유배되어 사는 마을은 육체"(85쪽)다. 마을 사람들은 육체의 삶, 상위 질서와

---

30 쾌락과 고통의 정신적인 의미에 대한 벤야민의 생각을 요약하면 다음과 같다. 쾌락이 섬광과도 같고 균등한 성격을 지닌다면 고통은 만성적이고 다채로운 성격을 지니고, 고통만이 고통이 출발한 기관의 본성에 따라 극도의 분화를 겪는다. 쾌락의 최대치는 '달콤하다'라는 표현과 같이 미각과 같은 저급한 감각의 언어를 사용하는 반면 고통은 아주 분명하게 분화된 단어로 표현된다. 고통에는 어떠한 비유 없이도 직접적으로 감각적인 것과 함께 영혼에 속한 것이 함께 드러난다. 즉 고통의 감정들에서는 쾌락의 감정들보다 훨씬 더 고차원적으로 정도의 차이가 아닌 진정한 변주가 일어난다. 고통과 쾌락은 육체의 물질적 차원에 밀접하게 결부된 감정으로 물리적인 차이에 정확히 일치하면서 형이상학적 차이를 드러내는 영역으로 인도한다. 인간의 본질은 고통의 가장 완벽한 도구다. 인간적 고통에서만이 고통은 가장 순수한 형태로 나타난다. 모든 육체적 감정 중에서 고통은 인간에게 있어 절대로 마르지 않는 물의 흐름으로 그를 바다로 이끈다. 쾌락은 인간이 거기에 어떤 결과를 부여하고자 하는 곳에서 막다른 골목에 도달하는데 반해 고통은 세계와 세계를 연결하는 결합이 된다. 유기체의 쾌락은 간헐적인데 반해 고통은 영속적일 수 있다. 모든 고통은, 가장 낮은 단계의 고통이라고 하더라도 극도의 종교적 고통으로까지 상승할 수 있다. 반면 쾌락에서는 어떠한 고양도 일어나지 않는다. VI, 82~83 참조.

연결되지 않는 피조물의 삶, "벌거벗은 생명"(「폭력비판을 위하여」, 『선집 5』, 114쪽)으로 살아갈 수밖에 없는 사람들이다. 그 마을에서 잔치의 의미와 '기다림'[31]의 종교적 의미를 아는 사람은 공주가 유일하다.

동물적 제스처

카프카는 피조물로서 인간이 어떠한 상위 질서와도 연결되고 있지 않은 현실을 표현하는 수단으로 제스처를 묘사한다. 그에게 제스처는, "꿰뚫어볼 수 없는 공동체의 삶과 노동의 조직의 문제들"(「프란츠 카프카」, 『선집 7』, 78쪽), "매일의 삶에서 풀기 어려운 행동 방식이나 해명하기 어려운 발언들"(81쪽)을 표현하는 유일한 매체가 된다. 카프카의 문학에서 장면적인 것(연극적인 것)과 제스처가 차지하는 비중이 큰 이유는 카프카 주인공들의 다음과 같은 특징에 있다. 그들은 성격을 통해 자신의 운명을 스스로 정하는 사람이 아니라 자신도 모르는 미지의 죄라는 운명에 종속되는 사람이라는 점이다. 성격이 없는 사람에 관한 이야기에서는 그의 생각이나 감정이 아니라 몸짓이 중심에 놓인다.[32] "카프카에게 무엇인가는 늘 제스처로만 파악이 가능했다."(91쪽) "제스처를 생생히 떠올리는 일을 카

---

31 벤야민은 유예와 마찬가지로 기다림을 신학적 범주라고 말한다. 「카프카 관련 수기들」, 『선집 7』, 229쪽 참조.

32 제스처에 대한 벤야민의 관심은 카프카와 브레히트 연구 외에 해시시(일종의 마약) 실험의 기록에서도 볼 수 있다. VI, 587~592 참조.

프카는 지칠 줄 모르고 한다. 그것을 항상 놀라워하면서 행한다."(107쪽)

카프카의 작품 세계는 어떠한 상징적인 의미로도 해명되지 않는 "제스처들의 암호"(74쪽)로 이루어진다. 그의 단편에서 자주 묘사되는, 머리를 가슴 깊숙이 파묻고 있는 동작이나, 등을 구부린 동작과 같이 왜곡된 형태의 제스처도 있고,[33] "일상적인 환경에 비추어볼 때 너무 강력하며 보다 넓은 세계로 뚫고"(75쪽) 나가는 것처럼 보이는 과장된 제스처도 종종 등장한다. 「선고」에서 아들이 자신을 침대에 눕혀 이불을 덮어주려고 하자 갑자기 이불을 걷어차고 침대 위에 꼿꼿이 선 아버지, 『소송』에서 다락방 법정에서 재판관에게 자신이 쓴 변론서를 과장된 손동작과 함께 제출하는 주인공 K.,[34] 「저택의 문을 두드림」에서 마당 문을 두드리는 누이의 제스처는 단순한 몸짓에 그치지 않고 우리로 하여금 "끝 모를 성찰을 전개"(77쪽)하게 하는 수수께끼다.

벤야민은 어떠한 학설이나 사상, 교리로도 설명될 수 없는 이와 같은 단순한 신체적 동작을 '동물적 제스처'라고 부른다. 동물적 제스처는 어떤 이유도 어떤 감정도 개입하지 않은 단순

---

33 왜곡은 카프카의 세계를 나타내는 표지다.

34 과장된 손동작의 예는 다음과 같다. 『성』에서 주인공 K.는 책상에서 종이 한 장을 집어들어 그것을 "평평한 손바닥 위에 올려놓고서 자리에서 일어나면서 어르신들 앞에 서서히 쳐들어 보였다".(「프란츠 카프카」, 『선집 7』, 76쪽에서 재인용) 마치 엄청난 수고가 드는 것처럼 과장되게 묘사된 손동작은 일상에 깔린, 세상살이의 부담을 표현한다.

한 신체 동작으로, 자기 자신을 가리킬 뿐이지 무엇을 의미하는 기호가 아니다. 이러한 제스처는 카프카의 산문에 종종 나오는 동물들뿐 아니라 인간의 동작에도 해당한다.

> 이러한 동물적 제스처는 최고의 수수께끼를 최고의 단순성과 결합하고 있다…… 카프카는 인간의 몸짓에서 전통적 토대를 제거하고서 그 몸짓에서 끝 모를 성찰들을 전개한다.(76~77쪽)

카프카가 사건을 묘사할 때는 "마개를 뽑아 의미를 따라 내려는 경향이 무척 두드러지게 나타난다".(「카프카 관련 수기들」, 『선집 7』, 250쪽) 『소송』에서 한 시간 동안 변호사들을 계단 밑으로 밀어내는 법원 관리를 묘사하고 있는 대목은 아무런 의미도 전달하지 않고 "모든 감정적인 맥락에서 풀려난 제스처"(250쪽)만을 보여준다. 카프카의 소설을 덮어씌우고 있는 '구름'은 바로 이러한 제스처들에 기인한다. 카프카의 우화가 실패한 우화가 될 수밖에 없는 이유는 제스처만으로는 우화로부터 어떤 가르침도 끌어낼 수 없기 때문이다.

카프카의 동물적 제스처가 '신체'보다 '육체'의 차원과 연관된 것이라면, 카프카 에세이보다 3년 전에 쓴 「서사극이란 무엇인가」에서 분석한 브레히트의 제스처는 '신체'의 차원에 속한다.[35] 카프카와 브레히트는 세계관과 문학관의 차이에도 불구하고 언어로 표현되기 어려운 차원에 관심을 기울였다는 점에서 공통점이 있다. 차이점이 있다면, 브레히트의 제스처는 사회적 의미가 부여되는 신체적 표현이고 카프카의 제스처는 끝없는 숙고를 불러내는 육체적 표현이라는 점이다. 인간은 신체적 행동을 통해 공간과 시간을 공유하는 다른 신체적 존재들과 연결되면서 의미 있는 사회적 세계를 만들어낸다. 동일 장소와 시간에서의 신체적 만남에서 신체적 표현은 사회적인 의미를 구성하는 데 있어 결정적인 기능을 담당한다. 언어적 표현과 마찬가지로 표정과 신체 동작을 포함하는 비언어적인 표현이 중요한 역할을 하는 것이다.

예컨대 브레히트의 『갈릴레이의 생애』 제13막에는 갈릴레이가 지동설을 법정에서 부인하고 나오면서 실망한 제자들과 마주치는 장면이 나온다. 이 장면에서 제자들은 인사를 기대하는 갈릴레이를 피해서 가고, 갈릴레이는 비틀비틀 걸상을 향해 걸어가 그 위에 걸터앉는다. 여기서 보듯이, 사제 관계의 단절이 말을 통해서가 아니라 제스처를 통해 극명하게 표현되는 것이다. 브레히트의 정의에 따르면, 사회학적 제스처는 "한 시대

---

35 이 논문에서 벤야민은 "서사극은 제스처적이다"(「서사극이란 무엇인가」, 『선집 8』, 118쪽)라고 밝히면서 제스처가 발언이나 행동과 비교해 갖는 두 가지 장점을 설명한다. "한편으로 사람들이 하는 전적으로 거짓된 발언과 주장들, 다른 한편으로 그들의 행동이 지니는 다층성과 불투명성과 대비해볼 때 제스처는 두 가지 장점을 지닌다. 첫째, 제스처는 어느 정도로만 위조할 수 있을 뿐이다. 제스처가 확연하게 드러나지 않고 습관적일수록 그만큼 그것은 위조될 가능성이 덜하다. 둘째, 제스처는 사람들이 하는 행동이나 벌이는 일들과 달리 확고한 시작과 확고한 끝이 있다. 하나의 태도는 전체적으로 볼 때 생동적인 흐름 속에 있는데, 이 태도의 각 요소가 이처럼 엄격하게 틀을 갖고 완결되어 있다는 점은 제스처의 변증법적인 기본현상들 가운데 하나다."(118~119쪽)

의 구성원들 간의 사회적 관계를 표현하는 몸짓 및 표정술"[36]을 말한다.

　브레히트의 사회학적 제스처든 카프카의 동물적 제스처든 제스처에 대한 벤야민의 관심에는 의식의 차원에 집중하는 정신주의를 넘어 신체적 지각의 차원을 중시하는 인식론이 깔려 있다. 벤야민의 「초현실주의」에 나오는 인간학적 유물론, 신체 공간이라는 개념도 이러한 인식론에서 발전된 것이다.[37] 지각 세계를 심화시키는 새로운 기술 매체에 관한 관심도 마찬가지다. 사람들은 영화 속에 재현된 동작이 자신들의 평소 동작임을 알아보지 못하고, 축음기에 재현된 음성이 자신들의 평소 음성임을 알아듣지 못한다.[38] 제스처에 대한 벤야민의 관심은 한편에서는 1930년대 말 퍼포먼스라는 이름하에 예술 형식으로 인정받은 신체적 연출을 배경으로 하고, 다른 한편에서는 마르크스주의와 다른 벤야민 특유의 유물론의 시각에서 가져온, '신체 공간'에 대한 오랜 관심과 관련된다.[39]

　벤야민은 카프카의 제스처를 서사극의 시각과 연결하고자

---

36 Bertolt Brecht, *Gesammelte Werke*. Bd. 15, p.346.
37 「초현실주의」 『선집 5』, 166~167쪽 참조.
38 「프란츠 카프카」 『선집 7』, 107쪽 참조.
39 예거는 벤야민이 카프카의 작품 여러 곳에서 묘사되는 손동작에 관심을 기울인 시기에 독일에서는 '하이 히틀러'라는 구호에 맞춰 일제히 손을 들어올리는 동작이 의무가 되었다는 점을 지적한다. 벤야민이 이러한 연관성을 의식했는지는 알 수 없다. L. Jäger, "Primat des Gestus". Überlegungen zu Benjamins "Kafka"-Essay, "*Was nie geschrieben wurde, lesen*", L. Jäger/ Th. Regehly (ed.), Bielefeld, 1992, p.109 참조.

한 적도 있는데, 이러한 아이디어는 아도르노의 반박에 부딪힌
다.[40] 아도르노는, 브레히트의 제스처와 달리 카프카의 제스처
는 제스처가 수행되는 장면 외부의 어떠한 입장도 허용하지 않
음을 지적한다. 브레히트의 서사극에는 마르크스주의라는 이
론적 입장이 제스처의 의미를 추론하는 토대가 되지만, 카프
카의 소설에서 펼쳐지는 것은 오로지 "신 앞에서 연기하는 세
계극장"일 뿐 "그것을 하나의 무대로 묶을 그 어떤 외부의 입
장도 허용하지 않는다"(「편지를 통한 카프카 관련 토론」,『선집 7』,
216쪽)는 것이다. 카프카의 제스처에 대한 벤야민의 원래 생각
은 아도르노의 이러한 반박에서 그리 크게 벗어나지 않는다.
카프카의 제스처는 어떠한 가르침도, 어떠한 추론 가능한 의미
도 없이 하나하나마다 깊은 숙고를 불러일으킨다는 생각이 '동
물적 제스처'라는 표현에 깔려 있기 때문이다.

벤야민은 카프카가 표현하는 제스처는 작가의 주관적 상
상의 산물이 아니라 우리가 삶에서 의식하지도 이해하지도 못
한 영역, 망각되고 있는 영역을 상기시킨다고 해석한다. 카프
카에게 있어 가장 대표적인 영역은 인간 공동체에서 삶과 노동
이 조직되는 영역이다. "그러한 노동의 계획은 평범한 사람에
게는 전혀 이해되지 않은 채 그대로 수행되는 경우가 허다했
다."(「프란츠 카프카」,『선집 7』, 80쪽) 이 말은 나중에 다음과 같이
보완된다.

---

40 「편지를 통한 카프카 관련 토론」,『선집 7』, 216쪽 참조.

카프카는 자신의 저작에서 이러한 이해 불가능성을 엄청나게 강조하며 표현했다. 그것이 현존하고 있음을 이런 식으로만 설명할 수 있는 — 비록 충분히 해석되지는 않지만 — 어떤 광대한 [망각된] 영역이 그의 저작 속에 자리잡고 있다. 제스처가 바로 그 영역이다.(「카프카 관련 수기들」, 『선집 7』, 311쪽)

4. 망각된 폭력

법과 폭력

카프카는 자신의 창작을 지배한 "힘들 앞에서 갈피를 잡지 못했고 그것들의 정체를 몰랐다".(「프란츠 카프카」, 『선집 7』, 90쪽) 벤야민은 그 힘들을 "전세의 힘들"(90쪽)이라고 명명한다. 바흐호펜에 대한 글을 쓴 적이 있는 벤야민은 인류 태초의 단계를 지칭하기 위해 바흐호펜이 도입한 전세 개념을 카프카의 세계에 다음과 같이 적용한다. "카프카는 인류가 점거하고 있던 엄청난 지역 전체를 비워버리고서 말하자면 전략적 후퇴를 시도"하는데, 즉 "인류를 늪의 노선 쪽으로 철수시킨다."(「카프카 관련 수기들」, 『선집 7』, 253쪽)

바흐호펜에 의하면 전세는 모권사회가 성립되기 이전 인류의 단계로서, 전세의 존재 방식은 모권사회로부터 추론할 수밖에 없다. 부권사회와 달리 모권사회는 의식적이고 목적 지향적인 생식이 아니라 난혼적이고 무절제한 생식이 지배하는 사회였다. 부권사회가 인간의 정신적인 측면을 강화해나간 사회였다면, 모권사회는 인간의 육체적이고 충동적인 측면을 자생적으로 내버려둔 사회였다.[41] 부권사회가 모권사회를 대치해갈수록 모권사회의 전 단계로서 전세는 그만큼 더 억압되고 망각된다.

그러나 "그 단계가 잊혔다고 해서 현재에 영향을 끼치지 않는다는 것을 뜻하지 않는다. 오히려 그 단계는 망각을 통해 기억에 현존하고 있다".(「프란츠 카프카」, 『선집 7』, 93쪽)[42] "이른바 늦의 시대에서 발원한 모종의 근원적 상황이 현 단계 자본주의에서 다시 활성화"(「카프카 관련 수기들」, 『선집 7』, 249쪽)된다. 벤야민에 의하면, 카프카는 역사적 사건의 덩어리를 굴려 그 밑부분을 드러내고 거기서 현대에까지 지속해서 영향을 미치는 망각된 전세를 발견한다.[43] 전세는 지금까지 영향을 미치는 "은밀한 현재"(「편지를 통한 카프카 관련 토론」, 『선집 7』, 171쪽)다.

바흐호펜은 전세를 총체적인 난혼이 이루어진 세계라는 의미에서 늦의 세계 혹은 창녀적 단계라고 칭한다. 벤야민도 『소송』에서 주인공 K.를 시시때때로 유혹하는 여자들에 대

---

41 Walter Benjamin, "Johann Jacob Bachhofen", in *TEXT+KRITIK*, 31/32 (1979) *Walter Benjamin*, pp. 28~40 참조.

42 프로이트는 "개인적인 유년기의 배후에서 계통발생학적인 유년기, 즉 인류의 발전에 대한 인식 가능성이 열린다"고 보고, "꿈 분석을 통해 인류의 태곳적 유산과 인간의 타고난 정신적 근원을 인식할 수 있다는 기대를 품는다".(지크문트 프로이트, 『꿈의 해석』 김인순 옮김, 열린책들, 2021, 660쪽). 벤야민도 프로이트와 비슷한 의도로 말한 적이 있다. "모든 사람은 유년 시절에 전사와 마주친다. 내가 카이저 프리드리히 학교의 전사와 마주쳤듯이."(VI, 800)

해 "창녀 같은 여자들"(「프란츠 카프카」, 『선집 7』, 63쪽)이라고 해석한다. 그러나 벤야민이 생각하는 전세의 특징은 그러한 난혼 상태보다는 무법성과 원초적 폭력성에 있다. "전세가 죄라는 형태로 내미는 거울"(90쪽)에서 중요한 것은 죄의 구체적 내용이 아니라 죄와 형벌을 선고하는 권력의 성격이다. 이어지는 문장에 '재판' '심판' '피고' '소송' '형벌' 등이 언급되지만 이러한 개념들은 사법제도가 만들어지기 훨씬 이전 단계인 전세에는 적용되지 않는다. 전세는 무법성의 시대이고 원초적 폭력이 행사되는 인류 최초의 단계이기 때문이다.

카프카가 그린 세계에는 전세의 모습에 부합하는 요소들이 많이 나타난다. 『성』에 나오는 마을 사람들도 상층부의 사람들도 무법적이고, 『소송』에 나타나는 세계도 그렇다. 후자 역시 어떠한 분리도, 구분도, 경계도, 질서도 없는 무법적인 세계로 보인다. 이는 선사 시대의 전세를 특징짓던 무법성의 귀환이다. 카프카의 소설에서 아버지가 아들에게 행하는 근거 없는 폭력도 전세를 상기시킨다. 『아버지에게 드리는 편지』에서 묘

---

43 아도르노는 벤야민의 논문이 카프카의 세계를 태곳적 세계로 환원할 위험이 있다고 보았다. 아도르노는 벤야민에게 보낸 편지에서, "카프카에게서 근원사의 상기(Anamnesis)가―또는 근원사에서 '망각된 것'이―귀하의 논문에서 주로 태곳적 의미에서 해석되었지 충분히 변증법적인 의미에서 해석된 것이 아니"(「편지를 통한 카프카 관련 토론」, 『선집 7』, 212쪽)라고 지적한다. 벤야민의 다음 발언은 벤야민 자신도 그런 문제를 의식하고 있음을 보여준다. "19세기의 근원사. 이 말을 19세기의 잔고에서 근원사의 형식들을 재발견한다는 의미로 이해한다면 근원사는 아무런 흥미를 끌지 못할 것이다. 그 대신 19세기를 독자적인 형식을 가진 근원사로 드러낼 때만, 즉 근원사 전체가 19세기에 속한 이미지들로 새롭게 짜이는 형식 안에서만 19세기의 근원사라는 개념이 의미를 지닌다."(V, 579)

사되고 있는 카프카의 아버지도,[44] 유년 시절 회상에 속하는 단편 「전화」에서 그려진 벤야민의 아버지도 공포와 불안을 일으키는 존재로 상기된 적이 있다.[45] 아버지들의 모습 뒤에서 태고의 원초적 권력자 형상을 찾아내는 시각은 『선고』에서 아들에게 익사라는 사형선고를 내리는 아버지에 대한 묘사에도 깔려있다. 노쇠한 아버지에게 아들이 이불을 덮어드리자마자 이불을 박차고 침대 위에 우뚝 선 아버지는 아들에게 익사 선고를 내린다. 벤야민은 다음과 같이 부자 갈등이라는 사건을 태곳적 사건으로 환원한다.

> 아버지는 해묵은 부자 관계를 생생하고 중대한 것으로 만들기 위해 우주적 시대를 움직인다. 그렇지만 그 결과는 얼마나 엄청난 것인가! 그는 아들에게 익사라는 사형선고를 내리는 것이다. 부친은 형벌을 내리는 자다.(「프란츠 카프카」, 『선집 7』, 59쪽)

44 1919년에 쓴 이 편지는 100쪽가량의 긴 편지로 실제로 아버지에게 전달되지는 않았다. 카프카의 사적 기록으로 보관되다가 1951년에 처음으로 『디 노이에 룬트샤우』에 전문이 발표되었다. 이 편지는 아버지와 아들의 대립이라는 카프카 문학의 핵심 주제를 담고 있고 카프카 자신의 생애 분석이라고도 볼 수 있다. 그것이 작가 개인의 사적 증언인지 문학작품으로 구상된 것인지는 여전히 논란거리다. 카프카는 아버지를 활력에 넘치지만 화를 잘 내고 독선적이며, 남들한테는 엄격한 규칙을 내세우나 자신에게는 관대한 모순적인 인물로 묘사한다. 어린 시절 겨울의 어느 날 밤에 물이 마시고 싶다고 우는 카프카를 혼내며 속옷 차림으로 베란다에 세워둔 아버지는 원초적 권력의 형상으로 공포의 대상이기도 하다.
45 "그가 몇 분이고 거의 몰아지경에 이를 때까지 정신없이 전화기 손잡이를 돌릴 때 그의 손은 마치 법열에 사로잡힌 탁발승 같았다. 그러면 나는 심장이 뛰었다."(「1900년경 베를린의 유년 시절」, 『선집 3』 51쪽)

아들에게 익사라는 사형선고를 내리는 아버지의 권력은 생살여탈권에 해당한다. 아감벤에 의하면, 고대 로마법에서 부자 관계에 적용된 생살여탈권은 "절대적이며, 과실에 대한 처벌로도, 가정의 우두머리인 아버지의 수중에 있는 보다 일반적인 권한의 표현으로도 이해되지 않았다".[46] 아들의 생사를 결정하는 아버지의 이러한 권한은 정치 권력, 주권 권력의 근원이 어디에 있는지를 명확하게 보여준다. "정치 권력의 최초의 토대는 절대적으로 살해 가능한 생명, 바로 죽음의 가능성 그 자체를 통해 정치화되는 생명"(『호모 사케르』, 186쪽)이고, 이처럼 "죽음에 노출된 생명(벌거벗은 생명 또는 신성한 생명)이야말로 근원적인 정치적 요소인 것이다".(184~185쪽) 로마법에서 규정한 "정무관의 지배권이란 모든 시민에게로 확장된 아버지의 생살여탈권에 불과하다".(186쪽) 아버지의 생살여탈권과 주권 권력은 본질적으로 동질적이다.

"일종의 무제한적인 살해 허가" "어떤 시민도 재판을 거치지 않고는 처형될 수 없다는 12표법의 원칙에 대한 명백한 예외"(187쪽)가 한때 주권 권력에게 인정되었다가 폐기되고 그 자리에 생명권, 인권을 보장하는 법의 제도화가 근대에 이루어진 것으로 보인다. 그렇다면 이제 법은 생살여탈권에서 보는 바와 같은 벌거벗은 생명에 대한 폭력과는 단절한 것인가? 그렇지 않다. 비록 재판의 절차적 공정성을 조건으로 한다고 해

---

46 조르조 아감벤, 『호모 사케르』, 박진우 옮김, 새물결, 2008, 184쪽.

도 생살여탈권에 해당하는 사형제는 여전히 존속한다. 벤야민은 「폭력비판을 위하여」에서 법과 폭력은 태생적으로 결합되어 있음을 폭로한 바 있다. 사형제는 법 자체의 원천이 무엇보다 생살여탈의 폭력에 있음을 보여주는 법 집행의 극단에 속한다는 것이다. "법은 그 어떤 다른 법 집행보다 생살여탈의 폭력을 행사하는 데에서 스스로를 확인한다."(「폭력비판을 위하여」, 『선집 5』, 94쪽)

벤야민은 법의 폭력성을 법 정립적 폭력과 법 보존적 폭력으로 나누는데 두 유형의 법적 폭력이 구분되지 않는 경우도 많다. 사형제와 마찬가지로 경찰이 갖는 강제력도 원래는 법적 목적을 위한 강제력이라고 하지만 그러한 강제력을 광범위한 영역에서 스스로 설정하는 권한, 즉 명령권을 가짐으로써 법의 목적과 무관한 폭력을 행사한다. 사형제나 경찰의 명령권처럼 가시적으로 위협적인 경우가 아니더라도 법은 폭력과 분리 불가능하다. 어떤 경우든 법의 이름 아래 폭력에 노출되는 개인은 잠재적으로 생살여탈권에 내맡겨진 '벌거벗은 생명'의 처지에 놓인다. 벤야민은 이러한 법적 폭력을 '신화적 폭력'이라고 표현한다. "신화적 폭력은 그 폭력 자체를 위해 '단순한 생명'(혹은 벌거벗은 생명)에 가해지는 피의 폭력"(112쪽)이다.

벤야민의 폭력비판론을 이어받은 아감벤은 『예외상태의 삶』『호모 사케르』에서 법의 폭력성을 본격적으로 다룬다. 칸트가 내세운 도덕법칙처럼 내용은 알려져 있지 않지만 효력을 가지는 법이라는 형식이 어떻게 폭력적으로 효력을 발휘하는

지를 아감벤은 다음과 같이 설명한다.

> 의미는 없지만 유효한 법에 복종하는 삶이란 가장 무고한 몸
> 짓 또는 최소한의 망각조차도 극히 끔찍한 결과를 유발할 수
> 있는 예외상태의 삶과 다를 바 없기 때문이다. 카프카가 그려
> 낸 것은 바로 그러한 유형의 삶으로, 거기서 법은 내용이 없을
> 수록 더욱 집요하며, 건성으로 문을 한번 두드리는 것만으로
> 통제 불능의 소송이 진행될 수 있다.(『호모 사케르』, 126쪽)

내용이 없는 법이란 어떤 규정된 목표를 명하거나 금지하
지도 않고, 그 의미도 알지 못하는 법이다. 기존 법의 효력을
정지시키면서 여전히 법의 이름으로 개인을 위협하고 단죄할
때 법은 아무런 내용도 의미도 없는 법으로서 '예외상태'를 만
든다. 개인의 권리나 법적 보호를 위한 법이 아무런 효력도 발
휘하지 않은 채 주권자의 명령에만 맡겨지는 상태가 예외상태
다. 이러한 예외상태의 삶은 법적 질서로부터 배제되는 동시에
자신을 배제시키는 바로 그 법적 질서에 역설적으로 포섭되는
삶이다. 이러한 삶은 벌거벗은 생명, 단순한 생명의 삶이다. 아
감벤은 원래 주권 권력은 그 근원적 형식에 있어 벌거벗은 생
명에 대한 추방령에 의존한다고 주장한다. 다시 말해 주권 권
력은 공동체를 안정적으로 지배하기 위해서 항상 외부를 설
정하고 본질적으로 예외라는 자신의 외부에 의존한다는 것이
다.[47]

아감벤이 말한 예외상태는 벤야민이 산 시대에 여지없이 적용된다. 법의 절차를 밟아 정권을 잡은 나치는 제3제국을 수립하면서 즉각적으로 바이마르공화국의 법을 효력 정지시켰고, 이로써 "법률적 관점에서 제3제국은 12년 동안 지속된 예외상태"[48]였다고 할 수 있다. 파국에 대한 벤야민의 다음과 같은 규정은 파국이 지닌 이중적 구조, 즉 상례화된 예외라는 사실을 의미한다.

> 사물이 '이렇게 계속' 진행된다는 것, 그것이 바로 파국이다. 파국은 임박한 무엇이 아니라 순간마다 주어지는 사물의 상태다.(「중앙공원」, 『선집 4』, 292쪽)

벤야민이 살던 시대는 법이 편재하는 동시에 은폐되어온, 무법성과 예외상태가 극단적으로 가시화된 시대였다. 법이 지닌 운명적인 측면, 전세적 폭력과도 같은 측면은 1930년대 나치 정권의 등장으로 이론적 연구 대상이 아니라 실존적인 차원에서 경험된 힘으로 등장한다. 나치 정권에 의해 모든 존재의 기반이 흔들린 유대 지식인 벤야민뿐 아니라 덴마크로 망명한 브레히트에게도 나치 정권은 모든 법과 질서를 무효로 한 전세

---

47 법 질서의 주변부에 위치해 있던 벌거벗은 생명의 공간이 서서히 정치 공간과 일치하기 시작할 뿐 아니라, "벌거벗은 생명을 정치 영역에 포섭하는 것이야말로—비록 은폐되어 있지만—주권 권력 본래의 핵심이다".(『호모 사케르』, 42쪽)

48 조르조 아감벤, 『예외상태』, 김항 옮김, 새물결, 2009, 15쪽.

적인 폭력 혹은 예외상태에 의존하는 극대화된 법적 폭력의 모습으로 다가온다. 벤야민이 전하고 있는 브레히트의 말도 그러한 내용을 염두에 둔 것으로 들린다.

> 그들은 모든 것에 타격을 가합니다…… 그들은 엄마 뱃속에 있는 아이까지 기형으로 만듭니다…… 그들은 엄청난 규모의 초토화를 기획합니다.(「1938년 일기」,『선집 8』, 265쪽)

인간을 한갓 '벌거벗은 생명'으로 전락시키는 전세적인 폭력의 시대, "역사 없는 시대"(264쪽)에 대한 불안은 벤야민과 브레히트 모두를 강타했다. 이 두 사람보다 한두 세대 뒤에 아감벤은 현대의 정치 질서에 대해서도 예외상태의 상례화를 이렇게 주장한다. "예외상태가 점점 더 현대 정치의 지배적 통치 패러다임이 되고 있다."[49]

『소송』과 법의 문제

법이 벌거벗은 생명에게 가하는 폭력으로 나타날 때 그 법은 과연 법이라고 부를 수 있을까? 이러한 질문은 카프카가 소설 『소송』을 통해 제기한 질문이기도 하다. 『소송』은 법의 문제를 두 가지 차원에서 다룬다. 첫번째는 실증적 차원의 법 현실, 즉 부당, 부정, 부패, 매수가 일어나는 법 현실의 차원이고, 두

---

49 조르조 아감벤, 같은 책, 16쪽.

번째는 당대 법 현실에 대한 고발이나 비판으로는 설명되지 않는 수수께끼 같은 차원이다. 특히 주인공이 무슨 죄로 기소되었는지는 소설에서 큰 수수께끼이고, 최종 법원의 존재 여부도 마찬가지다.[50] 법이 사회적 삶의 구석구석에 침투해 있다는 사실은 법이 삶과 구분되지 않음을 보여준다. 법의 지배의 이면에 역설적으로 "우리 사회의 무법적 성격"(「카프카 관련 수기들」, 『선집 7』, 247쪽)이 도사리고 있는 것이다. 즉 편재하는 법과 절대적 무법성이 동시에 존재한다. 이러한 동시성은 『소송』의 주인공 K.가 처한 상황이다.

K.는 자신의 죄가 무엇인지도 알지 못한 채 소송 준비를 하고 마지막에는 법적 판결 없이 처형당한다. "죄가 없는데도 심판을 받을 뿐만 아니라 왜 심판을 받는지 모르는 채 심판을 받는 것이 이 재판 제도의 특징이죠"(「프란츠 카프카」, 『선집 7』, 61쪽에서 재인용)라고 그는 말한다. '법에 속하기만 하면 허위를 주장해도 진리인가?'라는 주인공의 반문은 법의 폭력성에 대한 문제 제기이기도 하다.[51] 죄가 있어서 심판을 받는 것이 아니라 심판을 받음으로써 죄 있음의 상태가 되는 K.는 법

---

50 주인공이 찾아간 법정은 도시 빈민가의 다락방에 있으면서 일요일에 심리가 열리기도 한다. K.가 법원 예심판사의 책상에서 발견한 책은 법전이 아니고 외설적인 그림이 그려진 책이고, 그의 변호를 처음 맡았던 홀트 변호사에 의하면, 심문이 이루어진다고 해도 "심문 내용을 가지고 그 근거가 되는 서류가 무엇인지를 추론해내는 것은 매우 어려운 일이다".(프란츠 카프카, 『소송』, 권혁준 옮김, 문학동네, 2021, 143쪽)

51 이 질문은 법의 문을 지키는 문지기에 대해 성당 신부와 나누는 대화에서 주인공이 제기한 질문이다. 프란츠 카프카, 『소송』, 269~279쪽 참조.

의 효력이 정지된 가운데 그가 알지도 못하는 어떤 법 혹은 명령에 의해 죽임을 당한다는 점에서 아감벤이 말한 호모 사케르를 연상시킨다.[52] 벤야민은 소설에서 진행되는 재판을 전세로 소급한다.

> K.를 향해 진행되는 재판은 전세에 대해 거둔 최초의 승리 가운데 하나인 성문법이 제정되던 12동판법 시대 훨씬 이전의 전세로 거슬러올라간다. 카프카의 경우 물론 성문법이 법전에 명시되어 있기는 하다. 하지만 전세는 그러한 법전에 근거를 두고 비밀스럽게 자신의 지배권을 더욱더 제한 없이 행사한다.(62쪽)

주인공이 받는 재판은 법적 절차에 의해 진행되는 것이 아니라 법이 적용되지 않는 가운데 진행되는 것이나 다름없다는 점에서 무법적인 전세적 폭력을 상기시킨다.[53] 소설에서 마지막까지 모습을 드러내지 않은 최고 법원은 주인공을 피고인으로

---

[52] 고대 로마법에서 호모 사케르는 "사람들이 범죄자로 판정한 자"로서 그를 죽이더라도 살인죄로 처벌받지 않는 자로서 희생 제물로 바치는 것은 허용되지 않는 인간을 말한다. 아감벤은 "오늘날 모든 곳에서 인간들은 법과 전통의 추방령 속에 살아가고 그 추방령은 자신의 내용을 영도에 유지함으로써 인간들을 순수한 내버려짐의 형식 속에 포함시킨다"(『호모 사케르』, 123쪽)고 말한다. 즉 "모든 사람을 잠재적인 호모 사케르들로 간주하는 자가 바로 주권자이며, 또 그를 향해 모든 사람들이 주권자로 행세하는 자가 바로 호모 사케르다".(179쪽) 우리에게 그 의미가 알려지지 않은 방식으로 우리에게 효력을 발휘하는 법 아래 있는 것은 벌거벗은 생명의 상태를 의미한다.

소환할 때부터 죽음의 형벌을 내리는 마지막 순간까지 주인공에게 피할 수 없는 운명과도 같은 힘을 행사한다. 주인공이 죄가 있어서 피고인이 된 것이 아니라 피고인으로 소환되기 때문에 죄 있음의 낙인이 운명이 된다. 법은 죄 있음을 "우연이 아니라 운명"(61쪽)으로 만들어버린다. 벤야민이 초기에 쓴 「운명과 성격」에 나오는 다음 문장은 『소송』의 주인공에게 해당한다.

> 운명은 어느 삶이 심판받은 삶, 즉 심판을 받고 그러고 나서 죄인이 되는 삶이 될 때 나타난다…… 법은 형벌을 선고하는 것이 아니라 죄를 선고한다. 운명은 살아 있는 자의 죄 연관이다.(「운명과 성격」, 『선집 5』, 71쪽)

이상과 같은 측면에서 본 법은 정의의 실현과는 거리가 멀다. 법은 그것이 원래 자신에게 부여한 기능, 즉 도덕적이고 정의로운 질서를 확보해주는 구분과 경계를 표시하는 기능을 상

---

53   소송 절차를 내면의 법정에서 벌어지는 것이라고 보는 심리학적 해석도 있다. 이에 따르면 『소송』은 펠리체와 약혼과 파혼을 거듭한 카프카가 내면에서 느끼는 분열된 자아에 대한 판결을 다룬 소설이다. 카프카가 이 소설에서 자신의 정체성을 소송의 대상으로 삼았다는 것이다. K.는 도덕적 자아와 성적 유혹에 흔들리는 욕망하는 자아 사이의 갈등, 감시인들의 부정부패에 대한 고발에서 보여준 원칙주의와 태형을 당하는 감시인들에 대한 연민 사이의 갈등을 보여준다. 이러한 (소설에서 전개된 소송을 주인공 내면의 법정에서 일어난 소송으로 보는) 해석에 따르면, 판사는 K. 자신을 심판하는 자아이고, 태형리는 K. 자신을 처벌하는 자아를 상징한다. 또한 일상의 명료한 의식과 무의식적 불안, 도덕적 자아와 욕망하는 자아의 갈등을 소송으로 상징한다고 해석하기도 한다. 그러나 이는 카프카의 서술 의도에 부합한다고 보기 어렵다. 원래 카프카는 자신의 정체성을 소송의 대상으로 삼는 구상을 펼치다가 점차로 자신과 관련된 부분을 대부분 삭제했기 때문이다.

실했다. 카프카는 법의 문제를 자주 다루면서 법과 삶의 식별 불가능성, 법에 고유한 은폐되고 망각된 폭력을 형상화하고자 한다. 아감벤이 말하고 있듯이, "카프카의 가장 카프카다운 몸짓은…… 더이상 아무런 의미가 없는 법을 유지시키는 데 있는 것이 아니라 그것이 법이기를 멈추고 모든 점에서 삶과 구별될 수 없음을 보여주는 데 있다."[54] 벤야민 역시 "경전은 그것을 여는 열쇠가 없이는 경전이 아니라 삶"(「편지를 통한 카프카 관련 토론」, 『선집 7』, 172쪽)이라고 주장하면서 정의로 가는 문을 열지 못하는 법은 삶과 식별 불가능하다고 강조한다.

카프카의 작품은 부정적으로 다루어지는 법의 문제만 제기하는 것은 아니다. 직접적으로 유대 전통과 유대 법의 문제를 다루지는 않았지만, 역사의 메시아적 전환에 대한 물음이 그 아래 깔려 있다. 그것은 겉으로는 드러나지 않지만 지속적으로 제기되는 가운데 카프카 작품의 "신학적 비밀"(IV, 467)을 구성한다. 벤야민은 1927년 11월 18일자 숄렘에게 보낸 편지에 첨부한 쪽지글에서 '어느 신비의 이념'이라는 제목으로 이 문제를 다룬 바 있다.[55] 벤야민은 인간 존재를 절대적 정의의 이상과 부단히 비교하는 카프카의 방식에서 진정한 법을 만나리라는 소망과 영영 만나지 못한다는 두려움 사이의 애매모호한 감정을 읽어낼 수 있다고 본다.

---

54 조르조 아감벤, 『예외상태』, 122쪽.
55 「카프카 관련 수기들」, 『선집 7』, 230쪽 참조.

유대인들은 랍비의 글에서 가르침—할라하—을 설명하고 확인하는 데 기여하는 이야기와 일화들을 그렇게 부른다. 『탈무드』에서 하가다적 부분처럼 카프카의 책들 역시 이야기들, 즉 하가다다. 언젠가 할라하의 질서나 공식, 가르침을 도중에 만날 수 있을지 모른다는 희망과 동시에 두려움을 품으면서 언제든 중단했다가 아주 장황한 서술들에 머무르곤 하는 이야기들이다.(「프란츠 카프카: 중국의 만리장성이 축조되었을 때」, 『선집 7』, 120~121쪽)

진정한 법과 가르침을 만나리라는 희망은 종교적이고 신학적인 희망이다. 벤야민은 카프카가 유대교 "전통에 귀를 기울였다"(「편지를 통한 카프카 관련 토론」, 『선집 7』, 185쪽)고 말한다. 비록 그 전통으로부터 아무런 지혜의 말도 들려오지 않았지만 말이다. 벤야민은 카프카의 이야기들과 할라하의 관계를 역동적인 관계로 본다. 즉 카프카의 이야기는 법 안에 들어가기 이전에 법의 경계를 보여주고자 하고, 그렇다고 해서 법 혹은 할라하를 제거하고 지양하는 이야기는 아니다. 이 점에서 벤야민의 시각은 아감벤과 다르다. 「법 앞에서」에 대해 아감벤은 법의 문 앞에서 죽기 직전까지 기다리는 시골 남자의 태도는 "법의 효력을 정지하기 위해, 문을 닫게 하기 위한 복잡하면서도 끈기 있는 전략"[56]이라고 해석한다. 벤야민은 「법 앞에서」에 대한 해석을 제시한 적은 없다. 다만 숄렘이 말한 "계시의 무" 대신에 자신은 "작은 부조리한 희망"(171쪽)에서 출발한다는 말에 비추어 그의 입장을 다음과 같이 추론해볼 수 있다. 아감벤은 시골 남자가 법의 지양이라는 메시아적 과제를 실현하고 있다고 보면서 "무정부주의적이고 이율배반적인 독해 방식"[57]을 선보이고 있다면, 벤야민은 법을 무효화하는 선언과는 다른 태도를 시골 남자와 법의 관계에서 읽어내고자 했다.

벤야민은 폭력 행사에 근거한 법과는 다른 법에 대한 추구를 카프카의 단편 「신임 변호사」에서 발견한다. 이 단편은 실행되지는 않지만 연구되는 법, 폭력과의 착종 관계를 끊어버린 법은 어떤 형상을 가질 것인가라는 질문을 깔고 있다. 시골 사람 앞에 버티고 선 법의 문을 주권 권력에 의해 세워진 문이라고만 볼 이유는 없다. 아감벤은 그렇게 보면서 시골 사람이 법의 문을 닫게 하는 전략을 구사했다고 해석한다. 벤야민의 관점에서는 아감벤이 간과한 부분, 즉 「법 앞에서」에 나오는 다음 문장이 의미심장하게 다가왔을 수 있다. "그 어둠 속에서 그는 이제 법의 문에서 꺼질 줄 모르고 흘러나오는 빛을 알아본다."[58] "그 빛은 토라에서 말한 신의 은총의 빛이라고 해석되곤 하는 그런 빛인 것이다."[59]

---

56 『예외상태』, 223쪽. 또한 "주권자에 의해 소환되는 예외상태가 삶의 모든 영역을 관통하고 전 지구를 자의적이고 억압적인 법 아래 종속시킨다면, 이러한 상황의 메시아적 전환은 법을 제거하고 삶을 새로운 자유 속으로 방출해야 한다. 법이 삶을 지배하도록 하는 대신에 삶이 법을 지양하는 방식으로 법을 자체 내에 수용할 때—이는 법의 궁극적 실현이자 그로부터 도출되는 법의 제거에 해당하는 과정이 될 것이다—비로소 인류는 해방된다".(222쪽)

57 『예외상태』, 222쪽.

58 프란츠 카프카, 『소송』, 269쪽.

5. 되돌리기와 공부

벤야민은 카프카의 「이웃 마을」이라는 짧은 단편에 관해 브레히트와 토론한 적이 있다. 브레히트의 망명지 스벤보르를 방문한 시기에 쓴 벤야민의 일기를 보면, 두 사람의 해석 모두 단편의 의미구조를 충실히 따른 것이라고 할 수는 없지만, 이 토론은 시간에 대한 두 사람의 상반된 입장을 드러내는 계기가 된다.

> "나의 할아버지는 늘 말씀하시곤 한다. '인생은 놀라울 정도로 짧다. 지금 내 기억 속에 인생이 너무 압축되어, 가령 어떻게 한 젊은이가 이웃 마을로 말을 타고 떠날 결심을 할 수 있는지 이해하기 어려울 정도다. 불행한 우연들은 차치하고라도 행복하게 흘러가는 평범한 인생의 시간으로도 그처럼 말을 타고 가는 데 턱없이 부족한데 말이다.'"(「프란츠 카프카」, 『선집 7』, 103쪽에서 재인용)

할아버지의 말대로 지난 인생을 되돌아보면 시간은 순식간에 지나간 것같이 생각된다. 그러나 미래를 향한 젊은이의 시간을 자신의 회고적 시간관에 따라 판단한다는 점에서 할아

---

59 Vivian Liska, "'Eine gewichtige Pranke' Walter Benjamin und Giorgio Agamben zu Erzählungen und Gesetz bei Kafka", *Benjamin-Studien 3*, Daniel Weidner/ Sigrid Weigel (ed.), Paderborn, 2014, p. 244 참조.

버지의 주장은 오류다. 지난 삶을 돌아보는 회고와 미래를 지향하는 선취는 서로 섞일 수 없는 다른 시간 차원이기 때문이다. 브레히트는 이러한 오류를 지적하기보다는 할아버지의 주장을 제논의 궤변과 연결한다. 제논은 빠르기로 소문난 아킬레우스가 한발 앞서 출발한 거북이를 결코 따라잡을 수 없음을 입증하기 위해 아킬레우스와 거북이의 운동이 이루는 선을 무한한 숫자의 불연속적인 점들로 분해한다.[60] 브레히트는 제논이 도입한 불연속성의 논리를 말 탄 젊은이의 삶에도 일관되게 적용해야 한다고 주장한다. 이에 따르면 이웃 마을로 가는 길이 공간적으로 무수한 점들로 분해되듯이 여행자의 삶도 시간적으로 여러 발전 단계로 세분되어야 한다. 이렇게 여러 발전 단계로 분해되면 인생의 통일성은 사라진다. 마을을 향해 떠난 사람과 이웃 마을에 도착한 사람이 다른 사람이라고 해도 상관없는데, 중요한 것은 목적지에 도착한다는 사실이기 때문이다. "마을을 향해 길을 떠난 사람이 아닌 다른 사람이 마을에 도착할 것이다."(「스벤보르의 여름 일기」, 『선집 8』, 244쪽) 브레히트에 따르면, 불연속성의 원리를 일관되게 적용함으로써 오히려 개인적 삶의 역사성을 구제할 수 있다.

벤야민에게는 이웃 마을이라는 목적지에 도달할 수 있느냐는 관심사가 아니다. 벤야민은 그 대신 시간을 거꾸로 되돌리는 할아버지의 회고에 초점을 맞춘다. "책장 몇 장을 넘기듯

---

60   제논의 궤변에 대한 논박에 대해서는 베르그송, 『물질과 기억』, 319~322쪽 참조.

이 순식간에 기억은 말을 탄 자가 길을 떠날 결심을 한 그 자리에 도달한다.”(245쪽) 이웃 마을로 말을 타고 떠나고자 하는 결심은 현재 시제로 서술되고 있어서, 노인이 자신의 과거를 회고하는 것이 아니라 어떤 상황을 가정하고 있음을 알 수 있다. 벤야민은 이 점을 고려하지 않은 채 기억을 강조하는 자신의 해석을 다음과 같이 요약한다.

> 인생의 진정한 척도는 기억이다. 기억은 뒤돌아보면서 인생을 섬광처럼 죽 훑고 지나간다. 책장 몇 장을 넘기듯이 순식간에 기억은 말 탄 자가 길을 떠날 결심을 한 그 자리에 도달한다. 노인들에게 그렇듯이 인생이 문자로 변한 자들은 이 문자를 거꾸로밖에는 읽을 수 없다. 그렇게 해서만 그들은 자기 자신과 만나고, 그렇게 해서만—현재로부터 도피하면서—이러한 만남을 이해할 수 있다.(245쪽)

목표를 정하고 앞으로만 전진하는 사람이 불행한 이유는, 그는 삶을 그때그때 시간 속에서 축적되는 순간들의 총합으로만 경험하기 때문이다. 이렇게 축적된 시간의 계기들은 무상함만을 입증한다. 이와 달리 자신의 과거를 향해 달리는 사람은 자신의 삶을 문자로 변형시키고 그 안에서 삶의 의미를 읽어낼 수 있다. 물론 기억을 통한 삶의 문자화는 쉽지 않다. 기억은 “망각으로부터 불어오는 폭풍”(「프란츠 카프카」, 『선집 7』, 108쪽)에 맞서 달려야 하기 때문이다. 망각된 것이 먼 과거에서 유래한 것일수록 폭풍은 거세고 그럴수록 과거로 향하는 되돌리기Umkehr는 매우 어려운 과제가 된다.

되돌리기는 말 그대로 "방향을 돌려 다시 돌아오도록"[61] 하는 것이다. 벤야민에게는 기억이 그러한 되돌리기이고, 되돌리기는 "삶을 문자로 변형하려는 공부의 방향"(109쪽)이다.[62] 벤야민은 카프카야말로 공부의 모범을 보여주는 작가이고, "카프카의 작품은 되돌리기"(II, 1216)의 산물이라고 본다. 카프카의 작품에는 공부하는 인물도 종종 등장한다. 「신임 변호사」에서 옛 문헌 속 알렉산더대왕의 말 부케팔로스는 공부하는 신임 변호사가 된다. 부케팔로스는 자신의 주인을 따라 동방을 향해 달리는 대신 법률 서적과 문헌을 파고든다.

> 그는 막강한 힘을 가진 알렉산더 없이―다시 말해 계속 앞으로 내달리는 정복자에서 벗어나―길을 되돌린다. 그는 기병의 엉덩이에 옆구리를 눌리지 않은 채 알렉산더의 전투에서 울려오는 굉음으로부터 멀리 떨어져, 조용한 등불 아래서 자유롭

---

61 벤야민은 바흐호펜의 글에 들어 있는 플루타르크의 말을 다음과 같이 재인용한다. "플루타르크는 '그리스인들 사이에서나 야만인들 사이에서나 비의 행사나 제물을 바칠 때면…… 다음과 같은 가르침이 전수되었다'라고 말한다. 즉 '두 개의 특수한 본질과 서로 대립하는 힘이 있어야만 하는데, 하나는 오른쪽으로 똑바로 나아가고, 다른 하나는 방향을 돌려 다시 돌아오도록 작용한다'라는 것이다."(「프란츠 카프카」, 『선집 7』, 109쪽)

62 벤야민이 숄렘에게 보낸 1934년 8월 11일사 편지(「편지를 통한 카프카 관련 토론」, 『선집 7』, 172쪽) 참조. 이 편지에서 벤야민은 "삶을 글자로 변형하려는 시도에 카프카의 수많은 우화가 갈구하는 회귀의 의미"(172쪽)가 있다고 쓴다.

게 우리의 고서들을 읽으며 책장을 넘기고 있다.(「프란츠 카프카」, 『선집 7』, 109~110쪽)

앞으로 나아가기만 하는 주인으로부터 해방된 부케팔로스는 전쟁터의 굉음을 멀리한 채 조용히 고서들을 읽으며 공부에 몰두한다. 이 이야기에서 알렉산더대왕은 계획과 예측의 미래 지향적인 시간을 대표하고, 등잔불 아래에서 고서를 공부하는 부케팔로스는 되돌리기를 대표한다. 카프카의 또다른 단편 「산초 판사」에 나오는 "산초 판사의 삶이 모범적인 이유는, 그의 삶이 행동 지향적인 돈키호테적인 삶을 다시 읽어내는 데 본질이 있기 때문이다".(「카프카 관련 수기들」, 『선집 7』, 292쪽)

신화적 폭력을 제어한 줄 알았던 법이 스스로 새로운 신화적 폭력이 되었고, 성문법은 역사의 진보도 정의도 가져다주지 못했기 때문에 변호사 부케팔로스는 참조할 만한 진정한 법을 갖고 있지 못하다. 따라서 부케팔로스는 변호사직을 수행하는 대신 오래된 법률서 공부에 몰두한다. 공부는 "정의로 가는 문"(「프란츠 카프카」, 『선집 7』, 110쪽)이다. 부케팔로스가 알렉산더를 떠나 공부에 몰두하는 이유는 신화를 극복하고 진정한 정의에 부합하는 법을 찾기 위해서다.

부케팔로스가 오랜 법률서를 읽게 된 동기는 벤야민이 생각한 번역의 동기와 유사하다. 번역이 "다수의 언어를 하나의 진정한 언어로 통합"(「번역자의 과제」, 『선집 6』, 134쪽)하기 위한, 순수 언어를 찾기까지의 무한한 과정이듯이,[63] 법 공부도 마찬가지다. "원작과 번역 양자가…… 보다 큰 언어의 파편"(137쪽)으로 드러나듯이, 법 공부에서도 전승된 법들은 하나의 정의로운 법의 파편을 이루게 될 것이다.

벤야민은 『아메리카』에 나오는 대학생들이 공부할 때의 제스처가 단편 「그이」에 나오는 망치질과 같다고 본다. 「그이」에서 망치질은 "'책상 하나를 정확하기 이를 데 없는 기술을 갖고 정성 들여 망치질하면서도 동시에 아무것도 하고 싶지' 않다는 소망"에서 행해진다. "아마도 이 공부는 무였을 것이다. 그러나 그러한 공부는 무엇인가를 유용하게 만들어주는 무, 즉 도에 무척 가깝다."(「프란츠 카프카」, 『선집 7』, 105쪽) '진짜 망치질인 동시에 무'가 되는 공부는 어떤 공부인가? 정확하기 이를 데 없는 기술을 가지고 정성 들여 하는 망치질처럼, 대학생들의 공부도 "더 대담하고, 더 단호하며, 더 현실적인 것"이 되고, 때에 따라서는 "미친 짓"처럼 보인다.(106쪽) 그러한 공부를 '무'라고 규정한 것은, 그것이 어떠한 목적도 외부에 두지 않고 그 자체가 목적인 행위이기 때문이다.

이러한 시각에서 공부는 「폭력비판을 위하여」에서 벤야민이 말한 "순수한 수단"(「폭력비판을 위하여」, 『선집 5』, 101쪽)에 속

---

63 "개별 언어들에서 그 언어의 의도된 것은…… 끊임없는 변화 과정에 있다. 그 변화는 개별 언어들에서 의도된 것이 모든 의도하는 방식들의 조화에서 순수 언어로 모습을 드러낼 때까지 지속된다. 그처럼 오랫동안 그 의도된 것은 언어들 속에 숨겨져 있다…… 작품들의 영원한 사후 삶에서, 그리고 언어들의 무한한 생기에서 점화되면서 항상 새롭게 언어들의 성스러운 성장을 시험해보는 것이 바로 번역이다."(「번역자의 과제」, 『선집 6』, 130쪽)

한다. 모든 외부 목적으로부터 해방되고 자신 안에만 근거를 지니고 완수되는 순수한 수단들이 유용하다면, 그것은 "직접적 해결이 아니라 항상 간접적인 해결"(99쪽)을 가져다주는 방식으로만 그렇다. 카프카의 문학적 노력도 이런 의미의 순수한 수단이라고 볼 수 있지 않을까? 카프카의 문학은 외적인 어떤 목적에도 종속되지 않는 가운데 과거를 문자화하는 공부의 엄격함을 실천한 결과이고 공부 자체가 구원의 유일한 길이기 때문이다.

벤야민은 숄렘에게 쓴 편지에서 자신은 계시보다는 구원의 문제에 더 관심을 둔다고 밝히고 있다.[64] 『소송』에서 주인공 K.에게 형벌을 내리는 근거로서의 법의 내용이 알려지지 않으면 법이 부재하는 것이나 마찬가지듯이, 말로 표현될 수 없는 계시도 마찬가지다. 벤야민은 계시의 의미와 내용을 해독하지 못하면 우리에게 계시는 부재하고 그 대신 단순한 삶이 지배하는 것이나 다름없다고 주장한다. 중요한 것은 이러한 단순한 삶, 구원받지 못한 삶으로부터의 해방과 구원에 관한 질문이라는 것이다. "학생들이 문자를 잃어버렸든, 아니면 문자를 해독

---

64 숄렘은 카프카의 문학이 구원이 선취될 수 없는 세계를 표현하고 있다고 하지만, "여기처럼 무자비하게 계시의 빛이 비친 적이 한 번도 없었네. 이것이 완벽한 산문의 신학적 비밀이라네"(「편지를 통한 카프카 관련 토론」, 『선집 7』, 150쪽)라고 전한다. 숄렘의 이러한 해석에 대한 벤야민의 뚜렷한 반대 견해는 몇 년 뒤에 쓴 편지에서 드러난다. "자네는 '계시의 무'로부터, 즉 정해진 소송 절차의 구원사의 시각으로부터 출발하고 있네. 나는 작은 부조리한 희망, 그리고 한편으로 이 희망이 적용되면서 다른 한편 이 부조리가 반영되는 피조물로부터 출발하네…… 문자는 그것에 속한 열쇠 없이는 성서가 아니라 삶이기 때문이라네."(171~172쪽)

하지 못하든 똑같은 결과를 낳는데, 왜냐하면 문자는 그것에 속한 열쇠 없이는 문자가 아니라 삶이기 때문"(「편지를 통한 카프카 관련 토론」, 『선집 7』, 172쪽)이다. 벤야민은 그러한 삶 가운데에서 발견될 수 있는 "부조리한 작은 희망"(171쪽)을 중요시한다. 그러한 희망은 연속적 재난 중의 작은 도약에서 구원의 계기를 찾는 것이다. 벤야민은 카프카 역시 그러한 구원의 계기를 찾는다고 생각한다.

카프카가 말하고 있듯이, 구원은 외부로부터 "현존재에 덧붙여지는 프리미엄이 아니라 '그 자신의 이마뼈에 의해 길이 차단되고 있는 인간의 마지막 출구'"(「프란츠 카프카」, 『선집 7』, 82쪽)다. 「학술원에 드리는 보고」의 원숭이 빨간 페터도 마찬가지다. 원숭이 페터는 사람들에게 붙잡혀서 꼼짝달싹할 수 없이 좁은 우리에 갇혀 있을 때 출구 찾기에 대한 다음과 같은 생각을 학술원에 보고한다.

"무엇을 하더라도 늘 감정은 하나였습니다. 탈출구가 없다는 것…… 저는 탈출구가 없었고, 어떻게든 하나를 마련해야만 했습니다. 왜냐하면 탈출구가 없이 저는 살 수가 없었기 때문입니다…… 제가 말하는 것은 사방으로 열려 있는 저 위대한 자유의 감정이 아닙니다…… 사람들 사이에서는 자유에 관해 착각하는 경우가 너무 많습니다…… 제가 앞서 말씀드린 그런 자유의 신봉자였다면, 이 사람들의 흐릿한 눈길 속에서 제게 모습을 드러낸 탈출구보다는 차라리 망망대해를 선택했을 것입니다."[65]

　망망대해에 대한 기대는 구원을 전혀 보증해주지 않는다. 전방위적 자유에 대한 기대가 아니라 출구 찾기의 절박함이야말로 출구를 비로소 보이게 해주고 구원을 가져다줄 수 있다. 벤야민이 생각한 구원도 이러한 형태를 지닌다.

65　프란츠 카프카, 『변신·선고 외』 206~211쪽.

프루스트와 무의지적 기억

벤야민이 기억에 대한 성찰을 구체화하는 데 있어 가장 큰 영향을 받은 작가는 프루스트다. 그는 프루스트의 대작 『잃어버린 시간을 찾아서』 일부를 헤셀과 함께 번역하기도 했고,[1] 프루스트와 유사한 작품을 쓸 수 있는지 실험해보고 싶다고 생각해본 적도 있다. 그러나 그와 유사한 작업을 할 수 없다는 결론에 도달한다. 그렇다고는 해도 프루스트의 독보적 시도는 그에게 하나의 이정표가 된다. 프루스트와 깊은 친화성을 느꼈던 벤야민은 사회심리학적, 사회사적인 시각에 기반한 「보들레르의 몇 가지 모티프에 관하여」에 이르러서야 비로소 프루스트

---

1   벤야민은 1925년에서 1926년에 길쳐 프루스트의 대작 『잃어버린 시간을 찾아서』 중 「꽃핀 소녀들의 그늘에서」와 「게르망트 쪽」을 헤셀과 함께 번역하면서 독일의 독자들에게 프루스트를 알리고자 했다.

의 한계를 분명하게 언급한다.[2] 1929년에 발표한 「프루스트의 이미지」는 아직 프루스트에 대한 유보를 드러내지 않으면서 프루스트의 기억 모티프에 대한 선구적인 해석을 선보인다. 벤야민이 보기에 "한 생애 전체를 정신이 최고도로 깨어 있는 상태로 충전하려는 부단한 [프루스트의] 시도"(「프루스트의 이미지」, 『선집 9』, 253쪽)는 전무후무하다. 다음 논평은 몇 년 뒤 자신의 유년 시절에 대한 회상에 착수하면서 느낀 감정을 무의식적으로 예고하는 말로 들린다.

> 프루스트는 내면의 절망적인 슬픔(그가 한때 '현재 순간의 본질 자체에 들어 있는 치유할 수 없는 불완정성'이라고 부른 것)을 억누르고 기억의 벌집으로, 생각들의 벌떼로 자신의 집을 지었다.(239쪽)

프루스트는 자신의 독자들은 "나의 독자가 아니라, 그들 자신의 독자"라고 하면서 이렇게 말한다. "내 책은 콩브레의 안경점 주인이 손님 앞에 내놓은 돋보기 같은 일종의 확대경일 뿐이다. 내 책 덕분에 나는 독자들에게 자신의 내면을 읽을 수 있는 수단을 제공할 수 있었다."[3] 프루스트가 말하고 있는 내

---

2 아도르노와 나눈 편지에서 보듯이, 벤야민은 처음부터 프루스트의 매력과 자신에게 미치는 중독 현상을 동시에 의식하고 있었다. Walter Benjamin, *Briefe 1*, pp. 395, 412, 431 참조.

3 마르셀 프루스트, 『잃어버린 시간을 찾아서 11: 되찾은 시간』 김창석 옮김, 국일미디어, 2006, 311쪽.

면이 개인의 내면이라면, 벤야민은 이를 넘어 집단적 내면 혹은 역사의 무의식을 읽을 수 있는 수단을 프루스트로부터 얻고자 한다. 그러한 수단은 다름아닌 프루스트가 소설에서 제시한 '무의지적 기억'이다. "엄밀한 의미에서 역사는 무의지적 기억의 이미지"(「"역사의 개념에 대하여" 관련 노트들」, 『선집 5』, 374쪽)라는 명제에서 보듯이, 벤야민은 역사 인식에 무의지적 기억을 적용할 필요가 있다고 생각한다. 다만 프루스트가 무의지적 기억을 통해 개인적이고 미적인 구성을 의도한 것이라면, 벤야민은 비판적 역사 인식을 추구한다는 점에서 다르다. 19세기 문화사를 다룬 『파사주 프로젝트』「역사의 개념에 대하여」에는 역사 인식에 대한 이러한 문제의식이 깔려 있다. 여기서는 벤야민이 프루스트의 무의지적 기억을 어떻게 이해하고 어떤 관점에서 보완 내지 극복하고자 했는지를 우연성, 기억의 인식론, 기억 이미지의 속성, 기억의 시간 등의 주제들을 중심으로 살펴보기로 한다.

1. 기억의 베 짜기와 풀기

『잃어버린 시간을 찾아서』는 41세라는 나이에 일찍 세상을 떠난 작가가 죽기 직전까지 손에서 놓지 않은 작품으로, 전 7편으로 이루어진 대작이다. 이 소설은 회고하는 화자가 서사적 거리에서 주인공 마르셀의 이야기를 연대기 순으로 제시하는 것이 아니라, 주인공이 작가로서의 소명을 깨닫게 되기까지의 과정을 반복적으로 되돌아가는 구조를 지닌다. 벤야민은 기억하기에 기반한 프루스트의 창작은 사다리 위에서 고개를 젖히고 〈천지창조〉라는 역작을 그렸던 미켈란젤로를 연상시킬 정도로 엄청난 정신적, 육체적 곡예라고 표현한다. "서구의 문헌에서 이보다 더 급진적인 자기 침잠의 시도를 찾아보기 힘들다."(「프루스트의 이미지」, 『선집 9』, 253쪽) 벤야민에 의하면, 프루스트 이전의 어떤 작가도 지난 삶에 대한 기억으로 짜인 소우주를 그렇게 미세하게 펼쳐 보인 적은 없었다. 프루스트는 이러한 작업을 가능하게 한 기억을 '무의지적 기억'이라고 부른다. 다음에서 무의지적 기억은 고대 그리스 서사시 『오디세이아』에 나오는 페넬로페의 베 짜기로 비유된다.

> 프루스트적 무의지적 기억은 대개 기억이라 불리는 것보다 망각에 더 가까이 있는 것은 아닐까? 그리고 그 속에서 기억이 씨줄이 되고 망각이 날줄이 되는 이 자발적 회상의 작품은 페넬로페 작품의 닮은꼴이라기보다 오히려 그것과 짝을 이루는 반대가 아닐까? 왜냐하면 여기서는 밤이 이루어놓은 것을 낮이 풀어헤치기 때문이다. 매일 아침 우리는 잠에서 깨어날 때 망각이 우리의 내부에 짜놓은, 살았던 삶의 양탄자에서 오로지 몇 가닥만을 대개 힘없고 느슨한 상태로 손으로 붙든다. 그러나 매일 낮은 목적에 결부된 행동, 그리고 그보다 더 목적에 사로잡힌 기억하기를 통해 망각의 직조, 그 장식들을 풀어버

린다.(236~237쪽)

　오디세우스의 아내 페넬로페는 베를 다 짜면 답을 주겠다
는 변명으로 구혼자들을 물리치면서 낮에 짠 베를 몰래 밤에
풀어버린다. 그와 반대로 회상에서는 밤에 짠 베를 낮에 풀어
버린다. 무의지적 기억이 기억보다 망각에 더 가까운 이유는,
무의지적 기억의 원천이 다름아닌 "망각이 우리의 내부에 짜놓
은, 살았던 삶의 양탄자"이기 때문이다. 우리 자신이 살았던 삶
이고 우리가 짠 양탄자임에도 우리는 그 양탄자를 의식하지 못
한다. "밤이 이루어놓은 것"이라는 표현은 그것을 망각하고 있
음을 의미한다. 매일 낮에 망각의 직조가 풀리는 이유는 '목적
에 결부된 행동' '목적에 사로잡힌 기억하기' 때문이다.

　목적에 사로잡힌 기억은 현재의 지각과 행동 사이에 개
입해서 행동을 이끌어내는 데 기여하는 기억으로 베르그송은
이를 신체 기억, "습관 기억"[4] 혹은 "운동 기억"(『물질과 기억』,
153쪽)으로 표현한다. 이와 다른 형태의 기억은 현재적 행동
의 필요 너머에 보존되어 있는 기억, 즉 "이미지 기억"(142쪽)이
다. 이미지 기억은 "유용성이나 실제적 적용이라는 속셈이 없
이…… 과거를 오로지 축적하는 기억"(142쪽)으로 운동 기억에
서처럼 분명하게 현재의 행동과 연관되지 않는다. 낮에는 현재
적 행동의 필요가 커지기 때문에 목적에 사로잡힌 기억, 운동

4　앙리 베르그송, 『물질과 기억』, 146쪽.

기억이 우세해지고, 그럴수록 이미지 기억이 억제된다. 따라서 낮에는 '살았던 삶의 양탄자', 즉 망각된 것으로 이루어진 직조물에서 몇 가닥만 남아 있게 된다. 베르그송의 이러한 설명은 앞의 인용문의 숨은 배경으로 보인다. 기억에 대한 벤야민의 성찰은 상당 부분 베르그송의 이론과의 대결을 통해 발전한 것으로 보이는 만큼 베르그송의 기억 이론을 간단히 요약해보자.

베르그송은 '순수 기억' 개념을 통해 기억이 우리가 의식하는 것만이 아니라 망각한 것을 포괄한다는 사실을 분명히 한다. 순수 기억은 사라지지 않고 고스란히 내면화되어 보존되어 있는 나의 과거의 총체를 말한다. 순수 기억의 존재는 일상적으로도 체험할 수 있다. 어떤 것을 암기할 때 의식에 불러올 수는 없지만 자신이 잘못 암기하고 있다는 불편함을 가질 때 우리는 "마치 우리가 의식의 모호한 심연으로부터 일종의 경고를 받고 있기라도 하듯이"(151쪽) 느껴진다. "그때 당신이 느낀 것에 집중해보면, 당신은 완전한 이미지가 거기에 있으나 달아나는 것처럼 느낄 것이다."(151쪽) 잡힐 듯 말 듯 달아나는 유령 같은 이미지, 이는 이미지 기억의 형태를 취하기 직전 단계에 도달한 순수 기억이라고 할 수 있다. 순수 기억은 나의 의식의 배후에 망각된 채로 잠재되어 있는 기억이고, 운동 기억 혹은 습관 기억은 순수 기억과는 다른 방식으로 과거를 축적하는 기억이다.

과거는, 우리가 예측한 바와 같이, 극단적인 두 형태로 축적되는 것으로 나타난다. 한편으로는 과거를 이용하는 운동 기제들의 형태로, 다른 한편에서는 시간 속에서 그것들의 윤곽, 그것들의 빛깔, 그리고 그것들의 장소를 갖는 과거의 모든 사건들을 그리는 개인적인 이미지-기억들의 형태 아래 축적된다.(154쪽)

운동 기억은 암기를 예로 들어 설명할 수 있다. 암기는 일정 구절을 읽고 반복함으로써 전체를 재연할 수 있게 되는 과정을 말한다. 암기가 이루어지면 그것은 습관이 가진 특성들을 모두 갖는다. "습관과 마찬가지로 거기에는 전체 행동을 우선 분해하고, 그다음에는 재구성할 것이 요구된다."(139쪽) 그러한 재구성에 성공한다는 것은, 재구성되는 요소들이 "동일한 순서로 잇따르고 동일한 시간을 점유하는 자동적 운동의 체계 속에 축적"(140쪽)된다는 것이다. 실제가 아니라 상상 속에서 발음한다고 해도 암기는 필요한 모든 발음의 운동을 하나하나 순서대로 전개시키고, 그러한 전개에 필요한 시간을 요구한다. 암기된 개별적 사실들은 "자신의 기원을 드러내고 자신을 과거에 속하는 것으로 분류하는 어떤 표식도 겉으로 지니지 않는다. 그것은 표상되기보다는 체험되고 작동된다".(142쪽) 이는 과거를 표상하는 것이 아니라 과거의 노력을 통해 형성된 운동 기제를 작동시키는 것이다.

운동 기억과 달리 순수 기억은 과거를 표상하는 기억 이미지로 현재화된다. 즉 우리가 삶에 주의를 기울이고 있는 지각의 순간에 이미지 기억의 형태로 현재화될 수 있다. 베르그송은 이 과정을 8자 도식과 원뿔 도식으로 설명한다. 8자 도식은 현재의 지각에 기억이 개입하면서 지각이 심화되는 과정, 즉 지각에서 기억으로, 기억에서 지각으로의 되먹임 과정을 보여준다. 이는 우리가 글을 읽을 때 글자 하나하나를 지각하는 것이 아니라 각 글자의 대략적 특징을 실마리 삼아 곧바로 그런 글자에 대한 기억으로 지각을 대체하는 것에서 볼 수 있다. 우리의 지각은 지각된 대상과 유사한 대상에 대한 기억(유사한 것의 기억), 그 대상과 연관관계가 있는 대상들에 대한 기억(인접한 것의 기억)의 투사를 통해 끊임없이 창조되고 재구성된다.

원뿔 도식은 다음과 같이 설명된다. 면 위에 거꾸로 세운 원뿔 도식에서 원뿔 전체는 무의식에 보존된 순수 기억 전체를 말한다. 면과 맞닿은 꼭짓점, 즉 현재의 지각 평면과 맞닿은 꼭짓점 S를 중심으로, 삶의 현재에 대한 주의의 정도에 따라 각기 다른 크기의 분할면이 매 순간 다르게 형성된다. 원뿔의 무수한 분할면은 지각을 심화하기 위해 상기되는 기억들, 기억 이미지들로 이루어진다. 현재 지각의 지점인 꼭짓점에 가깝게 분할면이 그어질수록 현재에 삽입되는 기억은 빈약해지고 멀리 떨어져 있을수록 최대한 많은 기억들이 삽입된다. 꼭짓점 S에 가장 가깝게 그어진 분할면이 베르그송이 운동 기억, 습관 기억이라고 명명한 기억이 될 것이다. 이는 이미 운동 기제로 몸에 축적된 기억이기 때문에 현재의 지각에 대해 반응하는 데 있어 더이상의 기억이 개입할 필요가 없게 된 그런 경우다. 그

반대 극단은 원뿔의 바닥면으로 "과거 속에 자리잡아 부동으로 머무는 기억"(260쪽)이다.

　　보통 기억은 이 두 극단 사이에서 일어난다. 분할면에 따라 더 크거나 더 작게 형성되는 원뿔은 모두 꼭짓점 S와 연결된 기억을 나타내는데, 이는 한편으로는 꼭짓점을 향해 과거를 최대한 삽입하려는 운동과, 다른 한편으로는 꼭짓점을 향해 모여든 이미지들 중에서 선별하는 운동으로 이루어진다. 베르그송은 전자를 병진운동으로, 후자를 순환운동이라고 부른다. 병진운동은 과거가 현재의 경험 앞으로 이동하는 운동이다. 여기서는 현실화될 특수한 기억들이 상호 침투되어 있고 아직 분별되지 않은 상태에 있다. 순환운동은 주어진 상황에 가장 유용한 과거의 측면을 제시하는 운동, 즉 현재의 감각-운동 체계가 수용하고자 하는 기억만을 기억 이미지로 현실화하도록 선택하는 운동이다. 이 작업은 '응축된 안개구름'과 같은 과거에 대해 주의를 점차 증가시키면서 상호 침투되어 있던 개별적 기억들을 분별해내는 기억의 팽창 운동에 해당된다. 순수 기억에서 이미지 기억이 되는 과정을 병진운동과 순환운동으로 설명하는 것은 모든 현재가 지닌 지속의 두께를 입증하는 것이기도 하다. 즉 현재의 경험을 지속의 시간적 질서에 편입시키는 것이다.

　　이제 순수 기억과 운동 기억은 어떤 관계에 놓이는지 살펴보자. 순수 기억은 행동에 몰두하는 의식의 배후에 잠재되어 있는데, 순수 기억이 이미지 기억으로 재생되는 가능성은 운동 기억에 의해 억제된다. 즉, 그것은 "현재 순간의 유용하고 실천적인 의식에 의해, 즉 지각과 행동 사이에 당겨진 신경계의 감각-운동적 균형에 의해 끊임없이 억제"(167쪽)된다. 따라서 "현재에 관련된 이미지 기억을 출현하게 하기 위해서는 우리의 지각이 지향하는 행동에서 벗어나기 위한 노력이 필요하다"(167쪽)고 베르그송은 말한다. 우리가 유용한 행동에 무관심해질수록, 기억을 행동과 연계하지 않을수록 이미지 기억, "우발적인 기억 작용"(262쪽)에 유리하다.

"신경계의 감각-운동적 평형이 교란된 대부분의 경우에 우발적인 기억이 양양"되는 반면, "정상적인 상태에서는 현재의 평형을 공고히 하는 데 유용하지 않은 모든 우발적 기억들이 억제된다".(149쪽) 즉 우발적으로 일어나는 이미지 기억에 유리한 순간은 현재의 지각과 그에 따르는 운동 사이에 균열이 있는 순간이다. 이는 운동 기억이 작동하기 어려운 순간이다. 이 순간에 잠재적인 과거가 이미지로 어떻게 현실화될지는 정신이 취한 긴장의 정도에 따라 다르다.[5] "우발적 기억은 이미 획득된 기억 속에 숨어 있다가 갑작스러운 섬광들에 의해 드러날 수 있다. 그러나 그것은 의지적 기억이 조금만 작동해도 모습을 감춘다."(152쪽) 그런데 베르그송은 두 기억을 서로 분리된 기능으로만 본 것은 아니다.

신체 기억[운동 기억]은 단지 경험의 움직이는 평면 속에 기억을 삽입하는 움직이는 점에 불과하기 때문에 이 두 기능들이 서로 받침점을 제공하고 있다는 것은 자연스러운 것이다. 한편으로 과거의 [순수] 기억은 감각-운동적 기제들에 기억들을 제시하여 그 기제들이 임무를 완수하게 인도하고, 운동적 반응들을 경험의 가르침에 의해 암시된 방향으로 이끈다.(260쪽)

원뿔 도식에서 전체 기억이 꼭짓점을 향해 수축되는가 아니면 확장되는가에 따라, 전자의 경우에는 직접적 응답 즉 행동을 위해 더욱더 잘 준비되는 편이고, 후자의 경우에는 순수 이미지에 더욱 접근하는 편이다. 바람직한 기억의 실천은 두 극단적인 기억이 각각 "자신의 원본적인 순수성 속의 어떤 것을 포기하면서 내밀하게 서로 침투"(265쪽)하는 데 있다. 베르그송은 이러한 두 기억 간의 균형을 지향할 필요성을 강조하면서 행동의 필요에만 반응하는 사람을 "자동인형"(264쪽)이라고 부른다. 베르그송은 한편에서는 이미지 기억이 "보존에는 충실

---

5   예컨대 어떤 외국어 단어를 들었을 때 "그것은 나에게 그 외국어 일반을 생각나게 하거나 또는 이전에 어떤 방식으로 발성했던 어떤 목소리를 생각나게 할 수 있다. 유사성에 의한 이 두 연합은…… 두 상이한 정신적 성향들에 전체 기억의 상이한 긴장 단계에 답하는 것으로서, 한쪽에서는 순수 이미지에 더욱 접근하고, 다른 한쪽에서는 직접적 응답, 즉 행동을 위해 더 잘 준비되어 있다".(『물질과 기억』, 285쪽) 이러한 차이는 정신적 삶의 다양한 기조, 개인적인 노력의 다양한 단계, 순간의 필요성에 의해 결정된다. 기억난 목소리는 현재의 지각을 더 보완하고 적절한 운동 반응을 위해 방향을 제시하는 기억 이미지다. 외국어 일반에 대한 기억은 지각-반응의 체계로 진입하지는 못하고 이미지로 표상되는 기억으로 무의식과 꿈의 평면에 머물지 않고 의식에 현전한다. 행동의 형태가 아니라 이미지의 형태로 의식에 현전하는 기억이 몽상에 빠지지 않으려면 "현재적 실재성에 접촉해야만 할 것이다".(291쪽)

한 만큼 재생에는 변덕스럽다"(154쪽)고 보면서도, 다른 한편에서는 이미지 기억과 습관 기억 간의 균형이 "순간의 필요 혹은 우리의 개인적인 노력"(285쪽)에 달려 있는 듯이 말한다. 충동인, 자동인형이 되지 않기 위해서는 스스로 행동에 고착되지 않고 거기서 벗어나기 위한 노력이 필요하다는 것이다. 벤야민은 바로 이 지점을 반박한다.[6] 이미지 기억과 운동 기억 간의 균형은 개인의 의지에만 달려 있는 것이 아니라 사회, 문화, 경제적으로 조건지어진다고 보기 때문이다. 벤야민의 비판을 요약하면 다음과 같다. 베르그송의 『물질과 기억』은 "대단히 뛰어난 기념비적 저작"(「보들레르의 몇 가지 모티프에 관하여」, 『선집 4』, 181쪽)이지만, 베르그송은 습관 기억에의 편중은 개인적 사안이 아니라 집단적 사안이고 시대의 경향이라는 점을 도외시하고 있다.[7]

프루스트의 기억 작업이 전무후무한 시도가 된 것은, 막강한 시대적 경향에 맞서 얻어낸 독보적인 작업이기 때문이다. 기억과 경험이 불모화되는 시대에 프루스트는 기억의 직조

---

6 벤야민은 베르그송을 다음과 같이 비판한다. 베르그송에게는 "삶의 흐름을 관조적으로 현재화(기억)하는 일이 마치 자유로운 결정에 의한 일인 것처럼 나타난다".(「보들레르의 몇 가지 모티프에 관하여」, 『선집 4』, 183쪽)

7 그러나 사실 베르그송의 의도는 정신과 신체의 관계를 보는 두 입장인 관념론과 실재론을 공히 논박하면서 기억을 통해 정신과 물질의 이원론을 지금까지와는 다른 식으로 논증하는 데 있다는 점에서 벤야민의 비판이 정곡을 찌른 것으로 보이지는 않는다. 보들레르 에세이에서 보듯이 베르그송의 기억 이론에 대한 비판적인 논조에도 불구하고, 지각 체계와 기억 체계의 상관관계에 대한 베르그송의 분석은 기억 문제에 대한 벤야민의 성찰에 있어 토대가 된다.

를 얼마나 촘촘히 짤 수 있는지를 보여준다. 기억의 직조를 촘촘하게 짤 수 있는 것은, "기억된 사건은 그것이 그것 전과 후에 오는 모든 것을 여는 열쇠라는 이유만으로 무한"(「프루스트의 이미지」, 『선집 9』, 237쪽)하기 때문이다. 벤야민은 이를 무한히 펼쳐지는 부채로 비유한다.[8] 무한히 펼쳐지는 부채, 부단히 짜고 푸는 직물은 완결을 모르는 기억의 분산을 의미한다.

> 한번 기억의 부채를 펼치기 시작한 사람은 항상 새로운 마디와 부챗살을 그 안에서 발견하게 된다. 어떠한 상도 그에게 만족스럽지 못하다. 왜냐하면 그는 그 상이 더 펼쳐질 수 있음을 이미 알기 때문이다. 원래 우리가 이 모든 것을 쪼개고 펼쳤던 이유는 바로 접힌 주름 안에 자리잡은 어떤 고유한 것, 어떤 이미지, 어떤 맛, 어떤 촉감 때문이 아닌가. 이제 기억은 작은 것에서 아주 작은 것으로, 아주 작은 것에서 아주 미세한 것으로 파고들어간다.(「베를린 연대기」, 『선집 3』, 160쪽)

『잃어버린 시간을 찾아서』는 "신비주의자의 침잠, 산문 작가의 예술, 풍자가의 열정, 학자의 지식, 편집증에 사로잡힌 자의 광기가 모여"(「프루스트의 이미지」, 『선집 9』, 235쪽) 이루어진 작품으로, 이 모든 요소를 아우르는 작품의 통일성은 기억하기

---

8 벤야민은 상상력에 대해서도 부채의 비유를 쓴 적이 있다. "상상력은 어떤 이미지든 접어놓은 부채로 여길 줄 아는 능력"(「일방통행로」, 『선집 1』, 116쪽)이고 그 이미지는 부채처럼 펼쳐질 수 있다.

에 있다. 프루스트의 작품에서 중요한 것은 기억의 내용, 줄거리, 혹은 작가의 인격이 아니라 기억이라는 직조 행위 그 자체다. 작품 곳곳에 "아이러니하고 철학적이며 또 교훈적인 성찰"이 드물지 않게 나온다고 하더라도 그것은 "기억의 중압감을 떨쳐내는 안도의 한숨"(257쪽)일 뿐이다.

2. 마들렌 맛과 무의지적 기억

『잃어버린 시간을 찾아서』의 화자에게 사진첩은 파리 근교 콩브레 마을에서 보낸 유년에 대한 기억을 떠올리는 데 별로 도움이 되지 못한다.[9] 사진이 전달해주는, 과거에 대한 지식이 매우 한정적이기 때문이다. 언제나 같은 시간에 최소한의 무대장치에서 있던 장면, 즉 매일 밤 어머니와의 작별 키스 장면밖에는 기억나지 않았다고 화자는 회고한다. 프루스트는 "지나가버린 과거를 되살리려는 노력은 헛된 일이며, 모든 지성의 노력도 불필요하다"[10]고 한탄하면서 의지적 기억의 불모성을 강조한다. 의지적 기억은 의식에 이미 기입해놓은 것, 암기된 것과만 관계한다. 암기된 것이 기억을 확장시키지 못하는 이유

9　『잃어버린 시간을 찾아서』는 자전적 성격이 강한 소설이라는 점에서 화자를 프루스트로 대체해도 무방하리라고 생각한다.

10　마르셀 프루스트, 『잃어버린 시간을 찾아서 1: 스완네 집 쪽으로 1』, 김희영 옮김, 민음사, 2020, 85쪽.

는, "암기된 개개 사실들은 자신의 기원을 드러내고 자신을 과거에 속한 것으로 보게 하는 어떠한 표식도 지니지 않기"[11] 때문이다. 프루스트는 머릿속에 들어 있는 스냅 사진이라는 비유를 들어 다음과 같이 설명한다.

> "나는 기억 속에서 다른 '스냅 사진', 특히 기억이 베네치아에서 찍었던 몇 가지 스냅 사진을 꺼내 보려고 하였지만, 베네치아라는 낱말이 머리에 떠오르기만 하여도 내 기억은 사진 전람회처럼 권태로운 게 되고 만다."[12]

실제로 찍은 사진이든, 머릿속 사진이든 그것을 다시 보거나 상상하는 것은 이미 알고 있는 정보를 반복적으로 인출하는 것이다. 언제라도 마음만 먹으면 인출할 수 있는 그런 기억과 무의지적 기억은 구분된다. 프루스트는 어느 날 우연히 마들렌 과자를 맛보다가 콩브레에서 보낸 유년 시절에 대한 기억에 성공하게 된다. 홍차에 적셔 먹은 마들렌 과자가 불현듯 콩브레의 레오니 고모님 집에서 먹던 마들렌 과자를 떠올리게 하고 이어서 유년 시절 전체를 기억나게 한 것이다. 홍차에 적신 마들렌 과자의 맛과 냄새에 의해 우연히 떠오른 기억은 과거에 대한 총체적인 기억으로 발전하게 된다.

---

11   앙리 베르그송, 『물질과 기억』, 141쪽.
12   마르셀 프루스트, 『잃어버린 시간을 찾아서 11: 되찾은 시간』, 김창석 옮김, 국일미디어, 2006, 249쪽.

프루스트는 무의지적 기억을 불러일으킨 감각적 인상으로 마들렌 과자 맛 외에 두 가지 사례를 더 든다. 게르망트 공작의 저택에서 열리는 연회에 초대를 받아 안마당에 들어가려던 소설의 화자가 차를 급히 피하다가 차고 앞의 튀어나온 포석에 발부리를 부딪혔던 일과, 저택에 들어가 서재에서 기다리는 중 급사가 가져다준 뻣뻣한 냅킨으로 입을 닦았을 때 일어난 일이 그것이다. 두 경우 모두 "망각한 세월의 계열에 들어가 대기하고 있던 [유사한] 감각을 갑작스러운 우연이 긴급하게 그 열에서 나오게"[13] 한 경험이다. 게르망트 저택 차고 앞 포석에 부딪힌 발의 감각은 어릴 적 어머니와의 베네치아 여행 중 산 마르코 성당 영세소 앞에서 포석에 부딪혔을 때 느꼈던 감각과 유사하고, 뻣뻣한 냅킨의 촉감은 발베크 여행 첫날에 호텔 식당에서의 똑같은 경험을 상기시킨다. 이처럼 우연한 계기에 떠오른 기억은 과거의 유사한 감각을 떠오르게 하는 데 그치지 않고, 그 감각과 연관된 맥락 전체에 대한 기억으로 확장된다. 이에 따라 프루스트는 어떠한 의지적 노력에 기대는 대신 기억을 불러일으킬 외부의 계기를 기대한다.

"무의식적으로 나타나는 기억들 혹은 내가 머릿속에서 그 의미를 찾아내려고 애쓴 형상들의 도움으로 쓰인 진리들…… 이 형상들의 첫째 특성은, 내가 그것을 자유롭게 선택할 수 없으

13 같은 책, 251쪽.

며, 그것들이 그대로 나에게 주어진다는 것, 이 점이 그 형상들의 진정성을 나타내는 표식이다…… 우리 지성에 의해 쓰인 문자가 아니라 사물의 형상이라는 문자로 된 책이 우리의 유일한 책이다."[14]

사물의 형상이라는 문자로 된 책은 나에게 고유한 책이기 때문에 그 책을 쓰고 읽고 해독하는 데는 어떠한 본보기도 없다. "그러한 책이야말로 가장 판독하기 곤란한 책인 동시에, 실재가 우리에게 받아쓰게 강요한 유일한 책이자, 실재 자체가 우리의 마음속에 '인상'을 낳게 한 유일한 책이다."[15]

나와 마주치는 사물들 중에는 단순히 감각적인 인상을 주는 것이 아니라 해독되고 해석되어야 할 기호가 되는 특별한 사물들이 있다. 이는 통과 통에 든 내용물의 관계로 설명될 수 있다. 앞에서 말했듯이 마들렌 맛이 동일한 미각에 대한 기억을 넘어 콩브레에서 경험한 사물, 사람, 일화에 대한 기억을 촉발하는 경우 마들렌 맛은 콩브레와 관련된 내용을 담은 기호가 된다. 이때 기호와 그것이 담고 있는 의미는 통과 내용물의 관계에 놓이는데 양자는 원래 서로 무관한 것이다. 무의지적 기억에서 중요한 것은 우연히 마주친 사물을 그 의미에 대해 사

---

14   같은 책, 268쪽. 나아가 프루스트는 "미지의 표징(나의 주의력이 나의 무의식을 탐험하면서, 수심을 재는 잠수부처럼 잦고 부딪치고 더듬으러 가는, 돋을새김같이 생긴 표징)으로 이루어진 내적인 책"(267쪽)을 쓰는 것이 중요하다고 말한다.
15   같은 책, 268쪽.

유하지 않으면 안 되는 기호로 받아들이는 것이다. 들뢰즈는 그의 프루스트론에서 사물의 기호를 통한 기억을 다음과 같이 설명한다.

> 프루스트는 방법이라는 철학적 이념에 강제와 우연이라는 이중적 이념을 대립시킨다. 진리는 어떤 사물과의 마주침에 의존하는데, 이 마주침은 우리에게 사유하도록 강제하고 참된 것을 찾도록 강제한다. 마주침의 속성인 우연과 강제의 속성인 압력은 프루스트의 두 가지 근본적 테마다. 대상을 우연히 마주친 대상이게끔 하는 것, 우리에게 폭력을 행사하는 것, 이것이 바로 기호다. 기호 속에 감싸여 있는 것은 모든 명시적 의미들보다 더 심오하다. 우리에게 폭력을 행사하는 것은 우리의 선의지와 사려 깊은 노동이 낳은 모든 성과보다 더 풍부하다.[16]

진리에 다가가기 위해서는 그 의미를 해독하도록 강제하는 사물의 형상과 만나야 한다. '순수한 지성에 의해 형성된 관념들'이나 '판에 박힌 지식'은 우리에게 진리를 드러내지 못한다. 이에 반해 기호는 기존의 사상 체계에서 규정된 의미 혹은 이미 알고 있는 의미를 '전달'하는 것이 아니라 한 번도 알려지지 않은 의미를 '누설'한다. 예를 들어 소설에서 애인 알베르틴

---

16   질 들뢰즈, 『프루스트와 기호들』, 서동욱·이충민 옮김, 민음사, 2019, 41쪽.

의 거짓말 때문에 고통받는 마르셀에게 애인의 말투나 옷차림의 사소한 인상이 잊고 있던 과거를 생각나게 하면서 애인의 진실이 폭로된다. 그러한 인상이 기호가 되고 나중에 발동한 지성이 그 기호의 의미를 해독하는 일을 맡는다.

들뢰즈가 프루스트 해석에 도입한 기호 개념은 부정적 의미를 지닌 스피노자의 기호 개념과 다르다.[17] 스피노자에게 기호는 '표현'에 대립하는 것으로, 지시적 기호, 명령적 기호, 해석적 기호로 나뉜다. 이들 기호들의 공통된 특징은 상상력으로부터 나오는 본질적으로 애매한 언어를 형성한다는 점에 있고, 이 점에서 원인과 결과 사이의 일의적인 '표현'인 철학의 자연언어와 대립한다. 스피노자에 의하면, 원인과 결과 사이의 일의적인 표현 관계는 지성을 통해 드러나는 적합 관념들의 관계인 반면, 기호는 한낱 부적합 관념이다.

스피노자와 달리 들뢰즈는 상상력에 상관적인 대상으로서의 기호의 도움을 얻어 적합 관념에 도달할 수 있다고 말한다. 들뢰즈는 상상이나 정서를 일으키는 것, 변용을 일으키는 것을 기호라고 부르고 기호 해독을 적합 관념의 해독과 동일시한다. 기호는 일의적인 표현과 대립하는 것이 아니며, 감성적인 것, 정서적인 것의 차원에서 '표현'을 달성하는 것, 즉 정념적 표현이 될 수 있다는 것이다. 들뢰즈는 스피노자가 말한 기호가 긍

---

17 기호에 대한 이하의 설명은 질 들뢰즈, 같은 책, 168~169쪽 각주에 나오는 역자 서동욱의 해설에서 가져온 것이다.

정적 의미를 지닐 수 있다고 보면서 이러한 관점을 프루스트의 무의지적 기억에 적용한다.

무의지적 기억이 어떠한 지성도, 사유도 선행하지 않은 채 감각적 인상에 의해 우연히 떠오르는 기억이라면, 이때 기억의 주체에게 필요한 능력은 의식적 사유를 통한 인지 활동이 아니라 떠오르는 착상에 대한 민감함, 우연히 다가오는 기호의 수용 능력이다.[18] 근대 철학에서 주체는 주로 이성, 판단, 사유의 주체로 이해되고, 엄밀한 의미의 사유는 보편자와 개별자, 외적인 것과 내적인 것의 통일성을 만드는 지적 활동이다. 이에 반해 무의지적 기억의 주체에게는 우연히 마주친 사물의 형상을 기호로 포착하고 그 의미를 해독해내는 능력이 요구된다. 벤야민이 역사를 무의지적 기억 이미지를 매개로 파악하고자 할 때 그가 염두에 둔 역사적 인식도 이러한 능력에 기반한다. 『일방통행로』에 나오는 단편 「마담 아리안, 두번째 안뜰 왼편」에서 말한 "징표, 예감 그리고 신호"(『선집 1』, 154쪽)를 포착하는 능력, 즉 "정신의 깨어 있는 상태(정신의 현존)"(153쪽)는, 들뢰즈가 말한 기호의 수용 능력과 비슷하다.

그러나 벤야민이 정신의 현존을 통해서 포착하고자 하는 신호는 들뢰즈가 생각하는 기호와 다르다. 들뢰즈에 따르면, 기호로서의 마들렌 맛이 담고 있는 의미(콩브레)는 마들렌 맛

---

18 아우구스티누스도 이런 의미에서 기억을 설명한 바 있다. 아우구스티누스, 『고백록』, 박문재 옮김, 크리스천다이제스트, 2016, 제10권 참조.

이라는 기호와는 전혀 상관이 없다. 통과 내용물의 관계는, 밀봉, 감쌈, 함축의 관계일 뿐, 내용물은 통과는 전혀 다른 본성을 지닌 어떤 것이다. 이와 달리 벤야민에게 정신의 현존을 통해 포착해내는 신호와 신호가 함축하는 내용물의 관계는, 스피노자가 말한 의미에서의 표현의 관계에 가깝다. 이러한 관점은 "삶에서 마주쳤던 사물들에 충실"(V, 679)라는 프루스트의 과제를 집단사에 대해 수행하고자 한 벤야민의 『파사주 프로젝트』에도 해당된다. 벤야민이 19세기 문화사를 집필하기 위해 중심에 둔 사물들, 즉 파사주, 파노라마, 만국박람회, 실내, 파리의 거리, 바리케이드 등 19세기 문화에 속한 사물들은 들뢰즈가 말한 의미에서의 기호가 아니라 과거에 현존했지만 지금 부재하는 것이 남긴 흔적이다.

3. '기억하기 전에는 한 번도 보지 못한 이미지'

사후성의 논리

"내 안에서 무언가가 꿈틀하며 위로 올라오려고 움직이는 것을 느낀다. 마치 깊은 심연에 닻을 내린 그 어떤 것이 올라오는 것 같다. 나는 그것이 무엇인지를 알지 못하지만, 그것은 천천히 위로 올라온다. 나는 그 저항을 느낀다. 그것이 통과하는 거대한 공간의 울림이 들려온다. 분명히 내 마음 깊은 곳에서 팔

딱거리는 것은 그 맛과 연결되어 맛의 뒤를 따라 나에게 올라오려고 애쓰는 이미지, 시각적인 추억임에 틀림없다…… 이 추억, 동일한 순간의 견인력이 아주 멀리서 찾아와 내 깊숙한 곳으로부터 부추기고 움직이고 끌어올리려 하고 있는 이 옛 순간이, 내 선명한 의식의 표면에까지 이를 수 있을까?"[19]

이 인용문은 마들렌 맛으로 환기된 기억이 어떻게 진행되는지를 상세히 묘사하고 있다. 소설의 화자는 정신을 집중하면서 애초의 감각을 다시 포착하려 애쓰고, 온갖 장애물과 잡념을 물리치고 소음에 귀를 막으면서 주의력을 기울인다. 무의지적 기억의 이러한 구체적 진행 과정은, 순수 기억의 현재화를 병진운동과 순환운동으로 설명한 베르그송은 다루지 않은 것이다. 벤야민은 프루스트가 묘사한 이 과정을 "시간의 바다에 던진 그물"(「프루스트의 이미지」, 『선집 9』, 258쪽)의 비유로 약간 바꾸기도 한다. 그런데 프루스트는 무의지적 기억을 일으키는 계기와 그것이 이루어지는 과정에 관심을 가진 반면, 벤야민은 그보다는 기억 이미지의 존재론적 속성을 다루고자 한다. "우리는 프루스트가 그의 작품에서 실제로 존재한 모습의 삶이 아니라 그것을 체험한 자가 기억하는 모습의 삶을 그렸다는 것을 안다."(236쪽)

기억된 삶은 '실제로 존재한 모습의 삶'과 어떻게 다른가?

19   마르셀 프루스트, 『잃어버린 시간을 찾아서 1: 스완네 집 쪽으로』, 88~89쪽

이 질문과 관련해서는 「베를린 연대기」에 나오는 다음 문장이 시사적이다. "기억은 과거를 탐색하는 도구가 아니라 과거가 펼쳐지는 무대"(『선집 3』, 191쪽)다. 과거를 탐색한다는 것은 과거의 원본이 있음을 전제로 한다. 이에 반해 과거가 펼쳐지는 무대로서의 기억은 "기억하기 전에는 한 번도 보지 못한 이미지"(「프루스트 관련 자료」, 『선집 9』, 282쪽)를 출현시킨다. 기억은 과거를 그대로 재현하는 것이 아니라 과거와 유사성의 관계에 있는 이미지를 만들어낸다. 기억된 것은 잠재적 상태에 있던 망각된 것이 가시화된 것이다. 프루스트는 이를 음화와 현상된 사진의 관계를 빌려 설명한 적이 있다. 여기서 망각된 과거는 현상되지 않은 채 뒤죽박죽 섞여 있는 "쓸모없는 무수한 음화들"[20]로 비유된다.

그런데 실제 사진에서는 음화의 존재를 확인할 수 있지만, 기억의 음화는 현상하기 전에는 그 존재를 확인할 수 없다. 기억에서는 의식화되는 순간에야 비로소 음화의 존재를 사후적으로 추론할 수 있다. 이는 꿈과 마찬가지다. 꿈에서도 꿈 내용이 접근 가능한 유일한 텍스트이고, 꿈 사고 혹은 무의식은 사후적으로 언제나 연기된 형태로만 추론될 수 있다. 처음에 프로이트는 의식의 차원으로 뚫고 나온 사건(꿈 혹은 기억)은 무의식에 들어 있던 재료의 옮겨 쓰기, 즉 번역이라고 말한 적이 있다. "우리의 심리적 메커니즘은 중층적이고, 맨 아래층에 있

---

20   마르셀 프루스트, 『잃어버린 시간을 찾아서 11: 되찾은 시간』, 289쪽.

는 무의식의 재료는 시시각각으로 새로운 관계에 따라 재조직
과 재규정을 겪는다."[21] 프로이트는 곧 이러한 번역 개념을 철
회하고 그 대신 사후성을 강조한다. 사후성의 논리, 지연의 논
리, 대리 보충의 논리만이 근원적이라고 말한 『초고』에서 이러
한 입장 전환이 분명해진다.

데리다는 프로이트의 사후성 논리를 급진적으로 해석한
다. 즉, 무의식은 사후적으로 구성될 뿐이며 그 이전에는 무의
식 자체라고 불릴 수 있는 근원은 존재한다고 볼 수 없다는 것
이다. 데리다의 프로이트 해석에 의하면, "번역이라는 개념은
위험하다. 그것은 어떤 석상, 글이 쓰인 돌이나 서고처럼 묵묵
히 현전하는, 이미 존재하는 부동의 텍스트를 전제하면서, 그
것의 의미 내용을 조금도 손실 없이 전의식 혹은 의식의 요
소, 다른 언어의 요소로 옮겨지는 것으로 본다는 점에서 그렇
다".[22] 무의식 안에 잠재되어 있는 기억 흔적은 그 자체로는 아
무런 의미를 지니지 못하고, 꿈 혹은 기억으로 나타나야만 사
후적으로 의미 있는 것이 된다.

의식 텍스트는 결코 [무의식 텍스트의] 옮겨 쓰기가 아니다.
왜냐하면 어딘가 무의식의 형태로 현전하는 텍스트가 있어 그

21 빌헬름 플리스에게 프로이트가 보낸 1896년 12월 6일자 편지. Jacques Derrida,
   Die Schrift und die Differenz, übersetzt von Rodolphe Gasché, Frankfurt a.
   M., 1976, p. 316에서 재인용
22 Jacques Derrida, 같은 책, p. 322.

것이 옮겨지는 것이 아니기 때문이다. 사실 현전의 가치는 무의식의 개념에 영향을 끼칠 수 있다. 어딘가 다른 곳에 쓰여 있기에 발견 가능한 그런 무의식적 진리는 없다…… 모든 것은 재생으로 시작한다. 언제나 그것은 그전에 한 번도 현전한 적이 없던 그런 의미의 침전물로 시작한다. 그 의미의 현전은 언제나 '사후적으로', 나중에 추가로 재구성된다.[23]

사후성의 논리는 정상적인 지각 작용에도 적용된다. 모든 지각은 기억 이미지에 의해 매개되고, 기억 이미지는 지각의 순간에 비로소 의식되면서 과거에 존재했던 것으로 추론된다. 데리다식으로 표현하자면, "순수한 지각이란 존재하지 않는다. 우리는 지각을 감시하는—그 지각이 외적이든 내적이든—우리 안에 있는 심급을 통해서 쓰여진다".[24] 즉 우리에게 지각은 외부로부터 도래한 정보로만 이루어지는 것이 아니라 기억이 개입한 결과물이다.[25]

사후성의 논리는 프로이트가 「과학적 심리학 초고」[26]에서 예로 든 엠마의 광장 공포증을 예시로 설명할 수 있다. 엠마가 8살에 체험한 사건은 그 의미를 미처 알지 못한 채 잊혀 있다가 12살 때의 사건을 통해 의미가 새롭게 부여된 과거로 도래한다. 12살 때 엠마는 어느 상점에서 점원들이 자신의 옷을 보

---

23 같은 책, p. 323.
24 같은 책, p. 344.

고 웃자 도망가고 2주간 열병을 앓은 후부터는 혼자 상점에 들어가지 못한다. 엠마는 이러한 공포증의 원인을 캐묻다가 8살 때 자신에게 웃으며 다가온 상점 주인한테 당한 성추행을 기억하게 된다. 성적 분별력이 없던 8살 때 겪은 사건은 그 의미가 전혀 파악되지 않은 채 잠재해 있다가 12살 때 유사한 사건(옷을 파는 상점, 웃는 점원들)이 발생하자 뒤늦게 잠복해 있는 근원으로 사후적으로 첨가된다. 8살 때 사건은 잠복기를 거쳐 12살 때 사건에 의해 비로소 성추행의 의미를 부여받은 것이다. 8살 때 사건은 그것이 나타났던 시점에는 주체에게 아무런 현전적 의미를 가지지 못하다가 12살 때 사건을 통해서 비로소 트라우마의 근원적 사건으로 회고되는 것이다.

　여기서 8살의 사건은 그때까지 한 번도 기억나지도, 의식

---

25 프로이트의 사후성 논리의 현대적 계승에 대한 논문에서 서동욱은 토마스 만의 소설 『마의 산』을 예로 들어 사후성 논리를 다음과 같이 설명한다. 이 소설에서 주인공 한스 카프트로프는 요양원 식당에서 본 쇼샤 부인에게 애정을 느낀다. 유독 이 부인에게 관심을 갖게 된 것은 그가 13세 때 알게 된 히페 소년에 대한 기억이 떠올랐기 때문이다. 히페에 대한 사랑은 당시에는 의식하지도 기억해내지도 못한 사랑이고 히페와 닮은 쇼샤 부인을 보면서 비로소 떠오른 사실이다. 데리다 식으로 표현하자면, 쇼샤 부인에 대한 한스 카프트로프의 지각은 순전히 외부 대상(쇼샤 부인)으로부터 온 것이 아니라, 그 대상을 감시하는 내적 심급, 즉 무의식적 흔적으로 있던 히페에 대한 기억에 의해 미리 쓰인 텍스트와 다름없다. 만약 히페라는 기억 흔적에 의해 매개되지 않았다면, 쇼샤 부인은 한낱 인상의 다발에 그쳤을지 모른다. 이때 히페에 대한 기억은 그 자체로 의미를 지닐 수 있는 근원이 아니다. 그것은 현재의 지각에서 사후적으로 과거의 형태로 도래하는 것이지 발생 당시부터 의미를 지닌 근원으로서 존재하지는 않는다. 서동욱, 「데리다의 차연과 들뢰즈의 차이 자체. 프로이트의 사후성의 논리의 상속자들」, 『문화과학』, vol. 27, 2001, 153쪽 참조.

26 「과학적 심리학 초고」, 『정신 분석의 탄생』, 임진수 옮김, 열린책들, 2005 참조.

에 그 의미가 현존한 적도 없던 과거, 따라서 한 번도 현재였던 적이 없는 태생적 과거로 간주된다. 그것은 순수한 현재로 의식에 현전했던 적이 없는 과거, 지금 재구성하면서 비로소 탄생한 과거다. 프로이트가 든 늑대인간의 사례에서도 어린 시절에 목격한 부모의 성교 장면의 의미를 터득하는 것은 뒤늦게이다. "18개월에 얻은 인상들은 나중에야 이해하게 되는데 그것은 꿈의 시간에서이고, 성적 흥분, 성적 탐색을 거치면서 비로소 가능해졌다."[27] 데리다는 프로이트의 「과학적 심리학 초고」에 들어 있는 이러한 사후성의 논리가 현존, 본질, 근원을 강조하는 형이상학의 역사를 뒤흔들었다고 평가한다.

비감각적 유사성의 이미지

벤야민은 프로이트의 사후성 논리를 데리다처럼 급진적으로 해석하지 않는다. 이는 그가 기억 이미지에 유사성의 관점을 적용하는 데에서 알 수 있다. "꿈의 세계에서 일어나는 일은 결코 동일하지 않고 유사할 뿐이다."(「프루스트의 이미지」,『선집 9』, 241쪽) 꿈 이미지와 마찬가지로 기억 이미지도 근원의 재현이 아니며 근원은 기억 이미지로부터 비로소 추론된다고 생각한다는 점에서 벤야민은 사후성의 논리에 동의한다. 그렇지만 근원은 단지 추론의 결과물이 아니라 근원으로부터 유래한 기억 이미지와 유사성의 관계에 놓인다. 벤야민은 과거의 모사

27　Jacues Derrida, 같은 책, p. 327.

도, 주관적 상상도 아닌 기억 이미지의 속성을 '유사성'의 개념을 빌려 다음과 같이 규정한다. "프루스트는 제3의 것, 즉 이미지를, 그의 호기심 아니 그의 향수를 달래줄 그 이미지를 거듭해서 거두어들였다…… 그것은 유사성의 상태에서 왜곡된 세계에 대한 향수였다."(241쪽)

여기서 말하는 유사성은 지각 가능한 유사성이 아니라 비감각적 유사성이다. 비감각적 유사성은 「유사성론」이나 「미메시스 능력에 대하여」에서 벤야민이 도입한 개념으로 필적을 예로 들 수 있다.(「유사성론」, 『선집 6』, 197~216쪽 참고) 우리는 우리가 의식하지 못하는 가운데 우리의 성격, 내면적인 것을 필적에 각인시키면서 눈에 보이지 않는 유사성, 즉 비감각적 유사성을 만든다. 이때 필적과 글씨를 쓴 사람의 내면이 이루는 관계는 내재적이고 매체적이다. 즉 글씨를 쓴 사람의 내면이 육필로 쓴 글 안에서 스스로를 드러낸다는 점에서 필적은 비감각적 유사성의 매체다.[28] 그것은 나뭇잎과 나뭇잎 벌레

---

28 「유사성론」과 「미메시스 능력에 대하여」에서 벤야민은 인간의 언어를 "비감각적 유사성의 완벽한 서고"(『선집 6』, 216쪽)에 해당하는 매체라고 규정한다. 현대인의 지표 세계는 명백하게도 옛날의 인류에게 익숙했던 마법적 상응 관계들이나 유비Analogie들의 극히 '미미한 잔재'(212쪽)만을 지니지만, 비감각적 유사성의 완벽한 서고에 해당하는 언어는 면면히 흘러온 인류의 유산으로서 그 부정적인 측면 못지않게 긍정적인 측면을 발달시켜왔다. 언어의 역사는 이중화되는데 한편에서는 언어를 도구로 사용하면서 점점 진리로부터 멀어지게 해왔다면, 다른 한편에서는 역사상 축적된 엄청난 문헌과 기록에서 보듯이 언어는 미메시스적 노력을 부단히 발휘하는 핵심 매체로 자리잡아왔다. 물론 그러한 기록에 대한 의구심은 기록이 다루는 현실(나치 시대의 현실처럼)이 엄중할수록 부단히 제기되어 왔다. 언어를 비감각적 유사성의 서고라는 긍정적 측면에서 보기 위해서는 언어를 도구로 보는 통속적 언어관과도, 언어를 신비화하는 관점과도 결별해야 한다.

의 관계처럼 감각적인 유사성의 관계도 아니고, '사과'라는 철자 기호와 그 기호가 가리키는 대상인 사과의 관계처럼 자의적인 것도 아니다.

마들렌 과자 맛에서 촉발된 기억에서 중요한 것은, 현재의 마들렌 맛과 과거의 마들렌 맛의 감각적 유사성도 아니고, 마들렌 맛과 연관되어 연상된 과거의 재현도 아니다. 무의지적 기억은 이러한 감각적 유사성, 모방적 재현을 넘어서는 것, 즉 비감각적 '유사성의 상태에서 변형된 세계'를 만들어낸다. 프루스트는 그러한 세계를 "현시現時가 아니면서도 현실적인, 추상적이 아니면서도 관념적인"[29] 실재라고 불렀다. 무의지적으로 환기된 콩브레는 과거에 지각된 콩브레도, 주관적으로 상상된 콩브레도 아니라 과거에 한 번도 의식하지 못했던 형태로 등장하는 콩브레다. 벤야민은 기억 이미지의 이러한 속성을 양말의 비유를 들어 설명한다.

> 꿈의 세계에서는 결코 동일한 것이 아니라 유사한 것이 출현하는데 어떻게 유사한지는 잘 해명되지 않는다. 이러한 꿈의 세계의 특징을 알고 있는 것은 어린아이들인데, 아이들은 빨래가 든 장롱 서랍 안에 말아서 넣어둔 양말에서 그러한 꿈의 세계와 똑같은 구조를 발견한다. 그 양말은 '주머니'이자 동시에 '선물'이기도 하다. 그리고 아이들은 이 주머니와 그 안에

---

29 마르셀 프루스트, 『잃어버린 시간을 찾아서 11: 되찾은 시간』, 258쪽.

들어 있는 내용물을 단번에 어떤 제3의 것, 즉 양말로 변화시키는 경험을 지칠 줄 모르고 한다.(「프루스트의 이미지」, 『선집 9』, 241쪽)

접은 양말은 그 안에 내용물을 담고 있는 주머니처럼 보이나 안에 들었다고 생각되는 것을 끄집어내려고 하면 주머니도 내용물도 사라지고 양말만 남는다. 접은 양말은 내용과 형식, 내부와 외부로 구성된 기호로 보이고, 접은 양말을 펼치는 것은 그 기호가 함축한 내용을 끄집어내는 시도, 즉 기호를 해독하는 시도를 비유한다. 「1900년경 베를린의 유년 시절」의 단편 '장롱들'은 양말 놀이의 의미를 다음과 같이 보완한다.

나는 지칠 줄 모르고 이 수수께끼 같은 진실을 계속 시험할 수 있었다. 형식과 내용, 껍질과 껍질에 싸인 것, 선물과 주머니는 같은 것이라는 진실이 그것이었다. 하나이면서 제3의 사물인 그것은 위의 두 가지가 변해서 만들어진 양말이었다. 이러한 기적을 불러내는 데 내가 얼마나 열심이었는지를 생각하다보면, 그 놀이가 유령과 마술의 세계로 나를 데리고 갔던 동화들의 자매에 해당하는 것 같다는 기분이 강하게 든다. 동화들은 마지막에는 오차 없이 나를 다시 소박한 현실로 되돌려 보냈고 그 현실은 마치 양말이 그런 것처럼 나를 따뜻하게 맞아주었다.(「1900년경 베를린의 유년 시절」, 『선집 3』, 119쪽)

양말 놀이가 보여주는 것은 형식과 내용, 껍질과 껍질에 싸인 것, 선물과 주머니는 동일한 것이라는 진실이다.[30] 펼쳐진 양말은 주머니도 내용물도 아닌 제3의 것으로서 주머니와 내용물의 분리 불가능성을 상징한다. 마치 동화가 우리를 마법의 세계로 데리고 갔다가 다시 현실로 돌려보내는 것처럼, 우리는 기호와 메타포의 세계로 옮겨갔다가 껍질과 껍질에 싸인 것이 하나인 이미지의 세계로 돌아온다. 펼친 양말처럼 기억 이미지는 그 안에서 과거라는 내용물을 끄집어낼 수 있는 기호가 아니라, 비감각적 유사성의 관계에 놓인 과거의 현실이 그 안에 표현된 "수수께끼 상"(「유사성론」, 『선집 6』, 205쪽)이다. 따라서 양말 놀이에서 "비밀의 폭로는…… 형식과 내용의 해체를 의미하고, 놀이의 물질적 조건들로의 퇴행을 의미한다…… 양말은 껍질 속에 든 본질이 아니라 징표로, 본질의 모노그램으로 남는다".[31] 벤야민이 다음과 같이 묘사하는 프루스트의 기억 이

---

30 껍질의 비유는 「괴테의 친화력」이라는 비평에도 나온다. 여기서 껍질의 비유는 아름다운 것은 가상인가라는 문제를 논의하면서 도입되는데, 벤야민은 아름다운 것은 진리의 가시화, 즉 가상이라고 보는 공식을 반박하면서 아름다운 것에서 가상은 벗겨낼 수 있는 껍질에 불과한 것이 아니라고 말한다. "가상은 아름다운 것에 껍질로 속해 있으며, 그에 따라 아름다움 그 자체는 오직 껍질에 싸여 있는 상태로만 나타난다는 점이 아름다움의 본질적 법칙이다."(「괴테의 친화력」, 『선집 10』 179쪽) "아름다운 가상은 필연적으로 껍질에 싸여 있어야 하는 것 앞에 놓인 껍질이다. 왜냐하면 아름다운 것은 껍질도 껍질에 싸인 대상도 아니며 껍질 속의 대상이기 때문이다…… 껍질에 싸인 것은 껍질이 벗겨질 때 변화하게 되고, 오로지 껍질에 싸여 있을 때에만 '자기 자신으로 동일하게' 남는다."(180쪽)

31 Ch. L. H. Nibbrig, "Das déjàvu des ersten Blicks. Zu Walter Benjamins Berlinder Kindheit um Neunzehnhundert", *Deutsche Vierteljahresschrift*, 47 *Jahrgang*, 1973, p. 721.

미지들도 이러한 시각에 부합한다.

> 프루스트에게서 일어나고 있는 일은 바로 이러한 세계에 속하는 것이고, 그것은 조심스럽고 고상한 모습으로 떠오른다. 즉 결코 고립된 상태의 과도한 감정에 휩싸이거나 몽상 속에서가 아니라, 미리 예고되고 또 여러 근거로 지탱된, 부서지기 쉬우나 값진 현실을 담은 하나의 이미지로 떠오른다. 그 이미지는 프루스트 문장들의 직물에서, 마치 발베크에서 프랑수아의 손 아래서 무명 커튼으로부터 여름날이 풀려나오듯 풀려나온다. 오래되고 까마득한 모습으로, 미라처럼.(「프루스트의 이미지」, 『선집 9』, 241~242쪽)

프루스트의 기억 이미지는 '과도한 감정' 혹은 '몽상'의 주관적인 상태에서 만들어진 것도, 과거를 재현하는 것도 아니다. 그것은 과거의 현실 체험에 여러 근거를 둔 이미지로서 '값진 현실을 담고' 있으나 '부서지기 쉽다'. 무의지적 기억에서 "우리의 실다운 자아가…… 눈을 떠서 생기"[32]를 띠는 순간은 현재와 양립하기 어려워서 오래가지 못하기 때문이다. 반면 의지적인 기억은 오래갈 수 있다. "의지적인 기억에 의한 광경이라면 오래 지속시킬 수가 있다. 그것은 그림책을 넘기는 정도의 노력밖에 안 든다…… 마치 내가 수집가의 이기적인 즐거

---

[32]　마르셀 프루스트, 『잃어버린 시간을 찾아서 11: 되찾은 시간』, 258쪽.

움에 잠겨서, 기억의 삽화를 이것저것 분류하다가 '역시 나는 이제까지 여러 가지의 아름다운 것을 보았군' 하고 혼잣말을 하면서."(『잃어버린 시간을 찾아서 11』, 259쪽) 벤야민이 무의지적 기억 이미지의 값진 현실을 표현한 프루스트의 문장들을 '미라'로 비유한 이유는 문자의 역설 때문이다. 즉 문자는 문자로 기호화된 것을 현재화하는 동시에 이 기호를 통해 명명된 사태의 부재를 보여주기 때문이다.

4. 반反자서전적 기억

『잃어버린 시간을 찾아서』는 프루스트의 자전소설이라고 할 수 있다. 자서전과 달리 자전소설은, 작가가 서술 대상이 작가 자신의 삶이라고 공표하지 않고 허구의 형식을 빌리지만 서술되는 내용의 상당 부분이 작가의 삶과 일치하는 소설이다. 자서전의 형식을 빌린 것은 아니기 때문에 작가는 자신의 삶과 관련해서 모든 것을 거짓 없이 말하라는 성실성의 원칙을 지킬 필요가 없다. 독자 역시 작가의 삶과 많은 점에서 유사성을 지니는 자전소설에 대해 사실과 허구의 관계를 문제삼지 않는다. 자전소설은 허구에 바탕을 둔 소설의 형식을 빌리기 때문이다. 사실과 허구의 관계가 불분명하지만 『잃어버린 시간을 찾아서』의 주인공 마르셀이 작가로서의 소명을 깨닫기까지의 이야기는 작가 프루스트를 연상시킨다. 그렇다면 작가는 자신이 작가로서의 소명을 깨닫기까지의 과정을 자서전에서처럼 하나의 의미 있는 흐름으로 재구성하고자 한 것인가? 「프루스트의 이미지」를 다음과 같이 시작하는 벤야민은 이런 시각을 공유하지는 않은 것 같다.

> 마르셀 프루스트의 열세 권으로 된 『잃어버린 시간을 찾아서』는 이루어낼 수 없는 종합의 결과물이다. 거기서 신비주의자의 침잠, 산문 작가의 예술, 풍자가의 열정, 학자의 지식, 편집증에 사로잡힌 자의 광기가 모여 자서전적 작품을 만들어낸다. 사람들이 모든 위대한 문학작품들은 장르를 창설하거나 장르를 해체하며, 요컨대 특수한 사례들이라고 한 말은 옳다. 그러나 그런 특수한 사례들 가운데서도 이 작품은 가장 파악하기 어려운 사례에 속한다. 시문학과 회상록과 주석을 한몸으로 체현하는 구성에서 시작하여……(『선집 9』, 235쪽)

벤야민은 프루스트의 소설을 자전적 작품이라 부르고 있지만, 텍스트의 통일성을 이루는 것은 "작가의 인격도, 줄거리도 아니다".(238쪽) 즉 기억의 내용이 아니라 기억이라는 직조 행위, "기억하기라는 순수 행위 자체"(238쪽)에 있다고 밝힌다. 주인공 마르셀이 작가로서의 소명을 깨닫게 되기까지의 과정은 하나의 의미 있는 흐름, 즉 소명의 역사로 일관되게 재구성되지 않는다. 벤야민은 자신의 유년 시절에 대한 기억도 자서전적인 기억과는 다름을 분명히 한다.

기억들의 폭이 넓어진다고 해도 그러한 기억들에서 언제나 자서전이 써지는 것은 아니다. 내가 쓰고 있는 이 기록도 분명 자서전은 아니다. 비록 이 책에서 유일하게 베를린 시절에 대해 이야기하고 있지만 그 시절에 대한 이야기 역시 자서전은 아니다. 자서전이란 시간, 진행, 그리고 삶의 부단한 흐름을 형성하는 내용과 관계된 것이기 때문이다. 반면 여기서 언급되는 것은 하나의 공간, 순간들, 그리고 불연속적인 것이다. 여기서 비록 여러 달, 여러 해가 나타난다고 해도, 그것은 회상의 순간에 취하는 형태로만 나타나기 때문이다.(「베를린 연대기」,『선집 3』, 194쪽)

자서전적 기억은 무엇인가? 그것은 삶의 부단한 흐름, 지난 경험을 통일적으로 그려내면서 자아 정체성을 되찾거나 형성해내는 기억이다. 아우구스티누스의『고백록』이 처음으로 이러한 기억을 보여준다. 그의『고백록』이 종교적 성찰을 담은 회고를 넘어 자서전의 효시가 된 것은, 지난 삶을 하나의 관점에 따른 이야기로 재구성함으로써 삶의 종합을 시도한 최초의 자서전이기 때문이다. 4세기 말에 쓰인 아우구스티누스의 자서전이 나오기 전까지는 '나'의 개인 의식을 앞세운 자기 성찰의 글쓰기는 없었다고 해도 과언이 아니다. 고대 그리스인들에게도 자기 성찰은 있었으나 그것은 자서전의 형식으로 표현되지 않았고, 개인 의식보다는 시민 공동체 의식, '나'보다는 보편적 로고스를 강조하고 있기 때문이다. 자서전 연구에 따르면, 고대 그리스와 로마에서는 엄밀한 의미에서의 자서전은 존재하지 않았다.[33] 아우구스티누스의 『고백록』은 기독교적 정체성을 획득하기까지의 자기 삶을 묘사하는 과정에서 개인의 내면 공간을 포착하고 그 안에서 일어나는 심리적 갈등을 기술하는 기억의 재구성 과정을 보여준다. 그러한 기억은, 욕망과 정욕을 버리지 못하는 세속적인 삶과 하느님에게 귀의하는 기독교적 삶 사이의 갈등을 작가 자신이 받아들인 종교적 틀에 의거해서 해석한다. 여기서 지난 삶, 예전의 생각과 감정을 돌아보고 거기에 의미를 부여하는 틀은 성서라는 규범적 텍스트다.[34]

아우구스티누스는 죄인의 상태에서 구원을 향해 나아가는 과정을 기억을 통해 재구성하면서 인간이 가진 기억의 힘을 놀라워한다. "주님께서는 나의 기억을 어디로부터 가져오셔서 어디로 가져가시기에, 내가 까맣게 잊어버리고 그냥 지나쳤을 이런 위대한 일들을 기억해내어서 주님께 고백하게 하시는 것입니까?"[35] 자서전을 가능하게 하는 기억에 대한 감탄은 『고백

---

33 이상 고대 그리스인들에 대한 논의는 유호식, 『자서전』 민음사, 2015, 119~125쪽 참조.

34 서구 자서전의 역사를 보면, 자서전적 기억의 이러한 종교적 배경이 근대 이후 구속력을 상실하면서 기억의 세속화, 사유화가 일어난다. 16세기 르네상스 시대에 들어서면서 이러한 경향을 볼 수 있는데, 더이상 인간의 삶을 하느님이라는 초월자와 매개하지 않고 구원에 대한 강박관념 없이 오직 자기 자신과의 관계를 기억을 통해 밝혀나가는 의미의 자기 글쓰기가 나타난다. 자서전의 형식에 따라 쓰인 것으로 본격적으로 근대 자서전의 토대를 제공한 것은 1770년에 완성된 루소의 『고백록』이다.

35 아우구스티누스, 『고백록』, 박문재 옮김, 크리스천다이제스트, 2016, 282쪽.

록』의 뒷부분에서 기억에 대한 성찰로 이어진다. 그는 "기억 속에서 나는 나 자신을 만나고…… 언제 어디에서 무엇을 했고, 그것을 행하였을 때에 어떻게 느꼈는지를 기억"해낸다고 말하고, "내면의 거대하고 무한한 공간인 기억의 힘은 정말 너무나 대단하다"고 감탄한다.(『고백록』, 316쪽) 다음의 성찰은 기억의 저장 능력을 넘어 기억의 구성 능력에 대한 것으로 보인다.

"기억 속에 저장되어 있는 이 모든 것들로부터, 내가 과거에 경험했던 것들이나 그러한 과거의 경험으로 인해서 믿게 된 것들과 비슷한 것들을 무수히 만들어낼 수도 있고, 과거의 것들 자체를 여러 가지로 구성해볼 수도 있으며, 과거의 것들로부터 미래의 행위들과 소망들을 구성해볼 수도 있는데, 이 모든 것들은 내 생각 속에 현재적으로 현존합니다."(316쪽)

아우구스티누스의 이러한 생각은, 기억의 저장고로부터 과거를 비로소 확정짓는 동시에 미래에 대한 기대와 소망을 만들어내는 주체의 표상 능력에 대한 것이다.[36] 이는 즉자적인 것

---

36 『고백록』, 394쪽 참조. "미래의 시간이나 과거의 시간은 존재하지 않기 때문에, '과거와 현재와 미래'라는 세 가지 시간이 존재한다고 말하는 것은 옳지 않고 '과거의 일들의 현재와 현재의 일들의 현재와 미래의 일들의 현재'라는 세 가지 시간이 존재한다고 말하는 것이 아마도 옳으리라는 것입니다. 이 세 가지 시간은 모두 우리의 마음에 어떤 식으로든 존재합니다. 그렇지 않다면 나는 그것들을 볼 수 없고 알 수 없습니다. 과거의 일들의 현재는 '기억'이고, 현재의 일들의 현재는 '직관'이며, 미래의 일들의 현재는 '기대'입니다."

으로서 주체에게 엄습해오는 무의지적 기억이기보다는 주체의 지적 활동으로서의 사유에 속하는 능력이다. 자서전의 서술에서 개인의 지난 삶을 하나의 통일된 의미로 해석하기 위해서는 기억 이미지를 생생하게 떠올리는 데 그쳐서는 안된다. 알박스에 의하면, "기억이 갑자기 나타날 때 처음에는 날것 그대로, 고립되고 불완전한 형태로 나타나지만 그것을 보다 더 잘 인식하고 국지화하도록 성찰할 기회가 우리에게 주어진다. 이러한 성찰이 일어나지 않으면 그것은 단지 스쳐 지나가는 이미지일 뿐이지 기억이 아니다".[37] 이에 따르면 자서전적 기억은 의지적인 기억, 깨어 있는 사유로 나아가는 단계를 거쳐야 한다.

자서전적 기억은 벤야민이 프루스트와 관련해서 강조한 무의지적 기억의 시학보다는 기억의 역할에 대한 헤겔의 논지를 통해 설명된다. 헤겔은 대상에 대한 직관에서 표상을 거쳐 사유로 발전하는 지능 단계론에서 기억Erinnerung의 역할을 상술한 바 있다. 이에 따르면 기억은 무의식적 상태에서 내면의 어두운 갱도에 보존되어 있는 표상들을 꺼내서 그것들을 과거의 일관된 표상으로 조립하는 중요한 기능을 담당한다. 기억은 표상에서 사유로 진전하는 과정으로 과거 표상들을 단순히 재생산하는 것이 아니라 내면화하는 과정이다. 즉, 그것은 외적인 다양성을 보편적인 것으로 변화시키는 생산적인 과정이다.

37 Maurice Halbwachs, *Gedächtnis und seine sozialen Bedingungen*, Frankfurt a. M., 2022(1925), p. 61.

헤겔은 내면화된 표상들을 임의로 불러내고 보편적인 이념에 편입시키는 과정으로 기억을 이해하기 때문에 무의지적 기억을 인정하지 않는다. 그 대신 내면의 갱도에 저장되어 있는 모든 외적인 것, 특수한 것을 내적인 것, 보편적인 것에 동화시키는 주체의 지적 활동을 강조한다. 또한 이미지로 된 기억은 비형상적인 기억, 즉 문자와 연관된 기억을 통해 극복된다.[38]

프루스트의 기억 작업과 관련해서 벤야민이 다음과 같이 기술한 기억의 과정은 지난 삶의 계기들을 하나의 의미 있는 흐름으로 표상하는 주체의 통일적 의식과는 거리가 멀다.

> 마치 그물의 무게가 고기가 얼마나 잡혔는지를 어부에게 알려주듯이, 이미지도 없고 형태도 없이, 또 불확실하면서 묵직하게 전체에 관해 알려준다. 냄새는 여기서 잃어버린 시간의 바다에 그물을 던지는 사람(프루스트)의, 무게를 느끼는 감각이다. 그리고 그의 문장들은 예지적 신체의 전 근육운동이며, 이 그물을 들어올리는 형언할 수 없는 노력 전체를 담고 있다.(「프루스트의 이미지」,『선집 9』, 258쪽)

여기서 기술된 기억 작업의 주체는 내면에 저장된 기억 이미지들을 자유자재로 다룰 줄 아는 주체가 아니다. 그는 오히

---

38 이상은 헤겔이 『철학적 학문의 백과사전Enziklopädie der philosophischen Wissenschaften』의 제3부에서 제시한 기억 이론을 라이너 바르닝이 정리한 것이다. Rainer Warning, *Proust-Studien*, München, 2000, pp. 144~146 참조.

려 우발적인 기억의 측면에 부합하는 주체다. 원래 철학적 전통에서 기억은 인식론적으로 믿을 만한 인지 활동은 아니었다. 기억 이미지mnème는 의식적 기억anamèsie과 구분되고 기억 이미지의 흐름은 의식적 기억의 통제 아래 둘 필요가 있다고 생각해온 것이다. 헤겔의 기억론이 이러한 전통을 이어받았다면, 프루스트의 무의지적 기억의 시학과 프로이트의 정신분석은 이와 달리 기억 이미지들의 인식론적 가치를 높이 평가한다. 우발적인 기억 이미지들에 대한 가치 평가는 주체 개념의 변화를 가져온다. 이제 주체는 근대철학에서와 같이 보편자와 개별자, 외적인 것과 내적인 것의 통일성을 만드는 지적 활동보다는 주체에게 다가오는 이미지, 떠오르는 착상에 대한 민감함과 수용 능력의 차원에서 새롭게 정의된다. 특히 기억에서 주체는 자신을 불연속적인 존재로 경험한다.

기억과 주체 개념에 대한 이러한 변화는 삶에 하나의 통일적 연관성을 부여하는 자서전적 기억에도 영향을 미친다. 원래 자서전은 과거의 파편화된 삶을 종합하여 하나의 상징적 총체성으로 만들어내는 기억에 토대를 두고 있다. 그러한 총체성을 허구적이라고 보는 비판적 시각은 자서전적 기억을 중단시킨다.『잃어버린 시간을 찾아서』에서 주인공의 이야기를 어떻게 해석하는가도 자서전적 기억 여부에 따라 달라진다. 기억의 내용이 불연속적인 순간들로 분산되는 것으로 보느냐 모든 우연이 하나의 동질적인 연속성에 편입된다고 보느냐에 따라 주인공의 이야기를 다르게 해석할 수 있는 것이다. 한편에서는 살아온 삶의 특별한 체험들을 예술가로서의 소명과 연결함으로써 통일된 자아의 연속성을 획득했다고 보는 해석이 있고, 다른 한편에서는 불연속적인 기억 순간들을 강조하면서 통일적인 자아의 존재를 부정하는 해석이 있다.

벤야민의 해석은 후자에 가깝다. 벤야민은 자아를 "깨어 있는, 익숙한 대낮의 자아"와 "심층적 자아"로 나눈다.(「베를린 연대기」, 『선집 3』, 237쪽) 전자는 일상의 과제를 완수하는 데 필요하지 않은 기억을 대부분 억압하기 때문에 무의지적 기억의 주체가 될 수 없는 반면, 대낮의 자아와는 다른 곳, 즉 무의식에 위치하고 있는 심층적 자아는, 성냥불에 불붙는 마그네슘 분말처럼 외부의 쇼크에 강타당할 때 비로소 그 존재가 드러난다. 심층적 자아는 무의식에 묻혀 있던 과거가 기억 이미지로 드러날 때 비로소 추론되는 자아인 것이다. 이러한 심층적 자아는 기억 내용들 간에 어떠한 의미 연관도 수립하지 않는다. 벤야민이 자신의 유년 시절 회상은 "삶의 부단한 흐름을 형성하는 내용"을 담고 있는 것이 아니라 "하나의 공간, 순간들, 그리고 불연속적인 것들"(194쪽)로 구성되고 있다고 말한 것도 이를 보여준다. 하나의 공간, 순간과 결부된 기억들은 어떠한 종합에도 도달하지 않고 지속적인 차이로 남는 흩어진 기억으로서 불연속적이다.

프루스트의 소설을 자서전적 기억의 측면에서 보면 화자가 삶을 재구성하는 데 토대가 되는 이념은 소명의식이다. 마들렌 맛, 뻣뻣한 냅킨의 촉감, 돌부리에 걸려 넘어진 발등에서 받은 특별한 인상들의 수수께끼는 다음과 같은 요구, 즉 이러한 인상들에 대한 정신적 등가물을 통해 이 인상들에 지속성을 부여하라는 요구에 의해 풀린다. 이는 그러한 인상들을 기록하는 작품을 쓸 작가로서의 소명의식으로 귀결된다. 소명의식의 관점에서 화자 삶의 모든 우연성에 통일적인 의미가 부여되고 이로써 총체화하는 기억, 자서전적 기억이 완수된다. 프루스트 연구가 바르닝은 『잃어버린 시간을 찾아서』에 깔린 두 가지 시학을 무의지적 기억의 시학과 인상주의적 기억의 시학으로 보면서 단계적으로 구분한다. 소설을 집필하던 초기에 지배적인 무의지적 기억 시학은 삶의 불연속성을 극복한다는 낙관적 시각에 수렴되는 반면, 마르셀의 연인 알베르틴 이야기가 핵심을 이루게 되면서부터는 기억의 불연속성, 차이, 분산을 특징으로 하는 인상주의적 기억이 지배적이 된다는 것이다.[39]

벤야민이 불연속성을 강조한다고 해서 프루스트의 기억 시학을 "인상주의적 기억"[40]으로 규정하는 것은 아니다. 인상주의적 기억은 무의지적 기억의 저 '보존적 망각'(혹은 생산적 망각)과 기억의 변증법을 깨뜨리면서 기억의 인식론적 가치를

---

39 프루스트의 인상주의적 기억에 대해서는 Rainer Warning, *Proust-Studien*, München, 2000, p. 152 참조. "프루스트의 믿음 안에서 자아는 자기 자신에 대해서도 기억에 대해서도 마음대로 하지 못한다. 이러한 기억에는 종합되지 않은 이미지들이 처분을 기다리고 있고, 자아는 자신의 믿음에 따라 그 이미지들에 여러 감정들을 그때그때 부여한다…… 그러한 이미지들은 어떠한 종합이 아니라 부단한 차이로만 기억된다…… 주체는 바로 기억에서 자기 자신을 불연속적인 존재로 경험한다."

40 Rainer Warning, 같은 책, p. 149.

의문시한다.[41] 즉, 분산과 차이를 특징으로 하는 인상주의적 기억에서 기억의 생산성을 더는 기대할 수 없게 된다. 반면 벤야민에게 있어 "과거에 끝없이 가필하는 기억의 은밀한 작업"(「베를린 연대기」, 『선집 3』, 174쪽)은 지난 삶의 연속성이나 기억하는 주체의 자기 동일성, 자아의 자기 확신을 보장하지는 않으나 그것은 현실 체험을 토대로 한다. 따라서 인상주의적 기억처럼 인식론적 공백이나 의미론적 공허에 빠지지 않는다.

벤야민 자신을 예로 들어볼 수 있다. 그에게 있어 자신의 지난 과거에 대한 기억이 가져다주는 통찰은 지난 삶을 결정하는 운명에 대한 것도 자아의 존재에 대한 것도 아니다. 그것은 특정 장소와 특정 시간에 "번개처럼 일종의 영감의 힘"(197쪽)으로 주체를 엄습한 깨달음으로서 온다. 그러한 깨달음은 벤야민 자신의 삶의 행로에 깊이 영향을 미친 근원적 친분 관계에 대한 깨달음이다.[42] 벤야민은 그러한 친분 관계들로 이루어진 도식을 '미로'라고 부른다.

그 미로의 수수께끼 같은 중심에 자리잡고 있는 것이 나 자신

---

41 1940년 2월 29일에 벤야민에게 보낸 편지에서 아도르노는 이러한 생산적 망각을 "서사적 망각"(『아도르노-벤야민 편지. 1928~1940』, 이순예 옮김, 도서출판 길, 2019, 485쪽)이라고 부르면서 이를 자동반사적 망각과 구분할 필요가 있다고 주장한다. 아도르노는 체험과 경험에 대한 벤야민의 구분에 대해 "변증법적 망각이론"(485쪽)을 요구하면서 경험은 "서사적 망각"에, 체험은 자동반사적 망각에 귀속시킬 것을 제안한다. 이미 프루스트 에세이에서 벤야민은 망각의 페넬로페 작업을 서사적 망각의 시각에서 다룬 바 있다.

인지 아니면 운명인지는 나의 관심사가 아니다. 그러나 내부로 들어가는 많은 입구들은 나와 상관이 있다. 나는 그 입구들을 근원적 친분 관계라고 부른다.(198쪽)

이러한 근원적 친분 관계의 구도가 미로처럼 보이는 이유는, 그에 대한 총체적이고 궁극적인 의미를 해독하기 어렵기 때문이다. 지난 삶의 의미는 자아의 주체적 활동으로도 운명의 법칙으로도 설명되지 않는다. 미로로 들어가는 입구가 다양하면 할수록, 미로를 헤매는 사람의 목표인 출구도 그만큼 더 수수께끼에 싸인다. 벤야민이 그렸던 삶의 도식은 그의 삶에서 중요한 시기인 청년기에 대한 것으로 짐작되는데 벤야민은 그 도식에 어떠한 상징적인 의미도 부여하지 않는다. 따라서 딜타이가 『체험과 문학』에서 말한 자서전적 주체, 즉 자신의 과거를 총체적으로 상징화할 수 있는 의식의 주체는 벤야민에게 해당되지 않는다. 그러기에는 벤야민은 「쾌락원칙을 넘어서」에서 의식의 주권을 상대화한 프로이트의 충실한 독자였다.[43]

---

42 "사람들의 삶에서 근원적 친분 관계 중 직업, 학교, 친족관계, 여행은 어떤 역할을 하는가? 특히 개인의 삶에서 저 많은 개별적 길을 생성하는 어떤 은밀한 법칙 같은 것이 존재하는가? 어떤 길이 삶에서 빨리 나타나고, 어떤 길이 늦게 나타나는 것인가? 어떤 길이 우리 삶이 다할 때까지 지속되고 어떤 길은 소멸되는 것인가? '성격이 뚜렷한 사람은 언제나 같은 일을 경험한다'고 니체는 말했다. 이 말이 대체로 맞든 안 맞든 따져보면 언제나 우리에게 동일한 역할을 하는 사람들에게 우리를 이끌어주는 길이 있기는 한 것 같다."(「베를린 연대기」, 『선집 3』, 199쪽)

43 벤야민은 프루스트와 프로이트의 연계성도 강조한다. "「쾌락원칙을 넘어서」는 프루스트의 저작들에 대해 쓰인 최적의 주해서일 것이다."(V, 679)

5. 순간과 지속

프루스트에게 무의지적 기억의 순간은 "죽음에 무심해질 만큼의 충분한 기쁨"[44] 혹은 "미래에 대한 온갖 불안, 온갖 지적인 의혹이 사라지는"(『잃어버린 시간을 찾아서 11』, 250쪽) 경험을 가져다준다. 홍차에 적신 마들렌 과자를 맛본 순간 또는 게르망트 저택에서 열린 연회에서 마당의 포석에 발이 걸려 비틀거린 순간에 형언할 수 없는 행복감을 느끼는 이유는 무엇인가? 프루스트에 의하면, 우리는 기억의 순간에서만 사물의 정수를 맛볼 수 있기 때문이다. 기억 안에서 되살아난 인간은 과거의 지각에서는 놓친 "사물의 정수를 맛보고 그 정수에서만 삶의 실재, 삶의 환희를 발견한다".(250쪽) 이 순간은 시간을 초월해 있다는 의식을 준다.

> "그 여러 즐거운 인상을 현재의 이 순간에도 아득한 과거의 순간에도 동시에 느껴, 어찌나 과거를 현재로 파고들게 하는지 두 시간 중 어느 쪽에 내가 있는지 아리송하게 한다…… 그 인상 속에 있는 초시간적인 영역에서 그 인상을 맛보고 있는 것이고…… 이런 인간이 나타나는 것은 시간 밖으로 나갈 수 있는 경우뿐이다."(256쪽)

---

44 마르셀 프루스트, 『잃어버린 시간을 찾아서 11: 되찾은 시간』, 251쪽.

행복감, 환희, 욕망은 기억의 주체가 현재도, 과거도 아닌 어느 특별한 순간으로 이동한다고 믿으면서 생기는 감정이다. 프루스트는 왜 감각이나 이지나 의지가 아니라 기억만이 이러한 시간 초월을 가능하게 하는지를 다음과 같이 설명한다.

"감각은 사물의 정수를 가져다주지 못하고, 과거를 고찰할 때는 이지[理智]가 그 과거를 메마르게 하고, 어떤 미래를 기대할 때는 의지가 끼어들어 의지가 선정해둔…… 좁은 목적에 적합한 것만을 남기게 한다…… 그런데 언젠가 들은, 언젠가 호흡한 음향이나 냄새는 현시가 아니면서도 현실적인, 추상적이 아니면서도 관념적인, 현재와 과거의 동시적 시간 속에서 다시 들린다…… 시간의 세계를 초월한 한순간이, 그 한순간을 느끼게 하려고 우리들 속에 시간의 세계를 초월한 인간을 다시 창조한 것이다."(258쪽)

벤야민은 프루스트가 말한 시간 초월을 '도취적 영원성'이라고 부른다. 그것은 "플라톤적인 영원성, 유토피아적 영원성"처럼 "한 번의 날갯짓으로 상위의 영역으로"(「프루스트의 이미지」, 『선집 9』, 251~252쪽) 올라가는 영원성이 아니라, 과거와 현재가 합치되는 순간에 느끼는 도취와 행복감이다. 시간의 세계를 초월한 것 같은 황홀경은 플라톤적인 영원성, 현상 세계를 초월한 이념 세계의 영원성도 아니고, 한 번도 경험하지 못한 미지의 것을 그리는 유토피아의 영원성도 아니다. 무의지적 기억의 도취적 영원성은 "한계를 넘어 나가는 시간이 아니라 교차된 시간"(252쪽)에 자리잡은 영원성이다.

프루스트가 진정으로 관심을 갖는 시간은 "교차된 형태의 시간"(252쪽)이다. 교차된 시간이란 무엇인가? 그 안에서 인간 삶의 "변화무쌍함과 요지부동한 추억"(『잃어버린 시간을 찾아서 11』, 415쪽), "나이듦과 기억하기"(「프루스트의 이미지」, 『선집 9』, 252쪽)가 교차하는 시간이 그것이다. 추억은 요지부동한 이미지를 제공하지만, 시간의 흐름은 나이들어 알아보기 힘들 정도로 변한 사람들의 늙은 모습에서 가시화된다. 프루스트 소설의 주인공은 꽤 오랜 시간이 지난 후 게르망트 공작 저택에서 열린 연회에 참석하고 그곳에서 재회한 사람들의 늙은 모습에 놀란다.[45] 여기서 늙어버린 사람들의 모습은 변화무쌍하게 생성과 소멸을 거듭하면서 앞으로 진전하는 시간의 힘을 분명하게 느끼도록 한다. 반면, 우리의 기억은 그 사람들의 옛 모습을 떠올릴 수 있다. 생성과 소멸에 내맡겨지는 삶의 시간과 영원화하는 기억의 시간, 이렇게 대립적인 두 시간이 우리 안에서, 우리가 의식하지 못하는 가운데 교차하고 있다.

도취적 영원성은 이처럼 교차된 시간의 우주에 속하기 때문에 영원무궁한 것은 아니다. 기억 속에서 시간 초월을 경험

---

[45] "지금 눈앞에 있는 유령과, 내가 회상하는 사람과의 사이에 있는 혼비백산할 대조는, 추억 속의 사람을 아득한 과거라기보다 거의 있을 수 없는 과거로 보내버리는 것이었다. 이 두 모습을 하나로 결합하거나 이 두 사람을 동일한 이름으로 생각하기란 쉬운 일이 아니었다."(『잃어버린 시간을 찾아서 11: 되찾은 시간』, 349~350쪽)

제3장 프루스트와 무의지적 기억

하는 도취의 순간이 지나면 다시 생성과 소멸을 거듭하는 시간의 법칙에 놓이게 되기 때문이다. 도취는 현재의 시간을 초월하는 경험이지만 짧은 시간 동안 지속하다가 사라지고, 현재와 과거의 두 감각이 겹쳐지는 데서 온 행복감은 곧바로 돌이킬 수 없는 손실과 상실의 감정, 죽음과 무에 대한 확신에 자리를 내어준다.

> 화자가 신발의 단추를 끄르려고 몸을 굽혔을 때 모든 것은 정확히 무아경 속에서처럼 시작된다. 현재의 순간은 옛날의 순간과 공명하면서 몸을 구부리고 있던 할머니를 소생시켜주었다. 그러나 기쁨은 곧 참을 수 없는 고뇌로 변했고, 결합되었던 두 순간은 죽음과 무에 대한 확신 속에서 옛날의 순간이 필사적으로 달아나는 바람에 서로 떨어져버렸다.[46]

기억이 가져다주는 도취적 영원성은 한순간의 착각일 뿐 지속적이지 않다. 벤야민은 무의지적 기억에 깔린 시간의식과 관련해서 순간성을 강조한다. 다음 인용문에 나오는 표현들에 주목해보자.

> 지나간 과거가 아침 이슬이 맺히는 듯한 '순간'에 비쳐나오

---

46 질 들뢰즈, 『프루스트와 기호들』, 245쪽. 들뢰즈의 이 말은 『잃어버린 시간을 찾아서: 소돔과 고모라 2』에서 돌아가신 할머니를 추억하는 화자의 상념을 해설한 것이다.

는 곳에서 회생의 고통스러운 충격이 그 과거를 막을 수 없이 다시 한번 끌어모으게 된다. 그리하여 프루스트가 콩브레 지방을 마지막으로 돌아다니면서 길들이 교차하는 것을 발견했을 때 그에게 게르망트의 길과 스완의 길이 교차하여 나타난 것이다. 일순간 풍경은 마치 바람이 방향을 돌리듯 급변한다…… 프루스트는 엄청난 일을 해냈다. 즉 일순간 세상 전체가 한 인간의 삶만큼 나이들게 하는 일을 해냈다. 보통의 경우라면 시들고 저물어갈 뿐인 것이 섬광처럼 반짝 자신을 불태우게 되는 이러한 집중이 회생이다.(「프루스트의 이미지」, 『선집 9』, 252쪽)

'아침 이슬이 맺히는 듯한 순간' '회생의 고통스러운 충격' '일순간' '급변' '섬광처럼' 등의 표현들은 모두 기억의 순간성과 관련된다. 이러한 표현들은 주체의 의식적 활동 저편에서 과거가 순식간에 떠오르는 방식을 나타낸다. 유사성의 지각에 대한 벤야민의 다음 발언도 기억의 시간에 해당된다.

유사성의 지각은 어떤 경우든 번득이며 지나가버리고 마는 순간에 묶여 있다. 유사성은 휙 스쳐 지나가는데, 어쩌면 다시 획득할 수 있을지 모르나 본래 다른 지각들처럼 붙들어 매둘 수는 없다…… 이처럼 유사한 것들을 지각하는 일은 시간적 요인에 묶여 있다.(「유사성론」, 『선집 6』, 202쪽)

무의지적 기억의 순간성은 그것이 하나의 이미지에 의해 촉발된다는 점과도 관계가 있다. "무의지적 기억에는 하나의 흐름이 아니라 오직 하나의 이미지가 나타난다."(I, 1243) 순간성에 대한 벤야민의 이러한 강조는 순수 지속을 주장하는 베르그송의 입장과 대비된다. 아무리 무의식에 지속적으로 저장되어 있다고 해도 그것이 기억나지 않는다면 무슨 소용인가라고 프루스트는 반문한 바 있다. "노르웨이 철학자는 베르그송 선생의 주장에 따라 우리가 우리의 추억을 상기하는 능력은 가지고 있지 않을망정, 우리의 추억 모두를 소유하고 있다고 말했다…… 그러나 우리가 상기하지 못하는 추억이 무슨 의미가 있단 말인가?"[47] 이는 베르그송의 순수 기억 이론에 대한 이의 제기로 보인다. 의식에 떠오르지 않는 순수 지속은 의미가 없다고 말한 프루스트는 기억의 지속보다 순간성을 지지하는 것으로 보인다. 프루스트에 따르면, 무의지적 기억은 한순간의 지속, 즉 "순수한 상태로 있는 짧은 시간"(『잃어버린 시간을 찾아서 11』, 258쪽)을 고정시킨다. 이러한 순간이 베르그송이 말한 지속을 체험하는 순간일 수도 있다. 그 순간에 과거부터 무의지적 기억이 일어난 순간까지 이어진 지속을 의식하게 될 수 있다.[48] 유년의 침실에서 들었던 방울 소리에 대한 기억에서 화자는 이 체험을 다음과 같이 기술한다.

47　마르셀 프루스트, 『잃어버린 시간을 찾아서 7: 소돔과 고모라』, 김희영 옮김, 민음사, 2020, 238~239쪽.

"아득히 먼 과거에 있었던 소리건만 나는 옛 소리 그대로 들었다……그 방울 소리는 언제나 내 가운데 있었고, 또한 그 방울 소리와 현재의 순간 사이에는, 내가 짊어지고 다니는 줄도 몰랐던 무한히 펼쳐진 온 과거가 있었던 것이다."(『잃어버린 시간을 찾아서 11』, 496~497쪽)

그 소리는 그동안 망각되었기 때문에 현재에 이르기까지 공백과 빈틈이 생겼지만 방울 소리가 기억나는 순간에 지난 과거가 연장되어 생생한 현재 안에 단번에 들어온다. 이 순간 방울 소리는 지속적으로 존재해온 것으로 의식된다. 이러한 체험은, 과거는 증대하면서 자동으로 한없이 보존되고 그 과거 전체는 어떤 순간에도 우리 위를 따르고 있다고 한 베르그송의 지속 개념에 부합하는 것으로 보인다. 그러나 차이는 분명한데, 프루스트의 지속은 간헐적으로 체험하는 지속이고 그에게 지속의 의식은 순간에 국한된다. 벤야민은 보들레르 에세이에서 베르그송의 지속 개념을 강하게 비판한 바 있다.

베르그송은 지속이라는 개념 속에서 역사로부터 더욱더 멀리

---

48 "이토록 장구한 시간의 흐름이 나를 통해 단 한 번의 중단도 없이 존속되고, 생각되고, 분비되었음을, 그 시간의 흐름은 나의 삶이자 나 자신이었음을, 그뿐만 아니라 나는 그 온 시간을 줄곧 내게 매어두어야 했음을, 그것이 나를 받쳐주었음을, 머리가 뱅뱅 도는 이 시간의 꼭대기에 올라앉은 나임을, 시간을 옮겨놓지 않고선 몸을 움직일 수 없었음을 깨닫자, 나는 질겁과 피로를 느꼈다."(『잃어버린 시간을 찾아서 11』, 498쪽)

떨어져나와 있다…… 죽음이 제거된 지속은 끝없이 이어지는 기하학적 장식의 조악한 무한성을 지닌다.(「보들레르의 몇 가지 모티프에 관하여」, 『선집 4』, 235쪽)

'죽음이 제거된 지속'은 증대되면서 보존되고 어느 순간이든 우리 위를 따르고 있는 과거 전체, 매 순간 이전의 모든 순간과 함께 부단히 유기적 총체를 이루는 순수 기억의 보존 상태를 의미한다. 매 순간 순수 기억은 현재와의 불가분의 관계 속에서 재생되는 현행화의 과정에 들어서는데,[49] 지속은 이처럼 의식에 현행화되는가와 무관하게 지속하는 순수 기억의 경향, 즉 기록과 보관의 경향에 대한 것이다. 벤야민은 베르그송의 지속 이론을 전통적인 의미의 경험과 시간을 보존하고자 한 생철학적 프로젝트에 포함시킨다. 그것은 거대한 산업사회에 지배적인 불모의 경험 앞에서 눈을 감고 현대의 공허한 시간을 부정하면서 생긴 프로젝트라는 것이다. 불모의 경험이란 베르그송이 말한 기억 중 운동 기억, 즉 과거를 표상할 필요 없이 작동되기만 하는 기억이 지배적이 되었음을 말한다.[50] 벤야민

---

[49] 베르그송에 의하면, 기억의 원뿔 도식에서 "단면들은 이미 만들어진 채로 주어지거나 서로 겹쳐 있는 것도 아니다…… 지성은 매 순간 이 단면들을 분리하는 간격을 따라 움직이면서, 이 단면들을 되찾거나 또는 끊임없이 새로 창조한다. 지성의 삶은 이 운동 자체로 이루어진다".(『물질과 기억』 398쪽)

[50] 벤야민은 베르그송의 기억 이론이 지각과 기억, 경험과 기억의 관계를 정밀하게 논증하고 있다고 높이 평가하지만, 역사적 변화를 고려하지 않는다고 비판한다. "기억을 역사적으로 분류하는 것은 베르그송의 의도가 전혀 아니었다."(「보들레르의 몇 가지 모티프에 관하여」 『선집 4』 181쪽)

에 의하면, 베르그송의 지속 개념은 "그러한 경험에 직면해서 감기게 되는 눈에 나타난 잔상"(182쪽)에 대한 것이다. 벤야민은 유동적인 지속을 강조하는 베르그송을 비판하는 그만큼 기억의 순간성, 파편성 그리고 충격을 강조한다.

　기억의 순간성, 파편성, 충격은 데자뷔를 예로 들어 설명할 수 있다. 현재의 순간을 이미 살아본 적 있던 순간처럼 느끼는 것을 데자뷔(이미 본 것)라고 하는데, 벤야민은 '이미 본 것'이라는 시각적 표현보다 '이미 들은 것'이라는 청각적 표현이 더 적합하다고 본다. 현재에 경험하는 새롭고 낯선 것을 과거에 만난 적이 있는 것처럼 느끼는 순간의 "충격은 대부분 소리의 형태로"(「1900년경 베를린의 유년 시절」, 『선집 3』, 65쪽)다가오기 때문이다. "그 소리는 예기치 않게 우리를 과거의 차가운 동굴로 끌어들이는 힘을 가졌다."(65~66쪽) 지금 처음 대하는 것을 과거로부터 들려오는 메아리처럼 느끼는 현상은 "낯선 것이 우리 안에 두고 있었던 미래"(66쪽)에 해당한다. 이 표현은 과거에 일어난 것이지만 그것을 경험한 당시에는 의식하지 못하거나 어렴풋이 예감한 것, 따라서 그것이 기억난 순간 낯선 것으로 다가오는 현상에 대한 것이다. 또한 그것은 완결된 과거의 사건이 아니라 현재에 여전히 그 의미가 열려 있는 것, 이후 일어날 일에 대한 숨은 전조로 다가온다.[51]

51　벤야민은 이를 어린 시절에 아버지가 알려주신 친척의 부고를 예로 들어 기술한다. 이에 대해서는 이 장의 보론을 참조할 것.

벤야민이 말한, 과거라는 동굴의 둥근 천장에 울려퍼지는 메아리는 한편에서 황홀경을, 다른 한편에서 충격을 일으킬 수 있다. 프루스트는 데자뷔를 과거와 현재의 공명에서 오는 황홀경으로 경험한다면,[52] 벤야민은 "흘러간 삶의 어둠 속에서 어느 땐가 울렸던 메아리처럼 우리에게 다가오는 사건"(「1900년경 베를린의 유년 시절」, 『선집 3』, 65쪽)을 충격으로 받아들인다. "우리의 방에 잊고 있던 토시가 그렇듯이, 어떤 단어가 우리를 놀라게 할 때 받는 충격"(66쪽)은 데자뷔의 충격이다.

원래 충격과 결부되는 기억은 병리학적 기억으로 분류되는 기억이다. 베르그송에 의하면, 퇴행적 기억상실의 경우 의식에서 사라진 부분 기억은 전체 기억의 가장 밑바닥에 보존되어 있다가 최면을 통해 되찾아질 수 있는데 이러한 기억은 충격적으로 일어난다. "자신들이 기댈 지배적인 이미지"에 의해 촉발되는 기억은 결정적 사건으로서의 "갑작스러운 충격, 격렬한 감정"[53]을 수반한다.

벤야민은 충격을 동반하는 기억을 병리학적 기억에 국한하지 않고 무의지적 기억 전체에 적용한다. 무의지적 기억은 "마치 초대받지 않은 손님처럼 불시에 뒷계단을 통해 들이닥치는 경험"과 같고 이로써 "우리에게 충격을 가르쳐준다."(「프루스트 관련 자료」, 『선집 9』, 276쪽) 과거가 떠오르는 충격의 순간은

---

52 P. Szondi, *Hoffnung im Vergangen, Schriften II*, P. Szondi, Frankfurt a. M., 1977, p. 286 참조.

53 앙리 베르그송, 『물질과 기억』, 289쪽.

프루스트가 말한 기억의 행복감이나 황홀경과는 대립적이다. 동일하게 순간을 강조하는 것처럼 보이지만 벤야민과 프루스트의 시간 체험은 이처럼 상이하다.

프루스트가 무의지적 기억을 통해 지향한 이른바 순수 시간은 미래의 차원을 배제하는데, 그 이유는 "미래를 기대할 때에는 의지가 끼어들어 의지가 선정해둔 좁은 목적에 적합한 것만을 남기게"(『잃어버린 시간을 찾아서 11』, 258쪽) 되기 때문이다. 프루스트의 말대로 미래에 목적 지향적 의식을 투사하거나 단순히 소망을 고수하는 것은 미래의 가능성을 오히려 저해하거나 좁힐 수 있다. 벤야민이 역사관에서 목적론이나 진보사관을 비판한 것도, 주관적 의도에 의해 그려지는 미래상에 대한 프루스트의 불신과 다르지 않다.

그러나 벤야민은 의도나 사상이 개입된 미래상을 거부한 것이지 미래 의식 자체를 포기하지 않는다. 다만 미래에 관해 이야기할 유일한 기회는 과거 안에 들어 있는 예언을 발견하느냐에 달려 있다. 유년 시절 회상에서도 벤야민은 현재에 대한 예고, 이로써 현재의 미래까지 예고하는 순간을 발견하는 데 집중한다. 초기 글에 속하는 「대학생들의 삶」에서 피력한, 역사적 과제에 관한 다음과 같은 생각은 마지막날까지 고수된다. 역사에서 "최종상태의 요소들은 무형의 진보적 경향에서 드러나는 것이 아니라, [역사상] 가장 훼손되고, 가장 모욕당하고, 가장 조롱당한 창작물과 사상들에서 발견되는 요소들로서 모든 현재 안에 파묻혀 있다".(II, 75)

181

최종상태의 요소들은 미래에 대한 기대가 아니라 아직 파묻혀 있는 과거의 예언에서 발견된다. 벤야민과 프루스트의 시간 의식은 분명히 다르다고 주장하는 페터 스촌디는 그 차이를 다음과 같이 요약한다.

프루스트는 현재와 과거를 일치시켜 시간으로부터, 다시 말해 미래의 위험 및 위협에서 벗어나고자 하지만, 벤야민은 과거 속에서 미래를 찾는다…… 프루스트는 과거의 여운에, 벤야민은 미래의 예고에 귀기울인다.[54]

벤야민에게도 과거로 되돌아가는 경향이 다분하지만, 그가 되돌아가고자 하는 과거는 완결되지 않은 과거, 미래를 향해 열려 있는 과거다. 그에게 있어 과거 안에 들어 있는 전조나 예고를 발견하는 순간은 행복에 대한 약속이 실현되는 황홀경이 아니라 두려움과 충격이 동반되는 순간이다.[55]

---

54 P. Szondi, *Hoffnung im Vergangen*, pp. 282~285.
55 벤야민에게 기억은 사라진 유년을 되살려낼 수는 있지만, 기억이 시간 정지와 시간 초월을 가져오는 것은 아니다. 프루스트와의 차이에 대해 스튀시는 다음과 같이 말한다. "프루스트는 기억의 원을 다시 찾은 시간─완성된 소설─에서 닫지만, 벤야민은 여전히 잃어버린 상태에 머무는 미래를 기다리면서 [기억을] 끝낸다." A. Stüssi, *Erinnerung an die Zukunft. Walter Benjamins "Berliner Kindheit um Neunzehnhundert"*, Göttingen, 1977, p. 52.

보론 1: 「부고」

『1900년경 베를린의 유년 시절』에 나오는 단편 '부고'는 어느 날 저녁 아버지가 다섯 살쯤 된 벤야민의 침실에 들어오면 친척의 부고 소식을 전하던 때의 기억을 담고 있다. 아버지께서는 나이든 친척 어른의 죽음을 전하면서 심장마비를 장황하게 설명하셨다. 어른이 되어 불현듯 어느 날에 당시 아버지가 하지 않은 말이 '매독'이었음을 깨닫는다. 매독이라는 단어는 벤야민으로 하여금 그동안 잊고 있던 과거, 잊고 있어서 낯선 어떤 과거를 떠올리게 하고, 그것은 과거로부터 들려오는 메아리처럼 들린다. 과거 유년의 방에서 아버지의 입에서 발성된 적이 없던 그 단어가 아버지가 사촌 아저씨의 죽음을 알리던 그 순간에 이미 잠재해 있었던 것처럼 느껴진다. 그 단어는 "낯선 것(과거)이 우리 안에 두고 잊고 있었던 미래", 과거의 미래형, 과거 안에 들어 있던 미래다. "어떤 단어가 우리를 놀라게 할 때 받는 충격…… 아직 보이지 않는 낯선 것을 짐작하게 만드는 단어나 멈춤의 시간이 있다. 그것은 우리 안에 그러한 단어를 놓고 간 [과거 속의] 미래다."(「1900년경 베를린의 유년 시절」,『선집 3』, 66쪽)

이 기억은 벤야민의 기억에 특수한 시간 구조를 예시적으로 보여준다. 기억은 과거에서 현재로 이어지는 연속적 시간이 아니라 현재의 순간과 중첩되는 과거를 체험하는 것이다. 현재에 깨닫는 것은 과거로부터 온 낯선 것('매독'이라는 단어)으로 생각되고, 지금 이 순간은 지나간 과거가 의도한 미래에 해당되는 것 같다. 이때 잊고 있던 유년의 방과 침대가 떠오르면서 그것들이 현재의 나에게 말을 거는 것 같다. 이러한 시간 체험은 비단 이 기억뿐 아니라 유년 시절 기억 전체, 아니 역사적 인식 전체의 토대를 이룬다. 이에 따르면, 기억하는 자아와 기억되는 자아, 기억하는 자아와 기억된 세계는 분리된 것이 아니라 동시적인 구도 속에서 형성된다. 이 구도 속에서 기억하는 자아는 동시에 자신이 기억된 자아로 소환되었다고 느낀다.

아버지는 부고 소식을 전하면서 친척 어른이 왜 돌아가셨는지를 말하지 않았다. 아버지가 일부러 빼놓은 단어와 우연히 접한 순간에 벤야민은 유년의 방의 장면이 생생하게 기억나고 아버지의 이야기 속의 틈, 아버지가 빼놓은 '매독'이라는 단어를 당시 어렴풋이 추측하고 있었음을 깨닫는다. 아버지가 부고 소식을 전하던 당시의 방을 귀중품처럼 기억 속에 보관할 수 있었던 것은, 수수께끼 같은 아버지의 부고 소식으로 인해 아이의 일상이 중단되고 그 순간이 주목받을 만한 것이 되었기 때문이다. 아버지의 말보다 아버지의 말에 의해 조명이 비추어진 당시의 공간이 더 분명하게 아이의 기억에 각인된다.

보론 2: 고고학적 발굴

묻혀 있는 자신의 고유한 과거에 가까이 가려는 사람은 땅을 파헤치는 사람처럼 행동해야 한다. 이것이 진정한 기억의 어조와 태도를 규정한다. 진정한 기억에서는 똑같은 내용을 반복해서 떠올리는 것을 기피해서는 안 된다. 흙을 뿌리듯이 기억의 내용을 뿌리고, 땅을 파듯이 그 내용을 파헤치는 것을 기피해서는 안 된다. 왜냐하면 기억의 내용은 내부에 진짜 귀중품들이 묻혀 있는 성층이나 지층에 불과하기 때문이다. 진짜 귀중품들은 아주 꼼꼼한 탐사를 통해 비로소 모습을 드러낸다. 그것들은 모든 과거의 연관관계로부터 벗어나 귀중품들로서—수집가의 갤러리에 있는 파편 혹은 토르소로서—우리의 통찰이 차후 이루어질 무미건조한 방에 놓이는 이미지들이다. 물론 발굴을 성공적으로 하기 위해서는 계획이 필요하다. 마찬가지로 어두운 땅을 조심스럽게 더듬듯이 하는 삽질도 필수적이다.(「베를린 연대기」,『선집 3』, 191쪽)

고고학적 발굴에서 땅을 파헤치듯이 역사 연구에서도 과거의 기록을 철저하게 반복적으로 파고드는 것이 필요하다. 일견 사소해 보이는 기록까지 파헤쳐야 하는데(아주 꼼꼼한 탐사), 그것은 새로운 인식을 가져다줄 기록이 어떤 것인지 미리 알지 못하기 때문이다. 물론 어떤 기록을 읽어야 할지(어떤 장소를 발굴 장소로 선택할지)를 알기 위해서는 사전 연구가 필요하다. 또한 수백 년 동안 어두운 지하에 묻혀 있던 유물을 캐낼 때 유물을 훼손하지 않도록 조심스러운 삽질이 필요하듯이, 기억의 과정에서도 현재의 관점에서 임의로 과거를 다루지 않도록 해야 한다. 발굴에서 찾은 것들은 과거로부터 온 것이지만 '모든 과거의 연관관계로부터 벗어난 상들'이다. 즉 유물들이 원래 속한 과거의 맥락은 사라졌다. 고고학적 발굴로 비유된 역사 연구에서 중요한 것은 알려진 서사에 과거의 이미지들을 편입시키는 것이 아니라 이미지들이 스스로 말하도록 하는 것이다. 새로운 인식은 이를 통해서만 얻어지기 때문이다.

고고학적 발굴의 성공이 우연에 달려 있다고 해도 그러한 우연이 일어나기 위해서는 사전의 철저한 계획과 준비가 필요하다. 기억도 마찬가지다. 이러한 시각에서 벤야민은 의지적 기억과 무의지적 기억을 너무 대립적으로 보아서는 안 된다고 생각한다.[56] 벤야민에 의하면, 기억에서 우연의 계기가 중요해진 것은 개인적 기억과 집단적 기억이 분리되는 경향이 심화된 현대의 경험 구조와 관련이 있다.

> 프루스트에 의하면 한 개인이 자신에 대한 어떤 상을 얻을 수 있을지, 그리고 자기 경험의 주인이 될 수 있는지의 여부는 우연에 달려 있다. 이 문제에서 우연에 달려 있다고 말하는 것은 그러나 결코 자명한 일은 아니다.(「보들레르의 몇 가지 모티프에 관하여」, 『선집 4』, 184~185쪽)

56 프루스트는 무의지적 기억의 우연성을 강조하지만, 벤야민은 무의지적 기억의 우연성은 의지적 행위와 짝을 이룬다고 본다. 일례로 마들렌 맛보기에 대해 벤야민은 이런 입장을 내놓는다. "모든 맛보기는 처음에는 의식적인 행위이지만 맛이 익숙해지게 되면 다음부터는 맛을 무의식적으로 느끼게 된다. 어른이 된 어느 날 그때 그 맛을 다시 맛보는 것은 의식적인 행위다." 테오도르 W. 아도르노·발터 벤야민, 『아도르노-벤야민 편지. 1928~1940』 494쪽 참조.

개인적 과거와 집단적 과거가 겹치면, 개인적 기억은 과거를 불러내기 위해 집단적 기억 기제에 의존할 수 있다. 역사적 사건에 대한 기억을 지식의 형태로 고정시켜 반복적으로 그것을 떠올리게 하는 기념일이나 의례가 대표적이다. 반복적으로 연출되는 기억 의례는 "특정한 시기에 기억을 유발해내어 평생 그 기억을 갖게" 해줄 뿐 아니라, 개인에게 무의지적 기억을 불러오는 계기가 될 수 있다. 개인적 기억이 의식적인 기억을 계기로 활성화되는 경우 "의지적 기억과 무의지적 기억은 상호 배타성을 잃게 된다".(186쪽) 정신분석의 예를 통해서도 우연과 계획의 상호협력을 설명할 수 있다. 정신분석에서 피분석자의 연상들, 기억의 파편들은 정신분석자에 의해 의식적으로 마련된 과정에 편입된다. 피분석자가 떠올린 기억의 조각들, 연상들은 무의지적 기억의 습득물이자 정신분석 결과의 구성 요소가 되는 것이다.[57] 피분석자는 섬광처럼 떠오르는 기억 이미지를 통해서만 자신의 저장 기억에 접근하게 되는데, 그러한 접근을 활성화하기 위한 인위적 조치가 분석자에 의해 마련된 것이다.

벤야민은 베를린의 유년 시절에 대한 회상의 서문에서, "망명 시절에 가장 강하게 향수를 불러일으킬 이미지들—유년 시절의 이미지들—을 의도적으로 내 안에서 불러내고

---

[57] Detlev Schöttker, "Erinnern", *Benjamins Begriffe*, M. Opitz/ E. Wizsla (ed.), Frankfurt a, M., 2000, p. 266 참조.

자"(「1900년경 베를린의 유년 시절」, 『선집 3』, 33쪽) 했다고 적는
다. 1938년에 쓴 이 서문은 과거를 재구성하는 의식적 주체를
강조하는 것처럼 보이지만 이는 전적으로 의지적 기억을 옹호
한 것이 아니라 계획의 필요성을 염두에 둔 발언이다. 기억을
활성화하기 위한 방법의 하나로 벤야민은 지난 "삶과 생명의
시각적 공간을 지도로"(「베를린 연대기」, 『선집 3』, 158쪽) 그려보
고자 했다. 이 지도에는 유년의 집 근처의 골목 마당, 교실, 스
케이트장, 기차역, 학생회관, 성매매 구역, 공작새 섬 등이 나온
다. 이는 공간을 기억의 매체로 삼고자 한 고대의 기억술을 떠
올리게 하는데, 벤야민이 의도한 것은 상상 속에서 기억 내용
을 공간적으로 배치하는 고대 기억술이 아니라 현대 대도시를
저장 기억의 투영상으로 삼은 모더니즘 작가(보들레르, 초현실
주의자들에서 보듯)들의 실천에 가깝다.

제4장

유년의 기억과 원천적인 것

1. 유년의 기억

벤야민은 서평 「도스토옙스키의 『백치』」에서 "어린이의 삶이 지닌 무한한 치유력"(『선집 9』, 165쪽)을 언급하면서 소설의 메시지를 다음과 같이 요약한다. 러시아 사람들은 어린이의 정신, 어린이의 언어를 잃어버리는 바람에 그 힘이 마비된 만큼 "젊은 사람들과 이들 나라의 유일한 구원은 어린이에 있다".(165쪽) 유년의 삶에서 구원을 찾는 이러한 시각은 유년기를 이상화한 근대의 경향에서 유래한다. 근대에 들어 서구에서는 직업과 신분이 자동적으로 상속되지 않는 시민 사회가 신분 사회를 대체하면서, 유년기는 미래의 삶을 위한 인격 형성에서 중요한 시기로 부각된다. 더구나 자본주의 사회에서 개인

　　　　　　　제4장 유년의 기억과 원천적인 것

화, 세속화, 합리화가 진행되고 인간성 상실이 문제가 됨에 따라 유년기는 근대 사회에 대한 비판의 잣대이자 자유롭고 진정한 삶의 소망으로 이상화된다.[1]

벤야민은 「1900년경 베를린의 유년 시절」에서는 도스토옙스키 서평에서 보여준 이상화와는 다른 시각에서 유년기에 접근한다. 베를린이라는 대도시에서 보낸 유년기는 시골에서의 유년기와 다르다고 강조한 것도 이를 잘 보여준다. 자연환경에서 보낸 유년은 "수백 년 동안 지속된 자연감정에 따르는 어떤 형식에 담아서 표현할 수 있을지 모르지만"(『선집 3』, 34쪽), 대도시에서 보낸 유년은 대도시 현실과 대도시 경험을 떠나서 표현할 수 없다. 유년의 삶과 경험은 시대와 지역뿐 아니라 사회적 계층에 따라서도 달라진다. 어른의 세계로부터 완전히 격리된 유년의 세계는 없으므로, 가난한 프롤레타리아트 부모를 둔 아동의 삶은 "계급투쟁이 이루어지는 공간"(「프롤레타리아 아동극의 프로그램」, 『선집 8』, 279쪽) 한가운데에 놓여 있다.

1938년에 유년 시절 회상 단편집에 붙인 서문을 보면, 유년의 삶이 지닌 사회적·역사적 차원을 강조하는 듯한 인상을 준다. "나는 시민계급의 한 아이 안에 침전된 대도시 경험의 이미지들을 붙잡으려 노력했다" 혹은 "나의 대도시 유년 시절의 이미지들은 아마 장차의 역사적 경험을 미리 형상화할 수 있

---

1 「프롤레타리아 아동극의 프로그램」에서 벤야민은 교사들은 일방적으로 가르치기 보다는 "아이들 속에 잠재된 미래의 가장 강력한 힘"(「프롤레타리아 아동극의 프로그램」, 『선집 8』, 274쪽)에서 오는 신호를 읽을 수 있어야 한다고 말한다.

는 능력을 갖게 될 것이다"라고 쓰고 있기 때문이다.(「1900년경 베를린의 유년 시절」, 『선집 3』, 34쪽) 벤야민은 세기말 대부르주아 가정에서 자란 아이의 경험 안에서 훗날의 역사적 경험 혹은 인식을 선취하는 부분을 발견하기도 하고, 자신이 속한 부르주아 계급이 겪을 파멸의 전조를 찾기도 한다.[2] 또는 "지나간 과거를 개인사적으로 돌이킬 수 없는 우연의 소산으로 보는 것이 아니라, 사회적으로 돌이킬 수 없는 필연적인 것으로 통찰"(33쪽)하기 위해 유년 시절 회상을 시도한다고 쓰기도 한다.

그러나 유년 시절에 대한 벤야민의 시각은 양가적이다. 양가성을 이루는 한 축이 유년의 삶이 놓여 있는 역사적 좌표에 놓인다면, 다른 한 축은 모든 차이를 뛰어넘는 유년에 고유한 지각 및 경험 방식에 대한 관심에 있다. 유년은 처음으로 걸음마를 배우고, 글자를 배우고, 사랑을 느끼게 되는, 즉 세상과의 첫 만남이 이루어지는 시기다. 벤야민이 서문에서 말한 "향수를 불러일으킬 유년 시절의 이미지들"(33쪽)은 바로 이처럼 유년 시절에 독특한 지각과 경험 방식을 보여주는 이미지들이다.

모든 사람에게 유년의 순간은 일생에 단 한 번 있는 순간

---

2   단편 '사교모임'에서 벤야민은 유년 시절 부모님의 저택에서 열린 저녁 사교모임에 대해 느낀 불안감을 회상한다. 이러한 불안감은 자신이 속한 계급의 심연을 향한 것이기도 하다. "사교모임은 그곳에 부글부글 끓어올랐던 수많은 발걸음 소리와 말소리의 침전물을 남긴 채 사라졌다. 마치 파도가 밀려오자마자 해안가의 축축한 진흙에서 도피처를 찾아 사라지는 괴물처럼 말이다."(「1900년경 베를린의 유년 시절」, 『선집 3』, 87쪽) 이러한 불안감은 훗날 어른이 되어서 확실히 깨닫게 되는 인식을 선취하고 있다.

이고 되돌아갈 수 없는 순간이다. 세상과의 가슴 설레는 만남, 환상과 상상력을 통해 세상과 친화적 관계를 맺었던 유년 시절은 개인의 삶에서 복원될 수 없는 과거다. 문명화 과정에서 태곳적 인간의 지각과 행동 방식이 약화 내지 소멸하였듯이, 우리는 사회화 과정을 통해 점차로 유년의 고유한 경험 세계를 잃어간다. 그런 만큼 유년기 기억은 향수, 상실감, 감상에 빠지기 쉽다. 벤야민은 유년에 대한 애절한 기억을 경계하는데, 그것은 감상이나 상실감에 빠지는 소모적인 기억이기 때문이다. 중요한 것은, 세상과 처음 만난 순간으로서 유년의 경험을 지나간 것으로가 아니라 그 의미에 있어 완결되고 복구되어야 하는 원천적인 것으로 해독하는 것이다.

"유년기는 하나의 원천적인 경험이지만, 빈곤한 우리의 시대에 이르러 파괴될 수밖에 없는 경험이고, 반딧불이처럼 멸종될 수밖에 없는 경험"[3]이라고 한 아감벤에 대해 디디위베르만은 이렇게 반박한다. "역사의 그 어떤 순간에서도 경험이 '파괴되었다'라고 말해서는 안 된다. 이와는 반대로…… 경험은 파괴할 수 없는 것임을 긍정해야 한다."[4] 이 말은 벤야민의 의도에 부합한다. 아감벤은 시대적 차원에서 유년기의 원천적인 경험의 멸종을 이야기하고 있고, 이러한 현상이 개체발생사에서 반복된다고 보는 데 반해, 벤야민은 현대 사회에 있어 진정한

---

3 조르주 디디위베르만, 『반딧불의 잔존: 이미지의 정치학』 김홍기 옮김, 도서출판 길, 2012, 76쪽에서 재인용.

4 같은 책, 145쪽.

경험의 소멸을 진단하면서도 경험의 파괴를 절대시하지 않는다. 벤야민은 '파괴' 대신 '몰락'을 이야기한다. 경험은 아무리 몰락해도 그 잔존이 남는다. 몰락하는 추세에도 불구하고 남아 있는 원천적인 것, 그것을 발견할 최적의 장이 유년에 대한 기억이다. 기억은 유년기의 최초 경험을 원천적인 경험으로 해독해내는 유일한 장이다. 개인에게 유년의 경험은 일회적인 사건으로서 소멸한 것이라고 해도 기억은 그 안에서 세계 인식의 원천적 현상을 발견해낸다.

다음에서는 벤야민의 유년 시절 회상을 중심으로 놀이, 언어, 에로스 등 유년의 세계에서 중요한 의미를 지니는 세 가지 경험을 원천적인 것의 기억이라는 관점에서 조명해보기로 한다. 그에 앞서 벤야민이 원천 개념을 어떤 의미로 역사 연구와 비평에 도입하고자 했는지 살펴보기로 한다.

2. 원 현상에서 원천으로

원천 개념에 대한 벤야민의 본격적인 논의는 『독일 비애극의 원천』의 인식비판적 서론에서 이루어진다.[5] 벤야민은 17세기 독일 '비애극' 장르의 본질을 밝히는 데 있어 보편적인

---

[5] 발터 벤야민, 『독일 비애극의 원천』, 최성만·김유동 옮김, 한길사, 2009, 35~80쪽 참조.

법칙에서 출발하는 연역법도, 개별현상들로부터 공통점을 추출하는 귀납법도 적절하지 않다고 본다. 그 대신 벤야민은 괴테의 '원 현상' 개념을 참조하면서 '원천' 개념을 발전시킨다. "원천 개념은 괴테의 기본 개념(원 현상 개념)을 자연의 영역에서 역사의 영역으로 옮긴 것"(V, 577)이다. 이는 원천 개념을 가시적인 자연 현상이 아니라 역사적 대상의 관찰에 적용한다는 것을 의미한다.

괴테는 식물학, 동물학, 색채론 등 자연 연구에 '원 현상' 개념을 도입한다. 예를 들어 식물의 줄기, 꽃, 뿌리, 꽃받침, 열매 등은 잎의 다양한 변형이라는 점에서 잎은 식물의 모든 형태를 잠재적으로 가진 원 현상이다.[6] 이처럼 개별 현상인 잎이 식물계라는 보편적인 것을 관찰자의 직관에 드러낸다는 의미에서 잎은 원 현상이다. 괴테의 색채론에 의하면, 색채의 일반법칙을 자신 안에서 드러내는 원 현상은 푸른색과 노란색이다.[7] 원 현상은 자연에서 발견되는 경험적 현상이면서 자연의 보편적 법칙과 맺는 관계를 직관적으로 깨닫게 해주는 현상이다.

벤야민은 박사학위논문 『독일 낭만주의의 예술비평 개념』[8]에서 원 현상 개념을 상세히 다룬 적이 있다. 이 논문은 괴테가 가시적 자연 현상의 관찰에 사용한 원 현상 개념과 예술

---

6   요한 볼프강 폰 괴테, 『괴테의 식물 변형론』, 이선 옮김, 이유출판, 2023, 151~154쪽 참조.
7   괴테, 『색채론』, 장희창·권오상 옮김, 민음사, 2019, 42~43쪽 참조.
8   발터 벤야민, 『독일 낭만주의의 예술비평 개념』, 심철민 옮김, 도서출판 b, 2013.

철학적 성찰에 도입한 원 이미지 개념을 혼용해서 도입한다. 예술 형식의 창조성을 강조한 독일 낭만주의자들과 달리 괴테는 예술작품의 피안에서 절대적이고 형이상학적인 원 이미지를 전제한다. 이는 모든 창조된 작품보다 앞서 있는 예술의 선험적 내용, 순수 내용을 말한다.

> 순수 내용 자체는 어떠한 작품에서도 발견될 수 없다…… 예술 자체는 예술의 원 이미지를 창조하지 않는다. 원 이미지들은 창조된 작품들보다 앞서 있고, 그야말로 예술이 창조가 아니라 자연인 바의 그러한 영역 속에 근거하고 있다. 자연의 이념을 파악하여 그것을 예술의 원 이미지(순수 내용)에 유용하게 하는 것, 이것이 결국은 원 현상들의 탐구에서 괴테가 심혈을 기울인 점이었다.(『독일 낭만주의의 예술비평 개념』, 184~185쪽)

벤야민의 해석에 의하면, 괴테의 예술철학에서 원 이미지, 원 현상, 자연은 서로 밀접하게 연관된다. 예술을 참된 자연의 모사라고 보는 입장도 여기서 도출된다. 예를 들어 괴테의 소설 『친화력』에는 자기磁氣라는 자연 현상이 인간 사회에서 서로에게 끌리는 이성 간 관계에도 적용된다는 관점이 깔려 있다. 자기라는 자연 현상이 문학작품에 앞서 미리 존재하는 원 현상이라는 것이다. 괴테는 이처럼 원 현상의 자연을 작품의 척도로 설정함으로써 원 현상을 불변의 이념과 같은 존재로 만든다고 벤야민은 비판한다. 이는 범신론적인 시각에서 자연과 정신을 뒤섞어버리는 것으로 여기서 괴테의 자연 개념은 "지각 가능한 현상의 영역과 관조 가능한 원 이미지의 영역"(「괴테의 친화력」, 『선집 10』, 93쪽)을 포괄하고 있다.[9]

벤야민은 원 현상의 자연이 예술 외부에 현존한다고 해도 그것은 숨은 형태로 있기 때문에 예술작품에 선행하는 척도가 될 수 없다고 반박한다. 원 현상으로서의 '진정한' 자연을 찾아내는 관조는 예술작품에서 비로소 이루어지는 것이다. 이러한 반박에서 벤야민은 괴테의 원 현상을 내면적인 실체로 해석하고 그것을 예술의 영역에 적용하고 있다. 그러나 이는 색채론이나 식물 변형론에서 원 현상 개념을 도입한 괴테의 의도와는 다르다. 괴테 자신도 원 현상이라는 용어를 일관되게 사용한 것은 아니지만, 원 현상을 지각 가능한 가시적인 영역과 연결시키는 기본 관점이 변한 것은 아니다. 원 현상은 집중적 관찰을 통해 자연 속에서 '지각'되는 것이다. 벤야민은 괴테의 원 현상 모티프를 미학적 범주로 재해석하면서 그것을 자연 현상과 같은 가시적인 외관이 아니라 사물의 비가시적인 심장에 놓인 내적 원칙으로 만든다.[10]

벤야민은 원 현상 모티프를 가시적 자연에서 예술작품이

---

9 벤야민이 괴테의 「자연 단장斷章」에서 인용한 마지막 문장은 벤야민의 우려가 지나친 것이 아님을 보여준다. "나는 자연을 신뢰한다…… 나는 자연에 관해 이야기했다. 아니다. 옳고 그른 모든 것을 자연이 이야기해주었다. 모든 것은 자연의 책임이다. 모든 것은 자연의 공로이다."(「괴테의 친화력」, 『선집 10』, 96쪽에서 재인용.

나 역사적 현상으로 확장하면서 원 현상 대신 원천이라는 용어를 사용한다. 괴테의 원 현상과의 차이는 다음과 같다. 괴테가 원 현상으로서의 감각적이고 가시적인 자연 안에 이념이 현현한다고 보면서 이념을 직접적 관조의 대상으로 보았다면, 벤야민은 "이념들은 결코 관조의 대상이 될 수 없다고 생각한다".(『독일 비애극의 원천』, 47쪽) 이념은 "역사적 전개 속에서 완성되어 나타날 때까지 역사적 세계와 거듭 관계"(62쪽)를 맺는 것이기 때문에 괴테의 원 현상처럼 하나의 현상에서 완전히 드러날 수 없다. 이념은 사물들의 개념이나 법칙이 아니라, 역사적 "현상들의 객관적이고 잠재적인 배열이고 현상들의 객관적 해석"(45쪽)으로서 역사적 전개 속에서 드러나는 것이다. 따라서 하나의 이념을 드러내기 위해서는 "현상들에 나타나는 지극히 독특하고 기이한 것" "지극히 무력하고 서툰 시도들" "후기의 난숙한 현상들"(63쪽)에서도 그 안에 담긴 진정한 것을 볼 줄 알아야 한다. 바로크 드라마 작품들에서 "멀리 떨어진 극단들이나 겉보기에 발전의 과도한 형태들"까지 서로 의미 있는 공존을 이룰 때 바로크 드라마의 이념, "총체성으로서의 이념의 성좌"가 드러날 수 있다.[11](64쪽)

따라서 이념은 불변의 실체로 직접적으로 관조되는 것이 아니라 역사적 변화 속에서 부단히 새로운 형태로 발견되

---

10 John Pizer, "Goethe's 'Urphänomen' and Benjamins 'Ursprung'. A Reconsideration", *Seminar. A Journal of Germanic Studies*, 1989, p. 207 참조.

고 재인식되고 미완으로 복구되는 것이다. 이처럼 역사적 현상과 이념을 매개하는 자리에 '원천'이라는 범주가 놓인다. 괴테의 원 현상에서는 감각적 현실에서 보편적인 것을 직접적으로 관조할 수 있다면, 벤야민의 원천적인 현상에서는 역사적 전개가 중요하다.[12] "원천의 이념 속에 포착된 하나의 현상은 그 내부에서 역사를 펼치는 무대가 되는데, 무한정한 의미의 역사가 아니라 그 역사를 그 현상의 전사와 후사로 특징짓도록 해주는 의미, 본질적인 존재와 관련된 의미의 역사를 펼쳐 보인다."(64쪽) 벤야민에게 "역사적 시각을 심화시키는 일은 과거로의 심화이든 미래로의 심화이든 원칙적으로 그 한계가 없다. 그러한 심화 작업이 이념에 총체성을 부여"(65쪽)하기 때문이다. 따라서 벤야민이 생각하는 역사의 원천 현상은 그 안에 역사적 경험을 집중적으로 담지한 것으로 나타난다.

원천은 생성의 흐름 속에 소용돌이로서 있으며, 그 [소용돌이의] 리듬 속으로 발생 과정 속에 있는 자료를 끌어당긴다. 원

---

11 여기서 "개별적인 것이 이념에 대해 갖는 관계는 개별적인 것이 개념에 대해 갖는 관계와 아무런 유사점도 없다. 개념에 대한 관계에서 개별적인 것은 개념 아래 귀속되고 원래대로 개별성으로 머문다. 반면 이념에 대한 관계에서 개별적인 것은 이념 속에 위치하며, 그것이 아니었던 것, 즉 총체성이 된다. 이것이 개별적인 것의 플라톤적인 '구제'다".(『독일 비애극의 원천』, 63쪽)

12 "원천은 사실적인 자료 그대로에서 추출할 수 없으며 오히려 그 사실적 자료의 전사와 후사에 관계한다…… 진정한 것은 현상들에 들어 있는 원천의 인장으로서 발견의 대상이며, 이때 발견은 독특한 방식으로 재인식 행위와 결부된다."(『독일 비애극의 원천』, 62쪽)

천적인 것은 사실적인 것의 적나라하고 명백한 존립 속에서 인지될 수 있는 것이 아니며 그것의 리듬은 오로지 이중적인 통찰에 열려 있다. 즉 원천적인 것의 리듬은 한편으로 복원과 복구로서, 다른 한편 바로 그 속에서 미완의 것, 완결되지 않은 것으로 인식될 필요가 있다. 모든 원천적 현상 속에는 어떤 하나의 형상이 정해지는데, 그 형상 속에서는 하나의 이념이 그 자신의 역사적 총체성 속에서 완성되어 나타날 때까지 역사적 세계와 거듭 갈등을 빚는다.(62쪽)

여기서 생성의 흐름과 소용돌이는 대립적인 관계에 있지 않다. 소용돌이는 생성의 흐름 바깥에 있는 것이 아니라 그 흐름을 자체에 포함할 때라야 비로소 모습을 드러낼 수 있기 때문이다. 역사적 삶, 역사적 흐름 속에서 비로소 이러한 소용돌이가 드러나고 그러한 소용돌이로서 이념을 드러내는 데 기여하는 현상이 원천적인 현상이다. 원천적인 것은, 역사에 나타난 일회적인 것 안에 이념이 재현되고 전개되는 것을 말한다. 여기서 기억이 중요해진다. 역사적 사실을 그것의 전사와 후사의 동시성 속에서 파악하면서 역사적 "현상들 안에 들어 있는 원천의 인장"(63쪽)을 재인식하는 매체가 기억이기 때문이다. 원천적인 것의 재인식은 절대적 시초나 항상 존재하는 보편자의 상기가 아니라 "어떤 현상의 시사성을 발견하면서 동시에 그것을 계시의 망각된 연관의 대변자로 보는"(I, 936) 이중적 통찰을 요구한다.

벤야민은 원천 개념을 계시와 연결시킨다. "모든 원천적인 것은 계시를 미완의 형태로 복원한 것이다."(I, 935) 이러한 발언에는 유대 신학적인 사유가 깔려 있다. 숄렘에 의하면, 유대교에서 계시는 신의 말씀처럼 "모든 것에 의미를 부여하는 절대적 심급인데 그 자체는 어떤 규정된 의미를 지니지 않는다". "그러나 계시는 일회적으로 일어난 계시만으로는 포착될 수 없는 무한한 의미를 시간 속에서 부단히 펼쳐나간다."[13] 계시는 모든 역사적 전개 과정을 잠재적으로 내포하는데 그것이 완전히 드러나기까지 무한한 과정이 진행된다. 신학적인 사유 지평에서 쓴 초기 논문 「번역자의 과제」는 계시의 이러한 변증법에 부합한 번역관을 보여준다. 이에 따르면 번역은, 같은 사물과 사태를 표현하는 방식에서 차이를 보여주는 개별 언어들을 서로 보완하고 합일시킴으로써 순수 언어, '진정한 언어'에 도달하는 데 궁극적인 목표가 있다.[14] 벤야민은 이 비유를 번역자의 과제와 관련해서 다음과 같이 말한 바 있다.

> 어떤 사기그릇의 파편들이 서로 합쳐져 완성된 그릇이 되기
> 위해서는 가장 미세한 파편 부분들이 하나하나 이어져야 하면
> 서 그 파편들이 서로 닮을 필요는 없는 것처럼, 이와 마찬가지

---

13 G. Scholem, "Offenbarung und Tradition als religiöse Kategorien im Judentum", *Über einige Grundbegriffe des Judentums*, G. Scholem, Frankfurt a. M., 1970, p. 110.

14 「번역자의 과제」, 『선집 6』, 130, 134쪽 참조.

로 번역도…… 원작과 번역 양자가 마치 사기그릇의 파편이 사기그릇 일부를 이루듯이 보다 큰 언어의 파편으로 인식되도록 해야 한다.(「번역자의 과제」, 『선집 6』, 136~137쪽)

비애극이라는 예술 형식의 이념을 인식하는 방법을 모색하기 위해 도입한 원천 개념은 예술적 현상뿐 아니라 역사적·사회적 현상에도 적용된다. 마르틴 부버에게 보낸 편지에서 벤야민은 도시 모스크바를 역사적 도시를 넘어 혁명의 원천 현상으로 파악한다.

저는 이 순간의 도시 모스크바에 대한 묘사를 보여주고자 합니다. 그러한 묘사에서는 모든 사실적인 것이 곧 이론이 되고, 이로써 그것은 모든 연역적인 추상화, 모든 예측, 어떤 의미에서는 모든 판단을 배제하는 묘사입니다…… 지금 이 순간에 나타나는 모스크바는 개략적으로 축약된 형태로 모든 가능성, 특히 혁명의 실패와 성공의 가능성을 인식할 수 있게 해줍니다.[15]

혁명의 원천 현상이란 "개략적으로 축약된 형태로 모든 가

---

15 벤야민이 마르틴 부버에게 보낸 1927년 2월 23일자 편지(Walter Benjamin, *Briefe 1*, pp. 442~443). 역사적 도시이자 매일 새로운 사건이 일어나는 도시 모스크바를 원천 현상으로 묘사한다는 이러한 계획이 얼마나 실현되었는지를 알기 위해서는 1920년대의 혁명 도시 모스크바 경험을 기록한 「모스크바 일기」에 대한 분석과 평가가 필요하다.

능성, 특히 혁명의 실패와 성공의 가능성을 인식할 수 있게 해주는" 현상이다. 『파사주 프로젝트』에서 20세기의 전사前史인 19세기는 자본주의적 현대의 역사적이고 구체적 형태들을 그 안에서 발견할 수 있게 해준다는 의미에서 원천 현상이다. 원천 현상은 유년의 경험에서도 발견할 수 있다. 유년 시절 회상에서 유년의 세계는 지나간 사실로서가 아니라 "현재에 대해 원천 경험이 되는 그러한 역사적 경험"(「수집가이자 역사가 에두아르트 푹스」, 『선집 5』, 262쪽)을 담고 있다. 개인의 삶에서 유년 시절은 소멸한 것이지만 그러한 소멸에 맞서 기억은 그 안에서 원천적인 것을 발견하고 재인식해낼 수 있다. 이로써 유년의 사실들은 한편으로는 생성과 소멸의 과정에 속하지만, 다른 한편으로는 그러한 사실들을 끌어당기는 소용돌이를 드러내주면서 원천적인 것의 인장이 찍힌 현상이 된다.

3. 원천적인 경험과 기억

놀이

놀이는 미메시스와 상상력으로 특징지어지는 지각방식이 가장 잘 발휘되는 장이다. 놀이에서 아이들은 대상과 자신을 일체화하고, 대상을 의인화하면서 교감하기도 하고, 어른의 세계를 모방하거나 어른들의 질서를 교란하기도 한다. 가장 원초적인 형태의 놀이는 사물과 자아의 경계가 해체된 단계의 놀이인데, 단편 '숨바꼭질'은 이를 다음과 같이 묘사한다.

> 나는 사물만으로 이루어진 세계에 갇혔다. 그 세계는 나에게
> 무시무시할 정도로 분명하게 보였고, 아무 말 없이 가까이 다
> 가왔다…… 현관의 커튼 뒤에 선 아이는 커튼처럼 나부끼는
> 하얀 물체, 즉 유령이 된다. 식탁 아래 웅크리면 아이는 나무
> 로 된 사원의 신상이 된다…… 나를 발견한 사람들은 나를 식
> 탁 아래의 신상으로 고착시킬 수 있고, 유령이 된 나를 영원히
> 커튼 안에 짜넣을 수도 있으며, 또 죽는 날까지 나를 무거운 문
> 안엔 가두어놓을 수도 있었다.(「1900년경 베를린의 유년 시절」,
> 『선집 3』, 68~69쪽)

들키지 않기 위해서 아이는 자신에게 숨을 곳을 제공한 사
물들과 완전히 닮아야 한다. 이러한 태도는 인류가 생존을 위
해 취하던 미메시스의 첫 단계를 반복하는데, 이는 자벌레가
나뭇가지에 완전히 동화되는 것과 같은 미메시스다. 태곳적 인
류가 가졌던 미메시스 능력의 원초적 동기는 생존의 필요와 자
기 보존 욕구에 있다. 미메시스 능력의 기원은 "유사해지고 또
유사하게 행동하지 않으면 안 되는 엄청난 강제"(「미메시스 능
력에 대하여」, 『선집 6』, 211쪽)에 있었던 것이다. 태곳적 사람들이
최초의 미메시스를 통해 세상과 관계를 맺었듯이, '나비 채집'
에 나오는 아이도 자연과 하나가 되는 미메시스를 수행한다.

열중해서 바라본 나비의 모든 흔들림이 내게 바람처럼 불어
오는 느낌 혹은 내 위로 흘러넘치는 그런 느낌으로 다가온 것
이다. 우리 사이에는 오래된 사냥꾼의 법칙이 지배하기 시작
했다. 즉 전력을 다해 사냥감에 순응할수록, 스스로 나비가 되
면 될수록 그만큼 나비의 행동거지는 인간의 의지에 따라 변
하는 색채를 띠게 된다.(「1900년경 베를린의 유년 시절」,『선집 3』,
53쪽)

아이는 성찰이나 의식을 통해 나비와 거리를 유지하는 대
신 자신을 나비와 유사하게 만들고자 한다. '색채들'에서 묘사
된 아이도 스테인드글라스로 장식된 창문들에 비친 색채들로
자신을 물들인다.

정자 안에 들어가서 유리창을 하나씩 하나씩 쓰다듬었을 때,
나 자신의 모습도 바뀌었다. 나는 창문에 비친 풍경처럼 어떨
때는 활활 타오르기도, 어떨 때는 먼지처럼 사그라지기도, 또
어떨 때는 검게 그을리는가 싶더니, 어떨 때는 울창한 수목처
럼 바뀌면서 내 모습에 색칠했다.(85쪽)

사물에 자신을 밀착시키면서 사물과 하나가 되는 아이는
이러한 미메시스에서 사물이 자신에게 가하는 마법적 힘을 의
식하고 공포심을 느낀다. 마법화된 사물 세계에서 느끼는 공포
심은 자신과 세계의 경계가 해체된 상태에서 오는 감정이다.

식탁 밑, 커튼 뒤, 문 뒤에 숨은 아이는 술래가 자신을 발견하기 직전에 소리를 지르는데, 그러지 않으면 술래가 "나를 식탁 아래의 신상으로 고착시킬 수 있고, 유령이 된 나를 영원히 커튼 안에 짜넣을 수도 있으며, 또 죽는 날까지 나를 무거운 문 안에 가두어놓을 수도 있다"(69쪽)고 느꼈기 때문이다. 이때 소리를 지르는 것은 자신을 사물로부터 분리하기 위한 전략이다. 아이의 외침은 사물에 대한 미메시스적인 태도를 버리고 사물과 분리된 자아의 의식을 확보하는 것을 의미한다. 이러한 자기 확인은 사물과 자신을 차별화하는 것이자 사물 세계의 마법적 힘으로부터 해방되는 것이다.

> 따라서 사람들에게 들켰을 때 나는 큰 소리를 질러 나를 그렇게 변모시킨 악령이 빠져나가게끔 했다. 아니 그 순간을 그냥 기다린 것이 아니라, 자기 해방의 외침을 통해 그 순간을 앞질렀다. 나는 지치지 않고 그 악령과 싸웠다.(69쪽)

아이는 자신을 사물로부터 분리하는 것을 넘어 점점 자연 지배의 태도를 익혀간다. '나비 채집'에서 나비를 잡느라고 엉망진창이 된 자연의 모습, "풀들은 마구 꺾여 있고 꽃잎도 함부로 짓밟혀"(54쪽) 있는 장면은 "숱한 파괴, 거친 행동, 그리고 폭력"(54쪽)의 현장이다. 아이가 행한 이러한 파괴 행위는 아무리 그것이 사소해 보인다고 하더라도 인간의 파괴적인 자연 지배의 축소판이다. '회전목마'에서 회전목마를 탄 아이가 경험한 것도 세상을 지배한다는 기분에서 오는 도취다.

> 음악이 시작되고, 아이는 엄마한테서 획획 멀어진다. 그때 아이는 엄마를 놓칠까봐 불안해한다. 그러다 다시 아이는 자신이 얼마나 엄마에게 충실한지를 깨닫는다. 그는 자신에게 속한 세상의 충실한 지배자로 군림했다. 회전목마를 둘러싼 나무들, 원주민들이 격자 울타리가 되었다. 그때 저 동방에서 다시 엄마가 나타났다. 그러고 나면 원시림에서 나무 꼭대기가 하나 보이는데, 아이는 그것을 수천 년 전에 이미 본 것 같기도 하고, 회전목마를 타면서 처음으로 본 것 같기도 하다…… 모든 사물이 영원히 회귀한다는 사실은 이미 오래전부터 아이들도 다 아는 지혜가 되었다. 그리고 삶이란 오케스트리온의 연주가 중심에서 우렁차게 울려퍼지는, 아주 오래된 지배의 도취였다.(92~93쪽)

회전목마가 돌기 시작하면 엄마가 사라지고 아이가 원위치에 오면 다시 나타난다. 회전목마를 타는 아이는 엄마의 부재라는 고통의 순간을 반복적으로 경험하지만, 마찬가지로 반복되는 엄마의 귀환으로 그러한 고통은 극복된다. 엄마의 부재와 귀환은 프로이트가 「쾌락원칙을 넘어서」에서 말한 아이의 실패 놀이를 상기시킨다. 아이는 부재한 엄마를 대치하는 실패를 침대 가장자리로 던져서 안 보이게 한 다음에 다시 실을 잡아당겨 침대 밖으로 끌어내는 놀이를 반복한다. 사라진 실패는 불쾌를 초래하지만 실패를 다시 돌아오게 하면서 불쾌는 쾌로 전환된다. 떠나감의 고통은 이러한 놀이의 반복을 통해 승화되고, 쾌와 불쾌는 반복을 통해 필연적으로 질적 전환을 맞게 되는 것이다. 엄마의 부재와 귀환은 아이로서는 어쩔 수 없는 일이지만, 실패 놀이에서는 아이가 주도한다. 아이의 'fort(사라지다)-da(여기 있다)' 놀이에는 아이가 상황을 지배하는 능동적인 역할을 취함으로써 얻는 즐거움이 포함된다. 이에 대한 프로이트의 설명은 다음과 같다.

> 처음에 그는 수동적인 상황에 있었다. 그는 그 경험에 압도된 것이다. 그러나 그것이 즐거운 것은 아니었지만 놀이로 그것을 반복함으로써 그는 능동적인 역할을 취하게 되었다. 이러한 노력은 기억이 그 자체로 즐거운 것이었는지 혹은 그렇지 않았는지와 무관하게 별도로 작용하는 지배 본능에서 연유하는 것이었을 것이다.[16]

회전목마에 앉은 아이는 실패 놀이에서처럼 능동적이지는 않지만, 엄마의 사라짐과 나타남이 마치 자신의 의지에 따른 것인 양 느낀다. 'fort-da' 놀이의 실패처럼 엄마를 대체하

---

16 지크문트 프로이트, 「쾌락원칙을 넘어서」, 『정신분석학의 근본 개념』, 281쪽. 프로이트는 다른 해석도 제시한다. "그 물건이 가버린 상태가 되도록 그것을 던져버리는 것은 자기한테서 떨어져 나가는 어머니에 대해 복수하고자 하는 어린아이의 충동—그의 실제 생활에서는 억압되었지만—을 만족시키는 것일 수도 있다."(281쪽)

는 상징은 없어도 아이는, 엄마와 세상이 매번 사라지지만 언제나 다시 나타나는 것을 보면서 자신이 "세상의 충실한 지배자"(92쪽)라는 자의식을 갖게 된다.

이상에서 살펴본 아이의 놀이는 사물에 동화된 단계에서 시작해 자아 확인 단계에 이르기까지 놀이의 다양한 형태를 보여준다. 놀이는 사물과의 동화를 통해 사물의 마법적 힘을 경험하게 해주고, 사물과의 분리를 통해 그러한 힘을 극복하는 법을 배우게 해준다. 또한 숨바꼭질에서 보듯이 사물의 탈마법화는 다름아닌 사물의 마법적 경험을 매개로 일어난다. 부활절의 달걀 찾기에서 아이는 숨바꼭질하면서 집안 구석구석을 섭렵한 자신의 경험이 유용한 지식으로 전환될 수 있음을 깨닫는다.

> 한 해에 한 번은 비밀의 장소들에, 그 장소들의 텅 빈 동공과 굳어버린 입 안에 선물들이 놓였다. 이때가 되면 마법의 경험은 과학이 되었다. 나는 음침한 집을 구해내는 기술자가 되면서 부활절 달걀을 찾았다.(「1900년경 베를린의 유년 시절」, 『선집 3』, 69쪽)

숨바꼭질에서 비밀의 장소들과 사물들이 마법적 힘을 행사한 것은, 아이가 사물 세계에 자신을 종속시켰기 때문이다. 그러나 그와 동시에 아이는 사물의 세부와 밀착한 미메시스를 통해 사물에 대한 지식을 얻는다. 달걀 찾기에서 그러한 지식을 이용하면서 아이는 세상을 기술적으로 지배하는 능력을 발휘한다. 사람들의 시선을 벗어나 있던 구석진 장소들과 은폐된 사물들이 활기를 얻어 말 없는 경직 상태로부터 풀려나게된다. 여기서 인간이 자연에 종속되는 것도 아니고, 자연이 인간에게 지배되는 것도 아닌, 인간과 자연의 대등한 공모 관계, "자연이 해방된 인간과 갖는 공모 관계[연대 관계]"(「이야기꾼」, 『선집 9』, 449쪽)가 형성된다. 폐기물을 가지고 노는 아이들도 "사물의 세계가 바로 자신들을 향해, 오로지 자신들에게만 보여주는 얼굴"(「일방통행로」, 『선집 1』, 81쪽)을 알아보면서 사물들과 공모 관계를 맺는다. 이때 사물들이 보여주는 얼굴은 교환의 논리와 합목적성이 지배하는 세계에서 어른들에게 보여주는 것과 다르다.

원래 아이들의 놀이는 태곳적 인류의 지각 방식을 반복한다는 관점에서 인류의 전사前史를 상기시키는데 놀이를 통해터득한 이러한 지각 방식은 점차 습관적 지각에 의해 가려지고상실된다. 그렇게 유년의 지각 방식을 잃어버린 사람들에게 기술적 도우미가 등장하는데 카메라가 그것이다. 카메라의 시선은 관습적이고 습관적인 지각에 갇혀 있던 세계를 폭파해 세부의 세계로 파고들어가게 해줌으로써 물질세계와의 공모, 아이가 누렸던 공모를 기술적으로 가능하게 해준다. 사진이나 영화에서 보듯이 새로운 기술에 의해 열리는 시·청각 영역은 과거에는 상상도 하지 못한 지각의 심화를 가져다준다. 어른이 되면서 잃게 된 세밀한 감각과 시선이 카메라를 통해서 기술적으로 회복 가능해진 것이다. 이런 시각에서 보면, 유년의 놀이는 한편에서 태곳적 지각 방식을 전사로 하고, 다른 한편에서 기술에 의해 획득하게 될 새로운 시선을 후사로 하는 원천 현상으로 그 의미가 해석될 수 있다.

언어

〈글자와 의미의 세계〉

벤야민은 생존의 필요에서 비롯된 인간의 미메시스 능력은 역사적으로 쇠약하거나 사라진 것이 아니라 변형되어왔다고 본다. 인간의 지각 능력으로서의 미메시스는 약화했지만, 매체를 이용하는 미메시스는 점점 발전하면서 언어에 도달한다. "언어는 미메시스적 태도의 최고 단계가 되었고 비감각적 유사성의 완벽한 서고, 그 안으로 미메시스적으로 생산하고 파악하는 이전의 능력들이 남김없이 전이되어 들어간 매체가 되었다."(「미메시스 능력에 대하여」, 『선집 6』, 216쪽) 언어를 미메시스적 능력의 최고 단계로 보는 이러한 관점은 언어를 기호들의 약속 체계로 보는 도구적 언어관과 대립하면서 언어의 미메시스적 표현과 매체적 성격을 강조한다.

언어의 본질에 대한 벤야민의 성찰은 언어가 점점 추상화, 도구화되고 있는 시대를 배경으로 한다. 「모스크바 일기」에서 언급한 혁명 이후 러시아 문학 역시 전달과 판단의 언어가 득세하게 되는 경향을 보여준다.

모든 언어적 본질은 표현과 전달이라는 양극성을 갖는다. 이 문제는 여기서 우리가 자주 토론했던 현 러시아 문학의 '언어 파괴' 경향과도 관계되는 것이었다. 왜냐하면 언어에서 그 전달 기능만을 무분별하게 양성하다 보면 필연적으로 언어 파괴로 나아갈 수밖에 없기 때문이다. 반대로 언어의 표현적 성격을 절대적으로 강조하는 것은 신비주의적 침묵으로 나아가게 된다. 이 두 길 가운데 당장 더 현실적인 경향은 전달인 것으로 보인다.(「모스크바 일기」, 『선집 14』, 117쪽)

미메시스적이고 표현적인 언어를 절대적으로 강조하게 되면 전달의 측면이 소홀해지면서 비의적인 글쓰기가 될 수 있다. 반대로 경향성이 강한 문학처럼 메시지가 앞서고 전달 기능이 두드러진 글에 대해서도 벤야민은 회의적이었다. 그가 당대 독일 좌파 작가들을 비판한 이유는, 그들의 문학이 혁명적 주제와 모티프들을 "오락과 유흥의 대상으로 전환해서 소비자들에게 제공"(「좌파 멜랑콜리」, 『선집 8』, 352쪽)하는 데 그치기 때문이다.

말을 전달의 수단으로 보는 언어관에 대립한 미메시스적 언어관에 따르면, 사물을 명명하는 말은 그 '속에서' 사물의 정신적 본질과 사물을 명명하는 자의 정신적 본질을 함께 전달한다.[17] "모든 언어는 자기 자신 '안에서' 전달되며, 언어는 가

---

[17] 「언어 일반과 인간의 언어에 대하여」, 『선집 6』, 76~77쪽 참조.

장 순수한 의미에서 전달의 '매체'다."(「언어 일반과 인간의 언어에 대하여」, 『선집 6』, 75쪽) 이러한 언어관은 언어를 '통해서'가 아니라 언어 '안에서' 전달되는 측면, 즉 언어의 매체적 측면을 강조하는 언어관으로 벤야민의 모든 비평과 사상의 근저에 놓여 있다. 진정한 언어의 복원이라는 과제와 관련해서 주목받는 것이 유년의 언어 경험이다. 언어를 처음 배우고 자기 것으로 만들어간 유년의 경험이야말로 언어의 원천적 경험의 보고이기 때문이다.

단편 '글자 상자'는 글자에 대한 유년의 동경을 떠올린다. 벤야민은 낱개의 독일어 글자들이 책에 인쇄된 글자들보다 "더 어리고 더 수줍은 소녀"처럼 보였다고 회상한다. s, c, h, l, a, f, e, n 등 낱개로 있는 글자들이 자매가 되어 한군데 모이면 'schlafen'(잠자다)이라는 단어가 된다. "그것은 일종의 은총의 상태였다. 순종적 태도로 은총을 붙잡으려 했지만 내 오른손은 그러지 못했다. 그래서 내 오른손은 마치 선택된 자들만 들여보내는 문지기처럼 밖에 앉아 기다려야만 했다."(「1900년경 베를린의 유년 시절」, 『선집 3』, 91쪽) 그 문 안으로 들어가게 되면 글자들은 더는 검은색으로 칠한 낱개의 조각이 아니다. 연금술에서 납이 갑자기 금이 되는 것처럼, 글자의 세계로의 문턱을 넘게 되면 글자들은 정신적인 것으로 변용된다.

글자를 익히고 책을 읽을 수 있게 되면 글자는 검은 물체이기를 그치고 시청각적 환각의 장면을 불러오는 매체가 된다. 언어의 물질적 측면, 기표의 측면을 건너뛰어 의미론적 세계로 진입할 수 있게 되는 것이다. '오락 서적'에서 아이는 책 속의 글자들이 펑펑 눈이 내릴 때 창가에서 지켜보던 눈보라와 유사하다고 생각한다. 다른 점이 있다면 창가에서 바라본 눈보라는 그냥 눈보라일 뿐이지만, 글자들의 눈보라는 먼 곳, 먼 과거의 이야기를 들려준다는 점이다.

> 먼 곳은 더는 멀리 떨어진 곳이 아니라 우리의 내면으로 이어진다. 그래서 바빌론, 바그다드, 알래스카, 트란스발은 이미 내 마음속에 들어가 있었다.(104쪽)

글자들은 마음속 여행을 가능하게 해준다. 아직 영화가 대중화되지 않았던 어린 시절의 벤야민에게 먼 나라에 대한 상상 여행은 주로 책에서 이루어졌다. 그래서 쿠퍼의 소설 『모히칸 족의 최후』를 읽기 시작하자마자 벌써 "마법의 양탄자를 타고 최후의 모히칸족의 천막으로 날아가고 있었다"(109쪽)고 벤야민은 회상한다.

읽기와 쓰기를 습득한 아이는 낱말을 배운다. 단편 '무메렐렌'은 낱말의 이중적 측면, 즉 의미 전달의 측면과 미메시스적 측면의 원천 경험에 대한 이야기다. 어린 시절에 들었던 동요에 나오는, "무메렐렌에 대한 이야기를 해줄게"(83쪽)라는 시구에서 '렐렌 숙모Muhme Rehlen'는 아이에게 낯선 낱말이다. 아이는 낱말의 의미를 묻거나 사전을 찾아보는 대신에 상상력을 발휘해서 낱말을 중심으로 유사성의 세계를 만들어낸다. 동판화Kupferstich(쿠퍼슈티히)라는 낱말을 유사한 소리로 들리는 다른 낱말 '머리-내밀기Kopf-verstich'(코프페어슈티히)로 바꾸듯이, 아이는 'Muhme Rehlen'을 청각적으로 비슷하게 들리는 다른 낱말 'Mummerehlen'으로 바꾼다. 이러한 오해에서 아이는 낱말의 청각적 형태에 집중하고 있다.

> 때때로 나는 오트밀 수프나 사고Sago 야자 수프의 증기 속에 어른거리는 접시 바닥의 원숭이 그림이 무메렐렌이 아닐까 하고 생각했다. 나는 그 정체를 알아내기 위해 수프를 떠먹었다. 변장시키다라는 뜻을 가진 'mummen'이라는 낱말이 수프가 원숭이 그림을 변장시키고 있다고 생각하게 하기 때문이다. 그것은 어쩌면 '무멜 호수'에 살고 있을지도 몰랐다. 그 호수의 느릿한 물은 소매 없는 잿빛 외투처럼 무메렐렌에게 딱 맞았기 때문이다. 사람들이 그것에 관해 무엇을 이야기해주었는지, 또는 대체 무엇을 이야기해주려고 했는지는 기억나지 않는다. 그것은 장식용 유리공 안의 흩날리는 눈발과 비슷한 것으로 사물의 핵 안에 구름처럼 떠다니는, 말 없고, 느슨하고, 솜뭉치처럼 부드러운 어떤 것이었다.(83~84쪽)

아이는 접시 바닥의 원숭이 그림, 무멜 호수의 느릿한 물 등 여러 사물의 이미지를 낱말 주변에 배열한다. 무메렐렌이라는 낱말을 중심으로 낱말과 유사성의 관계에 있다고 생각하는 사물들을 끌어모으는 것이다. 이러한 시도는 'Muhme Rehlen'

216

이라는 단어를 왜곡하는 데 그치는 것이 아니라 이 단어에 결합한 사물들도 왜곡시킨다. 그러나 아이의 "이러한 오해는 세상의 내면으로 향하는 길들"(81쪽)을 보여준다. 아이의 낱말 실험은 다음과 같은 진리를 보여주기 때문이다. 즉 세상을 기술하는 데 사용되는 낱말은 사전에서처럼 하나의 의미로 고정되는 것이 아니고, 세상도 그러한 사전적 의미로만 설명되지 않는다는 진리가 그것이다. 낱말에서 명명하는 것과 명명되는 것의 관계는 확실하지 않으며, 낱말은 의미론에서 의도하듯이 고정적인 구성물이 아님을 아이의 낱말 실험이 보여준다.

유사점을 가진 여러 사물과 연결되면서 무메렐렌이라는 낱말의 의미는 흩날리는 눈발이나 흐트러지는 구름과 같이 유동적이다. 무메렐렌뿐 아니라 모든 낱말의 의미는 "장식용 유리공 안의 흩날리는 눈발과 비슷한 것", 사물의 핵 안에 든 "구름처럼 떠다니는, 말 없고, 느슨하고, 솜뭉치처럼 부드러운 어떤 것"(84쪽)이다. 또한 무메렐렌이라는 낱말을 둘러싼 아이의 언어 실험은 모든 언어에 들어 있는 전달 불가능한 것을 둘러싼 실험이다.[18] 그것은 다음과 같은 언어철학적 성찰을 예고한다. "모든 언어와 그 언어의 형상물들에는 전달 가능한 것 이외에 전달 불가능한 어떤 것이 들어 있다."(「번역자의 과제」, 『선집 6』, 138쪽)

18　벤야민은 언어의 이중성을 전달 가능한 기호적 측면과 전달 불가능한 마법적 측면의 이중성으로 표현한다. 「유사성론」, 『선집 6』, 205쪽 참조.

〈이름 듣기〉

어른이 되면서 잃어가는 언어 능력 중 하나인 이름의 집중적 듣기는 청각적 지각과 연관된 벤야민의 기억 구상에서 중요하다.

> 이념들은 어떤 원천 언어 속에 주어져 있다기보다 원천적인 청각적 지각 속에 주어져 있다…… 이러한 일은 무엇보다도 원천적인 청각적 지각으로 되돌아가는 기억하기를 통해서만 이루어질 수 있다.(『독일 비애극의 원천』, 48~49쪽)[19]

기억은 이름의 집중적 듣기, 원천적인 청각적 지각이 일어나는 무대다. 어떤 이름이 "예기치 않게 우리를 과거의 차가운 동굴로" 불러들일 때 우리는 그 이름을 "과거의 그 동굴의 둥근 천장에 부딪혀 울려퍼지는 메아리"로 다시 듣는다.(「1900년경 베를린의 유년 시절」, 『선집 3』, 65~66쪽) 벤야민은 유년 시절 가족 여름 별장이 있던 베를린 근교 포츠담에 속한 '브라우하우스베르크'의 이름을 기억하면서 이러한 경험을 한다.

> 그 단어는 수십 년 동안 한 번도 내 귀에 들린 적도, 내 입에 올

---

19 "성경의 계시처럼 진리가 인간의 지각에 나타나는 방식은 가시성이 아니라 내적 감각 형식으로서의 청각적 지각이다."(Stéphane Moses, "Ideen, Namen, Sterne. Zu Walter Benjamins Metaphorik des Ursprungs", *Für Walter Benjamin. Dokumente, Essays und ein Entwurf*, Ingrid und Konrad Scheurmann (ed.), Frankfurt a. M., 1992, p. 184)

린 적도 없었다. 그 단어는 어린 시절에 알던 이름들이 그렇듯이 내게 규명하기 어려운 것으로 다가왔다. 오랜 세월의 침묵이 그런 이름들을 신성하게 만들었다. 나비로 가득 채워진 그 공기를 뚫고 떨림 속에서 들려온 단어는 바로 '브라우하우스베르크'다…… 그 이름은 양조장과는 무관했다.(54쪽)

기억에서 다시 들려오는 이름 '브라우하우스베르크'는 "마치 장미 향수 한 방울에 수백 송이의 장미꽃잎이 보존되어 있듯이, 수백 일의 여름날, 그 형태, 색채, 하루하루를 농축해서 그 안에 향기로 보존"(「베를린 연대기」, 『선집 3』, 205쪽)하고 있다. '브라우하우스베르크'가 양조장이라는 사전적 의미를 넘어 그곳에서 보낸 수많은 경험에 대한 기억을 불러일으킬 때, 유년 시절에 그냥 지나쳤을지 모르는 하나의 지명은 언어의 무한성과 직접성을 지닌 이름 언어가 된다.

이름의 집중적 듣기는 기억을 통해서 일어날 뿐 아니라 유년의 언어 경험에 고유한 것이다. 취학 전 학습 서클을 함께 다니던 귀족 집안 출신 여학생 '루이제 폰 란다우'가 유년의 벤야민에게 그러한 경험을 가져다준다.

나는 곧 그 이름이 주는 매력에 빠졌다. 오늘날까지 그 이름은 내게 생생히 남아 있다. 그러나 그 이름의 매력 때문만은 아니었다. 그보다 그 이름은 같은 또래의 이름 중에서 내가 죽음의 악센트를 들어본 최초의 이름이었기 때문이다. 그것은 내가 그 모임을 이미 떠나 김나지움 1학년이 되었을 때였다. 뤼초프 물가를 따라 걸을 때면, 나는 항상 그녀의 집이 있는 쪽을 눈으로 찾곤 했다. 우연히도 그녀의 집은 맞은편 물가에 면한 작은 정원 건너편에 있었다. 그 정원은 시간이 흐르면서 점점 사랑하는 이름과 아주 긴밀하게 얽혔기 때문에 나는 다음과 같이 생각하게 되었다. 저쪽에, 누구의 발길도 닿지 않는 곳에서 찬란하게 빛나는 저 꽃밭은 어린 나이로 세상을 떠난 그녀의 위령탑이라고.(「1900년경 베를린의 유년 시절」, 『선집 3』, 70~71쪽)

루이제 폰 란다우는 아이가 처음으로 사랑을 느낀 대상의 이름이고, 그 이름을 지닌 소녀가 어린 나이에 죽었기 때문에 죽음의 악센트가 찍힌 최초의 이름이었다. 그 이름은 그녀가 살던 집 근처를 그녀의 이름을 붙인 위령탑으로 만들 정도의 마법적 힘을 지닌다. 아이의 경험은 『잃어버린 시간을 찾아서』의 주인공 마르셀의 경험과 유사하다. 마르셀이 첫눈에 반한 소녀는 스완의 딸 질베르트인데, 그 이름도 루이제 폰 란다우처럼 그녀와 관계있다고 생각되는 세상 사물을 물들이는 마법을 행사한다.

"그 이름은…… 순수한 대기 아래의 지대를 소녀의 삶으로 적시고 무지갯빛으로 빛나게 하면서…… 그 내밀성과 더불어 내가 들어가지 못하는 그녀 미지의 삶을 펼치고 있었다…… 그녀 이름은 그녀 곁에서 그 이름을 들었던 분홍색 산사나무 아래서 매혹의 향을 피우고 있었고. 그녀와 연관된 그 모든 것을 사로잡아 방부제를 바르고 향기롭게 만들었다.”[20]

질베르트의 조부모, 조부의 직업, 그녀가 살던 파리 샹젤리제 거리 등 질베르트를 떠올리게 하는 모든 사물에 질베르트라는 이름이 향수처럼 뿌려진다. 이름이 지닌 이러한 마법은 원천적인 언어 경험에 속하지만, 성인이 되면서 그것을 경험할 기회는 점점 없어진다.[21]

벤야민은 언어의 본질에 부합하는 언어로서 '이름 언어'를 언어의 원천으로 본다. 이름 언어는 전달의 수단, 판단의 언어로 타락하지 않은 언어, “사물이 어떻게 전달되어 오느냐에 근거”를 둔 언어를 말한다.(「언어 일반과 인간의 언어에 대하여」, 『선집 6』, 86쪽)

> 이름은 언어의 가장 내밀한 본질 자체다. 이름은 그것을 '통해' 아무것도 전달되지 않고 그것 '속에서' 언어 자체가 자신을 전달하는 무엇이다.(77쪽)

주어와 술어로 분리된 문장에서 주어는 술어로 전달되는 의미로 한정되어 인식되는 반면, 이름은 술어로 전달되는 것을 넘어서는 무한한 의미를 이름 '안에서' 전달한다. 이름 안에서

---

20   마르셀 프루스트, 『잃어버린 시간을 찾아서 1: 스완네 집 쪽으로』, 250~251쪽.

는 이름을 부르는 사람의 정신적 본질과 이름이 불리는 대상의 정신적 본질이 함께 전달된다. 이때 이름을 부르는 자와 이

21 그런데 자본주의 상품 사회에서 점점 더 위력을 발휘하는 다른 마법이 있다. 그것은 상품의 이름에서 나타나는 부정적인 마법이다. "어린 시절에 나는 도시를 장보기의 무대로 알게 되었다. 어떻게 진열대, 점원, 거울, 그리고 어머니의 시선까지 이어지는 통로가 아버지의 돈에 의해 우리 앞에 만들어지는지를 장보기에서 처음으로 알게 되었다…… 우리는 굴욕감을 느끼면서 '새 옷'을 입은 모습으로 통로 위에 섰는데, 양 소매에서 손은 마치 더러운 가격표처럼 늘어졌다. 제과점에서야 우리는 기분이 좋아졌다. 우리는 만하이머, 헤어조크, 이스라엘, 게르존, 아담, 에스더스, 메들러, 엠마 베테, 버드, 라흐만과 같은 이름의 우상들 앞에 우리 어머니를 굴복시킨 숭배의식에서 비로소 벗어난 기분이었다."(『베를린 연대기』, 『선집 3』, 211쪽) 어딘지 섬뜩한 느낌을 주는 대도시 상가는 유년의 인상적인 이미지 중 하나다. 벤야민은 쇼핑에 대한 회상에서 떠오른 상표 이름을 숭배의식에 사용되는 우상이라고 표현한다. 어떤 숭배의식을 말하는 것인가? 이 질문에 대한 답은 「종교로서의 자본주의」라는 짧은 텍스트에 들어 있다. 이 텍스트에서 벤야민은 막스 베버가 『프로테스탄티즘의 윤리』에서 내세운 명제, 즉 자본주의의 경제관과 에토스가 종교에서 유래한다는 명제에서 더 나아가, 자본주의를 "근본적으로 종교적 현상"(VI, 100)이라고 진단한다. 현대 자본주의는 "경전 없이 제의로만 이루어지는 종교"(VI, 100)라고 보는 시각에는, 자본주의의 화폐경제가 지닌 부자유스럽고 제의적인 성격을 드러내고자 하는 의도가 깔려 있다. 자본주의 화폐경제가 한편에서 소외를 가져오지만 다른 한편에서 개인주의와 자유의 토대가 된다고 본 짐멜과 달리, 벤야민에게 자본주의는 사람들이 숙명적으로 참여하지 않으면 안 되는 제의처럼 작용한다. 자본주의적 제의는 참여할수록 속죄시켜주는 것이 아니라 죄의식을 더 갖게 해주는 제의라는 점에서 과거 어느 종교적 제의와도 다르다. 자본주의가 제공하는 제의에서 신자들은 "속죄할 줄 모르는 엄청난 죄의식에서 제의에 손을 내민다. 제의 안에서 죄에 대해 속죄하기 위해서가 아니라 죄를 보편적으로 만들기 위해서".(VI, 100) 자본주의를 현대의 제의 종교로 보는 이러한 시각에서 어머니와 함께한 베를린 쇼핑 체험의 의미가 드러난다. 상표 이름은 제의 종교로서 자본주의가 행사하는 권력을 대신하는 우상이고, 어머니는 그 우상을 숭배하는 제의에 굴복하는 신자다. 현대의 광고에서 보듯이 상품의 이름은, '질베르트'나 '루이제 폰 란다우'의 이름처럼 무한한 예감을 불러일으키는 것이 아니라, 반복적으로 듣게 되면서 소비자를 자동 암시에 빠지게 한다. 상표 이름의 이러한 힘은 그것의 물신화에서 비롯된다. 유년의 기억이 한편에서는 이름의 집중적 듣기가 지닌 원천 경험의 의미를 재구성한다면, 다른 한편에서는 그러한 경험이 어떤 형태로 변질하는지 그 흔적을 발견해낸다.

름, 이름으로 불린 자와 이름의 마법적 일치가 이중적으로 일어난다. "자신을 알리는 행위와 다른 모든 것을 부르는 행위는 하나다."(78쪽)

"이름들 속에서 인간의 정신적 본질은 자신을 신에게 전달한다"(77쪽)라는 문장에서 드러나듯, 초기 언어 논문의 언어관은 신학적 측면을 지닌다. 그러나 인간 언어를 초월하는 외재적 계기로 신적 계시의 언어를 상정한 것은 아니다. 벤야민은 무엇보다도 인간의 언어가 매체로서 지닌 역동적이고 창조적인 힘, 언어의 타락에서 상실된 힘을 회복하는 것이 중요하다고 생각한다. 언어는 인식을 구성하는 선험적 형식이자 모든 인식(정신적 전달)의 필수적 전제로서 주-객 분리 너머에서 비로소 진정한 인식에 도달할 수 있도록 하는 매체다. 언어는 이미 있는 사유를 전달하는 도구가 아니라 사유를 만들어내는 창조적 동력이고 의미를 생성하는 자율적인 힘을 가진다.

언어가 매체로서 지니는 힘에 주목하는 이러한 언어관은 문학 비평 방법에도 영향을 미친다. 벤야민은 문학작품에서 언어를 '통해서가' 아니라 언어 '속에서' 전달되는 것에 주목하면서 명시적 의미를 넘어서는 잠재적 의미를 포착하고자 한다. 표면적으로는 대도시나 군중과 그다지 연관이 없어 보이는 보들레르의 시에서 그 안에 은밀하게 각인된 대도시와 군중 체험을 읽어내는 것도 이러한 언어관에 따른 것이다. 벤야민은 관습적이고 도구화된 언어로 인한 언어 파괴에 맞서 진정한 언어의 복원을 언어철학적 성찰의 지향점으로 삼는다. 문학비평가로서 벤야민이 보들레르, 카프카, 브레히트를 비중 있게 다룬 것도 그들의 언어가 미메시스적인 힘이 우세한 언어라고 생각하기 때문이다.

에로스

〈유년의 에로스〉

벤야민의 회상에서 유년의 에로스는 무성無性의 존재, 성에 눈뜨는 존재, 성적 존재를 포괄하면서 감각적 쾌감, 성적 충동의 인지, 죄의식 등 다양한 형태로 나타난다. '찬장'에서 감각적 쾌감의 경험은 다음과 같이 묘사된다.

> 거의 열리지 않는 찬장의 문틈으로 내 손은 마치 연인이 밤을 틈타 들어가듯이 안으로 파고들어갔다. 칠흑 같은 어둠에 익숙해진 다음 내 손은 설탕이나 편도 또는 건포도나 설탕에 절인 과일을 더듬어나갔다. 마치 키스를 하기 전에 연인이 사랑하는 여자를 포옹하듯이 내 손의 감촉은 입으로 그 단맛을 맛보기 전에 그들과 밀회를 나누었다. 꿀이나 건포도 무더기, 심지어 쌀알도 얼마나 내 손을 기분좋게 했던가. 마침내 숟가락을 벗어난 둘의 만남은 얼마나 정열적이었던가.(「1900년경 베를린의 유년 시절」, 『선집 3』, 63~64쪽)

찬장 속 음식들을 손으로 더듬으면서 느낀 아이의 쾌감은 기억 속에서 연인들의 신체 접촉의 쾌감에 비유된다. 아이의 순진무구한 쾌감은 크루메가街 모퉁이에 있는 문구점 진열장 앞에서 성애에 대한 어렴풋한 예감으로 발전한다.

> 나는 이른바 미풍양속을 해치는 인쇄물들이 진열장 뒤편 어디에 있는지 알고 있었다. 그 거리에는 왕래가 없었다. 그래서 나는 진열장을 오랫동안 들여다볼 수 있었다. 진열장 안에서 장부, 컴퍼스, 아니면 봉함지를 찾는 척하다가 돌연 그 종이 창작물의 품으로 진입하곤 했다. 본능은 우리 안에 가장 끈질기게 자리잡은 것이 무엇인지를 알아챈다.(138~139쪽)

크루메가 모퉁이에 있는 문방구 진열장 구석에서 외설적인 인쇄물을 찾는 아이의 성적 호기심은 아직은 죄의식과 결부되지 않는다. 아이는 일과를 마쳤다는 생각과 함께 "외설스러운 그림에서 나온 마력"(140쪽)에 푹 젖어든다.

성적 존재로의 이행이 규범과 질서에 맞서는 반항 의식과 결합하는 곳은 베를린의 거리 한복판이다. '성에 눈뜨다'에서 아이는 유대 신년 예배 의식에 모시고 가기 위해 먼 친척 아저씨 집을 찾으러 나섰다가 길을 헤맨다. 당황스러움, 반감에 이어 "너무 늦어서 교회당에 제때 도착하지 못할 거라는 불안감이 뜨거운 물결처럼"(65쪽) 밀려오고 이러한 물결에 이어 '될 대로 되라지'라는 두번째 물결이 밀려온다. 이 두 물결이 합치면서 분명한 형태로 사춘기 최초의 성적 충동을 느끼게 된다.

제4장 유년의 기억과 원천적인 것

이러한 마음속의 두 물결은 끊임없이 일어나면서 마침내 처음으로 갖게 된 강한 쾌감으로 귀착되었다. 그 거리의 뚜쟁이 같은 면이 축제를 모독한다는 생각과 합쳐지면서 일어난 쾌감이었다. 그것은 이제 막 눈을 뜬 성적 충동에 그 거리가 뭔가를 제공해 줄지 모른다는 예감과 함께 왔다.(65쪽)

'거지와 매춘부'에서 어머니와 보조를 맞추지 않으려고 일부러 반걸음 뒤쳐져 걷는 아이의 반항 역시 거리에서 일어난다. 어머니가 법과 규범의 대변인이자 아이가 갇혀 사는 닫힌 영역을 의인화한다면, 거리는 법과 규범과는 다른 세계, 열린 영역을 대변한다. 어머니와 자신이 속한 계급과 단절한다는 감정이 거리의 매춘부들에게 말을 걸어보려는 충동을 부추기는 것도 같은 의미로 이해될 수 있다. 그날 오랜 주저 끝에 매춘부에게 말을 거는 무모한 시도를 시작하고, 그러한 시도를 그날 밤 몇 번이고 되풀이했다고 벤야민은 회상한다. 「베를린 연대기」에는 다음과 같은 구절이 나온다.

한길가에서 매춘부에게 말을 걸면서 느낀, 거의 어디서도 맛보기 힘든 짜릿함에는 자신이 속한 계급의 경계를 처음으로 넘어섰다는 감정도 한몫했음이 틀림없다. 그러나 이처럼 사회적 경계를 넘어서는 행동은 처음에는 언제나 지형적 경계의 넘어서기로 나타난다. 그래서 거리의 전체적 면모에서 매춘의 표지를 발견할 정도였다. 그러나 진짜로 경계 넘기는 한 것일까? 그것은 오히려 경계 위에 고집스럽게, 음탕하게 머물러 있는 것이 아닌가? 그 경계를 지나면 허무로 빠진다는, 아주 그럴듯한 이유를 대는 머뭇거림이 아닌가?(『선집 3』, 167쪽)

벤야민은 거리에서 많은 경계를 발견한다. 그것은 성적 규범과 일탈 간의 경계, 부르주아와 프롤레타리아트 간의 경계, 낙관과 허무 간의 경계다. 매춘부에게 말 걸기는 성적 규범의 세계로부터의 탈주 시도로 보이는 동시에 계급의 경계를 넘는 시도이기도 하다. 자신이 시도한 것이 경계 넘기가 아니라 문지방에 머무르기가 아니냐고 반문하고 있는 데서 보듯이, 벤야민은 경계 넘기가 성공하지 못하리라고 예감한다. 벤야민은 경계보다 문지방을 선호한다. 문지방 위에 있는 것은 머뭇거림이다. 에로스와 성욕의 경험에서 그러한 머뭇거림은, 성적 일탈의 세계로 넘어간 것도 아니고, 성적 규범의 세계 안에 머물러 있는 것도 아닌 상태, 두 세계 사이의 문지방에 머무는 상태다.[22]

---

22 계급에 대한 문제에서도 마찬가지다. 벤야민은 부르주아 출신의 지식인이 노동계층을 대변하는 작가로 변신할 수 없는 것은 계급 간 경계를 넘어설 수 없기 때문이라고 생각한다. 아무리 유물론적 역사가로서 이론적 무장을 하면서 유산계급의 삶과 문화와 거리를 둔다고 해도, 망명 시절 그의 물질적 여건이 아무리 무산계급화되었다고 해도, 계급 간 경계를 넘을 수 있다는 생각은 환상이라고 벤야민은 생각한다. 문지방에 머물러 있는 것이 지닌 장점은 이쪽과 저쪽 모두에 대한 의식을 유지하게 해준다는 데 있다. 그러한 양가성의 의식이 지속적인 유예로 그칠지 아니면 이행과 통과의 결단을 가져올지는 임의로 결정되는 것은 아니라고 벤야민은 생각한다.

이상에서 살펴본 유년의 경험은 성욕으로서의 에로스에 대한 것이다. 성욕을 넘어서는 에로스의 다양한 형태들은 괴테의 소설 『친화력』에 대한 벤야민의 비평에서 자세히 다루어진다. 이 비평에서 분석되는 인물 중 한 명이 오틸리에인데, 이 인물에 대한 해설에는 벤야민의 개인적 에로스 경험이 반영되어 있다. 오틸리에에 대해 벤야민은 "에로스의 면에서나 여타 영역에서 오틸리에 특유의 완전한 수동성"(「괴테의 친화력」, 『선집 10』, 140쪽)을 지적하고 있는데, 이 묘사는 「베를린 연대기」에 나오는 율라 콘에 대한 다음 평가와 거의 일치한다. "그녀의 식물적 수동성과 굼뜬 기질은 모든 인간사 중에서 가장 식물적 법칙에 순종하는 것처럼 보이는 운명에 사람들을 끌어들이는 것 같았다."(『선집 3』, 202쪽) 비평가 벤야민은 오틸리에라는 문학적 인물에 자신이 사랑했던 율라 콘의 특징들을 투사한다. 여기서 보듯이 『친화력』에 대한 벤야민의 비평은 유년 시절 회상처럼 자신의 경험을 직접 기술한 것은 아니나, 에로스의 다양한 형태를 문학적 인물들을 매개로 간접적으로 다루고 있다는 점에서 참조할 필요가 있다.

〈『친화력』에 나타난 에로스〉

에로스에 관해 쓴 초기의 글이 에로스의 이상을 다루는 편이라면,[23] 후기로 갈수록 벤야민은 에로스의 육체적·역사적 차원에 대한 구체적 성찰을 제시한다.[24] 자신의 개인적 삶에서 에로스가 성취되지 못한 실패로 남았다는 사정도 에로스에 대한 생각에 영향을 미친다. 7년 동안의 망설임 끝에 이혼한 도라 외에 벤야민의 삶에 나타난 여성들과의 사랑은 모두 성취되지 못한 사랑이다. 1924년 카프리에서 만난 후 친구 숄렘에게 "리가에서 온 러시아 혁명가 여인으로 지금까지 사귄 여성 중에서 가장 특출한 여인"[25]이라고 말한 라트비아 출신의 공산주의자 아샤 라시스, 『친화력』에 대한 비평에서 다룬 문학적 인물 오틸리에의 모델인 율라 콘은 벤야민이 사랑한 여인들이었지만 가까이 다가갈 수 없는 대상으로 남았다. 정신적인 사랑에 대한 벤야민의 태도는 이러한 실패에서 비롯된 것인지 모른다. 벤야민이 추구한 사랑은, 직접적인 정열을 포기하고 에로스를 승화시키고자 한 독일 낭만주의자들의 낭만화된 사랑을 상기시킨다. 「사유이미지」에 나오는 다음 구절은 순수 정신적 사랑의 경험을 연인의 이름과 연결하고 있다.

플라토닉 러브는 연인을 이름 속에서 사랑하고 이름 속에서 소유하며 이름 속에서 손에 쥐고 다니는 사랑이다. 그러한 사

---

23 청년 시절에 쓴 글에서 벤야민은 현대 문화에 의한 에로스의 타락을 진단하고 ("Frühe Arbeiten zur Bildungs- und Kulturkritik", II, 45 참조), 교양 없는 에로스 문화와 저속한 연애시를 비판하면서 매춘부의 성애를 정신적인 의미로 이해해야 한다고 주장한다.("Erotische Erziehung", II, 74 참조)

24 『파사주 프로젝트』에서는 성욕의 문제가 역사적·문화적 차원에서 다루어진다. 여기서 벤야민은 철저하게 상품화된 사회에서 에로스가 어떠한 형태로 변질되는지를 대도시 매춘부와 유행을 통해서 보여주고자 한다. S. Weigel, "Eros", *Benjamins Begriffe*, p. 334 참조.

25 Walter Benjamin, *Briefe 1*, p. 351.

랑이 연인의 이름을 보존하고 지킨다는 것, 이것만이 플라토닉 러브라고 불리는 긴장, 먼 곳을 향하는 애정의 진정한 표현이다. 이러한 사랑에서 마치 이글거리는 불덩이에서 빛들이 발산하듯이 연인의 존재가 그 연인의 이름으로부터 나온다……『신곡』은 베아트리체라는 이름을 둘러싼 아우라에 다름없다.(「사유이미지」,『선집 1』, 168쪽)[26]

연인의 이름에서 점화되고 유지되는 에로스는 정신과 섹스의 대립을 무효화하면서 언어의 형태로 나타나는 에로스다.[27] 그러나 에로스에 대한 벤야민의 태도가 이름을 매개로 하는 플라토닉 러브, 이름의 에로스로 환원되는 것은 아니다. 벤야민은 「브레히트의 시 주해」에 이름의 에로스, 즉 "먼 것에서 점화되는 에로스"(II, 83)를 비웃는 「베아트리체에게 바치는 단테의 시」를 수록하고 있다는 점을 보아도 그렇다.[28]

「일방통행로」에서 벤야민은 '오로지 성'도 '오로지 정신'도 아닌 관계, 즉 연인의 신체, 연인의 정신과 복합적인 관계를 맺는 에로스를 염두에 둔다.

---

26 "서로 사랑하는 두 사람은 무엇보다 그들의 이름에 매달린다."(「일방통행로」,『선집 1』, 119쪽)

27 S. Weigel, "Eros", *Benjamins Begriffe*, p. 326 참조.

28 시의 첫 연은 다음과 같다. "먼지 낀 납골당/ 그녀가 누워 있는 곳. 그에게 성교는 허락하지 않았던 그녀/ 그녀의 인생행로에 수시로 끼어들었음에도./ 납골당 위에서 그녀의 이름이 아직도 우리 주변의 대기를 진동시킨다."(『브레히트와 유물론: 선집 8』, 190쪽에서 재인용)

어떠한 아름다움보다 사랑하는 사람의 마음을 더욱더 오래, 더욱더 사정없이 붙잡는 것은 얼굴의 주름살, 기미, 낡은 옷, 그리고 기울어진 걸음걸이다…… 잎으로 가려진 나무의 우묵한 곳에 은신처를 찾는 새처럼 감정은 사랑하는 육체의 그늘진 주름살, 투박한 몸짓, 그리고 눈에 잘 띄지 않는 결점을 찾아 그 안에 숨어들어가 안전하게 은신처 안에서 몸을 움츠린다.(「일방통행로」, 『선집 1』, 80쪽)

진정한 사랑에 대한 깊이 있는 성찰은 다른 어느 곳보다 괴테의 소설 『친화력』에 대한 비평에서 펼쳐진다. 이 소설은 결혼 제도와 법의 테두리를 넘는 사랑의 친화력으로 인해 벌어지는 불행한 이야기를 담는다. 벤야민의 비평에서 특이한 점은, 이 소설에서 펼쳐진 사랑을 소설에 삽입된 노벨레 '놀라운 이웃 아이들'에 나오는 사랑과 대비하고 있다는 데 있다.

소설의 줄거리를 요약해보자. 에두아르트와 샤를로테는 재혼 부부다. 서로 좋아하는 사이였으나 신분제적 결혼 관습 때문에 다른 사람과 결혼한 두 사람은 각각 배우자가 사별한 후 다시 합쳐진다. 탄탄할 줄 알았던 두 사람의 관계는 에두아르트가 어려움에 부딪힌 대위 친구를 집에 초청하고, 샤를로테가 기숙학교에서 적응하지 못하는 조카이자 양녀인 오틸리에를 집에 불러들이면서부터 깨지기 시작한다. 산과 알칼리처럼 결합해서 안정을 이루더라도 더 친화력이 있는 원소를 만나면 새로운 결합을 하게 되듯이, 이성적이고 사려 깊은 샤를로테는 이성적이고 유능한 대위 오토에게, 충동적이고 열정적인 에두아르트는 말이 없고 내성적이면서 감정이 풍부한 오틸리에에게 끌린다. 그러나 화학반응에서의 친화력과 달리 남녀관계에서의 친화력은 결혼과 같은 사회적인 제도 안에서 위기의 시작이 된다. 샤를로테와 대위는 사회적 관습을 고려하고 의무감에 따라 사랑을 체념하기로 했지만, 에두아르트는 자신의 격정에 따라 행동하고 싶어한다. 에두아르트와 샤를로테가 각자 자신이 사랑하는 사람을 상상하면서 나눈 육체적 결합에서 두 사람의 아기가 생긴다. 에두아르트는 현실로부터 도피하고 생사를 운명에 맡기자는 심정으로 전쟁에 지원하고 전쟁터에서 살아 돌아온다. 그러는 사이 아기를 정성껏 돌보던 오틸리에가 어느 날 아기를 안고 쪽배를 타고 가다 아기가 물에 빠져 죽게 된 불행한 사건이 일어난다. 그녀는 죄책감, 도덕적 의무감, 식지 않는 사랑의 열정 사이에서 번민한 끝에 단식하면서 죽음을 맞는다. 그녀와 결합하고자 한 에두아르트도 절망을 이기지 못하고 그녀를 따라가면서 사랑하는 두 쌍의 친화력은 불행한 결말을 맺는다.

도덕적인 가치 판단을 유보하고 있는 이 소설은 낭만적인 사랑에 대한 요구와 결혼의 도덕적 사회적인 의무 사이의 딜레마를 독자에게 던지는 것으로 보인다. 그러나 벤야민의 해석은 이와 다르다. 괴테는 소설 속 인물들에게 부인되는 진정한 사랑의 힘, "진정한 사랑의 징표"(「괴테의 친화력」, 『선집 10』, 167쪽)를 소설에 삽입된 노벨레 속 사랑에서 발견하고 있다고 해석하기 때문이다. 노벨레에 나오는 소년과 소녀는 유년 시절 내내 만나기만 하면 원수처럼 싸우는 희한한 관계를 유지한다. 원래 소년과 소녀가 속한 두 가문은 서로를 배필로 맺어주길 바랐지만 소년과 소녀 사이의 적대감 때문에 이루기 힘든 소망임을 알게 된다. 새로운 환경으로 옮겨간 소년은 주변 사람들의 사랑과 존경을 받는 훌륭한 군인이 되고, 고향에 남은 소녀는 내적으로 결핍된 상태에 빠져 살다가 한 젊은이의 구혼을 받아들여 그의 약혼녀가 된다. 그러던 어느 날 어린 시절의 그 소년이 훌륭한 청년의 모습으로 그녀 앞에 나타나는데, 그때서야 그녀는 어릴 적에 이웃 소년을 상대로 벌인 투쟁이 최초의 연정 때문이었음을 깨닫는다. 겉보기에는 저항으로 보였으나 실은 애정이었던 것이다.

그녀는 그런 감정을 숨기고 있었지만 자신이 이미 다른 남자의 약혼녀가 되었고, 어릴 적 이웃 소년이던 그 청년이 자신에게 진실한 친구 이상의 태도를 보여주지 않고 있다는 사실에 절망하면서 죽음을 결심한다. 희한한 광기에 휩쓸려 세상을 떠날 기회를 엿보던 그녀는 어느 날 청년도 초대된 물놀이에 참여하면서 자신의 생각을 실행에 옮기고자 한다. 배의 선장을 대신해서 키를 잡은 청년 앞에 불쑥 나타난 그녀는 "다시는 나를 보지 않게 될 테니까"[29]라는 말과 함께 물에 뛰어든다. 너무 놀란 청년은 생각할 겨를 없이 옷을 벗어 던지고 물에 뛰

---

29 요한 볼프강 폰 괴테, 『친화력』, 오순희 옮김, 서울대출판문화원, 2013, 283쪽.

어들어 그녀를 구하고는 강물에 함께 휩쓸려 내려가다가 두 사람은 아늑한 평지가 펼쳐진 곳에 도착한다. 청년은 의식이 없고 숨이 멎은 듯한 그녀를 보고 절망에 빠지다가 외딴 집을 발견하고 도움을 청한다. 젊은 주인 부부의 도움을 받아 처녀는 살아나고 서로의 애정을 확인한 두 사람은 결혼식 예복을 빌려 입고 서로의 모습에 감탄하며 강렬한 사랑을 확인한다. 한참이 지나서야 두 사람은 그들의 부모와 지인들을 떠올리고는 두려움에 빠진다. 그러나 두 사람은 현실과 맞닥뜨리기로 결심하고, 자신들을 찾아 나선 사람들과 만난다. 이들 사이에 있는 두 약혼자의 부모들과 처녀의 약혼자에게 두 사람은 떳떳하게 자신들이 한 쌍이 되었다는 사실을 알리고 자신들을 축복해달라고 간청한다.

벤야민은 노벨레와 소설의 연인들을 비교하면서 결정적 차이를 다음과 같이 설명한다. 노벨레의 청년과 처녀는 모든 방면에서 그들의 이웃 세계, 그들의 가족을 떠나지 않았고, 사랑의 직관에 따라 자신들이 사랑하는 한 쌍이 되었음을 떳떳이 밝히면서 주변에 인정과 축복을 요구한다. 이와 달리 소설에서 오틸리에는 자신을 사랑하는 에두아르트 때문에 고향에 대한 기억마저 버리고 사랑에 완전히 빠진 상태가 된다. 소설에서 오틸리에는 희생자가 되지만, 노벨레에서 연인들이 평화를 얻는 데 희생은 필요하지 않다. 소설 속 인물들은 정신적으로 자유를 열망하고 독립을 희구하는 인물이면서도 결국 운명에 자신을 내맡기게 되는 반면, 자유에 대한 열망을 내세우지 않는 노벨레 속 연인들은 그들의 단호한 결심과 행동을 통해 오히려 운명을 물리친다.

> 소설의 인물들 위로 운명을 불러내는 것이 바로 괴물 같은 자유에의 열망이다. 노벨레 속 연인들은 그 둘, 즉 운명과 자유에의 열망을 넘어서 있다. 그리고 그들의 용기 있는 결단은 그들 위에 덮쳐오는 운명을 찢어버리기에 충분하며 그들을 선택의 허무함으로 끌어내리려 하는 자유를 꿰뚫어보기에 충분하다. 이것이 결단의 순간에 그들의 행동이 갖는 의미다.(「괴테의 친화력」, 『선집 10』, 135쪽)

노벨레 속 인물들의 사랑은 "진정한 화해를 위해 생명을 무릅"쓰고, 이로써 진정한 화해와 함께 그들의 사랑을 지속시키는 평화를 얻게 된다. 진정한 화해는 그 속에서 모든 것을 기꺼이 파괴할 준비가 되어 있을 때 얻어지는 것이다. 노벨레 속 인물에게 있어 "죽음을 무릅쓴 뛰어듦은 그들이―각자가 신 앞에서 홀로―화해를 위해 투신하는 순간에 해당한다".(160~161쪽) 반대로 소설 속 인물들은 공공연한 마찰을 늘 피하기 때문에 화해도 요원하다. "고통이 그렇게 많은데도 투쟁은 없다. 그렇기 때문에 모든 감정은 침묵하고 있다."(161쪽) 그러한 침묵 가운데 희생이 일어나고, 진정한 화해 대신에 "음침한 속죄"(162쪽)로 귀결된다. "소설에서는 폭풍이 일기 전의 고요함이 지배한다면, 반면에 노벨레에서는 뇌우와 평화가 지배"(162쪽)한다.

노벨레 속 인물들의 사랑은 결단으로 증명된 사랑이고, 이러한 결단은 "이 세상을 폭파해버릴 것" 같은 힘을 발휘해 "예전의 법들이 모든 권리를 잃게" 만들 정도로 새로운 삶을 열어준다.(167쪽) 사랑은 서로에게 끌리게 되는 친화력에서 시작해서 선택의 단계를 넘어 결단으로 진행하는데, 진정한 사랑의 정점은 다름아닌 이러한 결단에 있다. 소설 속 인물들에게 결여된 것이 바로 결단이다. 샤를로테와 대위는 사랑이 아니라 결혼에 대한 책임감과 의무감에 따라 행동하기로 하고, 에두아르트는 결단을 요구하는 현실로부터 도피한다. 그들은 귀족적인 관대함, 인내, 섬세함을 발휘할 줄 알지만, 평화를 애호하는 조심성, "고결한 억제와 극기"(162쪽) 속에서 어떠한 결단도 회피한다. 소설 속 인물들이 지닌 인격적 특징들은 삶의 "명징함을 대체하지 못한다"(162쪽)고 벤야민은 평가한다.

가장 수동적으로 보이는 오틸리에는 가장 혼란스러운 인물이다. 오틸리에는 "어두운 힘들의 희생자로 몰락"(140쪽)하는 운명을 짊어지게 된다. 벤야민 당대까지의 괴테 수용사에서 오틸리에는 무구한 여성, 자연의 무죄성을 대변하는 여성, 성스러운 여성 등으로 미화되어왔지만, 벤야민은 성격과 운명의 범주를 통해 오틸리에를 다른 시각에서 해석한다. 이에 따르면, 겉으로 보이는 오틸리에의 순결은 순수하지 못한 혼란스러움을 숨기는 가상이다. 오틸리에에게 부여된 순결, 처녀성은 "자연적 삶의 무죄라는 가상을 불러낸다".(141쪽) 육체적 순결이 자연적 삶의 무죄를 보증한다고 보는 것은 기독교 사상에 근거한다. 육욕을 죄와 연결하는 기독교 사상은 성의 단순한 충동에서 원죄의 근거를 보고, 그 반대인 처녀성을 무죄의 근거라고 보는 생각의 출처다.

벤야민은 육체적 순결과 무죄를 연결하는 기독교의 관습적 생각에 반대한다. 오틸리에는 성적으로 순결을 지킨다는 점에서 무구함과 무죄를 대변하는 것이 아니다. 그녀가 지키는 성적 순결은 오히려 이의적이다. "내적 순결의 징표로 생각되는 것이 욕망에는 가장 환영할 만한 것이기 때문이다. 무지의 무죄성도 또한 이의적이다. 왜냐하면 그 무지의 토대 위에서 애정은 죄악으로 생각되는 욕망으로 부지불식간에 넘어갈 수 있기 때문이다."(142쪽) 자연적 무죄는 성의 영역이 아니라 그 반대 극인 정신의 영역에 해당한다.

> 인간의 성적 삶이 자연적 죄의 표현이 될 수 있듯이, 인간의 정신적 삶은 그 삶의 개성의 통일성과 연관되어 있으며 일종의 자연적 무죄를 표현한다. 이러한 개성적인 정신적 삶의 통일성이 바로 성격이다.(142쪽)

오틸리에의 순결은 한편에서 자연적 생명의 무죄라는 가상을 만들지만, 다른 한편에서 그녀의 완벽한 수동성과 도덕적 침묵은 그녀의 윤리적 태도를 의문시한다. 단식으로 죽음을 맞이할 때까지 침묵하는 그녀는 자신 안에 폐쇄된 채 "식물적인 말 없음"(144쪽)에 빠져 있다. 오틸리에가 어떠한 윤리적 결단을 했는지는 비밀로 남는데, 그녀에게 있어 "죽음에의 의지는 실제로 그 바탕에 결심이 아니라 충동이 놓여 있다".(144쪽) 오틸리에는 "정신적 삶의 개성적 통일성", 즉 성격을 갖지 못한 인물로서 죽음에 이를 때까지 "운명적 폭력에 종속된 채 아무 결단도 없이 자신의 삶을 허송"(145쪽)한다. 그녀의 죽음은 "그녀의 순결함과 마찬가지로 몰락을 앞두고 달아나는 영혼의 마지막 탈출구일 뿐이다".(145쪽)

오틸리에에 대한 벤야민의 이러한 해석은 오틸리에에 성녀의 이미지를 부여한 그간의 해석과는 상반된다. 이룰 수 없는 사랑 때문에 죽음에 이른 슬픈 결말에도 불구하고 그 결말은 전혀 비극적이지 않다. 소포클레스의 비극 『오이디푸스』에서 "오이디푸스의 비극적인 말 속에는 결단이 정점에 달하고" 있는 반면, 오틸리에는 "언어 없는 충동"에 의해 지배된다.(146쪽) "언어가 없는 행동의 명징함은 가상적이다. 그리고 실제로 그렇게 자신을 지키는 자들의 내면은 다른 사람들에 못지않게 그들 자신에게도 어둠에 묻혀 있다."(147쪽) 도덕적으로 침묵하는 자의 행동은 도덕적으로 이의성을 띤다.

> 죽음을 택한 그녀의 결심은 친구들에게 마지막 순간까지 비밀로 남아 있을 뿐만 아니라, 그 결심 자체가 완전히 감춰져 있어서 그녀 자신에게도 파악할 수 없는 것으로 남아 있는 것처럼 보인다. 그리고 이 점이 그 결심의 도덕성의 뿌리를 건드린다.

왜냐하면 결심이야말로 도덕적 세계가 언어 정신에 의해 밝게 비쳐 드러나는 곳이기 때문이다. 어떠한 윤리적 결심도 언어적 형상 없이, 그리고 엄격하게 보자면 그 속에서 전달의 대상이 되지 않고서 삶에 들어설 수 없다. 그래서 오틸리에를 고무하는 죽음에의 의지가 지닌 도덕성은 그녀의 완전한 침묵 속에서 모호해진다.(144쪽)

노벨레와 소설 속 사랑을 대조하는 벤야민의 이상과 같은 해석은 결혼의 의무냐 낭만적 사랑이냐라는 이분법을 넘어선다. 소설에서 낭만적 사랑과 대척점에 서 있는 것으로 보이는 결혼은 "결코 법에 정당성을 두는 것이 아니다".(59쪽) 작가는 "결혼의 근거를 제시하고자 한 것이 아니라 결혼이 붕괴될 때 거기서 분출하는 힘들"(60쪽), 즉 법과 제도가 지니는 신화적 힘들을 보여주고자 했다. 소설에서 결혼 제도와 법은 결혼의 의무를 저버리는 자를 처벌하는 윤리적 힘이 아니라 관여된 사람들의 몰락을 집행하는 신화적 힘으로 그려진다. 신화적 힘은 결혼 자체에 부여된 힘이 아니라 결혼의 붕괴에서 표출되는 힘이다.[30]

이 영역에서는 결혼이 파탄에 이르면서 드러나는 힘[폭력]들

---

30 파괴적인 폭력으로 나타나는 신화는 세 가지 계기를 특징으로 한다. 인식 불가능으로서의 이의성, 운명, 벌거벗은 삶으로의 환원이 그것이다. 따라서 신화는 죄와 기만의 연관을 수립한다.

이 필연적으로 지배할 수밖에 없다. 왜냐하면 바로 그 힘들이 운명의 힘들이기 때문이다. 결혼은 운명으로 나타나는데, 그것은 사랑하는 연인들이 매달리는 선택[적 친화력]보다 더 강력하다…… 운명의 시각에서 측정해볼 때 모든 선택은 '맹목적'이며 무분별하게 불행으로 이끈다.(77~78쪽)

원래 자유로운 선택으로 맺어진 것으로 보이는 결혼은 사람들 간의 관계를 지속시키는 힘이 아니라 그 관계를 붕괴시키면서 사람들의 삶을 불행으로 이끄는 힘의 측면에서 운명적이고 신화적 힘이 된다. 오틸리에는 스스로 죽음을 선택한 것으로 보여도 이는 어쩔 수 없는 운명에 대한 굴복이다. 오틸리에의 죽음에 압도된 에두아르트의 죽음 역시 자발적 선택이 아니라 운명처럼 닥쳐온 힘에의 복종이다. 인간사에 분출하는 악마적인 힘, 신화적인 힘은 당시 교양 시민 계층의 겉보기에 자유로운 판단과 행동을 배경으로 더 분명하게 보이게 된다. 괴테 자신의 삶도 신화적 힘과의 싸움으로 점철되어 있었다고 벤야민은 해석한다.

신화적 힘에 맞설 수 있는 에로스는 노벨레에 나오는 소년과 소녀의 행복한 결합이다. 소년과 소녀의 결합은 단순한 친화력을 넘어서는 결단으로부터 가능해지고 그러한 결단은 주변 사람들의 편견, 관습을 개의치 않는 새로운 삶을 가져다준다. 진정한 사랑의 힘은 결혼이라는 제도로 맺어진 관계에 토대를 두는 것도 아니고, 친화력에서 나오는 자발적인 선택에 의해 보증되는 것도 아니다. 그것은 선택의 단계를 넘어서는 결단에 토대를 둔다. 소설에서 묘사된 사랑이 몰락하는 이유는 결단을 통해 스스로에게 최고의 권리를 부여할 줄 아는 사랑이 아니기 때문이다.[31] 결단이 결여된 사랑 앞에서 결혼은 그러한 사랑보다 더 큰 운명적 힘이 된다.

[31] 이상의 논의는 『선집 10』, 168~169쪽 참조.

흔적의 도시와 기념장소

흔적의 기억

알라이다 아스만에 의하면, 역사 연구에서 흔적에 대한 관심은 1990년대 이후 하나의 분명한 경향에 속한다. 흔적이 텍스트보다 "더 차원 높은 진리와 신뢰성을 지닌다"[1]고 말할 정도로 흔적을 높이 평가하는 것은 문자 텍스트에 대한 신뢰가 그만큼 약화되었음을 반증한다. 역사를 인식하는 매체로서의 문자 텍스트에 대한 회의는 19세기 영국의 역사학자 토머스 칼라일로 거슬러올라간다. 이러한 회의는 문자 텍스트가 과거

---

1   알라이다 아스만, 「텍스트, 흔적, 폐품」 『문학과 문화학』, 하르트무트 뵈메·클라우스 세르페 편저, 오성균 외 옮김, 한울, 2008, 136쪽.

의 삶을 보존하고 되살릴 수 있는 유일무이한 매체라고 믿은 르네상스 문인들의 확신과는 대조적이다.

> 문자화된 과거의 메시지는 왜곡되고, 절단되고, 찢기고, 상실된 매우 부실한 상태로 우리에게 도달한다…… 우리는 우리의 역사에서 가장 중요한 부분을 회복할 수 없이 상실했다는 사실에서 출발해야 한다.(『문학과 문화학』, 136쪽에서 재인용)

문자 텍스트의 한계에 대한 보편적인 공감 이후 역사 연구는 코드화된 메시지들과 의식적 표현물인 문자 텍스트와는 다른 통로를 과거가 남긴 흔적들에서 찾아왔다. 역사를 설명하는 서사는 그 틀에 맞지 않는 것을 억압하기 쉬운데, 흔적은 그렇게 억압된 것에 대한 기억을 되살릴 수 있는 유일한 통로다. 흔적은 서사에 입각한 전통이 침묵하고 있는 내용을 암시하거나, 지배적 서사에서 놓친 것, 상실된 것에 대한 기억을 환기시킨다.

일반적으로 역사 연구에서 흔적은 폐허, 유물, 파편, 구전 등 지난 시대가 남긴 비언어적 표현물에서 발견된다. 예를 들어 폐허는 과거 건축물의 물리적 잔재로서 현재와 단절된 과거, 부재하는 것을 환기하는 흔적을 담고 있다. 흔적을 통해 부재하는 과거를 어느 정도로 재생시킬 수 있는지는 불확실하지만 과거의 파편으로 남은 흔적은 코드화된 메시지로는 전달되지 않는 차원을 상기하게 할 수 있다. 사진도 이러한 차원을 담고 있는 흔적이 된다. 사진은 사진 속 대상이 실제로 그때 그곳에 존재했음을 알리는 흔적으로서 더는 존재하지 않는 것을 관찰자 앞에 반복적으로 나타나도록 할 수 있다. 다만 그것을 어느 정도로 현재화할 수 있는지는 미지수다.

　W. G. 제발트의 소설 『아우스터리츠』에서 주인공 아우스터리츠는 자신이 까마득하게 잊고 있는 어린 시절의 사진에 대해 "양말의 주름조차 확대경으로 샅샅이 살펴보았지만 조그만 단서도 찾지 못했어요…… 말도 생각도 사라지고 아무것도 떠오르지 않았어요. 오로지 이 맹목적인 공포만이 나를 사로잡았어요."[2]라고 화자에게 말한다. 사진은 "무언가 규명할 수 없는 부분…… 뭔가가 움직이고 있다는 느낌, 마치 사진 자체가 기억을 가지고 우리를 기억"(『아우스터리츠』, 201쪽)하는 것 같은 느낌을 주지만, 과거를 재생 혹은 재구성하는 작업은 쉽지 않다. 꿰뚫어보는 듯한 눈빛을 던지는 과거의 흔적 앞에서 관찰자는 "말도 생각도 사라지고, 아무것도 떠오르지 않는다".(203쪽)

　흔적을 통해 과거의 진실에 도달하는 것이 순조로운 작업

2　W. G. 제발트, 『아우스터리츠』, 안미현 옮김, 을유문화사, 2009(2001), 203쪽. 주인공 아우스터리츠는 1939년에 유대인 아동 구출 작전으로 영국 런던에 호송되기 전까지 프라하에서 보낸 유년 시절과 친부모를 깡그리 잊어버린다. 과거를 철저히 억압하고 지낸 아우스터리츠는 런던 산책중 우연히 들른 리버풀역 대합실에서 바닥 돌의 무늬를 보다가 수십 년 전 그곳에서 양부모와 대면한 광경이 떠오르게 된다. 그후 과거의 흔적을 찾아 나서던 중 프라하에서 자신을 돌봐주었던 베라를 알게 되고 그녀로부터 부모와 자신의 어린 시절에 대한 이야기를 듣는다. 위 인용문은 아우스터리츠가 베라가 건네준 자신의 어릴 적 사진을 보고 느낀 당혹감을 담고 있다.

은 아니지만 우리는 우리의 과거와 관계있는 어떤 장소 혹은 건물에 오면 그곳에서 우리의 과거를 만나게 해주는 흔적을 발견하게 되리라는 기대를 품는다. 벤야민은 오랜만에 티어가르텐의 거리를 다시 찾았을 때 "마치 여러 해 동안 가보지 않은 다락방에 가보는 심정"을 느끼고, "거기에는 아직도 귀중한 어떤 것이 남아 있는지 모른다"는 기대를 갖는다.(「베를린 연대기」, 『선집 3』, 181쪽) 고향 도시 베를린뿐 아니라 제2의 고향과도 같았던 파리에 대해서도 벤야민은 그곳에서 비로소 "자신의 삶에 대한 통찰이 번개처럼 자신을 엄습"(197쪽)했다고 말한다.

흔적은 벤야민의 비평 사상에서 중요한 모티프에 속한다. 벤야민은 거주에 대한 부르주아 계급의 문화적 욕구를 비판하면서 처음으로 흔적 개념을 도입한다. 익명성이 지배하는 공적 공간에서 점점 자신의 흔적을 잃어버리게 된 개인은 그에 대한 보상 심리에서 자신의 거주 공간에 남긴 모든 흔적을 보관하고자 한다. "쿠션과 안락의자에 남긴 흔적, 친척들이 사진 속에 남긴 흔적, 소유물이 케이스에 남겼던 흔적"(「사유이미지」, 『선집 1』, 224~225쪽) 등이 그것이다.

흔적에 관심을 갖게 된 또다른 동기는 탐정 소설에 있다. 탐정 소설 애독자였던 벤야민은 탐정의 흔적 찾기에 주목한다. 벤야민이 인용한 바 있는 에드거 앨런 포의 「마리 로제의 수수께끼」에서 탐정 뒤팽은 범죄 수사와 관련해서 흔적에 대한 새로운 관점을 제시한다.[3] 뒤팽에 의하면, 가시적이든 비가시적이든 진실의 단서가 되는 흔적은 어디서 발견될지 알 수 없다.

그가 관심을 두는 흔적은 핏자국 같은 범행의 흔적, 개인의 "습관들에 의해 만들어진 흔적"(224쪽)이라는 의미에서의 지표에 국한되지 않는다. 흔적은 일견 무관한 것처럼 보이는 것 안에서도 발견되는 것으로 그것을 찾기 위해서는 날카로운 관찰과 집중이 필요하다.[4] 뒤팽은 아무도 주목하지 않은 사실, 사건과 무관해 보이는 것에서 의미심장한 흔적을 발견한다.

앞에서 흔적으로서의 사진에 대해 이미 언급했는데, 사진은 흔적에 대한 벤야민의 성찰에서 가장 중요한 계기가 된다. 복제 기술로서 사진은 과거의 단편을 고정된 이미지로 반복적으로 소환할 수 있는데, 흔적으로서 사진이 갖는 의미는 이러한 측면을 넘어선다. 사진은 관찰자로 하여금 그 안에서 예기치 않은 과거의 흔적과 만나고 그러한 흔적을 해독하도록 촉구하는 차원을 내포하기 때문이다. 우리는 극히 사소한 사진의 디테일 안에서 "오래전에 흘러가버린 과거의 어느 한 순간에 숨어 있던 미래가 현재의 우리에게 말 걸어오는, 바로 그러한 미미한 부분"(「사진의 작은 역사」, 『선집 2』, 159쪽)을 발견할 수

---

3 "범죄 수사에 있어 커다란 오류 중 하나는, 조사를 오직 직접적으로 당면한 문제에만 국한하고, 간접적이고 부수적인 일은 전부 무시해버린다는 점이야…… 그러나 실제적인 경험은, 물론 참된 논리에서도 마찬가지지만, 대부분의 진실은 관계가 없어 보이는 것에서 나타나는 법이야…… 인간 지식의 역사가 끊임없이 보여주고 있는 일들, 가장 가치 있는 발견들은 대체로 간접적·부수적 또는 우발적인 일들에 바탕을 두고 있다는 사실을 말이야."(에드거 앨런 포, 「마리 로제의 수수께끼」, 『포우 단편 베스트 걸작선』, 박현선 옮김, 동해출판, 2011, 307~308쪽)

4 벤야민에 의하면 탐정은 상상력에 있어 예술가적 안목을 지니고, 무언가 발견하고자 하는 산책자의 열정도 지니며, 신문 기사의 열렬한 독자이자 범인이 던져놓은 장기판의 수를 읽어낼 줄 아는 사람이다. VII, 848 참조.

있다. 벤야민은 가까움과 멂의 관계를 중심으로 흔적과 아우라를 다음과 같이 구분한다.

> 흔적은 흔적을 남긴 것이 아무리 멀리 떨어져 있더라도 가까이 있는 것의 현상이다. 아우라는 그것을 불러일으키는 것이 아무리 가까이 있더라도 멀리 있는 것의 현상이다. 흔적 속에서는 우리가 사물을 소유하고, 아우라 속에서는 사물이 우리를 덮친다.(V, 560)

사진은 한편으로 "아무리 가까이 있더라도 멀리 있는 것의 현상"인 아우라 체험의 무대가 될 수도, 다른 한편으로 "아무리 멀리 떨어져 있더라도 가까이 있는 것의 현상"인 흔적의 보고가 될 수도 있다. 「사진의 작은 역사」에서 벤야민이 다룬 사진사 초창기의 초상 사진은 아우라적 체험을 가져온다. 자신이든 자신과 무관한 사람이든 초상 사진을 보는 관찰자는 사진에 정박된 과거와 은밀한 교감을 나누게 되는데, 그것은 부재하는 것, 멀리 떨어져 있는 것과의 감정적·주술적 관계다. 이러한 관계에서 사진은 흔적으로 해독되지 못하고 아우라로 체험될 뿐이다. 문화사가에게 기록 사진이 갖는 의미는 그와 다르다. 그에게 사진은 멀리 있는 것, 지난 과거를 현재에 가져오도록 해주고 그 의미의 해독을 촉구하는 흔적이다.

벤야민이 관심을 갖는 흔적은 엄밀한 의미에서의 지표뿐 아니라 정신분석학에서 프로이트가 말한 흔적에 가깝다. 프로이트는 초기에는 의학, 범죄학, 감정학의 의미에서의 흔적, 즉 지표 패러다임에 따른 흔적, 과거(의 경험)가 직접 남긴 흔적을 말하다가 이후 정신분석학을 발전시키면서 지표와는 구분되는 의미의 흔적 개념을 도입한다. 프로이트에 의하면, 피분석자의 꿈, 농담, 언어 실수, 증상과 같은 표현물은 피분석자의 무의식이 직접적으로 각인된 지표가 아니라 심리적으로 다양한 단계를 거쳐 변형된 결과물이다. 작품 감정, 필적 감정, 지문 확인, 범죄의 증거에서 흔적은 지표의 의미를 지니고, 여기서 중요한 것은 감정가나 분석가의 주관이 개입하지 않는 객관적인 지식이다. 그와 달리 정신분석이 다루는 흔적은 대상과의 동일성을 의미하는 지표라기보다는 심리적 변형의 결과물로서의 징후다. 겉으로 나타난 징후는 억압된 것으로 거슬러올라가되 그것이 직접적으로 표현된 것은 아닌, 꿈 작업에서 일어나는 바와 같은 변형과 가공의 결과물이다.

벤야민도 흔적 개념을 "지표 패러다임의 맥락에서의 흔적 확보가 아니라 기억 흔적의 정신분석 모델에서 말하는 가시적인 기억 상징"[5]으로 이해한다. 물론 프로이트의 정신분석학이 의도하는 흔적 읽기와 벤야민이 역사 연구 혹은 문학 비평에서 의도한 흔적 읽기는 차이가 있다. 프로이트는 피분석자의 심리적 현상들을 통해 억압된 과거에 대한 체계적인 인식에 도달할 수 있다고 생각하는 반면, 벤야민은 흔적 읽기에 그러한 목

---

5   Sigrid Weigel, *Entstellte Ähnlichkeit*, Frankfurt a. M., 1997, p. 36.

                                              제5장 흔적의 도시와 기념장소

표를 세우지 않는다. 벤야민에게 흔적을 통한 기억 혹은 역사 인식은 기존 서사를 대체하는 새로운 서사를 만드는 것이 아니라, "과거를 역사의 연속체[기존 서사]에서 폭파"(「역사의 개념에 대하여」, 『선집 5』, 345쪽)함으로써 균열과 틈을 만드는 것이다.

보들레르의 시에서 발견되는 은밀한 군중 경험의 흔적은 물질적 각인의 형태로 존재하는 흔적이 아니라 정신분석에서 말한 기억 흔적에 해당한다.[6]

> 어떤 단어도, 어떤 표현도 군중을 직접 명명하지 않는다. 그렇지만 시의 경로는 마치 범선의 항해가 바람에 의지하는 것처럼 오로지 군중에 의지한다.(「보들레르의 몇 가지 모티프에 관하여」, 『선집 4』, 202쪽)

보들레르의 시 「지나가는 여인에게」에 대한 벤야민의 해석에 의하면, 군중은 "내면화되어 있다".(200쪽) 보들레르의 시에서 군중에 대한 직접적인 묘사는 찾기 어려운 대신 군중 체험의 흔적으로 해독될 수 있는 표현들이 눈에 띈다. 「지나가는 여인에게」의 첫 줄에 나오는 "거리는 내 주위에서 귀가 먹먹하게 아우성치고 있었다"라는 표현이 대표적이다. 『악의 꽃』의 또다른 시 「일곱 늙은이」의 첫 행에 나오는 "붐비는 도시, 환상

---

6 보들레르와 군중 모티프에 관해서는 윤미애, 『발터 벤야민과 도시 산책자의 사유』, 문학동네, 2020, 86~94쪽 참조.

이 가득한 도시라는 표현이나 「가여운 노파들」에서 "붐비는 파리의 화폭 속"이라는 표현도 마찬가지다.[7]

> 보들레르는 이 군중의 존재를 결코 잊은 적이 없다. 군중은 그의 어느 작품에도 모델로 사용되고 있지 않지만⋯⋯ 그의 창작에 숨은 형상으로서 각인되어 있다.(196쪽)

벤야민은 보들레르가 파리의 거리에서 "군중의 팔꿈치에 떠밀리는"(250쪽) 경험을 자신의 인생에서 가장 결정적인 경험으로 받아들였다고 본다. 보들레르의 군중 경험은 도시의 소란 속에서 겪는 "수많은 부딪힘의 흔적"(「보들레르의 작품에 나타난 제2 제정기의 파리」, 『선집 4』, 116쪽)들을 그의 정신에 남긴다. 대도시 군중은 보들레르의 뇌리에 깊이 박힌 이미지, 기억 흔적이 되는데 보들레르의 시에서 직접적으로 재현되는 것이 아니라 왜곡되고 변형된 형태로 표현된다. 이에 따라 문학비평가는 작가에 의해 의식적으로 작성된 것을 넘어선 것, 작가의 주관이 개입하지 않은 숨겨진 이미지, 외부세계와 접촉하면서 생긴 무의식적 효과로서의 흔적을 텍스트 안에서 찾아 그 의미를 해독할 줄 알아야 한다.

---

7 인용된 보들레르 시의 출처는 순서대로 보들레르, 『악의 꽃』 윤영애 옮김, 문학과지성사, 2003, 231, 222, 226쪽.

2. 산책자와 흔적의 도시

벤야민에게 로마는 산책하기에 부적합한 도시다. 산책자
가 자신만의 몽상과 기억에 빠져들기에 로마는 역사적 지식을
환기하는 유적으로 가득차 있기 때문이다. 역사도시 로마 여행
을 하기 위해서는 사전에 유적지에 대한 지식이 있어야 하고
그 지식을 그곳에서 현재의 집중적 경험으로 만들 줄 알아야
한다. 즉 특정 장소와 관련된 사전 지식이나 자료를 생생하게
환기할 줄 알아야 한다. 이때 여행자가 가진 사전 지식은 단순
히 암기된 것에 머물지 않고 도시의 과거에 대한 생생한 문화
적 기억이 된다. 고대 기억술의 대가 키케로는 아테네 교양 여
행을 이러한 의미로 이해하면서 동행자 피소의 말을 다음과 같
이 옮긴다.

> 우리가 기억할 만한 인물들이 머물렀던 그 장소들을 볼 때 우
> 리가 그들의 능력에 대해 듣거나 그들에 관한 글을 읽을 때보
> 다도 훨씬 더 많은 감명을 받았다. 우리의 천부적 능력 아니면
> 일종의 망상으로 설명될 수 없다. 그 정도로 나는 깊은 인상을
> 받았다.[8]

---

[8]   알라이다 아스만, 『기억의 공간 *Erinnerungsräume*』, 변학수·백설자·채연숙 옮김,
경북대학교출판부, 1999, 410쪽에서 재인용.

    역사적 장소에서 받는 인상은 듣거나 읽은 것보다 생생하다. 벤야민이 서평을 쓴 헤셀의 『베를린 산책』에는 이를 입증하는 많은 예가 나온다. 헤셀은 베를린의 명소보다는 잘 알려지지 않은 장소를 찾아가 그곳의 인상을 기술하고, 관련된 역사적 일화를 그 장소에 투사하면서 생생하게 떠올린다. 벤야민이 말한 것처럼, 도시 산책은 도시에 대해 알게 된 "지식을 마치 경험한 것, 살아본 것처럼 체화"(V, 525)할 기회가 된다. 예컨대 헤셀은 '할레의 성문' 앞의 텅 빈 광장을 바라보면서 그곳에서 관세가 징수되던 옛날의 모습을 상상하는데, 그것은 할레의 성문에 대해 미리 읽은 역사책 덕분에 가능하다. 산책자는 서지학적 지식 덕분에 베를린에서 가장 오래된 사교장, 중세 시대 베를린의 유일한 목욕탕, 니콜라이 교회 근처에서 베를린에서 가장 작은 집을 알아본다.

    헤셀은 도시의 문화적 기억을 생생하게 체험할 뿐 아니라 도시의 숨겨진 흔적을 발견하고 해독하는 도시 산책자다. 헤셀이 선호하는 장소는 "위대한 회상과 역사적 전율"(「거리 산책자의 귀환」, 『선집 8』, 293쪽)을 불러일으키는 도시의 역사적 명소가 아니라 우연히 흔적을 발견할 수 있는 숨겨진 장소들이다.

    작가가 걷는 아스팔트에서는 걸음마다 놀라운 반향이 일어난다. 도로의 포석 위에 비치는 가스등 불빛은 이처럼 이중적인 바닥 위에 중의적인 빛을 던진다. 고독한 산책자에게 기억술의 도우미로서 도시가 환기하는 것은 산책자의 유년기나 청년

기도 넘어서고 도시 자신의 역사도 넘어선다.(292쪽)

  벤야민은 '기억술의 도우미'라는 표현을 쓰고 있지만, 도시를 단순히 기억술의 수단으로 본 것은 아니다. 기억술은 기억할 내용을 상상 속에서 여러 장소에 나누어 배치하고 각 장소에서 하나씩 불러내는 기술을 말하는데, 헤셀의 도시 산책에 해당하는 것은 기억술이 아니라 흔적 읽기다. 포석의 '이중적인 바닥', 가스등의 '중의적인 빛'이라는 표현은 현재의 지각과 동시에 과거의 상기가 일어나고 있음을 암시한다. 이런 의미에서 산책자의 걸음은 현재와 과거의 겹침을 일으킨다. "모든 거리는 기억에 대해 급경사를 이룬다"(292쪽)라는 말에서 급경사는 공간이 아니라 시간의 급경사, 즉 현재에서 과거로의 급격한 전환을 의미한다. 1920년대 중반부터 도시 단편들을 발표한 크라카우어도 파리 산책의 경험을 벤야민과 비슷한 의미로 서술한다.

  파리에서 현재는 지나간 것의 희미한 그림자를 갖고 있다. 활기찬 거리를 걸어갈 때면 그 거리는 마치 기억처럼 멀어져간다.[9]

  거리에는 개인적 과거든 집단적 과거든 산책자의 기억을

9   Siegfried Kracauer, *Strassen in Berlin und anderswo*, Berlin 1987, p.13.

불러일으키는 수많은 이미지들이 있다. "거리 산책자가 몰두하고 또 그가 찾는 것은…… 바로 [거리에] 터를 잡은 이미지들이다."(296쪽) 헤셀은 개인적 과거와 관련해서 그러한 이미지들을 "기억의 판 위에 놓인 장난감"[10]이라고 부른다. 베를린의 마그데부르크 거리에 있는 깨진 뮤즈 상은, "흰 돌 눈으로 우리가 가는 길을 따라"(298쪽)오는 것 같았던 유년의 순간을 기억나게 하는 이미지다.

헤셀은 집단적 과거를 생각나게 하는 옛 베를린의 흔적과도 마주친다. 베를린에는 베르트하임과 티츠 백화점, 쿠어퓌르스텐슈트라세 같은 유행과 소비의 도시 아래에 여러 시대의 시간층이 겹겹이 쌓여 있다. 한편에서는 "지나간 것이 흔적도 남기지 않고 사라지는"[11] 쿠어퓌르스텐슈트라세 같은 화려한 현대식 상가들이 있지만, 다른 한편에서는 비더마이어풍 베를린, 빌헬름 시대 군국주의의 흔적이 남은 베를린, 헤셀과 벤야민이 유년 시절을 보낸 알트베스트처럼 "우리가 머물고 싶은 옛날"[12]을 환기시키는 베를린이 있다. 프리드리히슈트라세에 있는 '카이저 갤러리'는 과거로의 여행을 촉구하는 사물들로 가득하다. 베를린이 대도시로 번창하기 시작한 초창기의 모습을 간직한 그곳에 들어서면 그 시절의 방문객들이 유령처럼 눈에 보이는

---

10   Franz Hessel, *Ein Flaneur in Berlin*(*Spazieren in Berlin*[1929]), Frankfurt a. M., 1984, p.225.

11   S. Kracauer, 같은 책, p. 21.

12   Franz Hessel, 같은 책, p.156.

듯한 오싹한 기분이 든다.[13] 이러한 기분은 카이저 갤러리에 아직도 남은 과거의 흔적들 때문이다. 이처럼 산책자가 마주치는 흔적은 기록되지 않은 것, 그동안 망각하고 있던 것에 대한 기억을 불러일으킨다. 연극을 보고 나온 헤셀이 인파에 밀려 프랑크푸르터알레를 걷던 중 1919년 1월에 일어난 베를린 봉기를 떠올리는 것은 그러한 기억을 잘 보여준다.[14]

대도시 발전이 20세기 전반과는 또다른 단계에 들어선 21세기에 헤셀의 도시 산책을 되돌아보면 다음과 같은 질문이 생긴다. 도시를 흔적의 장소로 체험하는 모던 작가들의 산책은 오늘날에도 계승 가능한가? 개인사의 차원에서 유년기를 떠올릴 만한 장소들이 흔적도 없이 사라지고, 집단사의 차원에서 재건축, 도시계획에 의해 도시의 지난 역사와 역사성이 지워지고 있는 시대에? 흔적의 발굴터가 되기 위해서 도시는 역사성을 지녀야 하는데 현대의 도시 발전은 그러한 역사성에 불리하게 진행된다. 한편에서 현대의 도시는 대도시화되면서 부단한 재개발 논리에 의해 지난 단계의 역사를 지워나가고, 다른 한편에서 도시 경관에서 비중을 높여가는 시각적 스펙터클 역시 도시의 역사성을 가리는 데 한몫한다. 현대 대도시 경관을 구성하는 시각적 스펙터클은 국제적으로 표준화되면서 도시의 정체성 및 지역적 특성을 모호하게 만든다. 쇼핑몰, 공항, 터미

---

13   같은 책, p. 245 참조.
14   같은 책, p. 207 참조.

널, 놀이공원, 호텔 등에서 보듯이 도시는 점점 더 표준화된 공간 구성 원리에 의해 지배된다.

　이러한 도시는 오제가 말한 의미에서의 비장소가 되어간다. 오제는 공간을 다루는 방법과 공간의 경험에 결정적인 변화가 나타난 시대의 문화적 지표를 설정하기 위해 '비장소'라는 개념을 도입한다.[15] 비장소는, 오제가 '인류학적 장소'라고 지칭한 전통적인 장소의 속성인 정체성, 관계성, 역사성을 결여한 장소를 말한다. 비장소도, 비장소의 이용자들도 고유의 정체성을 갖지 못하고, 의미 있는 관계 맺기를 하지 못하며, 시간적인 차원의 결합도 알지 못한다. 전통적인 장소는 과거의 시간들을 축적하는 반면, 비장소에서 지배적인 시간은 현재다. 역사 대신에 순간의 현재성과 긴급함만이 지배하는 비장소에서는 기껏해야 역사의 스펙터클이 제공될 뿐이다. 도시는 자연, 문화, 역사와 관련된 기호를 재현, 편집, 구성, 연출하는 재현 공간이 된다. 이렇게 임의로 연출된 공간에서 도시는 더는 과거의 기억을 촉구하는 흔적의 도시가 아니다. 오늘날 도시에서 지배적인 체험은 장소의 역사성과 기억이 아니라 공간 소비의 체험으로 보인다.

　19세기부터 유럽의 도시들은 자본주의 문화의 발전 속에서 시각적 스펙터클의 도시 경관을 만들기 시작했다. 화려하게

15　Marc Augé, *Orte und Nicht-Orte. Vorüberlegungen einer Ethnologie der Einsamkeit.*, übersetzt v. M. Bischoff, Frankfurt a. M., 1994, pp. 96~102 참조.

만들어진 상가 건축, 만국 박람회, 전시장뿐 아니라 광고, 네온 사인의 불빛도 그러한 스펙터클을 구성한다.[16] 헤셀의 책에 대한 서평을 끝맺으면서 벤야민은, 베를린의 주민들이 이미 도시의 시각적 스펙터클에 사로잡혀 있음을 암시한다.

> 베를린 사람들이 자신들의 도시에서 네온사인 광고의 약속과 는 다른 약속을 찾게 될 때 비로소 그들은 이 책을 귀히 여기게 될 것이다.(「거리 산책자의 귀환」, 『선집 8』, 300쪽)

네온사인 광고의 약속과 다른 약속은 기억의 약속이다. 도시의 주민들이 기억의 약속을 실현하는 무대로 도시를 보지 않는 데에는 도시 공간의 연출과 스펙터클화 외에 복제 기술에 의해 증폭된 이미지 공간에도 원인이 있다. 즉 도시 주민이 헤셀과 같은 산책자가 되기 어려운 이유는 매체를 통해 유포된 이미지 공간의 소비가 차지하는 비중이 커지면서 물질적·물리적 공간의 경험이 축소되기 때문이기도 하다. 매체를 통해 유포된 숱한 복제 이미지와 지식으로 인해 개인은 개별적인 기억을 만들 기회를 박탈당하게 되고, 그 대신 "기억이 집단화되고

---

16 이미 벤야민 시대의 산책자도 진정한 도시 경험을 추구하기보다는 도시의 스펙터클을 소비하는 자이자 그 스펙터클의 일부에 가깝다고 보는 해석도 있다. Rolf J. Goebel, "Europäische Großstadttopographie und globale Erinnerungskultur: Benjamins Passagen-Werk heute", *Topographien der Erinnerung. Zu Walter Benjamins Passagen*, B. Witte (ed.), Würzburg, 2008, p. 76 참조.

탈인격화"[17]되는 경향이 생긴다. 비릴리오가 말한 것처럼, 도시를 지배하는 속도의 체험도 도시 풍경을 음미하면서 흔적과의 만남을 기대하는 산책의 경험을 어렵게 한다. 속도와 공간 체험의 관계를 규명한 비릴리오에 의하면, 기차나 자동차의 창문을 통해 바라보는 바깥 풍경은 영화 스크린이나 컴퓨터 모니터의 이미지 흐름과 유사하다. 속도에 의해 만들어진 풍경에서 사물은 하나의 대상으로 인식되는 것이 아니라 이미지나 점들의 다발로 지각된다.[18] 빠른 속도로 도심을 지나가는 사람에게 도시는 더는 지각의 집중을 통해 해독되어야 할 흔적의 도시가 아니다.

이러한 변화의 시각에서 '진정한 도시 경험'이라는 토포스, 도시의 비밀을 푼다고 자처하는 도시 산책자의 경험은 한물간 것, 몰락한 것일까? 여기서 20세기 전반에 도시의 흔적 읽기라는 프로젝트가 어떠한 문화적인 의미를 지닌 것인지 물을 필요가 있다. 원래 이러한 프로젝트는 1910년을 전후하여 전통적 의미의 공간과 장소가 파괴되었다는 위기의식을 배경으로 대두한 것이다. 벤야민이 헤셀로부터 배웠다고 한 도시 산책은 도시의 위기에 맞서 도시를 일종의 유적 혹은 기념장소로 보는 시각에서 출발한다. 산책은 도시의 거리를 미로처럼 걸으면서 현대의 유통 과정에서 벗어난 것, 잊힐 위기에 처

---

17 Rolf J. Goebel, 같은 책, 같은 쪽.
18 폴 비릴리오, 「탈것」(1975), 『매체이론의 지형도 I』, 클라우스 피아스 외 편저, 안성찬 외 옮김, 서울대학교출판문화원, 2018, 264~291쪽.

제5장 흔적의 도시와 기념장소

한 도시의 역사, 개인적 혹은 집단적 삶의 흔적을 발견하는 기술이다. 유년의 기억을 역사적 경험의 차원으로 확장하고자 한 벤야민도, 급격한 도시화 속에서 사라져가는 도시의 흔적을 찾아 '걸어다니는 문화사가'가 된 헤셀도, 도시가 제공하는 공간적 이미지에서 사회적 현실의 상형문자를 읽어내고자 한 크라카우어도 모두 흔적 찾기의 대가들이었다. 이들에게 도시는 숱한 삭제와 파괴에도 불구하고 지난 과거의 흔적들, 상이한 시간층의 잔재들이 남아 있는 공간이다.

흔적의 패러다임을 무효화하는 사이버 공간이 차지하는 비중이 높아진 오늘날에도 흔적의 도시 경험, 기념장소의 경험은 유의미하다. 몰락의 변증법에 대한 벤야민의 관점을 이미 설명한 바 있는데, 이는 기념장소의 경험에도 적용된다. 이 관점에 따르면, 구조적이고 거시적 차원에서 몰락의 경향을 확인할 수 있다고 해서 그것이 완전히 사라진 것은 아니다. 몰락하는 것은 몰락한 후에야 더욱 분명하게 모습을 드러내면서 역사적 인식의 대상이 되고, 그 안에서 구제할 만한 것이 어떤 것인지에 대한 통찰을 얻을 수 있다. 유년의 두 기념장소에 대한 벤야민의 회상은 개인사의 차원에서 어떠한 기념장소를 가질 수 있는지, 또 그 안에서 흔적 읽기가 어떻게 이루어지는지를 우리에게 전범적으로 보여준다.

3. 유년의 기념장소와 흔적 읽기

　유동성을 특징으로 하는 현대 사회에서 유목적인 삶을 사는 개인은 '세대 장소'를 갖기 어렵다. 오랫동안 가족의 역사와 확고부동한 연고를 지닌 특정 장소라는 의미에서의 세대 장소는 대도시 주민과는 거리가 멀다. 그 대신 고향을 가질 수는 있다. 고향의 의미는 다양하다. 고향은 태어나고 자란 곳이라는 영토적인 차원에서 이해될 수도, 동일한 정체성을 공유하는 집단과의 관계라는 사회적인 의미로 이해될 수도 있다. 공간적인 범주, 사회적인 범주 외에 고향-감정 같은 정서적인 범주도 가능하다. 벤야민에게는 사회적인 범주나 정서적인 범주에서의 고향은 아니나 영토적인 의미에서의 고향은 있다. 베를린의 알트베스텐(구서부) 지역이 그렇다.

　알트베스텐에 있는 티어가르텐은 벤야민에게 유년 시절뿐 아니라 청년 시절에도 특별한 의미를 지닌 지역이다. 이 지역에 대해 벤야민은 "주체와 깊숙이 관련된 지역" 혹은 "깊은 감동을 일으키는 지역"(「1900년경 베를린의 유년 시절」, 『선집 3』, 174쪽)이라고 말한 바 있다. 티어가르텐은 알트베스텐에 있던 유년의 집 근처의 대공원인데, 벤야민의 청년 시절에는 학우들과의 집회나 토론이 열리던 회관이 그곳에 있었다. 벤야민에게 티어가르텐은 영토적 의미에서의 고향이기도 하고 부재하는 과거에 대한 기억을 불러일으키는 기념장소이기도 하다. 또 다른 기념장소는 유년의 집 건물의 로지아다. 로지아는 대저택 건물 위층에 있는 발코니 같은 공간으로 지붕은 있지만 바깥쪽으로는 벽 없이 트인 공간을 말한다. 벤야민은 유년 시절 회상의 단편집에서 '로지아'를 첫 번째로 싣고자 했을 정도로 거기에 중요한 의미를 부여한다. 로지아는 유년의 경험, 꿈, 소망의 흔적을 담고 있다는 점에서 중요한 기념장소다.

티어가르텐

벤야민은 「베를린 연대기」에서 티어가르텐에 있던 유년의 집 대문을 열고 들어가기가 꺼려진다고 쓴다. 그 집의 "계단실이 외진 곳에 있으면서도 건물 정면에는 이제는 남아 있지 않은 능력, 나를 다시 알아보는 힘을 여전히 간직하고"(『선집 3』, 193쪽) 있다고 생각되기 때문이다. 대학 시절의 친구 하인레에 대한 기억도 티어가르텐과 연관된다. "요즘 우연히 그 지역의 거리를 지나게 되면, 마치 여러 해 동안 가보지 않은 다락방에 올라갈 때 느끼는 답답한 심정을 갖게 된다. 거기에는 아직도 귀중한 어떤 것이 남아 있을지 모른다."(181쪽) 1932년 여행에서 돌아온 벤야민은 고향 도시 베를린을 이방인의 눈으로 볼 수 있게 되었다는 생각으로 티어가르텐을 찾는다. 헤셀과 함께 나선 티어가르텐 산책은 과거로의 여행이기도 하다.

> 티어가르텐에 있는 빌라들의 작은 계단, 주랑식 현관, 띠 모양의 프리즈 장식, 문이나 창의 장식 틀로부터 어떤 약속의 이행을 기대한 사람들은 우리가 처음이었다.(「1900년경 베를린의 유

년 시절」,『선집 3』,『38쪽)

티어가르텐의 건물들이 이행해줄 것이라고 기대한 약속은 과거로의 여행, 유년으로의 여행이다. 티어가르텐 남동쪽은 구불구불한 개울과 섬으로 이루어진 지형이라는 점에서 미로를 연상시킨다. 도시가 "미로에 대한 인류의 오랜 꿈을 마침내 실현"(V, 541)했다면, 티어가르텐은 그러한 도시 미로의 축소판이다. 티어가르텐의 미로 같은 지형은 무엇보다도 유년 시절의 헤맴을 상기시킨다.

> 다른 어떤 공원보다 아이들에게 열려 있는 듯이 보였던 그 공원은 내게는 어려운 일, 수행할 수 없는 일로 인해 뒤틀려 있었다…… 나는 빨강, 하양, 초록의 작은 탑들이 달린, 집짓기 레고 블록처럼 생긴 매점을 찾아 얼마나 숲속을 헛되이 헤맸던가.(37쪽)

티어가르텐 숲속을 헤맨 것은 매점이라는 목적지 찾기를 포기하지 않았기 때문이다. 미로는 그 안에 있는 사람에게 카오스의 경험을 주지만, 미로의 설계도가 존재하고 언젠가 출구를 찾을 수 있다는 믿음을 가진 사람만이 미로를 경험할 수 있다. 미로의 변증법이 여기에 있다.

티어가르텐은 유년의 헤맴을 상기시킬 뿐 아니라 미로 같은 삶의 과정을 떠올리게 해준다. 회상을 통해 티어가르텐의

미로에서 벤야민이 발견한 것은, 유년의 실현되지 못한 소망, 꿈, 사랑의 흔적들이고, 티어가르텐은 그러한 흔적들을 담고 있는 기념장소다. 그러한 흔적 중 하나는 티어가르텐 옆을 흐르는 란트베어 운하 건너편의 뤼초프 물가에 있다. 그곳은 어린 벤야민으로 하여금 처음으로 멀리 떨어진 대상에 대한 사랑, 저지된 사랑을 체험하게 해준 루이제 폰 란다우의 집이 있던 곳이다. 어린 나이에 죽은 그녀는 아름다우면서도 차가운 대상이었고, 가까우면서도 먼 곳, 도달할 수 없는 곳에 있었다. "그녀 가까이에서 나는 나중에야 비로소 하나의 단어로 떠올랐던 것, 다시는 잊지 않게 된 사랑을 처음으로 이해했다."(37쪽) 어린 나이에 죽은 그녀는 영원히 다가갈 수 없는 존재가 되었기에 그녀에 대한 사랑은 실현되지 않은 꿈으로 남는다. 또다른 흔적은 티어가르텐에서 가까이 다가갈 수 없었던 루이 페르디난트 왕자 동상에 있다.

> 루이 페르디난트 왕자 상의 발치에 사프란꽃과 수선화가 처음으로 피기 시작하는 봄이 올 때마다 왕자에 대한 나의 애정도 되살아났지만, 그 또한 얼마나 번번이 무산되었던가. 나와 그 꽃들을 가른 도랑은 그만큼 내게 그 꽃들을 건드릴 수 없는 것으로 만들었기에. 마치 그 꽃들이 '글라스슈트르츠' 안에 놓여 있기라도 한 것처럼.(37쪽)

지배자가 민중과 떨어져 있듯이 왕자의 동상도 아이와 도랑으로 가로막혀 있다. 루이제 폰 란다우와 마찬가지로 다가갈 수 없게 하는 거리의 존재는, 왕자의 동상을 충족되지 않은 동경과 소망의 대상, 미적 대상으로 만든다. 티어가르텐에서 또다른 흔적과 마주치게 하는 곳은 유년의 집 대문과 계단실이다.

> 계단실 창문의 유리는 옛날 그대로 남아 있었다. 방과후 가파른 계단을 올라가다 멈춰 섰을 때 심장박동이 멈추는 순간을 메워주었던 문구가 기억났다. 시스틴 성당의 마돈나처럼 공중에 떠 있는 여인상이 손에 화환을 들고 니치로부터 걸어나오는 장면이 그려진 유리 창문에서였다. 어깨에 멘 가방 끈을 엄지손가락으로 잡아당기면서 나는 다음과 같은 문구가 거기 쓰여 있는 것을 보았다. 노동은 시민의 명예이고, 축복은 수고의 대가다.(38~39쪽)

"노동은 시민의 명예이고, 축복은 수고의 대가다"라는 문구는 유년 이후 무의식에 남아 있던 것이다. 이 문구에 깔린 시민계급의 윤리는 학교와 가정에서 주입되고, 장난감의 형식을 빌려서도 전달되었다. 벤야민은 슈테글리츠에서 겐티너로 가는 길모퉁이 저택에 사시던 레만 아주머니 집에 놀러갈 때 보았던 광산 장난감을 기억한다. 레만 아주머니가 어린 벤야민에게 보여준 커다란 유리 상자 안에는 "광부, 갱부, 감독 들이 수레를 끌고 망치를 두들기거나 램프를 비추는 동작이 시계의 박자처럼 정확히 진행되는"(62쪽) 완벽한 광산 모형이 들어 있었다.

제5장 흔적의 도시와 기념장소

벤야민은 회상에 떠오른 이 문구에 대해 따로 성찰을 덧붙이지 않는다. 그는 이 문구에서 엿보이는 자부심을 가진 독일 시민계급이 어떻게 변질되어갔는지를 알고 있지만 그러한 비판적 문제의식을 회상에서 드러내지 않는다. 다만 「1900년경 베를린의 유년 시절」보다 앞서 쓴 「베를린 연대기」에도 유사한 구절이 나오는데, 여기서는 "계단실 내부와 마주치는 것이 두렵다"(『선집 3』, 193쪽)라는 표현이 나온다. 나중에 삭제된 이 표현에서 엿보이는 것은 문구를 회상하는 벤야민의 태도다. 계단실 유리 창문에 적혀 있던 문구는 근면과 성실을 요구하는 학교생활에 적응하지 못한 아이에게 얼마나 공허하고 황량하게 들렸던가.

유년의 집에서 만난 또다른 흔적은 유년의 집에 들어가는 문지방을 장식한 문지방 신들에 있다.[19] 문지방 신들은 벤야민의 삶에서 기다림이 지닌 의미를 환기시킨다.

> 어린 시절 나를 지켜보았던 카리아티드와 아틀란트, 나체 동자 상과 포모나 중에서 내가 가장 마음에 들어한 것은 문지방 신들이었다. 그들은 삶으로, 혹은 집안으로 들어가는 발걸음

---

19 문지방 모티프는 『파사주 프로젝트』에서 현대의 경험방식에 일어난 중대한 변화를 기술하는 모티프로 나온다. 이는 문지방과 경계의 차이를 다음과 같이 기술하는 데서 볼 수 있다. "문지방과 경계는 구분되어야 한다. 문지방은 일종의 영역이다. 그것도 이행의 영역이다…… 문지방을 넘는 경험은 좀처럼 찾아보기 힘들게 되었다. 아마 '잠드는 것'이 우리에게 남아 있는 유일한 문지방 경험일 것이다."(V, 1025)

을 수호하는 문지방 신들이었다. 내가 그들을 좋아한 이유는 기다림이 무엇인지를 그들은 알고 있었기 때문이다. 그들이 기다린 것이 어떤 이방인이든, 옛 신들의 귀환이든, 혹은 30년 전 가방을 메고 그들 발치를 스쳐 지나갔던 아이든 그들에게 는 상관없었다.(「1900년경 베를린의 유년 시절」, 『선집 3』, 39쪽)

하루에도 여러 사람이 넘나드는 문지방을 지키는 신들 은 문지방을 넘는 사람이 누구든 간에 기다릴 줄 안다. 기다 림은 자신의 유년 시절을 특징지었던 성향이었다고 벤야민은 회고한다. 이루어진 것보다 이루어질 것이 훨씬 많은 유년 시 절은 아직 오지 않은 미래를 향한 기다림의 상태에 놓여 있다 고 말할 수 있다. 기다림은 "소중한 모든 것들이 먼 곳으로부 터 다가오는 것을 보고 싶어하는 성향"으로, 이러한 성향 때문 에 여행을 할 때 기차역에서 오래 기다리는 시간이 여행 최고 의 기쁨이 되었고, "오래 기다릴수록 여인들은 아름다워 보였 다".(95쪽) 기다림의 대상은 사람일 수도, 목표일 수도, 상태일 수도 있다. 기다리는 사람은 기다리는 대상을 향한 열망을 간 직하면서 그것이 오기까지 늘 마음의 준비를 하지만 이는 자신 이 "억지로 얻을 수 없는 무엇을 향한 준비 태세"[20]다. 기다리 는 자는 기다림을 포기하지 않는다는 점에서 회의주의자들과 구분된다. 기다리는 대상이 오지 않는다고 공허함에 빠지지 않

[20] S. Kracauer, *Das Ornament der Masse*, Frankfurt a. M., 1977, pp. 118~119.

고, 기다리는 대상을 대체할 임시방편을 찾지도 않는다. 문지방 신들이 지키고 있는 유년의 문지방이 상기시키는 것은, 이처럼 유년 시절뿐 아니라 인생 전체가 기다림의 상태에 놓여 있다는 사실이다.

여행에서 고향 도시에 돌아온 벤야민의 눈에 문지방 신들은 또다른 의미를 환기시키는데, 그것은 신화적 의미다. "그들이 있다는 표시만으로 티어가르텐이 있는 베를린의 알트베스텐은 고대 [신화]의 땅이 되었다."(39쪽) 알트베스텐은 프로이센식 그리스 양식의 건축과 그리스 신화 모티프를 딴 조각들이 편재해 있는 지역으로, 회상은 신화적 풍경을 다음과 같이 그곳에 투사한다.

> 그 지역에서 생긴 서풍은 헤스페리데스의 사과를 실은 배를 타고 서서히 란트베어 운하를 따라 올라오는 선원들에게 불어왔다. 그 배가 헤라클레스 다리에 정박할 때까지.(39~40쪽)

헤스페로스의 딸들인 헤스페리데스는 불멸과 청춘을 약속하는 사과가 열리는 정원을 지키는 신들이다. 헤라클레스 다리의 이름은 그리스 신화에서 헤스페리데스가 지키는 사과를 훔친 헤라클레스 이야기를 떠오르게 하고, 란트베어 운하를 따라 올라오는 배는 그 사과를 실은 배로 표상된다. 벤야민은 기억의 풍경에서 고대의 땅으로 변모된 티어가르텐에 헤라클레스를 응징하러 복수의 여신 네메시스가 보낸 사자獅子를 등장시킨다. "히드라와 복수의 여신 네메시스의 사자가 다시 전승기념탑이 있는 '그로세슈테른' 광장 주변 밀림에 진을 쳤다".(40쪽) 네메시스의 사자를 기억 풍경에 등장시킨 이유는 무엇일까? 벤야민은 유년의 장소와 아이를 영원하게 만들어주는 황금사과는 언제라도 빼앗길 수 있다고 말하고 싶었던 것일까? 기억 속에서 티어가르텐은 헤스페리데스의 정원이라는 신화적 이미지가 부여되고 영원히 죽지 않는 아이의 이상향으로 승화되지만, 기억이 부여한 영원성은 그리 안전하지 않다는 사실을?

로지아

로지아는 벤야민의 유년의 기억에서 가장 중요한 장소다. 로지아는 "유년 시절 이래로 다른 공간에 비해 거의 변하지 않은"(137쪽) 곳이고, 그곳을 바라볼 때마다 유년 시절을 기억나게 해주기 때문이다. "갓난아이를 깨우지 않으면서 가슴에 안고 있는 엄마처럼, 우리의 삶도 오랫동안 유년 시절에 대한 부드러운 추억을 품에 안고 있다."(134쪽) 잠자는 아이는 로지아라는 요람에 놓인 유년의 벤야민이자 망각된 유년 전체를 비유한다. 바깥세상의 소리가 들려오는 로지아는 아이가 가족의 울타리를 벗어나 세상과 연결된 곳이고, 자신이 속한 계층 저 너머의 다른 세계, 노동과 고된 일상의 세계를 엿보게 해준 곳이다. "층층이 형성된 그곳 네모난 공간들에서는 힘든 일상이 다음날로 이어지고 있음을 보여주는 상황"(136쪽)이 펼쳐졌다고 벤야민은 단편 '로지아'[21]에서 회고한다.

로지아에서는 골목 마당에서 양탄자를 터는 소리, 전철이 지나가는 소리, 봄이 되면 나뭇가지가 담벼락을 스치며 올라가는 소리, 녹색 블라인드를 말아올리는 소리, 셔터의 시끄러운 소리 등이 들려온다. 자연의 소리든 생활의 소음이든 로지아에서 들은 모든 소리는 일종의 수수께끼 같은 신호로 다가온다. 아이가 바깥세상을 주로 소리로 접하고 아이가 접하는 소리는 많은 경우 하층 계급 사람들이 부유한 사람들을 위해 수행하는 작업 또는 그들의 일과에서 비롯된 소리다. 그럴수록 어린 벤야민에게 단지 소리로 들리는 것이 아니고 소리를 내게 하는 세상을 수수께끼로 떠올리게 한다. 이후의 삶에서 경험한 불운과 불행으로 굴절된 어른의 기억 속에서 유년에 들은 로지아의 소리들은 불길한 소식들을 품은 소리로 의미가 확장된다.

로지아는 미래의 모든 행복한 순간을 선취하는 장소로 회상되기도 한다. 이러한 회상은 카프리의 포도원에서 연인 아샤 라시스와 포옹하던 순간 혹은 이미지와 알레고리에 기반한 사유로 충만한 순간에 일어난다.[22]

---

21   1933년 8월 그레타 아도르노(아도르노의 부인)에게 보낸 편지에서 벤야민은 일종의 자기 초상이라고 말할 정도로 이 단편에 중요한 의미를 부여하고 있다. Burkhardt Lindner (ed.), *Benjamin-Handbuch, Leben-Werk-Wirkung*, Stuttgart-Weimar, 2006, p. 659 참조.

22   카리아티드와 문지방 신들의 상들은 모두 알레고리 형상들이다. 카리아티드에 대한 벤야민의 회상을 보면, 벤야민의 알레고리 사유의 원천에 유년의 로지아에 있던 이러한 알레고리 형상들이 있는 것으로 보인다.

내가 연인을 포옹하던 카프리 포도원 주위에도 그 공기가 감돌았다고 생각한다. 로지아의 카리아티드들이 베를린 서부지역의 골목 마당을 지배할 때처럼 이미지와 알레고리들이 내 사유를 지배한 곳도 그 공기 속에서였다.(134쪽)

사랑의 도취와 사유의 도취에 빠진 순간에 유년의 로지아를 지배하던 공기를 황홀하게 떠올렸다는 말은, 행복과 기억의 관계에 대한 다음과 같은 성찰과 연관된다. 지금 "우리가 품고 있는 행복의 이미지"는 과거의 빈틈에 들어 있던 것, "우리가 숨 쉬었던 공기 속에 존재"했던 것이다.(「역사의 개념에 대하여」, 『선집 5』, 331쪽) 행복에 대한 기대와 소망은 그것을 품었을 당시에는 의식하지 못하다가 행복을 느끼는 현재의 순간에 비로소 기억나게 된다. 현재의 순간에 느낀 행복감이 유년의 로지아로 투사되면서 유년의 로지아를 황홀한 대기가 감도는 장소로 떠올리는 것이다. 로지아를 떠받치는 여신상 카리아티드의 노래는 과거 속에 들어 있는 예언을 비유한다.

위층의 로지아를 떠받치고 있던 카리아티드들은 잠시 자리를 떠나고 싶어했을지 모른다. 요람에서 내게 노래를 불러주기 위해. 나의 미래는 전혀 담고 있지 않을지 모르지만, 그 대신 예언을 담은 그런 노래를 불러주기 위해. 골목 마당의 공기가 영원히 내게 황홀하게 떠올려지는 것은 그러한 예언 덕분이다.(「1900년경 베를린의 유년 시절」, 『선집 3』, 134쪽)

제5장 흔적의 도시와 기념장소

카리아티드의 노래는 아이의 미래를 예언하는 것이 아니라 유년에 어렴풋하게 기대하고 예감하고 소망했으나 미처 의식하지 못한 것을 의미하는 비유다. 카리아티드의 노래 가사는 알려져 있지 않다. 유년에 품었던 모든 기대, 소망, 예감, 예언이 구체적으로 무엇이었는지는 알 수 없기 때문이다. 카리아티드의 노래는 현재에 이미 이루어진 예언을 넘어 현재까지도 아직 오지 않은 미래, "아직 보이지 않는 낯선 것"(66쪽)을 향한 예언으로 읽힌다.

로지아는 한편에서는 이처럼 미래를 향한 시간과 약속을 담은 장소라는 의미에서 요람으로 떠오르고, 다른 한편에서는 과거의 아이가 더는 존재하지 않으며 유년 시절은 영영 사라졌음을 상기시키는 장소라는 의미에서 무덤 혹은 왕릉으로 비유된다.

> 도시의 신의 보호 아래 장소와 시간은 서로 잘 조화를 이루면서 도시의 신 발치에 자리잡는다. 그들과 한패였던 아이는 이제 그 그룹에 둘러싸인 채 자신의 로지아에 머물러 있다. 마치 로지아가 오래전부터 그에게 할당된 왕릉이기라도 한 것처럼.(137~138쪽)

로지아는 양가적인데, 그것은 유년 시절이 생생하게 현재화되는 이미지이자 유년 시절이 되돌릴 수 없이 소멸했음을 확인하게 해주는 이미지다. 유년의 아이를 지나간 모든 시간 위에 군림하는 영원한 기념의 대상으로 만들기도 하고, 유년의 공간에 죽음의 표시를 부여함으로써 모든 것을 소멸하게 만드는 시간의 무상함을 부각하기도 하는 것이다. 로지아를 죽은 왕의 무덤, "죽음의 기호 아래"[23] 놓인 이미지로 변모시키는 기억의 시선은 도시 베를린 전체로 확장된다. 유년 시절에 대한 기억의 형식을 빌려 벤야민은 자신의 유년 시절뿐 아니라 한 시대, 한 도시의 소멸과 몰락을 이야기한다. 베를린에 대한 글을 쓰기 시작할 때부터 벤야민은 베를린의 장소들에서 자신에게 가까웠던 죽은 자들의 흔적을 떠올린다.[24]

여기서 되살려낼 도시의 공기는 내게 가장 가까웠던 사람들에게 단지 그림자같이 짧은 삶만을 허용한다. 그들은 마치 거지처럼 그들의 담벼락에 붙은 채 슬그머니 빠져나오고, 그들의

---

23 Jean-Michel Palmier, *Walter Benjamin*. Frankfurt a. M., 2019, p. 160.
24 청년 시절의 친구들도 벤야민으로 하여금 죽은 자들의 도시로 베를린을 회상하게 한다. 대학 시절에 청년운동을 하며 친분을 맺었던 친구 중 '행동' 그룹에서 함께 활동하던 하인레의 죽음은 벤야민에게 깊은 인상을 남겼다. 벤야민은 친구 하인레와 하인레의 여자친구 리카 젤릭손이 자살한 후 50여 편의 소네트 연작시집을 써서 친구를 기억하고자 했다. 그러나 시인이던 하인레의 삶을 서정시의 공간에서 불러내고자 한 최초의 시도는 헛수고였다고 벤야민은 기록한다.(『베를린 연대기』, 『선집 3』, 176쪽 참조) 사적 모임에서 한 하인레에 대한 강연도 청중의 몰이해에 부딪치면서 벤야민은 하인레의 창작이 전개된 정신적 공간을 가늠해보기보다는 한때 하인레가 살았던, 활동했던 공간의 지형학을 그려보는 것이 낫다고 생각한다. 티어가르텐에 있던 회관은 그러한 공간의 중심에 있었다. 심각한 불화로 인한 오랜 이별 후 찾아간 하인레의 집은 회관에서 아주 가까운 클롭슈토크 슈트라세에 있었고, 하인레와 자주 만났던 장소 중 하나는 알트베스텐 지역의 빅토리아 카페였다. 『베를린 연대기』에는 벤야민이 염두에 둔 이러한 지형학 중 일부가 그려져 있다. 20여 년 전 티어가르텐에 위치한 회관을 사용한 '토론실' 그룹을 회고하면서 벤야민은 이렇게 쓴다. "당시 그곳에 들어갈 수 있었던 친구 중에서 지금까지 살아남은 자는 나뿐이다."(175쪽)

창문에서 유령처럼 쑥 빠져나오다 사라지며, 마치 마을의 수
호신처럼 문지방 위를 얼씬거린다······ 메마르고 시끄러운 베
를린, 노동의 도시, 기업의 대도시이지만 이 도시는 다른 많은
도시 못지않게, 아니 그 이상으로 죽은 사람들을 증언하고, 죽
은 사람들로 채워진 장소와 순간들을 갖고 있다.(「베를린 연대
기」, 『선집 3』, 194~195쪽)

벤야민의 청년 시절은 제일차세계대전의 한가운데 놓여
있었고, 시대의 격랑 속에 많은 지인, 친구들의 죽음을 봐야 했
던 시절에 베를린은 죽은 자들의 도시로 떠오른다. 베를린은
어린 벤야민의 침대가에 앉은 어머니가 들려주신 이야기에 나
오는 죽은 선조들의 도시이기도 했다. 돌아가신 할아버지, 할
머니, 친척 아주머니들이 살던 장소들, 즉 레만 아주머니의 슈
테글리츠, 외할머니 친할머니 친할아버지의 블루메스호프는
죽은 자들의 지형학을 구성한다. 이처럼 몰락과 죽음으로 특징
지어지는 대도시 지형학의 중심에 로지아가 자리잡고 있다. 베
를린을 죽은 자들의 도시로 떠올리는 것은 회상하는 주체가 서
있는 현재의 상황과 관계가 있다. 개인적으로는 자살을 기도할
정도로 죽음에 가까이 가기도 했고, 집단적으로는 나치주의라
는 전대미문의 폭력적 정권이 지배하고 있었다. 유물론적 지식
인으로서 산 자들과의 연대를 꿈꾸었던 벤야민이 죽음을 가깝
게 느끼면서 마음속으로 죽은 자들을 불러내고 죽은 자들에 대
한 기억을 베를린의 익숙한 장소들과 연결하고 있다.

제6장

집단적 꿈의 기억과
변증법적 이미지

벤야민은 역사 연구에서 기억의 양식을 되찾아야 한다고 주장한다. "원래 역사는 기억"(I, 1231)이었는데, 객관성과 중립성을 내세우는 학문적 태도가 기억을 대신하게 되었다는 것이다. 기억을 통한 과거 접근은 생생한 증언을 의미하는 것인가? 벤야민은 아스만이 말한 "의사소통적 기억"[1]의 부활을 의도한 것은 물론 아니다. 역사 연구에서 되찾아야 한다고 말한 기억

---

1   얀 아스만과 알라이다 아스만은 의사소통적 기억과 문화적 기억을 다음과 같이 구분한다. 문화적 기억은 문화적 매체와 상징을 통해서 전승되는 기억이고, 의사소통적 기억은 근래의 역사적 경험에 대해 사회 구성원들이 서로 나누는 기억을 말한다. 후자는 뚜렷한 매체를 지니지 않은 자연발생적 기억으로 생생한 기억이지만 대체로 80~100년 정도밖에는 지속되지 않는다. Aleida Assmann/ Jan Assmann, "Das Gestern im Heute. Medien und soziales Gedächtnis", *Die Wirklichkeit der Medien*, K. Merten/ S. J. Schmidt/ S. Weischenberg (ed.), Opladen, 1994, p. 119~121 참조.

은 지금까지 알지 못한 것, 의식하지 못한 것의 발견을 목표로 한다는 점에서, 망각된 것이 갑자기 떠오르는 무의지적 기억과 유사하다.

> 아직 의식되지 못한 지식에 대한 이론은 망각 이론과 결합하고…… 각 시대의 집단에게 적용할 수 있다. 프루스트가 개인으로서 회상의 현상에서 체험한 것, 우리는 그것을 '조류' '유행' '동향'으로 경험하도록 해야 한다.(V, 1031)

벤야민이 마지막까지 붙들고 있었으나 완성하지 못한 『파사주 프로젝트』는 역사의 무의지적 기억에 대한 이러한 근본적 구상을 깔고 있다. 19세기라는 시대와 파리라는 공간을 연결한 이 프로젝트는 집단적 무의식, 꿈, 유토피아에 대한 관심을 중심에 놓는다.[2] 벤야민은 집단적 무의식처럼 역사에서 미지의 영역을 다룬 동시대 문화사가 바르부르크의 연구를 알고 있었을 것이다. 어둠에 묻혀 있던 고대의 상징과 이미지 안에서 고대인의 심리 현상의 흔적을 찾은 바르부르크는 상징, 그림, 건축 등 전승된 시각적 표현물은 기록된 문자 텍스트와는 다른 차원의 문화를 드러내준다고 본다. 이러한 문화는 의식적으로 전승되는 공식적 문화 아래의 "깊은 곳, 곧 미로처럼 분

---

2   벤야민이 "꿈꾸기가 역사에 관여한다"(II, 620)라고 말하고, "꿈의 역사에 대해서는 여전히 쓰여야 한다"(II, 620)라고 말한 것도 역사적 무의식의 차원을 염두에 둔 말이다.

열되고 접근할 수 없는 동굴이 형성되기도 하는,"[3] 이른바 문화적 무의식에 해당한다. 또다른 역사학자 바흐호펜에 의하면, 이러한 차원을 파악하기 위해서는 오성에 앞서 직관이 필요하다. 직관은 "상상력을 이용하여 전기 같은 힘과 속도로 가는 짧은 길인데…… 지난 시대가 남긴 것에 직접 접촉함으로써 자극을 받아 이를테면 진실을 중간 매개체 없이 단번에 파악하는 것"[4]이다.

이상에서 보듯 역사의 무의식, 집단적 무의식의 차원에 대한 관심에서 벤야민은 혼자는 아니었다. 프로이트, 융과 같은 심리학자나 카유아, 바르부르크 같은 역사학자도 벤야민과 관심을 공유한 당대 학자들이다. 그러나 벤야민이 가장 가깝게 느끼고 그의 역사 연구에 가장 큰 영향을 준 사람들은 프랑스 초현실주의자들이었다. 초현실주의자들은 자본주의 문화의 저변을 흐르는 것에 관심을 가지고 바로 직전의 과거인 19세기의 산물에서 영감의 원천을 찾았기 때문이다. 특히 아라공의 소설 『파리의 농부』는 19세기의 대표적 소비 상가로 자리잡았던 파사주를 새로운 경험의 공간으로 삼는 시각에서 벤야민에게 결정적인 영향을 미친다.

파사주에 대해 쓴 최초의 에세이 「파사주들」(1927)에서 벤야민은 샹젤리제 거리에 개통된 최신의 파사주들과 대조적인

---

3 알라이다 아스만, 『기억의 공간』, 293쪽.
4 같은 책, 290쪽.

옛 파사주에서의 산책 경험을 회고한다. 철거 직전의 옛 파사주는 시대에 뒤진 업종들, 유행이 지난 상품들과 마주치는 장소이고 산책자는 이곳에서 불가사의한 기분에 사로잡힌다. 아라공과 마찬가지로 벤야민은 파사주에서 마주친 사물들에서 "이미 지나감, 더이상 존재하지 않음이 발산하는 강렬한 기운"(V, 1001)을 느낀다. 이러한 체험에서 출발하면서 벤야민은 파사주를 비롯하여 19세기의 집단 건축(박물관, 박람회장, 파노라마관 등)을 지난 세기의 폐허이자 기념비로만 보는 것이 아니라 망각된 19세기의 집단적 꿈의 형상으로 해석한다.

19세기에는 집들이 가장 깊은 층에서 졸고 있는 꿈 형상들이다.(V, 1012)

19세기의 모든 집단 건축은 꿈꾸는 집단의 집을 구성한다.(V, 1012)

어느 시대든 꿈을 향한 측면, 즉 어린애 같은 측면을 지닌다. 지난 세기에는 파사주가 그러한 측면이다.(V, 1006)

『파사주 프로젝트』에서 벤야민은 19세기 문화가 남긴 잔재들에 과거의 집단적 꿈, 신화, "환등상"(V, 76)[5]의 흔적이 남아 있다는 시각에서 출발한다. "건축에서 유행에 이르기까지 삶의 수천 가지 구도"(V, 47)에서 지난 세기가 집단적으로 꾼 꿈의 흔적을 발견해내는 통찰, 이러한 직관적 통찰을 벤야민은 19세기로부터의 "깨어나기"라고 부르고, "모든 역사 서술은 깨어나기에서 시작해야 한다"(V, 580)고 주장한다. 그러한 역사 서술은 코드 체계에 의해 의미가 규정된 문자 텍스트보다 이미지에 더 주목하는 경향을 지니고, 지금까지 의식하지 못하거나 망각된 차원을 기억해내고자 한다. 역사적 무의식, 문화적 무의식, 집단적 무의식의 담지자가 되기에는 문자보다 이미지가 더 적합하다. 역사적 이미지를 매개로 추구하는 인식은 과거에 대한 고정된 메시지를 전달하는 것이 아니라, 과거와 현재 사이의 긴장과 의미 파동을 불러일으킨다. 벤야민은 이미지를 매개로 한 인식의 이러한 측면을 '변증법적 이미지'라는 개념으로 설명한다.

1. 기술과 집단적 꿈

기술이 획기적으로 발전하기 시작한 19세기는 유례없는 상상력을 통해 유토피아적인 꿈과 소망을 낳은 시대다. 새로운 기술은 실용적인 목적에 기여하는 것을 넘어 집단적 차원에서

---

5   1927년에 파사주에 대해 쓴 최초의 에세이에 이어 몇 편의 글을 더 쓴 이후 공백기를 거쳐 1934년 즈음에 『파사주 프로젝트』를 재개하면서 벤야민은 '환등상'이라는 용어를 새로 도입한다. 이는 꿈과 기억처럼 개인 의식의 차원에 적용되는 범주를 집단적 차원에 적용하는 데 대한 아도르노의 비판을 의식했기 때문이다.

새로운 소망과 새로운 불안을 동시에 자극한다.

기술은 인간의 가장 근원적인 감정들, 즉 불안, 갈망하는 이미
지들을 항상 새롭게 바꿀 것이다.(V, 496)

『파사주 프로젝트』 중 「꿈의 도시, 꿈의 집」 파트는 다양한
형태로 표출된 19세기의 꿈과 소망의 기록들을 인용하고 있
다.[6] 여기에는 미래 도시, 유토피아의 도시 파리를 설계하려는
꿈(V, 503 참조), 파리를 유리로 덮인 박람회 도시로 만들고자
한 도시 계획(V, 930 참조), 공상 사회주의자 생시몽의 유토피아
사상, 꿈의 집(파사주, 박물관, 박람회, 기차역)의 설계 등이 있다.
신기술과 신소재가 등장한 시기가 얼마나 꿈에 사로잡혀 있었
는지를 보여주는 증거들은 많았다. "건축뿐 아니라, 기술도 어
떤 단계에서는 집단적 꿈의 증거다."(V, 213) 그 시대의 기술적
혁신은 엄청난 "상징적 힘"(V, 218)을 동반했는데, 철로가 처음
도입되었을 때에도 이러한 반응이 일어났다. "철로에는 아주
독특하고 비할 바 없는 꿈 세계가 연결되어 있다."(V, 218)

　벤야민은 이러한 반응을 "사회적 산물의 미숙함과 사회
적 생산 질서의 결함을 지양하는 동시에 미화"(V, 46~47)하고
자 한 소망에서 기원한 것이라고 설명한다. 기술은 유토피아적

6　"온실이여! 우리의 신유토피아의 주민들을 위해 그대로부터 얼마나 많은 편리함
　　을 이끌어낼 수 있을까!"(쿠튀리에 드 비엔, 『현대적인 파리—저자가 신유토피아
　　라고 명명한 모델 도시의 계획』) V, 506에서 재인용.

꿈과 소망을 새롭게 불러일으키는 촉매제가 되는데, 이는 사회 질서가 아직 기술의 잠재력을 충분히 실현할 정도로 성숙하지 않았음을 간접적으로 보여준다. 사람들은 신기술과 신소재가 지닌 잠재력을 충분히 알지 못한 가운데 태곳적 상징을 거기에 결합시키기도 한다.[7] 또는 기술의 잠재력에 대한 인식이 아직 충분하지 않은 단계에 기술에 대한 기대가 우스꽝스럽게 표현되기도 한다. 영화에 대한 논쟁에서 영화를 사물과 사람을 신성시하는 데 적합한 매체라고 본 비평가들도 있었다.[8]

새로운 기술이 집단적 상상력을 어떻게 활성화시키는지는 최초의 집단 건축 파사주가 잘 보여준다. 18세기 후반에 처음 지어진 뒤 19세기 전반부터 전성기를 누린 파사주는 "사치가 만들어낸 산업의 새로운 발명품"(V, 461)으로 몇 개의 건물을 이어 만든 통로, 유리와 철골로 된 지붕, 대리석 바닥으로 이루어진 건축이다. "통로 양측에는 극히 우아한 상점들이 들어서 있는데, 이리하여 이러한 파사주는 하나의 도시, 축소된 하나의 세계가 되었다."(V, 461) 최초의 가스등이 켜진 곳도 파사주

---

7 "현대의 기술 세계와 신화의 태곳적 상징 세계 간에 조응 관계가 작용하고 있다…… 처음에 기술적으로 새로운 것은 그냥 그 자체로만 작용한다. 그러나 바로 다음에 이어진 순진한 기억 속에서 그 양상을 바꾼다…… 어떠한 유년기든 기술적 현상들에 대한 흥미, 온갖 종류의 발명이나 기계 장치에 대한 호기심을 통해 기술의 산물들을 오래된 상징 세계와 연결시킨다."(V, 576)

8 벤야민은 「기술복제시대의 예술작품」에서 표현주의 작가 베르펠의 유사한 발언을 인용한다. "영화의 참다운 의미와 가능성은 자연스러운 수단과 탁월한 설득력을 가지고 동화적인 것, 기적적인 것, 초자연적인 것을 표현할 수 있는 그 특유의 능력에 있다."(『선집 1』, 64쪽에서 재인용)

였다. 파사주는 당대 사람들에게 경탄을 자아내게 한 건축으로 19세기 자본주의적 도시 경관의 중요한 요소가 된다. 옛 양식들을 동원한 변용과 미화의 원리를 동원한 파사주는 유리라는 신소재와 철골 구조라는 신기술에 함축된 건축 원리와 정신을 구현해내는 데 이르지 못한다. 파사주는 테크놀로지에 부합하는 형식을 발견하기 이전의 이행기 건축인 셈이다.

파사주가 "19세기가 지닌 꿈의 얼굴이자 집단에 속한 꿈의 집"(V, 1052)을 대표하게 된 데에는 당시의 유토피아 사상의 기여가 크다. 생시몽, 푸리에 등 공상 사회주의자들의 유토피아적 저술은 "집단적 꿈의 저장소"(V, 1212)가 되는데 푸리에의 저술이 대표적이다. 과학과 기술을 적극적으로 수용했던 푸리에는 파사주를 건축의 정전으로 수용해서 이상적 주거 양식 팔랑스테르를 고안하고 "파사주들로 이루어진 도시"(V, 63) 유토피아를 선보인다. 푸리에가 그린 "파사주들의 마을'은 파리 시민들의 시선을 매혹하는 꿈"(V, 63~64)이 되고, "'게으름뱅이들의 천국'이라는 인류의 아주 오랜 소망"(V, 47)을 재활성화한 집단적 소망 이미지가 된다.

역사적으로 집단적 소망 이미지는, 태고부터 내려오는 상상력이 "새것에서 자극"(V, 47)을 받아 만들어진다. 집단적 무의식에 자리잡은 아주 오래된 소망이 "새것과 단단히 결합하는 가운데 유토피아가 만들어진다…… 이 유토피아는 오래 건재하는 건축물에서 한순간의 유행에 이르는 삶의 무수한 형상들 속에 그 흔적을 남겨왔다".(V, 47) 여기서 보듯 집단적 소망 이미지를 만드는 상상력은 단지 옛것을 활용하는 관습적인 상상력이 아니라, "인간과 자연의 조화라는 인류의 옛 소망"(V, 1244~1245)이나 '계급 없는 사회'같이 오래전부터 인류가 품어온 소망과 꿈을 재소환하는 상상력이다. 새 시대에 들어 태고를 소환할 정도의 상상력을 동원하는 것은 직전의 낡은 시대로부터 자신을 차별화하고자 한 의도가 그만큼 강렬하다는 것을 보여준다.(V, 1225 참조)

1935년에 쓴 개요 「파리―19세기의 수도」에서 벤야민은 '태고부터 내려오는 상상력', 집단적 무의식, 집단적 꿈, 꿈꾸는 주체, 꿈 집단 등의 용어를 도입한다. 아도르노는 이러한 용어를 역사 인식에 적용하는 것은 위험하다고 지적하는데, 그것이 내재적 의식을 갖는 주체로 집단을 실체화할 우려가 크기 때문이다. 벤야민은 1939년 판 개요에서는 집단적 꿈이나 집단적 무의식 대신에 자본주의 문화를 분석하는 틀로 상품 물신, 환등상 등 마르크스주의적인 개념을 도입하면서 아도르노의 이의를 어느 정도 고려한다. 그렇다고 집단적 꿈, 집단적 소망 이미지에 대한 구상을 포기한 것은 아니다. 벤야민에게 있어 이러한 구상은 신학적 사유를 내세운 초기의 저술 활동부터 역사철학적 성찰의 대상으로 삼아온, 역사에서 은밀히 지속하는 "꿈 삶"(II, 620)의 문제와 긴밀하게 연관되어 있기 때문이다.

벤야민의 집단 무의식, 집단적 꿈은 프로이트가 관심을 가진 집단적 심리의 원형이 아니라 역사적으로 다르게 작용하는 집단의 상징 기능에 대한 것이다. 프로이트는 『꿈의 해석』에서

제6장 집단적 꿈의 기억과 변증법적 이미지

집단적 차원에서 계승되는 무의식과 소망의 존재를 개인적 꿈의 분석을 통해 밝혀낼 수 있기를 기대하면서 이렇게 말한 바 있다. "꿈 분석을 통해 인류의 태곳적 유산과 인간의 타고난 정신적인 근원을 인식할 수 있다는 기대를 품게 된다."[9] 프로이트와 달리 역사가로서 벤야민은 집단적 심리의 원형이 아니라 시대마다 다르게 만들어진 "집단적 상징 공간"(V, 493)을 현재의 지점에서 구체적으로 분석하고 그 의미를 밝혀내고자 한다. 그러한 상징 공간을 만드는 집단의 힘은 초역사적인 실체로서 대대로 유전되는 것이 아니라 그때그때 다르게 표출되고 또 새롭게 축적되는 것이기 때문이다.

아도르노는 벤야민이 현대적인 것을 태고로 소급하면서 태곳적 요소와 현대적 요소를 변증법적으로 충분히 매개하지 않았다고 비판한다.[10] 태곳적 요소는 현대적인 요소와 변증법적으로 충분히 매개되지 않게 되면 초역사적 원형으로 환원될 수 있다는 것이다. 벤야민은 아도르노에게 쓴 편지에서 자신이 생각하는 집단 무의식은 융의 초역사적인 원형처럼 생물학적으로 유전되는 것이 아니라 구체적이고 역사적인 경험의 결과로 생성되는 것임을 분명히 한다.[11] 아도르노의 비판은 벤야민에 대한 오해에 기인한 것으로 보인다. 벤야민은 『파사주 프로젝트』 구상을 시작할 때부터 태고와 현대의 변증법적 관계에

---

9 "꿈과 신경증은 우리가 추측하는 것 이상으로 고대의 정신적인 것을 많이 보존하고 있는 것처럼 보인다."(지크문트 프로이트, 『꿈의 해석』 660쪽)

10 1934년 12월 5일 아도르노가 벤야민에게 보낸 편지(V, 1107~1109) 참조.

대한 명확한 이해에서 출발한다. 그에게 중요한 것은 19세기의 문화적 산물을 태곳적 요소, 근원사적 요소로 환원하는 것이 아니라, "근원사적 형식들을 바로 19세기의 재고 품목 안에서 재발견"(V, 579)하는 것이다. 이러한 시각에서만 19세기의 근원사를 해명할 수 있기 때문이다.

집단적 소망 이미지가 만들어지는 과정은 의식적이기도 하고 무의식적이기도 하다. 다만 자본주의의 발전 속에서 19세기의 문화적 산물이 빠르게 붕괴하면서 19세기에 무성하던 집단적 꿈과 비전도 신속히 망각되었다. 19세기의 문화적 산물은 급격히 교체되는 유행의 리듬에 따라 빠르게 파괴되면서 폐허가 되었고, 그 안에 표현된 집단적 꿈과 소망 상들은 역사의 무의식에 파묻히게 되었다. 20세기 이후의 기술과 사회 발전은 빠르게 모든 분야에 상품화를 가져오면서, 초창기에 왕성하던 유토피아적 욕망, 상상력도 이에 따라 사그라들었다. 새로운 기술이 등장해도 그 기술로 더 나은 어떤 사회를 만들 것인가의 물음은 점차 뒤편으로 물러났고, 그러는 사이에 기술이

---

11 벤야민은 집단적 무의식을 생물학적으로 유전되는 것으로 본 융의 설명을 다음과 같이 인용한다. "집단적 무의식은…… 세계사적인 사건들이 뇌와 교감신경의 구조 속에 침전된 것으로…… 우리의 일시적인 의식적 세계상에 대치되는 일종의 무시간적인, 영원한 세계상을 구성하게 된다.(C. G. 융, 『현대 영혼의 문제』, 취리히/ 라이프치히/ 슈투트가르트, 1932, 326쪽)"(V, 504에서 재인용) 이와 정반대에 서 있는 설명은 알박스의 사회학적 설명에서 찾을 수 있다. 알박스에 의하면 "사회 안에서 개인은 자신의 기억을 고정시키거나 언젠가 되찾기 위해서 일정한 틀을 사용하는데 그러한 [사회적] 틀을 떠나서 기억은 가능하지 않다". M. Halbwachs, *Das Gedachtnis und seine sozialen Bedingungen*, p. 121 참조.

정치 및 경제 권력에 의해 대규모로 오용되면서 엄청난 사회 퇴보와 반휴머니즘의 시대가 도래했다. 이러한 시대에서 되돌아본 과거의 집단적 꿈과 비전은, 그것이 비록 새 자연, 새 기술의 잠재력에 대한 명확한 인식을 결여하고 있다고 하더라도 구제할 만한 가치를 지닌 것으로 다가온다. 그것은 기술의 인간적·사회적 의미에 대한 근본적 질문을 상기시켜주기 때문이다.

벤야민에 의하면 19세기에 대량으로 나타난 꿈의 형상들은 낭만주의적 꿈처럼 "푸른빛의 먼 곳을 열어주는 것이 아니라" 키치의 "잿빛"(II, 620)을 띤다. 중요한 것은 "지난 세기의 키치를 깨워 집합시킬 자명종을 설계"(V, 1058)하는 것이다.[12] 블로흐도 19세기를 꿈과 백일몽이 무성했던 시대로 보면서 미적 키치를 예로 든다. 그는 19세기의 키치가 대중의 열광과 도취를 고취하기 위해 키치를 이용한 20세기 나치주의를 예비했다고 주장한다. 블로흐는 19세기가 남긴 꿈의 잔재들이나 집단의 유토피아적 소망에 대한 입장에서 벤야민보다 더 분명하게 이데올로기 비판적이다.

---

12 지난 세기 꿈 키치의 예로 우표를 들 수 있다. 우표에 그려진 미니어처 세계는 미지의 나라로의 상상 여행을 가능하게 해준다. 한때 열정적인 우표 수집가였던 벤야민은 우표가 환기하는 이와 같은 꿈 같은 세계를 알고 있었다. 벤야민은 과거의 유물로 남아 있는 우표를 보면서 유년기의 꿈, 지난 세기의 꿈을 기억해내는 데 그치지 않고 그것의 유래, 운명에 대한 반성으로 나아간다. 이러한 반성으로 나아간다고 해서 우표를 매개로 모든 개인이 꾸었을 꿈과 상상 여행의 가치가 부정되는 것은 아니다. 「일방통행로」에 나오는 단편 '우표상'을 참조할 것.

블로흐는 집단적 꿈과 소망이 미래의 청사진을 그리는 데 중요하다는 점은 인정하면서도 과거의 유산 중에서 청산할 것과 구제하고 계승해야 할 것을 구분한다.[13] 블로흐에 의하면, 미래를 향한 소망은 "역사상 일어난 시도나 현상들과의 매개 없이는 이론적으로는 공상에 불과하고, 실천적으로는 반란에 그칠 뿐"[14]이므로, 과거의 유산에서 "부글부글 끓어오르는 것, 상승하는 것, 질풍노도와도 같은 것"[15]에 귀기울여야 한다. 그러나 다른 한편으로는 청산할 과거가 분명히 존재한다.[16]

벤야민은 자신의 시대에 일어난 문화적·사회적 퇴보가 집단적 꿈과 집단적 소망 이미지의 망각, 새 자연의 잠재력에 대한 몰이해와 무관하지 않다고 본다. 19세기가 남긴 집단적 꿈과 소망 이미지를 현재화하고 구제할 필요성이 여기에 있다. 그러한 소망 이미지는 '아직 아닌 세계'를 정확히 예견하지는

---

13 블로흐에게는 미래의 청사진을 그리는 데 있어 과거의 유산이 중요하다. 과거의 위대한 문학작품이나 16세기 농민 전쟁과 같은 정치적 운동이 여기에 포함된다. "혁명적인 시대를 사는 사람들은 1525년 프랑켄하우젠에서 패배한 후 농민들이 부른 노래를 기억해낸다. '우리는 패하고 나서 집으로 돌아가지만, 우리의 손자들이 더 잘 싸울 것이다.' 농민 전쟁에서 생각했던 것, 변제받지 못한 채 남은 것, 그러나 반박되지 않았던 그것의 내용은 잊히지 않는다."(E. Bloch, "Gibt es Zukunft in Vergangenheit?", in: E. Bloch, *Erbschaft dieser Zeit*, Frankfurt a. M., 1985, p. 26.

14 E. Bloch, 같은 책, p. 30.

15 같은 책, p. 27.

16 K. Stierle, "Aura, Spur und Benjamins Vergegenwärtigung des 19. Jahrhunderts", *Art social und art industriel: Funktionen der Kunst im Zeitalter des Industrialismus*, Helmut Pfeiffer/ Hans Robert Jauß/ Françoise Gaillard (ed.), München, 1987, p. 43 참조.

못한다고 해도 그러한 세계의 도래를 위한 실천을 촉진할 신경 자극이 될 수 있기 때문이다. "어린아이가 달을 잡으려는 (불가능한) 시도를 통해 쥐기(라는 실제적인 과제)를 배우는 것처럼."(V, 777)

2. 파사주의 초현실주의 산책자

『파리의 농부』는 작가 아라공이 곧 철거될 오페라 파사주를 산책하면서 떠오른 단상을 적은 논픽션 소설이다. I부 '오페라 파사주', II부 '뷔트 쇼몽에서의 자연의 감정'으로 구성된 『파리의 농부』를 읽으면서 벤야민은 두근거리는 가슴을 주체할 수 없었다고 토로한 바 있다. 그토록 강렬한 자극을 받은 이유는 무엇일까? 벤야민은 그에 대해 직접적으로 말한 적은 없기 때문에, 소설을 읽고 얼마 안 되어 쓴 「파리 파사주」와 아라공의 소설에 의거해 그 이유를 추론해볼 수밖에 없다.

당시 오페라 파사주는 오페라 대로에 세워진 라파예트 백화점의 확장 계획에 따라 철거를 앞두고 있었다. 아라공의 파사주 산책은, 기술 문명과 자본주의적 상품화가 진행되는 현대 사회에 대해 초현실주의자들이 택한 전략의 일환으로, 그것은 미래파 혹은 신건축 운동처럼 과거와 단절하고 미래로 돌진하는 것이 아니라 집단적 과거로 침잠하는 것이다. 오페라 파사주 안에 들어가는 것은 과거 안으로 들어가는 것과 같다. "과거를 향해 단 한걸음 내딛는" 것만으로도 "불가사의한 것에 대한 감정을 회복"할 수 있게 된다고 아라공은 생각한다.[17]

파사주에서 마주치는 사물들은 산책자에게 전율을 불러일으키는데, 그 이유는 사물들에서 '나'의 감각과 지각의 데이터에 포함되어 있지 않은 것, "자연의 무의식"을 발견하기 때문이다. 물론 이는 "어떤 역치에 서 있는" 아주 드문 경우다.(『파리의 농부』, 159쪽) 파사주 산책의 경험은 다른 식으로도 표현된다. 어떤 사물이나 풍경이 그것을 보고 특이한 전율이나 감동에 빠진 사람의 상상 속에서 신비한 힘을 가진 것으로 표상될 때, "어떤 장소, 어떤 풍경이 가진 힘이 내게 전해지는 것"(159쪽)처럼 느껴질 때가 있다. 아라공은 이러한 힘을 경이로운 것의 징후 혹은 시적인 신성이라고 부른다.

『파리의 농부』에는 사물의 지각에서 촉발된 상상에 의해 증폭되는 이미지들이 많다. 예를 들어 오페라 파사주의 어느 미용실에서 본 여자 손님의 금발 이미지가 그렇다.(53~54쪽) 사물의 지각이 무제한 상상력을 발동시키면서 만들어진 초현실주의적 이미지는 시적인 이미지도, 비유적인 이미지도 아니라 도시 공간에서 마주친 사물에 의해 촉발된 이미지다. 아라공은 이러한 상상을 "정신의 교란기" "최고도의 현기증"(85쪽)이라고 표현한다.

벤야민은 초현실주의자들이 도시 산책에서 낚아채듯 건져

---

17   루이 아라공, 『파리의 농부』 오종은 옮김, 이모션북스, 2018, 21쪽.

낸 이미지들이 "사회민주주의 클럽 시인들의 이미지 창고"(「초현실주의」, 『선집 5』, 164쪽)보다 더 우위에 있다고 말한다. 이 시인들의 낙천주의에서 오는 비유와 이미지들은 현실과 무관한 데 반해, 초현실주의자들의 이미지들은 현대의 물질문화의 현상에서 직접 점화된 이미지들이기 때문이다. 일상적이고 범속한 것이 초현실주의적 상상력에 의해 점화되면서 환상적인 이미지로 변모된다. 한때 성행했던 지팡이 가게의 진열장을 들여다보던 산책자에게 지팡이가 갑자기 깊은 바닷속 해초로 변모하는 것처럼.

> "눈앞의 쇼윈도가 해저에서 나온 듯한 초록색을 띤 광선에 젖어있는 것이 아닌가…… 초자연적인 섬광과 특히 아치 모양의 지붕에서 낮게 진동하며 울려퍼지는 소음…… 그러나 나는 문득 이 울림소리를 들은 적이 있음을 깨달았다…… 오페라 파사주라는 거대한 바다. 거기에서 지팡이는 해초처럼 흔들리고 있었다."(『파리의 농부』, 32쪽)

'거대한 바다' '해초' 등의 이미지는 단지 주관적 상상의 소산이 아니라 현대 자본주의 문화적 산물을 자연사로 보는 시각을 반영한다. "역사적 사회적 현상을 마치 자연사의 현상인 것처럼"(V, 80) 보는 벤야민의 시각도 아라공의 이러한 이미지 경험에서 유래한 것으로 보인다.[18]

파사주 산책자의 산만한 지각, 주의력, 상상력에 의해 만

들어지는 이미지 공간, 환각 공간에는 파사주와 도시 파리를
움직이는 은폐된 힘, 집단의 운명, 집단의 과거와 대면하면서
만들어진 이미지도 포함된다. 다양한 색의 석유 펌프를 "거대
한 붉은 신들, 거대한 노란 신들, 거대한 녹색 신들"(『파리의 농
부』, 150쪽)로 표상하면서 현대판 신화 이미지가 등장하는데 그
것은 현대 도시의 삶을 지배하고 인간을 위협하는 속도의 운명
적 힘과 대결하면서 만들어진 것이다.

> "인간은 자신의 활동을 기계에게 맡겼다. 인간의 사고 능력을
> 기계를 위해 버리고 만 것이다. 그리하여 기계가 인간을 대신
> 하여 사고하게 되었다. 거기에다 이런 방식으로 사고가 진화
> 하는 사이에 기계는 자신에게 주어진 용도를 넘어서게 되었
> 다. 예를 들어 그들은 속도의 상상도 할 수 없는 효과를 만들
> 어내는데 이 효과는 그것을 체험하고 있는 인간을 완전히 바
> 꾸어버릴 정도의 효과여서 예전의 느림의 세계에서 살고 있던
> 그 인간과 같은 인간이라고 할 수 없을 정도의 일을 해내고 만
> 다. 인간의 손에서 벗어나 커지면서 이제 누구도 그치게 할 수
> 없으며 인간이 창조적이라고 믿었던 의지력에 의해서도 제어
> 될 수 없는 지성적 힘, 이러한 힘을 앞에 두었을 때 인간을 덮

18 "어느 도시에나 있는 파사주들을 찾아가보면 시간이 거의 흘러가지 않은 듯 태
곳적의 이상적인 파노라마가 모습을 드러낸다. 이곳에 유럽 최후의 공룡인 소비
자들이 거주하고 있는 것이다. 이 동굴의 벽면에는 상품이 태곳적 식물처럼 널리
퍼져 있으며, 궤양이 생긴 조직처럼 여기저기 무질서하게 얽혀 있다. 비밀스러운
친화성의 세계……"(V, 1045)

치는 것은 그야말로 패닉의 공포인 것이다."(151~152쪽)

석유 펌프를 변용시키는 신화적 표상이 작가 개인의 상상력에 의해 만들어진 것이라고 해도 그것이 만들어진 메커니즘은 집단적 차원에서 신화가 만들어지는 것과 유사하다. 원래 신화는 집단적으로 무의식적으로 받는 압박과 위협에서 해방되고 그를 극복하기 위해 고안된 측면을 지닌다. 기술 문명이 인간으로부터 독립해서 인간을 지배하는 힘이 될 때 그러한 힘은 신화에 나오는 신들의 위협적이고 폭력적인 힘과 유사하다. 그것은 "인간의 손에서 벗어나 커지면서 이제 누구도 그치게 할 수 없으며 인간이 창조적이라고 믿었던 의지력에 의해서도 제어될 수 없는"(150~151쪽) 힘, 곧 신화적인 힘이다.

현대 자본주의 도시에서 산책자는 덧없는 것을 만들어내는 소멸의 법칙과도 대면한다. 곧 철거될 오페라 파사주에서 산책자를 강하게 압박하는 힘은, 부단히 새것을 만들면서 옛것을 파괴하는 자본주의 법칙이다. 모든 것을 파괴하고 폐허로 만드는 그러한 힘은 산책자 개인에게 환각을 일으키기도 한다. "나는 자신이 폐허가 된 성 안에 있는 선원처럼 느껴진다. 모든 것이 황폐함을 의미한다. 모든 것이 내 시선 아래에서 붕괴된다."(64쪽) 벤야민이 다음과 같이 기록한 경험은 상품 사회가 불러일으키는 환각의 경험이고 이 점에서 아라공의 산책자를 따른다.

유기체의 세계와 무기물의 세계, 비참한 궁핍과 뻔뻔스러운 사치가 극히 모순적으로 결합되어 있으며, 상품은 온통 뒤죽박죽된 꿈 속에 등장하는 이미지들처럼 온갖 것을 뒤섞어 밀어넣고 있다. 소비의 원풍경.(V, 993)

상품 이미지와 "사물들이 구름처럼 변화무쌍하게"(V, 1024) 흔들리는 파사주에서의 지각은 관습적인 지각과 전혀 다른 환각과 도취를 낳는다. 파사주는 "사물들이 그 확실성과 기능성을 잃고, 부조리한 상호 유사성의 관계를 맺게 되는 다다이즘적이고 초현실주의적인 우연성의 실험실이 된다".[19] 초현실주의적 상상은 파사주라는 소비공간을 지배하는 이러한 무질서, 중첩, 우연의 원리에 의해 부추겨진 것이다.

벤야민은 이러한 상상과 도취의 지각 방식이 1920년대의 초현실주의 문학 주체에 앞서 19세기의 소비 집단이 파사주에서 이미 무의식적으로 경험한 것이라고 본다. 따라서 초현실주의적 산책자의 체험을 기술하는 아방가르드적 미적 형식 언어는 19세기의 "꿈꾸는 집단"(V, 678)의 지각 방식에 그대로 적용된다.

꿈꾸는 집단은 역사를 알지 못한다. 그에게 있어 사건의 진행은 언제나 항상 같은 것, 항상 새로운 것으로 흘러가버린다. 가

---

19 H. Brüggemann, "Passagen", *Benjamins Begriffe*, p. 583.

장 새로운 것, 가장 현대적인 것의 센세이션은 모든 같은 것의 영원한 반복과 마찬가지로 사건의 꿈 형식이다. 이러한 시간 지각에 맞먹는 공간 지각은 산책자의 세계가 보여주는, 투과와 덮기를 통해 형성된 투명성이다.(V, 678~679)

사물들이 서로 중첩되고 탈경계화되고 상호 투과되는 지각 방식, 촉각적 근접에서 경험되는 지각 방식은 19세기의 소비 집단 전체에 적용된다. 역사적 관점에서 보면, 시적 주체의 감수성에 기인한 것으로 보인 파사주의 환각 공간은, 이미 "집단 혹은 시대에 의해 만들어진 환각 공간"[20]을 실험적·의식적으로 반복한 것임이 드러난다.

벤야민은 이처럼 초현실주의 산책자에 의해 만들어지는 환각 공간의 역사적 의미를 인정하는 동시에 그 한계를 분명히 지적한다. 초현실주의 이미지들은 "일상적인 것을 꿰뚫어볼 수 없는 것으로, 그리고 꿰뚫어볼 수 없는 것을 일상적인 것으로 인식하는 변증법적 시각" 덕분이지만,[21] 이러한 시각에 토대를 둔 "범속한 각성"(「초현실주의」, 『선집 5』, 163쪽)이 언제나 성공하는 것은 아니다. 범속한 각성 대신 도취가 지배적이 되고 그러한 도취가 신비주의로 이행할 수 있기 때문이다. "그러한 각성을 가장 강력하게 보여주는 저술들인 아라공의 탁월한 책 『파리의 농부』와 브르통의 『나자』는 매우 혼란스러운 결손 현

---

20   H. Brüggemann, 같은 책, p. 592.

상"(147쪽)을 보여준다고 벤야민은 지적한다. 아라공 자신도 초현실주의의 이미지 생산이 "개인 안에 개별적인 낙원을 만들기 위해 사회적인 공통의 운명에서 개인을 분리시키는…… 불모의 유희"(『파리의 농부』, 87쪽)로 전락할 수 있다고 토로한 바 있다.

벤야민이 보기에, 아라공의 파사주 산책에서는 집단적 무의식의 발굴보다는 도덕, 자아, 이성의 지배에 맞서 꿈, 도취, 환각을 강조하는 초현실주의적 이미지의 경험이 더 지배적이다. 아라공이 파사주 산책에서 과거를 의식적으로 상기하지 않은 것도 이를 보여준다. 벤야민은 경험론의 시각에서 초현실주의 산책자의 새로운 접근 방식을 지지하지만,[22] 그것이 공동체의 관심사, 현실적 실천과 요청, 역사철학적 시각으로부터 동떨어질 수 있다고 비판한다. 초현실주의적 이미지 경험을 생산적

---

21 일상적인 것을 비일상적인 것, 신비한 것으로 보는 이러한 시각은 파사주를 배회하는 산책자의 상상력에 기인한 것이지만 그러한 시각을 열어주는 공간이 바로 "덧없는 것들에 대한 신앙의 성전"(『파리의 농부』, 23쪽)인 파사주라는 사실에 주목해야 한다. 아라공이 파사주의 사물 세계를 일상의 경이, 신비, 새로운 신화라는 관점으로 본 것은 역설적으로 일시성을 특징으로 하는 현대화를 배경으로 한다. 산책자가 여기서 만나는 사물들, 즉 과거의 업종, 가게들, 물건들, 그곳에 여전히 남은 것들, "저주받은 쾌락과 직업의 환상적 풍경"(23쪽)은 단지 사라질 운명만을 보여주는 것이 아니라 일시성과 부단한 순환을 특징으로 하는 현대 대도시 삶을 보여준다. 파사주의 갤러리들은 일시성을 숭배하는 제의가 수행되는 전형적인 장소가 되는 것이다.

22 중첩, 탈경계화, 상호 침투를 특징으로 하는 지각 방식 혹은 촉각적 근접의 지각 방식은 벤야민이 말한 '인간학적 유물론'을 상기시킨다. 인간학적 유물론은 관념론적 인간관과 달리 신체와 정신의 상호 작용을 강조하고 의미, 정신, 도덕의 감옥을 벗어난 신체와 감각을 중시한다. 초현실주의가 현대 대도시에서 실험적으로 보여준 도취는, 경직된 자아의식을 느슨하게 하면서 더 생생하고 풍부한 경험을 가져다주고, 새로운 지각을 조직하는 에너지를 지닌다는 점에서 인간학적 유물론을 뒷받침한다. 「초현실주의」, 『선집 5』, 166~167쪽 참조.

으로 전용하기 위해서는 문학적 주체의 관점을 떠나 집단과 역사의 관점으로 이행해야 한다. 그것은 아라공이 단지 경험론의 맥락에서 말한 바를 역사철학적 맥락에서 재논의하는 것이다.

3. 깨어나기와 변증법적 이미지

꿈과 깨어나기

아라공은 과거를 기억하기보다는 눈에 보이는 외부 사물에서 느낀 직관에 더 의지하면서 몽상에 빠진다. 그는 기억과 상기를 통해서 과거와 역사를 확보하기보다는 지각을 통한 직관을 더 중시한다는 점에서 "기억의 오디세이가 아니라 외면성과 직관의 오디세이"[23]다. 벤야민이 보기에, 초현실주의적인 몽상은 "깨어나기와 잠 사이의 문지방"에 찍힌, "이리저리 넘쳐흐르는 수많은 이미지의 발자국들"을 따라가는 데 그칠 뿐 깨어나기에 도달하지 못한다.(「초현실주의」, 『선집 5』, 145~146쪽) 『파리의 농부』에서 과거에 대한 기억이 차지하는 부분이 드물다는 점도 이와 무관하지 않다.

아라공은 꿈의 영역에 머물기를 고수하는 반면, 여기서는 깨

---

23 Josef Fürnkäs, *Surrealismus als Erkenntnis. Walter Benjamins-Weimarer Einbahnstrasse und Pariser Passagen*, Stuttgart, 1988, p. 67.

어나기의 구도가 발견되어야 한다.(V. 571)²⁴

벤야민은 아라공의 한계를 의식하면서 그에 대한 대안으로 깨어나기를 강조한다.²⁵ 깨어나기는 꿈에 몰입해 있는 단계에서 깨어 있는 의식의 단계로 나아가는 과정으로, 꿈을 생생하게 떠올리되 아직 꿈의 의미를 해석하는 단계는 아니다. 처음부터 꿈의 건너편 강가, 꿈의 피안으로 건너뛰게 되면 꿈의 생생한 기억은 사라질 수 있다. 꿈은 깨어나는 순간에 기억된다. 달리 표현하면 "지나간 것[혹은 꿈]은 깨어나는 의식에 떠오른 생각이다".(V. 490~491) "꿈이 깨어나기를 지향"(V. 1006)한다면, 꿈을 "두루 거치고, 두루 경험"²⁶함으로써만이 깨어나기에 도달할 수 있다. "꿈을 끝내기 위해서는 [먼저] 꿈에 가차없이 침잠"(V. 490)해야 하는 것이다. 개인의 꿈에서 일어나는 이러한 역설적인 심리 과정은 프로이트에 기대어 다음과 같이 설명할 수 있다.

『꿈의 해석』에서 프로이트는 억압된 무의식적 소원이 꿈 작업을 거쳐 수면 상태의 전前의식에 도달하는 과정으로 꿈 과

---

24 "아라공에게서는 인상주의적 요소가 남아 있지만—여기서 말하는 것은 신화인데, 그의 저서에 나타난 적지 않은 어설픈 철학은 그러한 인상주의에 기인한다—여기서 신화는 역사의 공간으로 해소되어야 한다. 물론 이것은 과거에 대해 아직 채 의식하지 않은 지식을 일깨우는 것에 의해서만 가능하다."(V. 571)

25 "깨어나면서 꿈의 요소들을 평가하고 이용"하기 위해서는 "과거의 것을 꿈과 같은 신속함과 강도로 철저하게 경험해야 한다".(V. 1058)

26 Heiner Weidmann, "Erwachen/ Traum", *Benjamins Begriffe*, p. 351.

정을 설명한다. 꿈에서 깨어나기 위해서는 잠에서 깨어날 때가 가까울 정도로 꿈이 진행되어야 한다. 낮 동안에는 전의식에 의해 검열을 받은 무의식적 소원은 전의식이 수면 상태에 빠진 틈을 타서 '꿈 작업'을 하고, 이미 획득한 특질에 의거해 꿈이 전의식을 자극한다. "꿈이 전의식의 쉬고 있는 힘 일부를 가동하면서 꿈의 2차 가공"(『꿈의 해석』, 690쪽)이 일어나고, 급기야 수면중인 전의식을 잠에서 깨어나게 한다. 따라서 "꿈은 깨어나기의 시작"(691쪽)이다.

> 꿈 과정은 꿈 작업을 통해 수면 시간이나 깊이와는 전혀 상관없이 의식을 끌어들이고 전의식을 일깨우기에 충분한 강도를 획득하든지, 아니면 그러기에 강도가 충분치 않을 경우에는 잠에서 깨어나기 직전 활발해진 주의력을 맞아들일 때까지 대기하고 있어야 한다. 대부분이 꿈들은 비교적 미미한 심리적 강도로 작업하는 듯이 보인다. 그 이유는 잠에서 깨어날 때를 기다리기 때문이다. 누군가에 의해 우리가 갑자기 깊은 잠에서 깨어나게 되기도 하는데, 이 순간 대개는 꿈꾼 것을 인지한다. 이럴 경우 저절로 잠에서 깨어날 때처럼 맨 처음 우리의 시선을 끄는 것은 꿈-작업이 만들어낸 지각 내용이며, 그다음이 외부에서 받는 지각 내용이다.(692쪽)

이러한 설명에 따르면, 꿈과 깨어나기는 서로 대립적인 것이 아니라, 깨어나기는 꿈에 내재적인 계기다. 꿈 작업은 잠에서 깨어나는 과도기의 시간에만 이루어지는 것이 아니라 그 첫 부분은 낮부터 시작할 수 있다. 꿈 작업의 시간이 얼마 걸리든 간에 꿈의 최종 결과를 인지하게 되는 것은 깨어나는 순간이다. 깨어나는 순간과 결부되지 않으면 꿈이 생각이 나지 않거나 꾸긴 했지만 무슨 꿈인지 말할 수 없다.

꿈에서 깨어나는 순간에 비로소 꿈 내용의 인지가 가능하고 그 요소들의 심리적 가치를 따지면서 본래의 꿈 사고를 유추해낼 수 있듯이(404~406쪽 참조), 역사가도 집단적 꿈에 대해 "한 번도 의식하지 못했던 지식"(V, 572)을 얻기 위해서는 그 꿈에 침잠하는 단계를 거쳐야 한다. 그러고 나서야 깨어나기를 거쳐 "꿈의 여러 요소를 활용"(V, 580)할 수 있다.

> 역사를 연구하는 새로운 변증법적 방법은 현재를 깨어 있는 세계, 즉 우리가 지난 것이라고 부르는 저 꿈이 가리키는 세계로 경험하는 기술이다. 꿈의 기억에 나타나는 과거의 것을 철저히 경험하기! 그렇다. 기억과 깨어나기는 아주 밀접하다.(V, 491)

깨어나면서 꿈을 기억하기, 이 모델을 19세기의 집단적 꿈을 인식하고자 하는 역사가에게 어떻게 적용할 수 있을까? 꿈꾸는 주체(19세기의 꿈 집단)와 깨어나는 주체(역사가 혹은 20세기의 프롤레타리아트 집단)는 다른 주체가 아닌가? 벤야민은 다음과 같은 방법을 제시한다.

제6장 집단적 꿈의 기억과 변증법적 이미지

파사주를 근본적으로 이해하려면 파사주를 가장 깊은 꿈의 층으로 가라앉히고, 우리에게 부딪혀온 것처럼 그것에 대해 이야기해야 한다.(V, 1009)

'파사주를 가장 깊은 꿈의 층으로 가라앉힌다'는 표현은 꿈을 의도적으로 꿀 수 있는 것처럼 읽히지만, 그런 의미는 당연히 아니다. 벤야민의 세대는 19세기 꿈 세계의 잔재로 남아 있는 파사주를 매개로 자신들의 부모 및 조부모 세대의 전성기가 자신들의 유년 시절과 겹친다는 사실을 알게 된다.

파사주는, 엄마 뱃속에서 동물들의 삶을 반복하는 태아처럼 우리가 부모와 조부모의 삶을 그 안에서 꿈같이 반복하는 그런 건축이다.(V, 1054)

파사주는 지난 시대가 남긴 "꿈 세계의 잔재"(V, 59)이고, 그 안에는 지난 시대에 유행한 철지난 상품을 파는 가게들이 남아 있다. 파사주가 풍기는 낡고 철지난 분위기는 부모와 조부모의 지난 삶을 연상시킬 뿐 아니라 벤야민 세대의 유년 시절과 연결된다. 19세기 말에 유년기를 보낸 세대가 부모와 조부모에 의해 꾸며진 환경, 즉 19세기 꿈 세계에 속한 실내를 기억해낼 수 있는 것은 그 때문이다.

단편 '블루메스호프 12번지'에서 외할머니 집은 온갖 양식의 가구로 치장된 모습으로 회상된다. 그곳은 포근함, 지속성,

안정성에 대한 부르주아 계급의 꿈을 실현한 공간으로 보였다. 부르주아 계급의 실내에 각인된 그러한 꿈이 얼마나 취약한지는 이후의 역사적·사회적 현실에서 드러나게 되는데, 벤야민이 유년에 꾼 악몽은 이를 예고한다. "낮에는 그렇게도 쾌적해 보이는 공간이 밤에는 악몽의 무대가 되었다."(「1900년경 베를린의 유년 시절」, 『선집 3』, 77쪽) 벤야민의 회상은 19세기 이래로 부르주아 계급이 실내에 투사했던 꿈을 환기하는 동시에 그로부터 깨어나기를 수행한다. 깨어나기를 거쳐 도달한 인식은 다음과 같다. "그 세대의 빛나는 유년 시절 경험의 무대를 가득 채운 것은 고도 자본주의 시대 초기에 만들어진 공포의 가구들이었다."(V, 1018)

유년의 경험 중에는 19세기의 집단적 경험을 개체발생사에서 반복하는 것처럼 보이는 대표적인 경험이 있는데, 기술적 발명품에 대한 유년의 경험이 그것이다. 아이들은 처음 보는 "기술적 현상들에 대한 흥미, 온갖 종류의 발명이나 기계 장치에 대한 호기심"이 강하고, 이러한 기술적 산물이 지닌 본래의 의미를 알지 못한 채 "새로운 세계를 상징 공간 속에 끼워"(V, 493) 넣는다.(V, 576도 참조) 이 점에서 유년의 태도는 기술화와 자본화가 본격화되기 시작한 19세기에 사람들이 기술을 대하던 태도를 반복한다. "유년의 꿈이 19세기에 고유한 집단적 꿈과 구조적으로 유사"[27]한 것처럼, 유년의 불안도 새로운 기술

---

27 Heiner Weidmann, "Erwachen/ Traum", *Benjamins Begriffe*, p. 351.

이 불러일으킨 집단적 불안과 유사하다. 단편 '전화기'에서 유년의 집에 울려퍼진 전화벨 소리에 대한 다음 묘사는, 새로운 기술 발명품이 동경뿐 아니라 불안과 같은 "인간의 가장 근원적인 감정"(V, 496)을 어떻게 자극하는지를 잘 보여준다.

> 뒤편 복도에서 울려퍼졌던 전화벨 소리는 베를린 집의 공포감을 가중시켰다. 가까스로 정신을 가다듬고 그 요란스러운 반란을 잠재우기 위해 더듬더듬 잘 보이지 않는 전화기 줄을 찾아서 드디어 아령처럼 무거운 양 수화기를 들어 그 사이로 머리를 집어넣는 순간, 나는 거기서 들려오는 목소리에 꼼짝없이 갇혔다. 내 안에 파고든 그 목소리의 무시무시한 힘을 완화시켜준 것은 아무것도 없었다.(「1900년경 베를린의 유년 시절」, 『선집 3』, 52쪽)

『파사주 프로젝트』에 나오는 다음 회상은 유년에 대한 회상은 아니지만 개인의 기억을 통해 집단적 꿈으로부터 깨어나기가 어떻게 일어나는지를 전형적으로 보여준다.

> 몇 년 전 시내 전차 안에서 광고 포스터를 하나 보았다…… 아주 강한, 예상하지 못한 인상을 받을 때 종종 그렇듯이 당시 충격이 너무 컸다. 그 충격이 내 마음에 얼마나 강렬하게 인상을 남겼던지 그것은 내 의식의 바닥을 뚫고 내려가 오랜 세월 어둠 속에 파묻혀 있었다. 당시 나는 그것이 '불리히 소금'과 관

계가 있고, 그 소금의 저장창고가 플로트벨슈트라세의 한 작은 지하창고라는 점을 알고 있는 정도였다. 그곳을 지날 때면 나는 하차해서 그 포스터에 관해 묻고 싶은 유혹을 느꼈다. 그러던 어느 흐린 일요일 오후에 나는 북쪽의 모아비트에 가게 되었는데 그 시간대에 그곳 건물들은 유령이라도 나올 듯한 분위기를 지니고 있었다…… 실제로 그날 오후 나는 어느 초라한 술집 앞에 서 있었는데 그 술집의 진열장은 온갖 상표 표지판으로 차 있었다. 그런데 그중에 '불리히 소금'이라고 쓰인 상표 표지판이 있었다. 그것을 보자 이 글자 주위에 갑자기 지난번에 본 플래카드에 그려진 사막 풍경이 떠올랐다. 옛날의 인상을 되찾은 것이다. 사막의 전경에는 말이 끄는 짐수레가 있었고, 짐수레에는 불리히 소금 포대가 쌓여 있었는데, 이 포대 중 하나에 구멍이 나서 소금이 땅바닥에 줄지어 떨어져 있는 풍경이었다. 사막으로 난 길 위에 떨어진 소금 자국은 어떤 일을 벌인 것일까? 이 자국이 만들어낸 글자들로 불리히 소금 Bulrich Salz이라는 단어가 만들어졌다…… 광고 포스터에는 이 지상의 삶에서는 아직 아무도 경험해보지 못한 것들에 대한 은유가 들어 있는 것은 아닐까? 유토피아의 일상에 대한 은유가?(V, 235~236)

여기서 중심 소재는 도시 경관을 구성하고 있는 광고다. 벤야민은 언젠가 불리히 소금 광고 포스터를 보고 강렬한 인상을 받았으나 한동안 잊고 있었다. 그러던 어느 날 우연히 '불리히 소금'이라고 쓴 상표와 마주친 순간에 그 포스터가 상세히 떠올랐다. "지나간 것이 깨어난 의식에 [순간적으로] 떠오른 착상"(V, 490~491)이라면, 그러한 착상에서 떠오른 것은 포스터의 세부 이미지만이 아니라 이미지에 숨겨져 있던 메시지다. 그것은 모든 광고가 소비자들에게 최면처럼 들려주는 유토피아의 약속에 대한 메시지다. 광고는 산업주의에 의해 부추겨진 약속, 즉 물질적 풍요에 대한 유토피아적 약속을 일상에 퍼뜨리는 역할을 한다. 자본주의 상품 경제 사회에서 유포되는 이러한 약속은 유행이나 건축과 같은 19세기의 꿈 형상에서는 어렴풋하게 느껴졌거나 거의 의식되지 못했지만, 불리히 소금 광고와 다시 마주치면서 분명하게 의식된다. 이 순간 벤야민은 다음 사실을 깨닫는다. "유행은 건축과 마찬가지로…… 집단의 꿈 의식에 속하는데, 집단은 광고에서 비로소 그러한 꿈에서 깨어난다."(V, 498)

깨어나기는 꿈을 두루 거치면서 꿈을 생생하게 의식하는 단계인데 이제 이 단계는 꿈의 요소들을 평가하고 해독하는 단계로 이행해야 한다. 깨어나기의 모델을 따르는 역사가는 "과거의 것을 꿈과 같은 신속함과 강도로 철저하게 경험"(V, 1058)하는 단계에서 더 나아가야 한다. 즉, "무의지적 기억에서 의지적인 기억으로, 깨어 있는 사유로 점진적으로 이행"[28]해야 한다. 프루스트가 "반성이 아니라 현재화"(「프루스트의 이미지」, 『선

---

28 B. Lindner (ed.), *Benjamin-Handbuch*, Stuttgart·Weimar, 2006, p. 520.

집 9』, 253쪽)에 중점을 두었다면, 벤야민은 현재화에서 반성으로의 이행이 필연적이라고 본다. 벤야민이 역사 인식의 양식으로 도입한 변증법적 이미지는 이러한 이행의 필연성에 부합한다. 집단의 삶의 조건들은 "꿈으로 '표현'되고, 깨어나기를 거쳐 해몽"(V, 1023)되면서 꿈의 이미지, 역사의 이미지는 변증법적 이미지가 된다.

변증법적 이미지와 파사주

벤야민은 역사를 인과론적으로 서술하는 대신에 파사주 같은 특정 이미지에 집중한다.[29] 파사주는 19세기의 문화적 산물로서 기술되고 설명되어야 하는 고정된 대상이 아니라 19세기와 역사가의 현재가 이루는 구도 속에서 역동성을 지닌 이미지가 된다. 진정한 역사적 이미지는 이런 의미에서의 변증법적 이미지다. 변증법적 이미지는 『파사주 프로젝트』의 1935년판 개요에 처음 등장한 개념으로 「인식론과 진보 이론」 파트에서 역사 인식의 중요한 방법으로 소개된다. 하지만 벤야민은 이를 체계적으로 설명하거나 변증법적 이미지의 예를 구체적으로

---

[29] 르네상스 시대까지 이미지 개념은 주로 회화와 연관되면서 이미지의 모사적 표현 기능이 중시된다. 벤야민이 이미지의 인식론적 지위를 복원하고자 했을 때 그가 관심을 갖는 이미지는 물질적 사물 이미지도, 비유와 같이 정신적으로 파생된 이미지도 아니라 기억 이미지다. 기억 이미지는 지각 이미지처럼 외재적인 물질적 실재와 직접적으로 연관된 것도 아니며, 비유처럼 주관적, 임의적으로 만들어 낸 이미지도 아니다. 기억 이미지는 지각 이미지가 우리의 정신 안으로 흘러들어 와 보존되다가 다시 상기되면서 주관적인 변형을 거쳐 새롭게 창조된 것이다.

설명한 적은 없다. 파리 파사주 외에 현대시의 선구자 보들레르를 변증법적 이미지로 다루어야 한다고 짧게 언급한 적은 있다.[30]

벤야민은 자신의 변증법적 이미지 모델이 인식론에서 대단한 철학적 기여라고 자평하는데,[31] 변증법적 이미지처럼 모순적인 개념은 사실 보다 상세한 논증이 필요해 보인다. 변증법적 이미지가 모순으로 보이는 것은, 정-반-합의 시간적 전개를 의미하는 변증법과 시간이 정지된 지점에 형성된 이미지라는 이질적인 두 계기를 결합하기 때문이다. 이러한 결합에서 본 역사의 이미지는 과거의 어느 좌표에 속한 고정된 이미지가 아니라, "지나간 것과 지금이 섬광처럼"(V, 576~577) 마주칠 때 생기는 간격에서 의미 파동을 일으키는 이미지다.

> 변증법적 이미지는 섬광처럼 나타나는 이미지다. 따라서 과거의 이미지를—이 경우에 보들레르의 이미지를—인식 가능한

---

30 벤야민은 보들레르의 이미지를 "인식 가능한 이 순간에 섬광처럼 나타나는 이미지로 붙잡아야 한다"(「중앙공원」, 『선집 4』, 290쪽)라고 말하면서 변증법적 이미지를 염두에 둔다. 벤야민에게 보들레르는 중립적인 태도를 요구하는 학문적 대상이 아니라 "자칫 놓칠 뻔한 대상, 구원해야 할 대상"(290쪽)이다. 변증법적 이미지로서 보들레르는 보헤미안, 거리 산책자, 현대판 영웅이라는 세 가지 이미지로 분산된다. 각 이미지를 둘러싼 역사적 사실들이 첫번째 보들레르 에세이인 「보들레르의 작품에 나타난 제2제정기의 파리」에서 파노라마처럼 전개된다. 변증법적 이미지로서의 보들레르 이미지는 벤야민이 서 있는 현재에 비약적으로 침투하면서 보들레르가 속한 19세기 당시보다 더 고차원적인 현실성을 띤다.

31 Walter Benjamin, *Gesammelte Briefe, Bd. 1*, Christoph Goedde/ Henri Lonitz (ed.), Frankfurt a. M., 1995, p. 381 참조.

지금-순간에 섬광처럼 나타나는 이미지로 붙잡아야 한다. 이 방식으로, 오직 이 방식으로만 수행되는 구원은 자칫 놓칠 뻔 한 것을 지각함으로써만 이루어질 수 있다.(「중앙공원」, 『선집 4』, 290쪽)

모든 가치 있는 역사 인식에서 이미지는 과거에 속한 이미지가 아니라 기억 이미지처럼 현재화되는 지금-순간에 출현하는 이미지다. 그러한 역사의 이미지는 "기억하기 전에는 한 번도 본 적이 없는 이미지"(「프루스트 관련 자료」, 『선집 9』, 282쪽)로 섬광처럼 나타난다. 기억 이미지로서 역사 이미지는 과거에 속하는 이미지도, 현재에 임의로 구성되는 이미지도 아니라, 과거와 현재 두 시점의 마주침이 일어나는 간격에 위치한다.

과거의 진정한 이미지는, 그 이미지 안에서 의도된 것이 바로 지금 현재임을 인식하지 못할 경우 지금 현재와 더불어 영영 사라질, 과거의 복원할 수 없는 이미지다.(「역사의 개념에 대하여」, 『선집 5』, 334쪽)

19세기의 집단적 꿈 이미지, 소망 이미지로 나타나는 파사주는 그것을 인식하는 현재와 분리된 과거에 귀속되지 않고 현재를 향한 메시지를 담고 있는 이미지라는 점에서 현재를 구성하는 계기가 된다.

제6장 집단적 꿈의 기억과 변증법적 이미지

파사주 같은 건축의 산물은 산업 생산의 질서에서 등장하고 또 거기에 이바지하는 것이면서도, 자본주의 안에서는 실현되지 않은 것, 되찾을 수 없는 것을 그 안에 품고 있다.(V, 17)

파사주를 위와 같은 의미에서 구제하고자 하는 시대는 특정 시대다. 파사주는 "특정 시대에 고유할 뿐 아니라 특정 시대에 이르러 비로소 해독"(V, 1056)된다. 변증법적 이미지로서 파사주는 그것이 인식되는 순간에 그것이 존재하던 "과거의 존재에서 지금의 존재라는, 보다 더 고차원적인 구체화로 상승"(V, 1026)한다.

역사적 관조에 일어난 코페르니쿠스적인 전환이란 다음과 같다. 지금까지는 과거에 존재했던 것을 고정적으로 보고, 현재는 이 고정점에 인식을 맞추어 거기에 다가가고자 노력하는 것이라고 보았다. 그런데 이 관계는 역전되어 과거에 존재했던 것은 [고정점이 아니라] 변증법적 전환이 일어나는 장, 깨어난 의식이 돌연 출현하는 장이 된다.(V, 490~491)

과거에 존재했던 것 안에서 일어나는 변증법적 전환, 과거의 이미지를 매개로 도달한 '깨어난 의식'은 파사주의 경우 무엇을 의미하는가? 19세기 당시 새로운 예술 건축으로 디자인된 파사주는 외관상으로는 20세기 신건축 운동과 무관한 것으로 보였다. 그러나 유리라는 신소재와 철골이라는 신공법으로 만들어진 최초의 건축이라는 점에서 파사주는 르코르뷔지에, 기디온 등이 이끈 20세기 신건축 운동의 선구임이 밝혀진다. 그러나 이처럼 신건축의 선구로 보는 관점에서 파사주가 변증법적 이미지가 되는 것이 아니다. 이러한 관점은 파사주를 이미 소멸한 과거의 건축으로 보는 역사의 진행 관념에 머물기 때문이다.

변증법적 이미지로 본 파사주는 소멸된 과거가 아니라 지금-시간에 속한 이미지가 되고 이로써 파사주와 신건축 운동의 관계는 지금까지와는 다른 시간 관념에 따라 설정된다. 즉 파사주는 과거에 속한 것이 아니라 신건축 운동을 자신 안에 잠재적으로 품고 있는 이미지로 현재화된다. "현재는 자신이 과거의 이미지 안에서 의도된 것"(「역사의 개념에 대하여」, 『선집 5』, 334쪽), 즉 파사주의 "가장 내밀한 이미지"(V, 1035)임을 깨닫는다. 이는 "과거에 존재했던 것 속에 감춰져 있는 폭약이 점화"(V, 495)되면서 일어나는 이미지의 위상 변화이기도 하다.

이렇게 위상 변화된 이미지, 변증법적 이미지로서 파사주는 단순히 과거에 속한 이미지로 볼 때와는 다른 어떠한 의미 역량을 발휘할 수 있을까? 거리와 실내의 상호 침투라는 의미를 중심으로 이 질문에 대한 답을 모색해볼 수 있을 것 같다. 벤야민은 19세기에서 20세기로 이행하는 시기의 건축으로서 파사주가 지니는 한계를 언급하고 있을 뿐이지 변증법적 이미지로 파악된 파사주의 의미를 구체적으로 기술한 적은 없다. 벤야민을 넘어 그 의미를 다음과 같이 기술해볼 수 있다. 원래 철골의 구성주의 원리는 전통적 건축에 구현된 인간중심주의와 맞지 않고, 투명성을 특징으로 하는 유리는 사적인 것이 아닌 공공성에 적합하다. 파사주는 철골과 유리에 내재한 잠재력을 실현하지 못하고, 실내와 거리, 사적 영역과 공적 영역의 이분법을 극복하기보다는 거리의 실내화를 가져왔다. 1920년대의 신건축 운동은 고립되고 개인화된 주거 패러다임에 반기를 들면서 "다공성, 투명성, 야외의 빛과 공기"(V, 292)를 선호한다. 결과적으로 신건축 운동은 거리와 실내의 상호 침투보다는 내부와 외부의 단일화를 지향한다. 현재화된 이미지로서 파사주는 바로 신건축의 이러한 외부 지향성에 물음을 던진다. 내부 공간에 집착했던 19세기에서 다공성과 투명성을 지향하는 20세기로 넘어가는 문지방에 속한 건축으로서 파사주는 일방적인 외부화가 아닌, 내부와 외부의 상호 침투의 중요성을 다시 인식하도록 촉구한다.

아도르노와 벤야민의 편지 토론에서 보듯이 벤야민의 변증법적 이미지 개념은 여전히 모호성을 지니고 있어서 오해를 불러온다. 1939년판 개요에서 "변증법적 이미지는 꿈 이미지다"(V, 55)라는 문장은 아도르노의 반박을 불러왔다. 아도르노는 이 문장을 들어 벤야민이 꿈 이미지와 변증법적 이미지를 동일시하고 변증법적 이미지를 의식에 속한 사실로 본다고 비판한다. 변증법적 이미지는 의식의 사실이 아니라 "현실적인 것의 짜임 관계 안에서 이해해야 한다"[32]는 것이다. 벤야민은 아도르노의 비판이 있고 나서 거의 일 년이 지난 뒤에 자신의 견해를 다음과 같이 피력한다.

> 변증법적 이미지를 짜임 관계로 규정하는 것은 정말 적절하다
> 는 생각이 들었습니다. 그런데 이 짜임 관계의 요소로 제가 언
> 급한 요소, 특히 꿈의 형상은 결코 포기할 수 있는 것이 아니라
> 고 생각합니다. 변증법적 이미지는 꿈을 그대로 따라 그리는
> 것이 아닙니다. 그걸 주장할 생각은 전혀 없었습니다. 제가 생
> 각한 것은, 깨어나기가 일어나는 자리 및 심급으로부터 변증
> 법적 이미지의 형상을 빛나는 점들로 이루어진 별자리처럼 드
> 러내려는 것입니다.[33]

아도르노는 벤야민이 변증법적 이미지를 현대적인 것과
태곳적인 것, 새것과 옛것의 대립·모순을 특징으로 하는 이미
지로 규정하고 있다고 생각한 것 같다. 이러한 생각은 『파사주
프로젝트』의 초기 버전에는 맞을지 모르나 후기 버전에는 그
렇지 않다. 후기 버전에서 꿈 이미지는 현대적인 것과 태곳적
인 것의 대립을 특징으로 한다는 점에서가 아니라 그것을 인식
하는 순간의 독특한 시간 구조의 측면에서 비로소 변증법적 이
미지로 파악된다. 다시 말해 꿈 이미지 자체가 변증법적 이미
지가 아니라 깨어나는 사람의 이미지 공간에서 변증법적 이미

---

32   Walter Benjamin, *Briefe* 2, p. 675.
33   같은 책, p. 688.

지로서의 시간 구조를 가지게 된다는 것이다.

벤야민은 변증법적 이미지에서 확인되는 "갑작스러운 이미지의 구도"(V, 1034)를 "학문적인 유유자적"(V, 1034)과 대비시킨다. 역사적 대상을 주어진 사상 체계나 의미 연관에 넣어 설명하는 학문적인 태도는 변증법적 이미지를 포착할 수도, 해독할 수도 없다. 『반딧불의 잔존』에서 벤야민의 변증법적 이미지와 바르트의 이미지 개념을 구분한 디디위베르만의 다음 해석은 참조할 만하다. 그에 의하면, 바르트가 말한 푼크툼은 대상을 응시하는 주체의 사적인 기억에 의존하는 충격인 데 반해, 변증법적 이미지는 인식의 주체로도, 인식의 대상으로도 환원되지 않는, 이미지에 고유한 운동성을 내포한다.[34] 변증법적 이미지를 그 안에 내적인 시간과 삶이 진동하는 이미지라고 보는 이러한 해석은 벤야민이 변증법적 이미지에 대해 강조한 역사성에 부합한다.

아도르노는 벤야민의 변증법 개념이 충분히 이론적이지 못하다고 비판한다. 모든 계기가 내재적으로 서로 귀속되어야 한다는 변증법적 구상에 못 미친다고 생각하기 때문이다. 벤야민의 변증법은 아도르노가 말하는 보편적 매개도, 헤겔과 마르크스의 변증법이 의도하는 총체성도 의도하지 않는다.[35] 그 대신 벤야민은 내재적 사건 연쇄에서 벗어나는 비약과 폭파의 계

---

34 조르주 디디위베르만, 『반딧불의 잔존』, 166쪽 참조.
35 Walter Benjamin, *Briefe 1*, p. 378 참조.

기를 중시한다.[36] 개별 현상들 간의 연관성을 철저하게 변증법적으로 설명할 것을 요구하는 아도르노는 비약을 인정하지 않는 데 반해, 벤야민은 변증법적 이미지에서 경험할 수 있는 작은 비약에서 구원을 찾는다. 프루스트의 무의지적 기억에서와 마찬가지로 벤야민의 역사 인식에서도 중요한 것은 중단 없는 흐름을 나타내는 서사가 아니라 서사에 가려 망각된 것의 간헐적 출현이다. 여기에 부합하는 것이 변증법적 이미지다. 변증법적 이미지에서는 과거의 특정 요소가 현재화되고 인용되며, 서사에 의해 억압되고 망각된 것이 구제된다. 역사가에게 변증법적 이미지는 학문적 인식이 아니라 과거와 현재 모두와 변화된 관계를 맺도록 촉구하는 계기다. 따라서 변증법적 이미지의 인식은 순수 이론적이거나 해석학적 과제를 넘어 실천적인 과제를 향한 의식으로 확장된다.

물론 변증법적 이미지는 실천적인 과제에 앞서 해독되어야 한다. 변증법적 이미지도 메타포나 상징처럼 시각적인 상상을 수반하지만, 이미지에 대한 표상을 넘어 의미 해독을 촉구한다. 변증법적 이미지의 의미는 사전에 정해진 것이 아니라 언어적 재현의 과정을 통해 비로소 구성된다. "정지 속의 변증법이라고 정의한 이미지들의 장소는 언어"(V, 577)라고 벤야민

---

36 쇠트커에 의하면, 벤야민의 변증법에서 정지, 휴지부, 반反운동, 스트라이크 등의 계기들은 시간의 흐름에서 완전히 벗어나는 것도 아니고, 흐름 안으로 완전히 가라앉아 사라지는 것도 아니다. 그러한 개입은 흐름 안에서 보존된다. Detlev Schöttker, "Erinnern", *Benjamins Begriffe*, p. 296 참조.

은 말한다. "진정한 이미지는 해독되어야 하는 이미지"이고, 이 이미지의 의미를 기술하는 텍스트 작업은 "이미지들이 섬광처럼 통과한 뒤 길게 울리는 천둥"(V, 570)이다.

변증법적 이미지 읽기

과거의 이미지를 어떻게 변증법적 이미지로 해독할 수 있는지를 「1900년경 베를린의 유년 시절」의 단편 '전승기념탑'을 통해 살펴보자. 전승기념탑은 1870년 9월 2일 프로이센이 스당에서 프랑스에 이긴 것을 기념하기 위해 1873년에 세운 탑이다. 이 단편에 나오는 전승기념탑은 아이의 시선(과거)과 회상하는 어른의 시선(현재)이 마주치면서 형성된 변증법적 이미지로 해석될 수 있다. 전승기념탑의 이미지는 과거 당시에 의식된 형태로 저장된 것이 아니라 기억에서 비로소 현재화된 것이기 때문에 과거와 현재 두 시점의 간격에 부유한다. 전승기념탑에 대한 기억에서 유년의 시점을 재현하는 것인지, 기억하는 어른의 시점인지 종종 구분이 잘 안 되는 것은 그 때문이다.

넓은 광장에 서 있는 전승기념탑은 매일 한 장씩 뜯는 달력에 빨간색으로 표시된 날짜처럼 보였다. 스당의 날을 마지막으로 기념하던 해에 그것을 찢었어야 했다.(「1900년경 베를린의 유년 시절」, 『선집 3』, 43쪽)

'날짜처럼 보였다'라는 과거 시제는 전승기념탑을 일력에 빨간색으로 표시된 날짜처럼 보는 시선을 아이의 시선으로 규정한다. 원래 기념일은 매해 돌아오는 특별한 회상의 날로서 시계처럼 흐르는 시간이 아니라 시간이 정지되는 날이다. 기념일 당일이 지나면 정지된 시간이 다시 흐르면서 기념일이 일시적으로 제기한 영원성의 요구는 철회된다. 반면 스당 전투를 기념하며 서 있는 전승기념탑에서는 달력에서와 같은 철회는 일어나지 않는다.

> 프랑스인들이 패배한 이후 세계사는 영광스러운 무덤 속으로 가라앉은 것처럼 보였으며 전승기념탑은 그 무덤 위에 세워진 돌로 된 묘비였다.(48쪽)

전승기념탑은 세계사를 정지시키고 스당의 날을 영원히 기념하라는 요구를 내세우는 기념물이다. 무덤, 묘비 등의 비유는 전승기념탑의 이러한 영원성의 요구에 대한 회의적인 태도를 표현하는데, 달력처럼 '그것을 찢었어야 했다'고 말하는 주체가 회상하는 어른인지 회상되는 아이인지는 불분명하다.

전승기념탑에 관한 가장 분명한 기억은 불쾌감과 불편함의 기억이다. 전승기념탑 꼭대기의 황금 대포는 아이에게 불편함을 주는데, 그 황금 대포를 가지고 전쟁을 한 것인지 프랑스인들에게서 빼앗은 금으로 대포를 만든 것인지 알 수 없기 때문이다. 호화 장정으로 만들어진 스당 전투 연대기 책의 금박도 불쾌감의 기억으로 떠오르고, 전승기념탑 아래를 두른 주랑의 프레스코 연작에서 반사된 금빛도 마찬가지다. 벤야민은 은은한 햇빛으로 채워진 그 주랑에 한 번도 들어가본 적이 없었다고 회상한다. "아마 단테의 「지옥」에 붙인 도레의 강판 판화처럼 경악 없이는 볼 수 없는 그림들을 접하게 될까봐 두려웠기 때문이었을 것이다."(49쪽) 아이가 느낀 불쾌감은 기억에서 비로소 그 의미가 밝혀진다. "이 주랑은 전승기념탑 위에서 빛나는 승리의 여신상을 감도는 은총의 영역과는 정반대인 지옥인 셈이었다."(50쪽) 「역사의 개념에 대하여」에서 제시된 다음 명제에 따르면, 역사를 기념하는 데 사용된 금박이 불쾌감을 주는 이유는 그것이 야만 위에 덧씌워진 것이기 때문이다.

> 오늘에 이르기까지 늘 승리를 거둔 사람은 오늘날 바닥에 누워 있는 자들을 짓밟고 가는 지배자들의 개선 행렬에 동참하는 셈이다. 전리품은 통상적으로 늘 그래왔듯이 개선 행렬에 따라다닌다. 사람들은 그 전리품을 문화재라고 칭한다. 그 문화재들을 역사적 유물론자는 거리를 두고 바라보지 않을 수 없을 것이다. 왜냐하면 유물론자가 문화재들에서 개관하는 것은 하나같이 그가 전율하지 않고는 생각할 수 없는 곳에서 온 것들이기 때문이다…… 야만의 기록이 아닌 문화의 기록이란 결코 없다.(『선집 5』, 336쪽)

회상의 주체는 기념탑 위쪽에 올라간 사람들을 보는 아이의 시선을 불러내면서 그 안에서 역사의 진실에 대한 예감을 읽어낸다.

> 하늘을 배경으로 서 있는 그들은 가위로 오리는 그림책 인물
> 들처럼 까만 테두리를 두른 듯 보였다. 나는 가위와 풀통을 가
> 지고 그림책 인물들을 오린 뒤 정문 앞, 수풀 뒤, 기둥 사이, 그
> 밖에 내키는 대로 여기저기에 배치하지 않았던가. 저 탑 위에
> 햇빛을 받으며 서 있는 사람들 역시 이처럼 즐거운 변덕 위에
> 서 만들어졌던 형상들이나 마찬가지였다.(「1900년경 베를린의
> 유년 시절」, 『선집 3』, 50쪽)

아이의 변덕에 내맡겨진 채 여기저기 배치되는 종이 인형
은 아이의 시선에 부합한 비유로 보이나 어떤 의미인지는 기술
되지 않는다. 아마도 종이 인형들은 국가 지배자들에 의해 역
사의 현장 여기저기에 투입된 피지배자를 가리키는 비유로 보
인다. 회상의 주체는 해석을 유보하고 있지만, 이 비유에서 엿
보이는 것은 아이가 직관적으로 명증한 시각에서 받은 느낌을
이런 의미로 해석하는 유물론적 역사가의 관점이다.

전승기념탑은 아이의 과거와 어른의 현재 사이에서 형성
된 이미지로서 승리의 기념과 죽음의 기념이라는 양가적 의미
에서 해독된다. 그것을 만든 원래의 의도와 달리 전승기념탑은
승리의 기억만이 아니라 지옥과도 같은 역사적 현장에 대한 기
억의 흔적을 은밀히 담고 있다. 아이의 두려움은 당시는 명확
하게 의식되지 않았지만, 회상 속에서 현재화된 순간에 비로소

제6장 집단적 꿈의 기억과 변증법적 이미지

역사적 사건의 진실에 대한 예감으로 읽힌다. 이러한 해독에는 회상하는 주체가 서 있는 역사적 상황이 깊이 관여한다. 이로써 회상하는 주체의 시선 아래에서 전승기념탑은 역사적 현실의 불협화음(승리와 패배, 권력자와 피억압자의 불협화음)을 예시하는 변증법적 이미지가 된다. 과거에 명확히 의식되지 않았던 것이 분명히 의식되고 이러한 의식이 전승을 전복하는 잠재력을 가지게 될 때 기억 이미지는 변증법적 이미지로 해독되는 것이다. 벤야민은 과거 안에 무의식적으로 장전된 폭약에 불이 붙여진다는 비유를 통해 이러한 잠재력을 강조한 바 있다.

나가는 길: 역사의 천사를 넘어

벤야민 생전의 마지막 글이 된 「역사의 개념에 대하여」는 그가 오랫동안 품어온 역사철학적 성찰을 압축한 텍스트다. 이 텍스트의 아홉번째 명제에서 벤야민은 파울 클레의 그림 '새로운 천사'에 대한 명상의 형식으로 역사가의 초상을 다음과 같이 제시한다.

파울 클레가 그린 〈새로운 천사〉라는 그림이 있다. 이 그림의 천사는 마치 자기가 응시하고 있는 어떤 것으로부터 금방이라도 멀어지려고 하는 것처럼 묘사되어 있다. 그 천사는 눈을 크게 뜨고 있고, 입은 벌어져 있으며 또 날개는 펼쳐져 있다. 역사의 천사도 바로 이렇게 보일 것임이 틀림없다. 우리 앞에서 일련의 사건들이 전개되고 있는 바로 그곳에서 그는, 잔해 위에 잔해를 쉼없이 쌓이게 하고 또 이 잔해를 우리 발 앞에 내팽 개치는 단 하나의 파국만을 본다. 천사는 머물고 싶어하고 죽은 자들을 불러일으키고 또 산산이 부서진 것을 모아서 다시 결합하고 싶어한다. 그러나 낙원에서 폭풍이 불어오고 있고 이 폭풍은 그의 날개를 꼼짝달싹 못하게 할 정도로 세차게 불어오기 때문에 천사는 날개를 접을 수도 없다. 이 폭풍은 그가 등을 돌리고 있는 미래 쪽을 향하여 간단없이 그를 떠밀고 있으며, 반면 그의 앞에 쌓이는 잔해 더미는 하늘까지 치솟고 있다. 우리가 진보라고 일컫는 것은 바로 이러한 폭풍을 두고 하는 말이다.(「역사의 개념에 대하여」, 『선집 5』, 339쪽)

날개를 펼친 채 어딘가를 바라보고 있는 클레의 천사에 착안해서 벤야민은 역사의 천사를 묘사한다. 미래에 등을 지고 서 있는 역사의 천사는 부단히 쌓여가는 잔해 앞에 머물고 싶어하지만 천국에서 불어오는 폭풍으로 인해 '미래 쪽을 향하여' 떠밀려 간다. 그 앞에 부단히 쌓여가는 잔해는 역사서술에서 다루어지지 않은 것, 배제되고 억압된 것을 비유하는 것으로 보인다. 잔해에 대해 역사의 천사가 갖는 관심은 벤야민의 관심이기도 하다. 문학비평가로서 벤야민은 은폐된 문헌학적 사실, 망각된 전통, 지금까지 사유되거나 쓰인 적이 없는 사안을 다루곤 한다. 고전주의 문학의 전통에서 배타시되어온 독일 바로크 비애극에 대한 연구가 대표적이다. 억압된 자들의 전통, 실패한 혁명사, 한 번도 실현된 적이 없는 유토피아 사상도 잔해 더미에 포함된다.

역사의 천사는 낙원에서 불어오는 진보라는 폭풍 때문에 미래로 떠밀려 간다. 천사를 미래로 떠미는 폭풍은 다름아닌 진보 이념, 진보 사관이다. 벤야민이 역사의 개념에 대한 열세 번째 명제에서 비판적으로 다룬 사회민주주의자들의 진보 이 념에 따르면, 기술의 진보는 당연히 사회의 진보를 가져오고 역사는 지상 낙원을 향해 진보하며, 그러한 진보는 "종료시킬 수 없고" "본질적으로 저지할 수 없다".(344쪽) 진보 사관은 "해 방된 자손의 이상"(344쪽), 계급 없는 사회의 비전을 제시함으 로써 사람들이 현실을 냉철하게 보기보다는 미래의 비전을 맹 목적으로 추종하게 한다. 벤야민은 진보 사관의 이러한 힘을 낙원에서 불어오는 폭풍으로 비유한다.

쉼없이 쌓여가는 잔해들이 똑같은 파국을 반복하는 것이 라고 보는 역사의 천사는, "역사의 연속체로서의 파국"("「역사의 개념에 대하여」 관련 노트들」, 『선집 5』, 376쪽)을 주장한 벤야민의 역사관을 대변한다. 파국에 직면한 역사의 천사는 무력해 보이 는데, 그는 놀라움을 갖고 파국을 쳐다보는 것밖에는 할 수 있 는 일이 없기 때문이다. 역사의 파국이 절정에 달한 파시즘의 시대에 벤야민 역시 역사의 천사와 비슷한 정조를 극복하기 어 려워 보인다. 「역사의 개념에 대하여」를 집필하던 당시의 절박 한 상황은 그를 역사의 진행에 대한 회의와 우울로 몰아갈 수 밖에 없었을 것이다.

그러나 「역사의 개념에 대하여」에서 벤야민이 펼치고 있

나가는 길: 역사의 천사를 넘어

는 성찰은 역사의 천사가 대변하는 것으로 환원되지 않는다. 그것은 역사의 천사가 하고 싶어하지만 하지 못한 일, 즉 부서진 파편들을 모아서 결합하는 방법에 대한 성찰이기 때문이다. 벤야민의 역사철학적 성찰은 두 방향으로 전개된다. 하나는 과거의 완전 복구에 대한 것이고, 다른 하나는 역사의 특별한 파편을 어떻게 인식할 것인가에 대한 것이다. 과거의 완전 복구 가능성과 관련해서 벤야민은 어떻게 역사의 종말에 이르러 "구원된 인류에게 비로소 그들의 과거의 매 순간이 인용할 수 있게"(「역사의 개념에 대하여」, 『선집 5』, 332쪽) 되는가를 묻는다. "살아왔던 순간들 하나하나가 최후 심판의 날의 의사 일정에 인용"(332쪽)된다는 생각은 그의 메시아주의에 토대를 둔다. 역사에서 잊힌 모든 것을 기억한다는 완전 복구 이념은 종말론적인 시각보다는 신학적 전통에서 유래한 구체적 소망과 연결된다. 예컨대 유대인 학살의 희생자 집단이라는 범주에 일괄적으로 포섭되어 개개인의 모습이 지워진 희생자 한 명 한 명에 대한 기억은 우리에게 윤리적 요구로 다가오지만 그것은 인간의 기억을 넘어선다.

『파사주 프로젝트』와 「역사의 개념에 대하여」에서 보듯이 벤야민은 역사 인식 이론의 한 축으로 유물론과 마르크스주의를 받아들이면서 초기의 비의적인 지성주의를 벗어나게 되지만, 유대 지식인으로서 메시아주의에 대한 입장을 포기한 적은 없다. 「역사의 개념에 대하여」에 깔린 메시아주의는 초기의 「신학-정치 단편」에서 피력한 메시아주의와는 다른 점이 있다.[1] 이 단편에 따르면 역사는 전적으로 세속적인 차원에 머물고 오직 부정적으로만 메시아 왕국의 도래를 앞당긴다. 세속적인 세계와 메시아적 세계는 상호 배타적이면서도 역설적인 관계에 놓인다는 것이다. 초기 벤야민의 메시아주의에서는 "어떤 역사적인 것도 그 자체로부터 메시아적인 것과 연관되기를 바랄 수 없기 때문에 신의 왕국은 역사적 동력의 목표로 설정될 수 없다".(「신학-정치 단편」, 『선집 5』, 129~130쪽) 이러한 생각은 메시아의 도래를 역사 내재적인 행동의 저편, 역사의 종말에 이루어지는 역사 초월적 사건으로 봄으로써 역사의 주체에 대한 문제를 배제한다. 또한 구원은 역사의 종말에 이루어지는 사건이고, 종말에 이르러서야 메시아적인 것 안에서 역사적인 것이 완성된다고 보면서 양자의 역설적인 관계를 주장한다.

후기의 메시아주의는 구원과 역사의 주체에 대한 문제에서 초기의 메시아주의에 비해 역사 내적이고 인간 실천의 측면을 강조한다. 이에 역사철학적 문제에 대한 성찰에서 세속성과 내면성의 대립이 해체되고 "역사의 주체"(I, 1243)가 역사에서 취할 수 있는 메시아적 태도에 대한 성찰이 중요해진다. 벤야민의 메시아주의에 일어난 이러한 중점 변동은 역사철학적 성찰의 두번째 방향에서 분명해진다.

역사철학적 성찰의 두번째 방향은 역사의 특별한 파편을

---

[1] 「신학-정치 단편」에 대한 논의로는 윤미애, 「종교적 전회와 벤야민의 매체 이론」, 『브레히트와 현대 연극』 제31집, 2014, 381~382쪽 참조.

특정한 시점에 어떻게 인식하는가에 대한 물음으로 추동된다. 이는 역사의 모든 파편을 결합하는 문제가 아니라 역사의 연속체로부터 끄집어낸 특별한 단편에서 특정 역사를 특정 순간에 어떻게 인식하느냐 하는 문제다. 우리가 임의로 만든 것이 아니라 우리에게 주어진 유일한 기회를 이용할 것인가 놓칠 것인가라는 질문과 함께 역사의 주체가 담당할 역할이 강조된다. 역사의 주체에게는 무엇보다도 현재를 비교 불가능한 고유성의 시간으로 경험하는 것이 중요하다. 역사의 주체는 인식의 주체와 실천의 주체 모두를 말하는데, 양자에게 공통적인 것은 연속적이고 균질적인 시간과는 질적으로 다른 시간, 집중적인 역사적 시간을 지향하는 태도다.

집중적인 시간의 경험은 "위험의 순간에 역사의 주체에게 예기치 않게 나타나는 과거의 이미지를 붙잡는"(「역사의 개념에 대하여」, 『선집 5』, 334쪽) 것으로 시작한다. 이러한 경험은 계몽주의 및 헤겔의 역사철학에 공통적인 목적론적 모델에서와 같은 필연의 시간이 아니라, 가능성의 시간, 매 순간 새로운 것의 예측 불가능한 개입을 향해 열린 우발적 시간에 귀속되는 경험이다. 이런 의미에서 벤야민은 공허하게 흘러가는 연속적 시간을 중단하고, 하나의 초점에 모이듯 지난 역사가 모여드는 시간을 강조한다. 이러한 시간이 바로 지금-시간이다. '지금-시간'은 역사의 주체에게 특별한 태도와 의식을 요구한다. 그는 과거에 접근할 때 연속적으로 "경과하는 시간이 아니라 그 속에서 시간이 멈춰 서는 현재"(347쪽)에 대한 날카로운 의식을 가져야 한다. 이러한 의미에서의 지금-시간은 정치적 의미와 메시아주의적 의미를 동시에 갖는다. "그때까지 닫혀 있던 과거의 어떤 특정한 방을 열고 들어가는" 일은 "정치적 행동과 엄밀하게 합치"되는 동시에 "메시아적 행동으로 입증된다".(「"역사의 개념에 대하여" 관련 노트들」, 『선집 5』, 355쪽)

역사 인식이 메시아적 행동으로 입증된다고 말한 것은, 구원의 관점에서 과거에 접근하기 때문이다. 벤야민에게 구원은 진보 사관의 역사의 목적론이나 종말론의 '최종시간'으로 의도된 구원이 아니다. 구원은 미래에 다가올 사건으로 약속되는 것이 아니라 지난 과거에서 망각된 것의 원천적 의미, 억압된 의미를 발견하고 재인식하면서 계시를 복구하는 순간마다 이루어지는 사건이다. 구원은 현재와 구분되는 미래의 사건이 아니라 과거가 우리에게 보내는 신호를 받아들일 때 이루어진다.

> 과거는 그것을 구원으로 지시하는 어떤 은밀한 지침을 지니고 있다. 우리 자신에게 예전 사람들을 맴돌던 바람 한줄기가 스치고 있지 않은가? 우리가 귀를 기울여 듣는 목소리들 속에는 이제는 침묵해버린 목소리들의 메아리가 울리고 있지 않은가? ……만약 그렇다면 과거 세대의 사람들과 우리 사이에는 은밀한 약속이 있는 셈이다. 그렇다면 우리는 이 지상에서 기다려졌던 사람들이다. 그렇다면 우리에게는 우리 이전에 존재했던 모든 세대와 희미한 메시아적 힘이 함께 주어져 있는 것이고, 과거는 이 힘을 요구하고 있는 것이다.(「역사의 개념에 대

하여」,『선집 5』, 331~332쪽)

　우리가 현재 지각하는 대상에서 과거를 알아보는 것, 지금 듣는 목소리에서 침묵해버린 과거의 목소리를 듣는 것, 이것이 과거가 우리에게 요구하는 것이다. 과거의 호소에 귀기울이는 것은 학문이 아니라 회상이다. "학문이 확정한 것을 회상은 수정할 수 있다"(V, 589)고 벤야민은 말한다. 여기서 역사의 미결정성은 이미 일어난 일을 바꿀 수 있다는 뜻은 아니다. 역사의 미결정성이란 불행의 역사처럼 이미 완결된 것으로 보이는 것을 아직 완결되지 않은 것, 즉 해결해야 하는 것으로 보고, 완결되지 못한 과거의 꿈이나 행복에서 완결된 미래의 이미지를 간파하는 것이다. 벤야민에게 있어 이러한 작업은 과거의 구원이라는 신학적 시각에서 이루어진다.

　메시아의 도래, 구원에 관한 관심에서 말할 수 있는 유일한 시간은 공허한 미래가 아니라 과거와 현재의 구도가 이루어지는 지점으로서의 지금-시간이다. 이처럼 메시아적 시간은 종말론적 구원이라는 거대한 지평에 놓인 것이 아니라 역사의 단자로 등장한 과거의 이미지에서 집중적으로 경험하는 시간이다. 이런 시각에서 벤야민은 지금-시간을 "메시아적 시간의 파편들이 박혀 있는"(349쪽) 시간이라고 부른다. 역사적 시간과 메시아적 시간은 연속적인 역사 흐름의 끝에서 합치되는 것이 아니라 집중적인 시간 경험인 지금-시간에서 그렇게 된다. 초기에 쓴 「신학-정치 단편」은 목표와 종말을 구분하면서 여전히 시간적인 구상을 보여준다면, 「역사의 개념에 대하여」에서 메시아적인 것과 역사적인 것은 더는 시간적인 차이로 구상되지 않는다. 메시아적인 완성은 역사 흐름의 종말에서 이루어지는 것이 아니라 연속체를 중단시키는 휴지부, 집중적인 시간 경험에서 그때그때 이루어지는 것이기 때문이다.

벤야민에게 있어 구원에 대한 메시아주의적 사유는 역사 주체의 문제와 밀접하게 매개되면서 '과거의 어떤 특정한 방을 열고 들어가는' 일, 즉 특정한 역사 인식은 메시아적 행동으로 입증될 뿐 아니라 '정치적 행동과 엄밀하게 합치'된다. 역사 인식이 정치적 행동과 합치된다는 것은, 그 자체가 정치적 행동이라는 뜻은 아니다. 벤야민은 지적 결과물이 곧 실천이라거나 직접적으로 정치적 영향력을 가지고 있다고 생각한 적이 없다. 1916년에 마르틴 부버에게 보낸 편지에서 "저술 활동이 행동의 동기를 손에 쥐여줌으로써 윤리적 세계와 인간의 행동에 영향을 미친다는 견해"(「마르틴 부버에게 보내는 편지」, 『선집 6』, 270쪽)에 대해 분명하게 이의를 제기한 것도 이를 잘 보여준다.

벤야민이 생각하는 정치는 고도로 매개된 정치로 폭넓은 스펙트럼을 가진다. 벤야민은 유물론적 전향 이후에 비로소 정치의 영역에 관심을 가진 것이 아니다. 현실 정치에서 지식인의 역할을 진지하게 고민한 이래로 그는 정치에 대해 다양한 맥락에서 그 의미를 고민해왔다. 초기의 「언어 일반과 인간의 언어에 대하여」에서의 반反정치, 「폭력비판을 위하여」에서의 무정부주의적 정치, 「생산자로서의 작가」에서의 문학의 기능 전환론, 「기술복제시대의 예술작품」에서의 대중 정치적인 기술 유토피아론, 『파사주 프로젝트』에서의 깨어나기 이론, 그리고 마지막으로 「역사의 개념에 대하여」에서 마르크스주의와 결합한 정치적 메시아주의가 벤야민이 생각한 정치의 의미 스펙트럼에 포함된다.

벤야민은 정치적 메시아주의의 시각에서는 역사 인식을 정치적 투쟁의 장에 분명하게 위치시킨다. 따라서 「역사의 개념에 대하여」에서 요구되는 역사 연구는 "억압받는 자들의 전통" "일상화된 비상사태"(『선집 5』, 336쪽)의 역사, '고소로서의 역사'[2]를 지향하면서 기억의 정치학으로 중점을 이동한다. 역사에서 망각된 억압받은 자, 패자들을 기억하라는 요구가 정치적인 이유는, 망각된 것은 전승에 의해 억압된 것이고, 망각된 것에 대한 기억은 전승에 대한 항의가 되면서 기존의 지배 질서를 전복시키기 때문이다.

또한 역사가는 "역사의 전개를 추적하면서 불시에 그 흐름을 되돌리기 위해 언제라도 비약할 준비를 하는 그런 구도"(V, 587)[3]를 세워야 한다. 과거와 현재가 마주치는 위기의 구도에는 비약의 계기가 내재해 있고 이는 "역사적 연속체를 폭파"(「역사의 개념에 대하여」, 『선집 5』, 347쪽)한다는 의식과 연결

---

2 이 시각은 벤야민이 카프카 연구의 일환으로 1927년에 쓴 「어느 비의秘儀의 이념」에 들어 있다. 『선집 7』, 230쪽 참조.

3 이로써 "유물론적 역사서술은 과거가 현재를 위기 상태에 빠지도록 만든다".(V, 588)

된다. 벤야민에 의하면, 진정한 역사가는 행동하는 순간의 혁명적 계급들과 이러한 의식을 공유한다. 새로운 역사 인식에서 얻은 이미지는 정치적인 항의, 저항을 작동시키는 역량을 가질 수 있다. 벤야민은, "의지에 생생한 활력을 불어넣어주는 것은 표상된 이미지뿐이다"(「일방통행로」, 『선집 1』, 115쪽)라고 말한 바 있는데, 역사 연구는 이러한 이미지를 제공할 수 있다. 어떤 경우든 벤야민의 정치는 대중을 가르치고자 하는 것이 아니라 형성시키고자 한다. 대중을 형성시키기 위해서는 대중에게 지식을 전수하는 것이 아니라 대중이 충격적으로 지식을 받아들일 수 있게 해야 한다. 과거의 이미지를 변증법적 이미지로 경험하는 것이 중요한 것도 이 때문이다.

이상에서 살펴본 것처럼 벤야민의 역사철학적 성찰은 역사 인식에 정치적·메시아적 의미를 부여함으로써 역사 인식, 정치적 행동, 메시아주의를 상호 밀접하게 연관시킨다. 벤야민은 역사적 사건의 내재적인 연쇄를 재구성하기보다는 역사의 연속체를 폭파하는 비약의 계기를 중시한다. 그의 역사철학적 성찰이 지닌 이러한 특징은 당시의 시대적 상황을 배경으로 한다. 벤야민이 살았던 시대는 역사에서 일어났던 파괴, 몰락이 절정에 이른 것으로 보이고, 부정적인 지평이 총체화되면서 미래에 대한 모든 기대 지평이 철저하게 차단된 것처럼 보인 시대였다. 따라서 어떠한 믿음에 호소하는 것보다 그러한 총체화하는 지평에 맞서서 균열을 내는 틈새를 발견하는 것이 시급해진다. 그러한 역할은 기존의 서사를 거스르는 과거의 특별한 이미지, 억압된 과거가 현재의 지층을 뚫고 출현하도록 하는 이미지에게 기대된다.

벤야민이 연속체의 폭파, 비약이라는 용어를 통해 강조한 이미지의 힘은, "지푸라기로서의 회상"(「"역사의 개념에 대하여" 관련 노트들」, 『선집 5』, 376쪽), "희미한 메시아적인 힘"(「역사의 개념에 대하여」, 『선집 5』, 332쪽)이라는 표현에서 보듯이 사실은 미약한 대안이다. 그처럼 미약하고 순간적이라고 하더라도 총체화하는 지평의 거짓과 기만을 깨뜨리는 역할이 변증법적 이미지에 주어지는 것이다. 그것은 '최종 진리'를 단언하는 철학자들의 어조와 달리 "반딧불처럼 약한 진리의 미광"[4]일지 모른다. 서사로 제시되는 역사가 아니라 이미지로 출현하는 역사에서 나오는 미광은 산발적이고 일시적이고 미약할지 모르지만, 그것이 미치는 영향력은 과소평가될 수 없다.

예컨대 브레히트가 「노자가 망명길에 도덕경을 쓰게 된 경위에 관한 전설」이라는 시에 인용한 노자의 격언은, 최후의 계시나 최종적 구원을 약속한 것도 아닌데 희망의 불씨와도 같은 힘을 발휘한다. 그것은 '흘러가는 부드러운 물이 시간이 흐르면 단단한 돌을 이긴다'는 격언이다. 1939년 느베르 수용소에 수용된 벤야민이 브레히트의 시를 수용소 사람들에게 전해 주었을 때 그 시는 마치 "기쁜 소식처럼 입에서 입으로 전해졌다"[5]고 한다. 벤야민은 「브레히트의 시 주해」에 이 시를 수록하

---

4   조르주 디디위베르만, 『반딧불의 잔존』, 78쪽.

면서 '단단한 것이 진다는 것을 아시겠어요'라는 시구를 다음과 같이 해설한다.

> 시는 이 문장이 메시아적 약속 못지않게 사람들의 귓전을 울렸던 시절에 쓰였다.(「브레히트의 시 주해」,『선집 8』, 209쪽)

브레히트는 노자의 짧은 격언을 전승의 창고에서 끄집어내어 현재화하고, 이렇게 현재화된 격언은 곤궁에 처한 사람들에게 반딧불의 미광과도 같은 빛을 내는 표상으로 받아들여진다. 불행한 역사 안에서 그러한 이미지를 기대해볼 수 있다. 불행한 역사는 우리를 "슬프게 하는 것이 아니라 오히려 무장시킨다"(V, 603)라는 믿음을 갖고서.

---

5   Hannah Arendt, *Walter Benjamin, Bertolt Brecht, Zwei Essays*, München, 1971, pp. 102~103.

벤야민과 기억

ⓒ윤미애2025

초판 인쇄 2025년 5월 09일 | 초판 발행 2025년 5월 22일

지은이 윤미애
책임편집 이경록 | 편집 오동규
디자인 최효정
마케팅 정민호 서지화 한민아 이민경 왕지경 정유진
　　　　 정경주 김수인 김혜원 김예진 나현후 이서진
브랜딩 함유지 박민재 이송이 김희숙
　　　　 박다솔 조다현 김하연 이준희
저작권 박지영 형소진 오서영 조경은
제작 강신은 김동욱 이순호 | 제작처 영신사

펴낸곳 (주)문학동네 | 펴낸이 김소영
출판등록 1993년 10월 22일 제2003-000045호
주소 10881 경기도 파주시 회동길 210
전자우편 editor@munhak.com | 대표전화 031)955-8888 | 팩스 031)955-8855
문학동네카페 http://cafe.naver.com/mhdn
인스타그램 @munhakdongne | 트위터 @munhakdongne
북클럽문학동네 http://bookclubmunhak.com

ISBN 979-11-416-0965-8　93850

www.munhak.com